启真馆 出品

神曲

天国篇

〔意〕但丁·阿利吉耶里 著

王 军 译

浙江大学出版社

第1章

在书写有关地狱与炼狱的诗句时，但丁只需要缪斯的帮助，因而也只呼吁缪斯赐予他创作灵感。但是，在书写《天国篇》时，他觉得缪斯的帮助已远远不足，需要缪斯和主管诗乐的主神阿波罗共同赐予他赞颂神奇天国景象的美妙诗句。之后，他目不转睛地盯着贝特丽奇并跟随她一同飞向天国；飞行中，但丁耳边响起悦耳的天籁之音。贝特丽奇看出但丁心中的疑惑，不待他开口提问，便向他讲解了快速飞天和产生美妙声音的原因，并阐释了宇宙的秩序。

序

万物的推动者 [1] 荣光无限，
它 [2] 射入宇宙的每一地点，
此处弱，彼处则更加灿烂 [3]。　　　　　　　3
我到达最亮的净火天中 [4]，
谁若是从那里回到人间，
不知道咋描述亲眼所见；　　　　　　　　6
因我们之心智靠近欲求，
深深地陷入到它的里面，
记忆便不能够重新归返 [5]。　　　　　　　9
神圣国 [6] 之景象在我脑中，

---

[1] 指上帝。但丁是亚里士多德学说的追随者。按照亚里士多德的理论，宇宙万物是运转的。但丁是基督徒，在他的眼中推动万物运转的自然是基督教的上帝。

[2] 指"万物的推动者"的荣光，即上帝的光辉。

[3] 按照基督教的神学理论，上帝的光辉虽然普照万物，但并不平均分布光线，因而有的地方光线强一些，有的地方光线则弱一些。

[4] 净火天（Empireo）指宇宙的九重天之上的天，那里已经不是实体天，而是神心，是上帝的光发出之处，因而比任何地方都更加明亮。

[5] 谁若是从净火天返回人间并想记述在那里的所见所闻，都是徒劳枉然的；因为人的心智太靠近它所希望见到的上帝，受其吸引，深陷其中，便丧失了记忆。

[6] 指天国。

所能够珍藏的那一点点，

现在将成素材入我诗篇[1]。　　　　　　　　12

噢，卓越的阿波罗，最后一搏，

请令我变器皿，装你灵感，

可遵你之要求荣获桂冠[2]。　　　　　　　　15

余下的竞技需帕那索斯[3]，

迄今止一峰足，现要两山，

有双峰支撑我才有胜算[4]。　　　　　　　　18

请进入我胸中放声歌唱，

如你胜玛尔叙阿斯那般，

把他从躯体鞘抽到外面[5]。　　　　　　　　21

噢，神能啊，如若你赐我力量，

虽脑中福国[6]景印象肤浅，

我也能将其展世人面前[7]；　　　　　　　　24

你将见我来到桂树脚下，

---

[1] 但丁说，他脑中仅仅珍藏的那一点点对天国景况的记忆将成为撰写《天国篇》的素材。

[2] 主管诗乐的太阳神阿波罗呀，在我这最后的拼搏中（指写作《天国篇》的过程），你就让我成为装满你赐予的灵感的器皿吧，这样我便可以按照你的要求，获得你所赐的桂冠了。

[3] 帕那索斯是希腊神话中的诗歌圣山，主管诗乐的太阳神阿波罗和九位缪斯居住在那里。诗人说，在撰写《神曲》的剩余部分（指《天国篇》）时需要帕那索斯圣山的帮助，即需要阿波罗和缪斯的帮助。

[4] 帕那索斯圣山由两座山峰组成，一座由九位缪斯居住，另一座由阿波罗居住。诗人说，一直到今天为止（即写作《地狱篇》和《炼狱篇》时），帕那索斯山一座峰的帮助（即缪斯的帮助）就足以令我写出理想的诗句，而创作《天国篇》时，则需要两座山峰的帮助（既需要缪斯的帮助，又需要阿波罗的帮助），只有这样，他才有取得成功的希望。

[5] 据《变形记》讲，玛尔叙阿斯（Marsia）是一位牧神，他拾到雅典娜抛弃的笛子，觉得其声音十分好听，便向阿波罗挑战，看谁的音乐更优美。阿波罗取得比赛的胜利，并按照事先的约定，将其剥皮，以示惩罚。此处，诗人祈求阿波罗进入他的胸中，用战胜玛尔叙阿斯的美妙声音代他歌唱。

[6] 指天国。因为那里是享受永福之地，所以此处称其为"福国"。

[7] 但丁祈求神能赐予他能力，他认为，如果能获得神能的支持，即便头脑中的天国印象十分肤浅，他也能够将其展示在读者面前。

头上戴其枝叶编制桂冠，

是你使我配此美树光灿 [1]。　　　　　　27

父亲啊 [2]，极少见摘下桂叶，

来庆祝皇帝或诗人凯旋，

人无志，造此错，羞愧难言 [3]；　　　30

谁渴望佩尼奥女儿 [4] 枝叶，

都会使双倍喜叠加出现，

涌入到德尔斐神灵 [5] 心田 [6]。　　　33

烈焰常伴星火接踵而至，

或许有更佳音随我后边 [7]，

求希拉回应我，赐美诗篇 [8]。　　　36

登天

世界灯 [9] 将它的明亮光线，

从四方投向了尘世人间 [10]；

---

[1] 到那时，你就会见到我头戴桂冠。由于你的帮助，我才有可能配得上桂树的荣耀。

[2] 这是诗人对阿波罗的尊称。

[3] 很少见到你用桂冠为凯旋的皇帝或成就斐然的诗人加冕，这是人类的错误，他们应该为此羞愧难言。

[4] 佩尼奥（Peneo，另译：佩尼奥斯）是希腊－罗马神话中的一位河神，他是桂树仙子达佛涅（Dafne）的父亲；此处，"佩尼奥女儿"自然指的是达佛涅。

[5] 指阿波罗。德尔斐（Delfo）是古希腊的一处极其重要的圣地，那里主要供奉的是太阳神阿波罗，因而阿波罗也被称作"德尔斐神灵"。

[6] 无论谁希望获得桂冠，都会使阿波罗十分欢喜。德尔斐本身就是令阿波罗喜欢的圣地，如果阿波罗在那里听说有人希望获得桂冠，自然会喜上加喜。

[7] 但丁谦虚地说，他的诗句只是微不足道的星星之火，然而紧随星火之后可能会有燎原的熊熊烈焰，即出现大量的更美的诗句。

[8] 希拉（Cirra）是帕那索斯两山峰之一，由阿波罗居住。但丁祈求希拉峰（即阿波罗）回应他，赐给他优美的诗篇。

[9] 隐喻太阳。

[10] 太阳即将升起之时，先从四面八方把它的光线投射到人间。

沿佳路把最好星辰陪伴 [1]；　　　　　　39

眼前见四环交三个十字 [2]；

它 [3] 把那尘世蜡揉捏一番，

并且盖印记于软蜡上面 [4]。　　　　　　42

人居处夜幕降，那里晨现 [5]，

南半球已经是光明一片，

北半球却进入幽幽黑暗；　　　　　　　45

此时见圣洁女 [6] 转身向左，

朝太阳投去了双眸视线，

鹰之眼也不能如此盯看 [7]。　　　　　　48

如二光出自于第一光线 [8]，

随后便迅速地向上回返，

亦似鹰捕食后猛然升天；　　　　　　　51

她动作通过眼入我脑中，

也立刻致使我朝日观看，

---

[1] "最好星辰"指白羊星座。但丁于春分时开始游历地狱、炼狱和天国，当时，太阳正在白羊宫中；虽然但丁游历地狱和炼狱用了许多天，但此时太阳还没有走出白羊宫，因而人们仍处于春分时节；按照基督教的传统，这是一年最吉祥的季节，也是太阳行走到最佳道路上的时候。

[2] "四环"指地平圈、赤道圈、黄道圈和分至圈，后三圈与地平圈相交，形成三个十字。这四环和三个十字共同隐喻了西方文化所主张的七大美德，四环隐喻古典的四枢德，三个十字隐喻基督教的三超德。

[3] 指前面提到的"世界灯"，即太阳。此处，太阳象征上帝。

[4] 这两句诗的意思为，世界就像柔软的蜡一样，任由上帝揉捏；而上帝则用他的创造力给世界打上了他的印记。

[5] 此时，诗人是站在尘世的角度在说话，"人居处"指人类居住的北半球，"那里"则指炼狱；从北半球的耶路撒冷看，夜幕降临，而从炼狱看，地平线处发亮，清晨已经到来。

[6] 指贝特丽奇。

[7] 贝特丽奇已经是天上的圣女，眼睛不惧日光，因而可以观望太阳；连不惧阳光的鹰眼都不能如此。

[8] "二光"指反射的光线，"第一光线"指直接投射的光线。

这超出我们的能力界限 [1]。　　　　54

此举止在那里完全合理，

尘世间人能力却难实现，

因它是为人类专造地点 [2]。　　　57

我虽未久忍受，时也不短 [3]，

见日似出火的炽铁一般，

耀眼的闪闪光照亮四周，　　　60

就像是猛然间昼加白天 [4]，

又好似万能者 [5] 把那天空，

用另一昭昭日有意妆点。　　　63

圣女盯永恒天，全神贯注，

我目光却离开太阳身边，

紧盯着她的身，不转双眼 [6]。　66

我已经融入她形体之内，

就好像格劳科食草一般：

他成为海中神一位伙伴 [7]。　69

用语言难解释超越尘凡，

但天恩存此例作为借鉴，

---

[1] 就像反射的光线瞬间返回到投射出光线的太阳，又像俯冲的雄鹰捕捉到猎物后立即又升上天空，我一看到贝特丽奇的动作，就情不自禁地也把眼睛转向太阳，这可是超出我们人类眼睛承受能力的呀！

[2] 虽然在地上乐园人也难以承受直视太阳时强烈光线的刺激，但这种举动是合情合理的，因为那儿是上帝专门为最初的人类所创造的地方。

[3] 我虽然没能长久忍受太阳光线直射双眼，但也忍受了相当长的一段时间。

[4] 天空十分明亮，就好像白天又加上了一个白天。

[5] 指上帝。

[6] 贝特丽奇直视明亮的天空和太阳，而但丁没有这个能力，只好把目光移离太阳，凝视贝特丽奇，透过她的身体盯看天空和太阳。

[7] 在盯视贝特丽奇的时候，但丁感觉自己与圣女融为一体，也变成了神灵，那种快乐之感就像格劳科（另译：格劳科斯）食用仙草后变成海神时一样。据《变形记》讲，格劳科是一位非常喜爱鱼的渔夫，一次，他发现岸边一种神秘的药草能使死去的鱼起死回生，因而十分兴奋。好奇之下，他吞食了药草，醒来后就变成了鱼尾人身的鱼神。

上升到火焰层

这足令承恩者心有所感 [1]。 72

天爱 [2] 呀，我随你光芒飞起，

似最后被造的部分 [3] 那般，

这件事是否真，你心明辨 [4]。 75

你令天永恒转、满怀期盼 [5]，

并调配和谐音，传播空间 [6]，

把我的注意力吸引过去， 78

此时见到处是熊熊烈焰，

好似火点燃了广阔天空，

雨河汇此大湖从未曾见 [7]。 81

但丁的疑问

新奇的和谐音、昭昭光辉，

把我心知原因欲望点燃，

我以前从未有如此强念 [8]。 84

洞察我欲念的那位圣女 [9]，

为安慰我这片激动心田，

---

[1] 超越尘世凡人的感觉是用语言难以解释清楚的，但上天赐恩典于人类，留下了这个范例，它足以使人类感受到超凡成仙的快乐。

[2] 指上帝。

[3] 上帝先创造了人的身体，然后才注入灵魂；因而，人"最后被造的部分"指的是人的灵魂。

[4] 但丁对自己飞向天空是抱有疑问的，如果只是灵魂飞上天空，那是可以理解的，因为灵魂是一种极轻的物质，但此时似乎沉重的肉体也在上升，因而他说，这件事是否真实，只有上帝心中明辨。

[5] 上帝呀，是你令各重天永恒旋转，并向它们注入了与你合一的愿望。

[6] 上帝在推动各重天运转的同时还把天籁之音传播于宇宙空间。

[7] 但丁飞向天空时看见周围是大片的熊熊火焰，其面积比任何雨水和河流汇集成的湖泊面积还大。古代的欧洲人认为，地球与月天之间有一个熊熊燃烧的火焰层，它靠近月天；此处可能指的就是那层火焰。也有人认为，但丁只是用火焰比喻天空的明亮。

[8] 我以前从来没有如此强烈的求知欲望。

[9] 指贝特丽奇。

未待我提问便先行说道： 87

"假象使你自己头脑昏乱，

致使你目不见可见之物，

若你能弃假象，自会明辨。 90

别以为我们仍身处尘世，

闪电弃其居所坠向地面，

其速度不如你此时飞天 [1]。" 93

若因为她简短微笑之语，

我摆脱第一个疑问纠缠，

此时却又陷入新的疑团； 96

于是说："除诧异，已遂我愿，

但此时另一个疑问出现：

我为何会升到轻物上面 [2]？" 99

宇宙的秩序

她发出一慈悲叹息之声，

随后又向我投怜悯视线，

似对脑错乱子母亲说道 [3]： 102

"天地间万物均秩序井然，

上天主希望的境况便是，

宇宙与他模样相差不远 [4]。 105

天之序产生于永恒智能 [5]，

该智能是天主终极之善，

它可被高级的造物 [6] 窥见。 108

---

[1] 闪电从天（"其居所"）而落也不如你现在升天的速度快。

[2] 你虽然已经解答了我的第一个疑问，使我得到了满足，但此时第二个疑问又在搅扰我：我肉体如此沉重，为什么会升到极轻的空气上面呢？

[3] 她就像母亲对一个头脑错乱的儿子一样对但丁说道。

[4] 上帝创造了和谐的宇宙，使其与自己相仿。

[5] 指上帝的智能。

[6] 指天使和人类的智者（即神学家和哲学家）。

在我说秩序中自然万物，

命运异，倾向也种类多变，

距它们之本源或近或远； 111

因而在万物的海洋之中，

被波涛推送到不同港湾，

这一切均是其本能使然 [1]。 114

本能使火朝向月天燃烧，

本能是凡人心动力之源；

本能令土牢牢凝作一团 [2]； 117

此弓箭不仅射无智造物，

也射向有智爱造物心田，

万物均难躲避它的锐尖 [3]。 120

做如此安排的上天之命，

用光使净火天永远宁安，

它 [4] 环抱那旋转最快之天 [5]； 123

此时刻弓弦命我们飞向，

上天的法令所指定地点，

它弹射必定中欣悦靶环 [6]。 126

但作品与作者意图不符，

此情况诚然是十分常见，

---

[1] 上帝所创造的自然万物命运各异，发展的方向也不尽相同；他们处于不同的等级，有的距上帝（本源）近些，有的距上帝远些；它们最后的结局也各不相同，这都取决于命中注定的自然本能。

[2] 一切都取决于由上天注定的万物的本能。本能使火向上燃烧，形成靠近月天的火焰层；本能是尘世凡人心中的动力之源；本能令土凝聚在一起形成陆地。

[3] 本能的弓箭不仅射向非智能生物，有智能和爱的生物也难以避免被射中；即天使与智贤之人也受本能的驱使。

[4] 指上一句提到的净火天。

[5] "那旋转最快之天"指第九重天。天国是由九重天和位于其上的净火天构成的。按照地心说理论，地球是宇宙的中心，环抱着地球的九重天形成一个套着一个的九个圆环，它们同步旋转，越外面的圆环越大，因而旋转得也越快。

[6] 天命的弓箭是百发百中的，不会出现任何误差。

因材料不适合，有的太软 [1]； 　　129

造物也有可能自行弯曲，

强推力使其脱前行路线，

走邪路，飞向了另外一边 [2]； 　　132

就如见云中火从天而降，

人若被虚妄乐紧紧纠缠，

也会被冲动力打落地面 [3]。 　　135

我判断此升腾令你惊愕，

你不要诧异得瞪圆双眼，

这比水流下山更要自然。 　　138

如若是无阻碍滞留下界，

你才该诧异得发出惊叹，

如尘世见到了火中宁安 [4]。" 　　141

话音落，她把脸转向云天。

---

[1] 但是，经常会见到，艺术家手中的作品与他的期待之间有很大差别，这不能怨艺术家，而应该怨制作作品的材料太软，在加工的过程中会变形。人和上帝之间的关系与作品和艺术家的关系相似：上帝是善良的，他希望自己所创造的每一个人都成为善良的人，然而结果却是有些人变成了恶人；这不能怨上帝，而应该怨人本身不成器。

[2] 由于有些造物的材料太软，容易变形，因而在天命弓箭的强力推动下，它会弯曲，改变飞行的方向。

[3] 火本来是向上燃烧的，但天上的雷电（也是一种火）却落向地面；人也是这样，如果被尘世虚妄的快乐所纠缠，也会被一时的冲动打落地面，无法升入天国。

[4] 我们如此快速上升，你不要惊愕。如果没有任何阻碍，我们却仍然滞留在地面不能腾飞，那才应该令你惊讶。此时我们不是在尘世，而这与在尘世见到熊熊燃烧的烈火处于平静状态时我们必定会发出惊叹是同一个道理。

第2章

　　但丁告诫读者，《天国篇》的内容十分深奥，没有扎实的哲学和神学理论基础的人难以理解，因而就不要读下去了；而少数早就开始研究哲学和神学的智者则可以继续阅读。

　　但丁跟随贝特丽奇进入月天，尽管其身躯是固体，月亮也是固体，然而当他进入时，月球却没有任何开裂，就像水吸入了阳光一样。但丁与贝特丽奇讨论了产生月亮表面黑斑的原因，贝特丽奇批驳了但丁的错误认识，告诉他，黑斑的产生既取决于物质的量，又取决于物质的质。随后，贝特丽奇又讲解了宇宙运转的方式。

告诫读者

噢，乘一叶扁舟的诸位听众，

你们都追随我木船后面，

盼听我行船时放声歌唱，　　　　　　　　3

请回到你们所离弃岸边：

切勿要冒风险驶入远海，

或许因跟不上，方向难辨 [1]。　　　　　6

无人曾走过我所行之路：

密涅瓦 [2]、阿波罗 [3] 引航，鼓帆，

九缪斯 [4] 把大小熊星指点 [5]。　　　　9

早引颈望天使美食之人，

---

[1] "乘一叶扁舟的诸位听众"指不懂得神学和哲学的普通读者。但丁提醒读者应该考虑自己是否有能力理解《天国篇》中的深奥诗句，如果没有这个能力，就赶快退回到岸边，不要再跟随他诗句的木舟远航，以免迷失方向。

[2] 罗马神话中的智慧女神，相当于希腊神话中的雅典娜。

[3] 希腊–罗马神话中的太阳神，也负责诗乐创作。

[4] 希腊神话中主管文化的九位女神。

[5] 从来就没有人写过《天国篇》这样神秘的诗篇，我能够写作它，是因为密涅瓦和阿波罗为我诗歌之舟引航和鼓帆，九位缪斯指示我辨别大小熊星座，即识别航行的方向。

虽人少，却可以略享美餐，

但是在尘世也难以吃饱， 12

你们能驾船行深水海面，

不必待我木舟浪迹平复，

便可以沿着它行驶向前 [1]。 15

光荣人 [2] 越海至科尔喀 [3] 地，

伊阿宋变农夫亲眼所见，

其惊愕也不如你等这般 [4]。 18

抵达月天

对神国天生的永恒渴望 [5]，

携我们极速地飞向高天，

其速度就如同天的旋转。 21

圣女 [6] 升，我紧紧盯住其身，

感觉到只用了极短时间，

或许是仅仅够搭弓射箭 [7]； 24

我已入神奇的环境之中，

那景况吸引我双眼视线；

---

[1] 天使是上天神智的象征，"早引颈望天使美食之人"指早就渴望获得智慧的神学家和哲学家。诗句的意思为：智者虽然人数很多，却早就开始研究神学和哲学，他们是可以略微享受智慧美餐的，但他们是尘世之人，难以饱食上天神智。随后，诗人对智者发出了邀请：智者呀，你们可以进入远海，不要等我诗篇之舟留下的浪迹平复，赶快沿着浪迹随我而来吧！

[2] 指希腊神话中随伊阿宋（Giasone）乘阿尔戈（Argo）号船去科尔喀夺取金羊毛的各位英雄。

[3] 科尔喀（Colco，另译：科尔喀斯）是希腊神话中的一个王国，伊阿宋在那里夺取了金羊毛。

[4] 据希腊神话讲，为夺取金羊毛，伊阿宋必须驱赶神牛耕地，播下龙牙，长出武士。此三行诗的意思是：诸位希腊英雄亲眼见到了伊阿宋驱牛耕地播下神奇的龙牙，虽然他们都惊愕不已，其惊愕程度却远不如读者阅读《天国篇》时的感受。

[5] 按照基督教的教理，人类天生便具有进入天国的渴望，这种渴望始终伴随着人类。

[6] 指贝特丽奇。

[7] 感觉到用了很短的时间，那时间或许只够搭弓射箭，转瞬就过去了。

贝特丽奇和但丁进入月天

于是乎洞悉我内心女子[1]，　　　　　　27

朝着我转喜悦、美丽容颜，

开言道："你应该感谢天主，

他引导我们至第一星天[2]。"　　　　　30

我觉得一层云裹住我们，

它浓厚、坚固且光滑、明灿，

好像是太阳照金刚宝钻。　　　　　　33

那永恒之宝石[3]接收我们，

就如同水纳入阳光一般，

仍始终保持着一体不变[4]。　　　　　36

我身是一固体，人间难解，

一固体怎入另固体里面，

而且还不会令该体裂断；　　　　　　39

致使我求知欲烈焰更旺：

人本性与神性怎合一团？

我急于使真情展现眼前[5]。　　　　　42

在那里[6]有些事不言而喻，

尘世觉神秘事亲眼可见，

就如见笃信的首真[7]一般[8]。　　　　45

---

[1] 指贝特丽奇。

[2] 指月天。在地心说体系中，月亮（即月天）是最低、最靠近地球的天体。

[3] 指月亮。

[4] 月亮是一个固体，然而，但丁随贝特丽奇进入月亮时却像太阳光射入水中，水并没有分裂开。

[5] 但丁见到两个固体相合却不裂断的奇怪情景，便联想起基督耶稣人神合一的神秘现象，因而求知欲火更加旺盛，他急于知道其中的奥秘。

[6] 指在天国。

[7] 指所有真理的基础，即上帝的意愿。

[8] 在月天上，即在天国中，有些事情是不言而喻的，尘世感觉神秘的事情，在那里却可以亲眼看见，就好像亲眼见到上帝的意愿一样。

关于月亮黑斑的讨论

我说道："圣女啊，感谢天主，

他使我远离开尘世人间，

我对他信仰且忠诚无限。   48

告诉我，此天体咋有黑斑？

尘世人因它们传播流言，

对该隐[1]之故事议论不断[2]。"

    51

她略微笑一笑，开口说道：

"人世间之传闻错误万千，

凭感觉之钥匙开锁极难[3]；   54

从此后惊愕箭不会射你[4]，

然而在感觉后你可明辨，

理性的羽翼也十分窄短[5]。   57

告诉我你此时心想什么。"

我说道："此天体有明有暗，

我认为疏与密是其根源[6]。"   60

她答道："细听我反驳之言，

我想你必定将亲眼看见，

你已经深陷入误区里面[7]。   63

八重天向你们展示群星，

似它们质与量差别甚远，

---

[1] 该隐（Caio）是《圣经》中的人物，人类始祖亚当和夏娃的儿子，因为杀害弟弟亚伯受上帝惩罚。

[2] 据中世纪民间传说讲，该隐因杀弟罪，被上帝放逐到月天上受永世负荆棘的惩罚；月亮上的黑斑便是该隐背负荆棘的影子。

[3] 仅凭感觉是很难弄懂神秘问题的。

[4] 你现在已经进入天国，能洞察一切，从此以后惊愕的利箭再也不会射向你。

[5] 人的感觉的钥匙是难以打开神秘事物之锁的，其实，人理性的羽翼也是很窄短的，即它的能力也是极其有限的。

[6] 月球上有些地方明亮，有些地方昏暗，我认为物质的稀疏或者稠密是明亮或昏暗的原因。

[7] 如果你仔细听我对你的反驳，就会明白，你已经深深地坠入了误区。

因而就显现出不同容颜 [1]。　　　　　　66

若诸星因疏密看似不同，

便只有一种质调整星面，

它或多或少地分布其间 [2]。　　　　　　69

各物质是形成原理之果，

按照你所做的揣测、推断，

除一果，其他都消失不见 [3]。　　　　　72

你曾问那月面何以昏暗，

若疏密是造成它的根源，

或某处缺物质，前后透明，　　　　　　75

或如同动物体肥瘦相间 [4]，

就好似在一本书册之中，

纸张的薄与厚时常有变。　　　　　　78

如若是第一种情况 [5] 出现，

日食可把其中道理彰显，

因月亮能透露太阳光线 [6]。　　　　　81

不如此，便须看第二假设 [7]，

若它也被驳倒，无法立站，

---

[1] 第八重天是恒星天，它把许多星辰展示在你们面前，这些星辰好像质与量都相差很远，因而看上去形象各异。

[2] 如果只是因为物质的稀疏或者稠密，各星辰看起来才不同，这说明只有一种物质在调解星辰表面形象的变化。

[3] 按照托马斯·阿奎那的观点，各种物质都具有其形成的原理，物质本身是其形成原理的结果；如果以托马斯·阿奎那的这种观点为基础，依据你所做的揣测和推断，那么，宇宙中就只存在一种物质，其他物质都不存在。

[4] 如果说月亮的黑斑是由物质稀疏或稠密造成的，即物质稠密之处发暗，物质稀疏之处发亮，那么，疏密的情况有两种：或者月亮的发亮处从正面到反面均物质稀疏，呈透明状；或者疏密情况像动物的肉体，有肥有瘦，但并不透明。

[5] 指月亮发亮处"前后透明"的假设情况。

[6] 如果第一种假设成为事实，月亮便永远遮不住太阳，日食的天文现象就不会出现，而实际情况恰恰相反；这证明第一种假设并不成立。

[7] 在第一种假设不成立的情况下，我们还须关注第二种假设。

你观点必定是错误判断 [1]。　　　　84

依照你，光不穿稀疏物质，

就必定有一道隔离界限，

是那里密物质不透光线 [2]；　　　　87

若如此太阳光必定反射，

就如同涂铅的玻璃那般，

把形象与色彩反映镜面 [3]。　　　　90

你会说诸反光相比之时，

某道光会显得比较昏暗，

因它的反射处更加遥远。　　　　93

实验是你们的众艺源泉，

如你能时不时做上一番，

就可以摆脱掉疑问纠缠 [4]。　　　　96

你可以取过来三面镜子，

在相同距离处先置两面，

第三面放更远、两镜中间 [5]。　　　　99

在身后高处放一盏明灯，

它把那三先置镜面点燃，

让三镜反射光回归你眼 [6]。　　　　102

尽管是远处的镜子里面，

所见影比近镜更小一点，

---

[1] 如果能否定第二种假设，便可以证明你的观点是错误的；月亮产生黑斑的原因并不是物质的疏密。

[2] 按照你的看法，如果稀疏的物质不能透露出光线，那么，它的后面就一定有一个与之分隔的区域，是那里的稠密物质阻挡了光线。

[3] 如果月亮的物质稀疏处后面有一个物质稠密的分隔区域，那就好似透明的玻璃后面涂上一层铅，形成了镜子；若如此，明亮的太阳光线仍然会反射出来；就像物品把它的形象和色彩投射在镜面上一样。然而，日食的情况并非如此。

[4] 然而，实践是你取得各种创造活动经验的源泉，你不妨时不时地做上一做，这样你就不会再有疑问了。

[5] 另一面镜子放在先前放好的两面镜子中间，但距离你要更远一些。

[6] 你再在你身后较高的地方放置一盏灯，让灯光投射到三面镜子上，并使光线反射到你的眼中。

但近远镜子中亮度一般。 105

现在似温暖的太阳光线，

使雪失原本的寒冷特点，

令其色也不似从前那般； 108

我也要重塑造你的心智，

用智慧之光辉照你心田，

那光辉似明星闪烁于天 [1]。 111

宇宙的运转方式

在神圣宁静的净火天下，

有一个天体 [2] 在快速旋转，

存在物愉快卧大能里面 [3]。 114

它之下那重天点缀群星 [4]，

把各个天环都拥于怀间，

按本质做出它分配明断 [5]。 117

再下面数重天相互不同，

它们都各自有本能特点，

按本能收果实、种撒地面 [6]。 120

宇宙的各器官如此运转，

一级级向下传，如你所见，

---

[1] 现在，就像在太阳光下冰冷的雪已经融化，我也要用智慧之光照亮你的心田，重新
    塑造你的心智；那智慧之光好似天上闪烁的星星一样明亮。

[2] 指天国的第九重天，即原动天。

[3] 宇宙万物均被包容在原动天的大能之中，它们都各得其所，因而十分愉快。

[4] 第九重天下面的第八重天被称作"恒星天"，那里有许多恒星，因而，此处说"点缀
    群星"。

[5] 天国第八重天中点缀着群星，它从第九重天接受宇宙的大能，然后，按照万物的本
    质做出明断，把大能分成各种具体的能力，分配到它所包容的各天环之中。

[6] 第八重天之下分别是土星天、木星天、火星天、日天、金星天、水星天和月天，它
    们都各自有自己的本能，都按照自己的本能播撒种子，收获果实，即接受不同种类
    的进入天国的灵魂。

上决定，下执行，理所当然 [1]。 123

现请你看清楚我咋从此，

奔向你期盼的真理 [2] 身边，

以便你能独自涉水向前 [3]。 126

工艺品出自于匠人之手，

圣天环之功能及其运转，

也依赖福天使动力源泉 [4]； 129

群星天由深邃智慧推动，

它取来神智印，盖于上面，

因而才看上去美丽无限 [5]。 132

灵魂在人类的肉体之中，

必定会伴随着不同器官，

以不同方式将其能表现 [6]； 135

推动天之神智亦是如此，

以诸星为媒介播添德善，

它也是统一体，分行诸天 [7]。 138

天智能赋珍贵天体生命，

不同能与其结不同联盟，

似你们肉体赖灵魂而生 [8]。 141

---

[1] 就像你所看到的那样，宇宙的各个组成部分便如此运转：上天的指令是由上向下一级一级地传递，上面做出决定，下面执行，这是理所当然的。

[2] 指上帝。

[3] 你要看清楚我是怎么奔向上帝身边的，这样你才能模仿我也自己飞向上帝。

[4] 各重天（圣天环）的功能是天使智慧赋予的，它们的旋转也是天使智慧推动的，这就像工艺品出自匠人之手一样。

[5] 布满星辰之天的运转是由神智推动的，它上面盖有神的印记，因而看上去十分美丽。

[6] 人肉体中的灵魂，它虽然是一个整体，但在不同的器官中，它的表现却不同，因而给人的感受便不同。

[7] 神智和人肉体中的灵魂一样，也是一个运转的统一体，它在各星天中以不同的方式传播和增添德与善。

[8] "珍贵天体"指各星天。这三行诗的意思是：上天的智能（指天使）赋予各星天生命，不同的上天智能与不同的星天合为一体；可以说，星天的生命依赖于上天的智能，这就像人类肉体的生命依赖于灵魂一样。

与星天结合的天使智能，

产生于愉悦的自然本性，

如灵魂发喜光透过双睛[1]。 144

因而说光与光有所区别，

并非因疏或密方显不同；

这才是宇宙的造化原理， 147

按善良之品质区分浊清[2]。"

[1] 与星天结合的天的智能（即天使，因为天使是天智能的化身）均产生于它本身愉悦的自然本性，因而星天都十分美丽；这就像灵魂透过眼睛放射出喜悦光线时，眼睛也显得更加美丽一样。

[2] 月天有些地方显得明亮（清），有些地方显得昏暗（浊），不是因为物质的稀疏或稠密，而是因为光与光本身的质不同；物质的浑浊或清澈依赖的是宇宙造化的力量。

第 3 章

当但丁抬起头欲感谢向他介绍月天情况并讲解月亮黑斑产生原因的贝特丽奇时，另一个新奇的景象吸引了他，使他再次惊愕不已：在月天明亮的背景上，出现了许多灵魂的影子，其影像十分模糊，几乎无法辨认。遵照贝特丽奇的指示，但丁与毕卡达的灵魂进行了较长时间的交谈。毕卡达告诉但丁，月天中的灵魂在尘世时都只部分地实现了自己美好的誓愿，因而他们在最低一重天中享受永福；随后，她向但丁讲述了自己的经历，并解释了天国幸福的分配原理：天国幸福虽然分为不同等级，但是，享受永福的灵魂都满足于自己所获得的幸福，并没有升迁至更高处享受更大幸福的奢望；最后，她向但丁介绍了日耳曼神圣罗马帝国皇帝腓特烈二世之母康坦察。

月天灵魂的影子

那先前以博爱暖心太阳[1]，
用反复之论证向我展现，
美真理温情的悦目容颜； 3
为表明修正错、坚信真理，
我略微抬起头，挺直背肩，
正打算张开口说话之时， 6
一景象出现在我的眼前，
它紧紧吸引住我的目光，
以至于我忘记应说之言。 9
若玻璃透明且十分洁净，
或者水清澈并毫无漪涟，
而且也不深得无法见底， 12

---

[1] 指贝特丽奇。

我们的面孔便模糊可现 [1]；

但即便珍珠戴白皙额头，

其影像也不会弱成这般 [2]；　　　　　　15

我见诸此类影正待吐言 [3]。

曾有人对泉水产生爱恋，

我所犯之过错与其相反 [4]：　　　　　　18

当我见他们时立刻觉得，

是影子投射在镜子上面，

急回身欲知晓谁在身后，　　　　　　21

不见人，便眼睛望向前边，

盯看着温情的向导 [5] 双眸，

圣女眼放射出热情光线。　　　　　　24

她说道："我微笑，你勿惊奇，

我笑你幼稚如顽童一般，

双足仍不能踏真理上面；　　　　　　27

你依然似往常心怀虚幻：

是实在之灵魂在你面前 [6]，

被置此，因未能实现誓愿 [7]。　　　　　　30

可交谈、信这些灵魂之言，

---

[1] 如果我们望着洁净、透明的玻璃，或者望着清澈透底的水，总会模模糊糊地看见自己投射在上面的影子。

[2] 然而我们眼前的影子却是那么模糊，即便在白皙的额头上装饰白色的珍珠（珍珠是中世纪贵族女子常用的饰物），其影像也不会如此不清晰。

[3] 但丁看见许多这样模糊不清的影子正意欲说话。

[4] "曾有人对泉水产生爱恋"指的是希腊神话中的人物那喀索斯。据希腊神话讲，美少年那喀索斯爱上了自己投射在水中的倒影，拥抱它时溺水而亡，死后变成水仙花。在西方各语言中，那喀索斯之爱指自恋。这里，但丁想说，他误把真实的天国形象看作虚幻的影子，而那喀索斯却把虚幻的影子误看成真人，他们二人所犯的错误恰恰相反。

[5] 指贝特丽奇。

[6] 你仍然像以往那样满脑子虚妄的形象，而在你眼前的却是实实在在的灵魂。

[7] 这些灵魂被安排在此处较低的星天中，是因为在尘世时他们未能完全实现他们所许下的美好誓愿。

天国的第一重天，月天

真理光安慰着他们心田，

不再会使其踏错误路线^[1]。"　　　　　　33

毕卡达

我转向似最想说话之魂，

强欲望致使我有些慌乱，

便迫不及待地开口吐言：　　　　　　36

"噢，上天主创造的福者灵魂^[2]，

永生光照耀下享福于天，

不品尝，无人晓此味香甜^[3]；　　　　39

若说出你名字及你处境，

我便将很满足，十分喜欢。"

她立刻含着笑对我吐言：　　　　　　42

"对正当之愿望我爱不拒，

就好像我们的天主期盼：

他希望天国魂如他一般^[4]。　　　　45

在尘世我曾是贞洁修女，

如若你好好地回忆一番，

我现在虽更美，你却能辨^[5]。　　　　48

我便是毕卡达^[6]，你应知晓，

[1] 你可以与他们交谈，也可以相信他们所说的话，因为我们现在已经进入天国，这里，安慰他们心田的真理之光（即上帝的神光）不会让他们再踏上说假话的错误道路。

[2] 指在天国中享福的灵魂。

[3] 天国的幸福，如果不亲身体验一下，是无法知道它多么令人快乐。

[4] 天主希望居住在天国的神圣灵魂都和他一样善良，因而我的爱心不拒绝满足正当的愿望。

[5] 如果你好好回忆一下，虽然进入天国后我比以前更加美丽，你还是可以认出我的。

[6] 毕卡达（Piccarda）是但丁时代佛罗伦萨的一位女子，出生于著名的多纳蒂（Donati）家族，是黑派领袖科尔索·多纳蒂的妹妹，长得十分美丽，年少时便进入圣基亚拉（Santa Chiara）修道院做修女；后来，其兄科尔索将她从修道院中带出，强迫她嫁给了一位粗野的黑派成员。

与其他永福者同居此间，
享福于最慢的旋转天环 [1]。 51
我们都喜爱那神圣之灵 [2]，
只为它燃烧起情感烈焰 [3]，
符合主之秩序心中怡然 [4]。 54
我们均注定在如此低处，
因粗心未遵守所许诺言，
致使其一部分没能实现 [5]。"

天国永福的等级

我说道："在你们奇容之上，
不知是何神光闪闪耀眼，
致使人对你们印象改变， 60
以至我未即刻认出你面 [6]；
但此时你之言助我明辨，
轻易地回忆起你的旧颜 [7]。 63
告诉我，在此处享福之人，
你们对更高处有否期盼？
是否想视野广、圣宠增添 [8]？" 66
她于是随其他灵魂微笑，

---

[1] 按照地心说的理论，九重天围绕着地球，一环套一环，同步旋转；最里面的一环距地球最近，与其他天环相比也最小，因而，旋转的速度最慢。
[2] 指圣灵。
[3] 我们的情感都只燃烧热爱圣灵的烈焰。
[4] 因为符合天主所规定的宇宙秩序而感到幸福和快乐。
[5] 我们注定在天国最低的星天中享永福，因为在尘世时，我们粗心大意，以致没能够完全实现我们向天主许下的誓愿。
[6] 不知道你们这些神圣灵魂的面容上都闪烁着何种神奇之光，致使人们对你们的长相改变了看法，这便是我没能立刻认出你的原因。
[7] 但此时，你说了这些话，使我能够轻松地回忆起你在尘世时的面容。
[8] 告诉我，你们这些在天国低处享福的人是否还有升至高处的欲望，是否还想有更广阔的视野，是否还希望获得更多的天主恩宠。

然后便高兴地回答我言，

似乎她燃烧着首爱 [1] 火焰： 69

"兄弟啊，神爱力除我欲念，

使我们对所有意足心满，

其他便再难燃我等期盼 [2]。 72

若我们仍希望升向高处，

欲望便远离开主的身边，

逆安置我们者 [3] 心中意愿 [4]； 75

如果你细思忖爱的属性，

若天国身处爱理所当然，

你便知该情况难现此间 [5]。 78

但反之，限制在神愿 [6] 之内，

使我们诸愿望合为一元，

这对于上天福重要非凡 [7]； 81

国之主 [8] 统御着我们欲望，

我们被一重重分配于天，

王 [9] 快乐，全国也欢愉、欣然 [10]。 84

主意志是我们安宁之所，

它是海，并且还创造自然，

---

[1] 指上帝之爱，它是所有爱的根源。

[2] 上帝之爱可以平复我们所有的欲念，使我们对自己所获得的幸福心满意足，因而我们心中再也无法点燃其他欲望的火焰。

[3] 指上帝。

[4] 如果我们还存有上升的奢望，那么我们的这种奢望便远离了上帝，悖逆了上帝的意愿。

[5] 如果你细细地想一想爱的属性，如果天国的圣洁灵魂身处于爱之中是理所当然的，你就会明白，悖逆上帝意愿的情况在此处是不可能发生的。

[6] 指上帝的意愿。

[7] 然而，把我们自己的意愿限制在上帝的意愿范围内，统一在上帝的意愿上，这对于获得上天的幸福是至关重要的。

[8] 指天国的主人上帝。

[9] 指上帝。

[10] 上帝快乐，全天国的居民也都欢愉、欣然。

自然物都涌入大海里面 [1]。"　　　　　　　87

此时我方明白，天上各处，

均处于天国的界限里面，

尽管是不同等撒下至善 [2]。　　　　　　90

但常见吃厌了一种食物，

对另种却仍有三尺垂涎，

谢厌食，又求把新食吞咽；　　　　　93

我举止和话语亦是如此，

欲知晓她曾在何等布面，

穿梭却未能把纱线织完 [3]。　　　　　96

她说道："美人生、崇高功德，

使一女升上了更高之天 [4]，

尘世女遵其规穿衣、戴纱，　　　　　99

至死把那郎君 [5] 昼夜陪伴 [6]，

该郎君尽接受虔诚许诺，

是真爱使诺言符合其愿 [7]。　　　　　102

少女时，弃凡尘，追随她去，

我将她之衣裳披在背肩，

---

[1] 上帝的意志创造了万物，它也是容纳万物的大海，被创造的万物均汇集于上帝的意志。

[2] 此时我才明白，天上各处，无论高低，都是天国的组成部分，尽管在不同等级的星天中降落的至善等级不同。

[3] 然而，我们经常见到，一个人吃厌了一种食物，却对另一种食物垂涎三尺，因而一边感谢获得了足够量的第一种食物，一边却又祈求能吞下另一种食物。但丁也是这样，毕卡达的解释刚刚满足了他的一个愿望，他又产生了另一个疑问；其举止和话语都表现出他想知道，在哪一方面毕卡达未能实现自己所许下的良好誓愿。"欲知晓她曾在何等布面，穿梭却未能把纱线织完"是对未实现誓愿的一种比喻。

[4] "升上了更高之天"的女子指毕卡达所属的圣基亚拉修道院的创始人圣基亚拉。

[5] 指基督耶稣。

[6] 尘世的许多女子都遵守圣基亚拉制定的教规，穿上修女的服装，戴上修女的面纱，虔诚地把自己完全奉献给基督耶稣。基督教称修女为"嫁给基督的女人"。

[7] 基督接受所有虔诚的许诺，因为真诚的爱使这些许诺符合基督的意愿。

许诺沿她教派道路向前 [1]。　　　　　　105
惯行恶弃善者 [2] 随后掠我，
远离开那温情修行寺院，
主知我后来咋活于世间。　　　　　　108

康坦察

在我的右边有另一形象，
她发的灿烂光闪你眼前，
似此天全部光聚燃其身，　　　　　　111
她经历与我的情况一般 [3]；
也曾经是一位修女姐妹，
却被夺头上纱，露出其面。　　　　　　114
虽然是违其愿、世间良俗，
被人们强迫着归返尘凡，
但心中却始终薄纱遮面 [4]。　　　　　　117
伟大的康坦察 [5] 便是那光，
生育了士瓦本最后强权 [6]，

---

[1] 我还是少女的时候便离弃凡尘，追随圣基亚拉，穿上圣基亚拉教派修女的衣服，成为该教派的修女，并许诺要沿着该教派的道路一直走到底。

[2] 指毕卡达的兄长科尔索·多纳蒂（Corso Donati）。见本章前面的注释。

[3] 我右边有一个灵魂，她非常明亮，似乎月天的光全都汇集在她一人身上，她和我有同样的经历。此人是日耳曼神圣罗马帝国皇帝、西西里国王腓特烈二世的母亲康坦察（Costanza，另译：康斯坦察）。据传说，她曾入修道院做修女，后来还俗，与日耳曼神圣罗马帝国皇帝腓特烈一世之子亨利六世成婚；但并无证据证实此传说。

[4] 虽然人们违反世间良俗和本人意愿强迫她摘掉面纱，回归凡尘，但是她心中始终戴着那圣洁的面纱。

[5] 康坦察是西西里诺曼王朝最后一位继承人，1185 年与日耳曼神圣罗马帝国皇帝士瓦本（Svevo）家族的腓特烈一世（人称巴巴罗萨，即红胡子）之子亨利六世结婚，这一政治联姻使帝国获得了对意大利南部和西西里岛的统治权。

[6] "士瓦本最后强权"指日耳曼神圣罗马帝国皇帝腓特烈二世，他是士瓦本家族最后一位有权势的统治者；他的儿子曼弗雷迪后来被法兰西安茹伯爵击败，死于战场，意大利南部的统治权落入法兰西人手中，士瓦本家族从此退出欧洲的政治舞台。

第三代继承了二代王冠 [1]。" 　　　　　　　120

她如此对我说，随后唱道：

"万福啊，玛利亚。"声传空间，

边歌唱，边隐形，如沉水面。 　　　　　123

我双眸尽所能紧紧盯她，

随后她便渐渐消逝不见；

我转身面朝向贝特丽奇， 　　　　　　126

向更大之期盼 [2] 投去视线；

她如电之目光炫耀我眼，

我最初忍受它 [3] 极其困难； 　　　　129

致使我踟蹰吐疑问之言 [4]。

---

[1] 士瓦本家族的第一代指腓特烈一世，第二代指亨利六世，第三代则指腓特烈二世。

[2] 指贝特丽奇。

[3] 指贝特丽奇的耀眼目光。

[4] 但丁怯生生地提出疑问。

第4章

听完毕卡达的讲述，但丁心中产生了两个疑问：一个疑问是，被置于天国最低一重天（月天）的灵魂虽然生前未能全部实现良好的誓愿，但责任并不在他们，而在对他们施加暴力的人，因而他们所承受的待遇是否不太公正；另一个疑问是，灵魂被分配到各重星天之中，这种安排是否以柏拉图在《蒂迈欧》中所阐述的哲学道理为依据。贝特丽奇向但丁一一解答了他的疑问。随后，但丁又问贝特丽奇是否可以用善行来弥补未能完全实现誓愿的过错。

但丁的两个疑问

两食物诱惑力、距离相等，

自由人置其于齿间之前，

必定会先饿得人死命断；   3

一羔羊亦同样因为害怕，

会踟蹰两凶残恶狼之间；

见双鹿，猎犬也止步立站[1]；   6

在同等两疑间若陷沉默，

我不会自责备亦不自赞，

因为有此表现理所当然[2]。   9

我沉默，疑问与求知欲望，

却清晰刻画在我的颜面，

---

[1] 两个有同等诱惑力的食物被放置在距离相等的地方，一个具有自由意志的人就难以选择先食用哪一个，这样一来，在他把选定的食物放入口中之前就一定会饿死；一只羔羊站在两只恶狼中间，也一定会因为害怕而不知道往哪边逃；当同时见到两只鹿时，猎犬也会因不知先追逐哪一只而犹豫不决，止步不前。

[2] 在同等重要的两个疑问之间我犹豫不决，沉默不语，不知先问哪一个，这并不令我自责，亦不会自赞，因为我有这种表现也是正常的。

表现比语言更强烈、明显 [1]。　　　　　　12

但以理 [2] 除尼布甲尼撒怒，

那怒火曾令王无理凶残 [3]，

圣女也对待我如此这般 [4]；　　　　　　15

她说道："清晰见两种愿望，

左边拉，右边扯，令人难断，

你心力自束缚，无法吐言 [5]。　　　　　　18

你曾说：'善之念如若不移，

别人虽对我施暴力、强权，

我功德怎能够减少半点 [6]？'　　　　　　21

除此外，柏拉图曾经断言，

灵魂将返回到星辰之天，

这是你另一个疑问根源 [7]。　　　　　　24

两疑问同时压你的心田，

似两块重相等巨石一般，

我先把最毒的解释一番 [8]。　　　　　　27

---

[1] 我虽然沉默不语，脸上所表现出的提问的欲望则更加强烈，比用语言说出来也更加明显。

[2] 但以理（Daniel）是犹太四大先知之一，出生时犹太国已亡。他被选中服侍巴比伦帝国尼布甲尼撒王。他天资聪颖，一直受到重用，直至巴比伦帝国灭亡。犹太教和基督教的《圣经》中都包括《但以理书》，相传该书的一部分内容是由但以理亲手撰写的，另一部分内容则是由后人撰写；书中记录了他的生平事迹。

[3] 据《圣经·但以理书》讲，一次，巴比伦王尼布甲尼撒令术士解梦，无人能解，他恼羞成怒，要杀死他们；先知但以理受上帝启示，为巴比伦王解了梦，消除了他的疑惑，熄灭了他怒火，解救了众术士。

[4] 此处，但丁说，圣女贝特丽奇消除了他的疑虑，就像但以理消除尼布甲尼撒王的疑虑那样。

[5] 贝特丽奇对但丁说，你有两个愿望（即消除两种疑虑的愿望），一个从左面拉扯你，另一个从右面拉扯你，它们束缚了你心中的判断力，使你不知道说什么好。

[6] 一个人的善念如果坚定不移，别人无论怎样施加暴力，都无法逼迫他作恶；这样，他的功德就丝毫不会减少。

[7] 在《蒂迈欧》（Timeo）中，柏拉图指出，人的灵魂来自天上的星辰，死后还将回归那里。贝特丽奇说，你还想问：柏拉图的这一观点是不是灵魂被分配到各星天之中的依据。

[8] 我先解答两个疑问中对你影响最大的那个。

灵魂返回到星天

永福者居住的地方——净火天

撒拉弗 [1]、摩西 [2] 与两位约翰 [3]、

撒母耳 [4]、玛利亚 [5] 靠主身边，

他们和其他的天国福者，　　　　　　　30

席位都不会在下面诸天，

也不会有别于面前灵魂，

比其福更长久或者更短 [6]；　　　　　　33

诸魂使第一天 [7] 美丽无比，

却享受不同的生活甘甜：

因感受永恒爱程度有变 [8]。　　　　　　36

这些魂在此处，并非因为，

上天主赐他们这一重天，

只为示他们享低等天安 [9]。　　　　　　39

对你们就应该如此讲解，

因人类只能经感性分辨，

---

[1] 撒拉弗（Serafini）是《旧约》中所提到的六翼天使，基督教神学认为他们是天阶等级最高的天使。

[2] 摩西是公元前 13 世纪犹太人的领袖，据《旧约》记载，他曾经率领受奴役的希伯来人逃离埃及，并受神灵的启示，为希伯来人制定了《十诫》。在犹太教、基督教、伊斯兰教中，他均被认为是极其重要的先知。

[3] "两位约翰"指基督教的重要圣人洗礼约翰和福音约翰。

[4] 据《旧约》记载，撒母耳是以色列立国后的第一位先知，他曾膏立扫罗和大卫为王。

[5] 指圣母玛利亚。

[6] 撒拉弗、摩西、洗礼约翰、福音约翰、撒母耳、玛利亚等最高等级的天使和最伟大的灵魂以及在天国享受永福的其他所有灵魂，都居住在九重天之上的净火天中，与这里（月天）的灵魂并无差别，享受天福的时间也不会比他们更长或者更短。只是为了说明天福的等级，他们才下至诸天环中与但丁会面。

[7] 指天国的最高处净火天。

[8] 诸魂一起在净火天享受永福，但他们所品尝到的甘甜却有等级之分，因为他们接受永恒之爱（即上帝光辉）的程度不同。

[9] 这些灵魂在此处（月天），并不是因为上帝把这重天赐给了他们，而只是为了表示他们在净火天中享受较低等级的天国的幸福和安宁。

从感性升理性，否则明难 [1]。　　　　　42

正因此《圣经》才迁就人智，

为上帝绘手足，似人一般，

人类则应理解其中内涵 [2]；　　　　　45

加百列 [3]、米迦勒 [4]、另一天使 [5]，

被教会也绘出人的颜面，

那后者治愈了托比双眼。　　　　　48

蒂迈欧 [6] 曾论述灵魂之事，

论点并不同于此处所见，

其思想与他的语言一般 [7]。　　　　　51

他曾说：魂将返它的星中，

当自然令它成本质那天，

它便离所在星那片空间 [8]；　　　　　54

如若是观点与其语有异，

很可能他有意如此吐言，

因而便不可以作为笑谈 [9]。　　　　　57

若他说星影响灵魂善恶，

---

[1] 对你们人类，我只能如此讲解，因为，人类只能通过感性认识领悟真理，再从感性认识上升到理性认识，否则便不能理解深奥的道理。

[2] 正是因为如此，《圣经》的内容才十分通俗，才把上帝绘成人形；然而，人解读《圣经》时则应理解其内涵。

[3] 加百列（Gabriel）是向圣母玛利亚报怀孕之喜的大天使。

[4] 米迦勒（Michel）是帮助上帝平定路西法叛乱的大天使。

[5] "另一天使"指大天使拉斐尔，他可治百病。据《圣经》后典《托比传》讲，他曾经治愈了托比的眼睛。

[6] 蒂迈欧是柏拉图关于宇宙的对话体哲学著作《蒂迈欧》中的人物。

[7] 贝特丽奇告诉但丁，柏拉图曾通过蒂迈欧之口谈论过灵魂问题，但是他的说法与但丁在月天上的所见所闻有差别：蒂迈欧说灵魂居住在星天中，而但丁见到的和听到的却是，灵魂只暂时出现在星天中，而不居住在那里，他们的居住地是天国的最高处——净火天。随后，贝特丽奇又说，蒂迈欧似乎是怎么想就怎么说，其语言好像并没有什么引申含义。

[8] 柏拉图通过蒂迈欧之口还说，当大自然使灵魂形成时，灵魂便离开所在的星天，进入人体；人死后，它会返回原地。

[9] 或许柏拉图有意这么说，其实观点与语言表面的意思有差异；无论如何，他的话并非戏言，需要深入思考。

其荣耀或骂名重返星天，

或许弓射出了中的之箭 [1]。　　　　　　60

此理论被误解，几乎致使，

全世界都踏上扭曲路线：

只见到玛尔斯、宙斯飞天 [2]。　　　　　63

月天的灵魂为什么生前未能实现誓愿

另外有一疑问搅扰你心，

其毒性却较弱，危险锐减，

因它恶难引你离我身边。　　　　　　66

在凡人眼睛中，我们正义 [3]，

被看作非正义，因不明辨，

我说的是信仰或者异端 [4]。　　　　　69

但因为尘世人具有心智，

能深深探入到真理里面，

我会解你疑问，尽遂汝愿 [5]。　　　　72

受害人若丝毫未助暴虐，

才可说施暴者呈现凶顽；

这些魂均不能获得原谅，　　　　　　75

[1] 他说星天影响灵魂的善恶，人死后，荣耀或骂名也随着灵魂返回星天，这或许是射中部分真理的箭。但丁只部分接受星天影响人德行的观点，他认为人的自由意志也可以在某种程度上影响人的善恶。见《炼狱篇》第 16 章 "马可讲解人类堕落的原因" 一段。

[2] 世人误解了柏拉图关于星天的观点，用它来推卸自己堕落的责任；他们只见到木星、火星等星辰在天上运行，认为人类的堕落是它们的影响造成的，看不见人的自由意志的堕落也是其重要的原因。在意大利语中，希腊神话中的主神宙斯的名字与木星一词相同，罗马神话中的战神玛尔斯的名字与火星一词相同，因而此处诗人用这两位天神来表示木星和火星。

[3] 指天国的正义，即上帝的正义。

[4] 尘世的许多人把上帝的正义视作非正义，这是因为他们头脑糊涂，不明是非；我说的正义指的是对上帝的真正信仰，非正义指的是异端思想。

[5] 你们人类具有心智，如果细细思考，可以理解上帝的真理，因而我会解答你的疑问，使你心满意足。

因意志若不允，熄灭则难，

就像那自然火熊熊燃烧，

即便被强风暴千次摇撼 [1]。　　　　78

人意志屈暴力，或多或少，

此处魂均曾有如此表现：

有机会却没有逃回圣院 [2]。　　　　81

若她们能保持完整意志，

就如同劳伦斯脚踏火焰 [3]，

穆齐奥对其手严厉至极 [4]；　　　　84

当摆脱暴力时便会回返，

被意志再推上来时之路；

但如此坚意志十分罕见 [5]。　　　　87

如若你能认真理解此言，

谬论便会被你彻底推翻，

否则它将多次把你纠缠 [6]。　　　　90

但此时另一关横在眼前，

凭己力你过关极其困难，

闯关前你便将疲惫不堪。　　　　93

我刚才已向你明确申明，

---

[1] 如果意志本身不允许自己熄灭火焰，意志的火焰便难以熄灭；这就像熊熊燃烧的自然之火，即便风暴千万次猛烈地吹动它，它也不会熄灭。

[2] 人的意志往往会或多或少地屈从于暴力，这里的灵魂都曾经有过如此表现，比如，毕卡达和康坦察均有可能重新逃回修道院，她们却没有那样做。

[3] 指圣劳伦斯（San Lorenzo）。圣劳伦斯是罗马帝国时期一位殉道的基督教教士，曾任罗马副主祭，因拒绝交出教会的财产，被罗马帝国政府烧死。

[4] 穆齐奥（Muzio，另译：穆齐乌斯）是古罗马共和国早期的一位英雄。埃特鲁斯人围困罗马，罗马处于危险之中，穆齐奥欲刺杀埃特鲁斯王，未遂，只刺伤其秘书官。埃特鲁斯王下令烧死他，他却毫不畏惧，当场把一只手臂主动伸向火盆，以示惩罚自己未能刺杀成功之过。国王赞赏他的勇气，释放了他，并撤军。罗马获救。

[5] 假如毕卡达和康坦察能够保持完整的意志，而不想半途而废，那么，当她们摆脱暴力时，就能够回归她们以前的修女生活；然而，如此坚定的意志却实在罕见。

[6] 如果你能够十分认真地理解我说的这些话，关于这个问题的谬论就会被你推翻，否则它还将多次搅扰你。

天国的享福者不说谎言，

因他们常靠近首真 [1] 身边；　　　　　　96

你已闻毕卡达圣女讲述，

康坦察仍然爱薄纱遮面，

似乎她与我说情况相反 [2]。　　　　　99

兄弟啊，人为了躲避危险，

时常会逆自己心中意愿，

做不该做之事随处可见；　　　　　102

就如同从父命阿尔迈翁，

令自己亲生母魂飞命断：

为对父守孝道如此凶残 [3]。　　　　105

我希望你想想这件事情，

暴力与弱意志揉作一团，

对此罪之惩罚不可赦免 [4]。　　　　108

人意志绝不会允许祸害，

但恐惧却令它退缩一边，

若反抗，其结局更加悲惨 [5]。　　　111

毕卡达说的是绝对意志，

我说的是意志另外一面，

---

[1] 指上帝的真理。

[2] 你刚才已经听毕卡达说过，康坦察仍然心中喜欢戴着面纱过修女的生活。这好像与我所讲的情况相反。

[3] 阿尔迈翁（Almeone，另译：阿尔克迈翁）是希腊神话中的人物。据希腊神话讲，阿尔迈翁是国王安菲阿（Anfiarao，另译：安菲阿拉俄斯）的儿子。安菲阿的妻子被人用一串珍珠项链收买，便蛊惑丈夫参加七将攻忒拜的战役。安菲阿是一位先知，已预知此去凶多吉少，便嘱咐阿尔迈翁和其他儿子为他报仇。阿尔迈翁率领诸兄弟为父报仇，摧毁了忒拜城，并遵照父亲的遗嘱杀死了自己的母亲。

[4] 你好好想想这一悲惨的事件，就会明白，如果暴力与意志不坚定相遇，这两个因素合在一起会造成怎样的灾难；因而，对意志不坚定的惩罚是不可赦免的。

[5] 从绝对意义上讲，意志不会允许任何祸害行为，但是人的恐惧感有时却会令它略有退缩，因为反抗会造成更大的伤害。

我二人所说的都是真言 [1]。" 114

所有的真理都出自同源，

从该泉涌出了圣河波澜，

它平息我心中求知欲念 [2]。 117

但丁请贝特丽奇解开新的疑团

我说道："噢，明星啊，首爱女子 [3]，

您话语似热浪入我心间，

焕发了我生气，令我欣然； 120

无论是我的爱多么深厚，

也无法报答您对我恩典；

万能主回报您是我期盼 [4]。 123

我看到：若首真不照吾心，

心智便永不会意足心满，

除了它任何真均是虚幻 [5]。 126

心一至首真处（必定能至），

宁静如猛兽入洞穴一般，

否则便诸欲望均难实现 [6]。 129

因欲望而萌生心中疑惑，

似嫩芽破土出真理脚边；

---

[1] 毕卡达说的是绝对意义上的意志，我说的则是意志的另外一面，我二人说的都是真话。

[2] "圣河波澜"比喻贝特丽奇滔滔不绝的话语。这几行诗的意思为：所有的真理都来自于上帝，从上帝这个真理之泉中涌流出贝特丽奇滔滔不绝的话语，它满足了但丁的求知欲望。

[3] "首爱女子"指贝特丽奇。首爱指上帝之爱，贝特丽奇是上帝所爱的女子，因而被称作"首爱女子"。

[4] 我只能期盼万能的主替我回报您。

[5] "首真"指上帝之真理。在上帝的真理面前，任何其他的所谓真理都只是虚幻；如果没有上帝的真理照耀我的心智，我的心智便永远不会满足。

[6] 心智一领悟上帝的真理（它一定会领悟），心便感觉十分宁静，就如同猛兽回归了洞穴；如果不领悟上帝的真理，什么求知的欲望都无法实现。

我们便自然会翻山登巅 [1]。 132

圣女啊，此原因鼓励着我，

恭敬地请求你对我吐言，

解除我对另一真理疑团 [2]。 135

若善为对你们分量极重，

我想知可否补未践誓愿，

使你们决断者意足心满 [3]。"

那神女温情地注视着我，

她眼中慈爱的火星闪闪，

我双眸败下阵，弛缰奔逃， 141

目低垂，似昏迷，魂飞天边 [4]。

[1] 由于具有求知的欲望，才会产生各种疑问，疑问就像在真理脚边破土而出的幼苗；带着疑问我们自然会翻山越岭，最后登上真理的最高峰。

[2] 通过疑问登上真理之巅是鼓励和促使我向你提出另一问题的原因，请你回答我的问题，解除我心中的另一个疑团。

[3] "你们决断者"指上帝。如果有对你们极其重要的善为，是否可以补救未实现的誓愿使上帝感到满意?

[4] 贝特丽奇用充满慈爱的双眸温情地注视着但丁，她眼中放射出极其明亮的光，致使但丁不敢看她，只好逃避开她的耀眼视线，低下头，晕乎乎地好像魂魄已经飞走。

第5章

　　贝特丽奇指出誓愿是与上帝订立的契约，并阐述了誓愿与自由意志之间的关系，进而确认了对上帝的誓愿是不能违背的，违背誓愿的后果无法补偿。她告诫基督徒行事要谨慎，不可轻易对天许诺，许诺就必须遵守。随后，在贝特丽奇的引导下，但丁飞入第二重天——水星天；他看见许多闪光的灵魂迎面而来，便与其中的一个交谈，请其解开他心中的疑团。

关于誓愿的论述

"若我用热烈爱炫耀你眼，
其方式尘世间从未曾见，
你勿对夺目光感到惊愕[1]，　　　　　　　　　　3
因完美智慧眼是其源泉[2]，
它可以直接地获取至善，
越获取越能够近其身边[3]。　　　　　　　　　　6
我已经清晰见你的心智，
闪烁的永恒光[4]十分灿烂，
人一旦见此光，爱必被燃；　　　　　　　　　　9
其他物若引发你们之爱，
那只是光余晖残留心间，
世人却认其为永恒光线[5]。　　　　　　　　　　12

---

[1] 如果我用一种尘世间从未见过的爱的强光炫耀你双眼，你切勿对它感到惊愕。

[2] "完美智慧眼"指贝特丽奇的心智之眼，因为它可以直视上帝的光辉，所以被视为"完美智慧眼"。此处，贝特丽奇说："你不要对这里的夺目光辉感到惊愕，因为它来自我的心智之眼。"

[3] "至善"指上帝之善。获取上帝的至善越多，就会越靠近上帝身边。

[4] 指上帝的光辉。

[5] 人们只应该追求上帝的永恒之光，尘世的其他爱仅仅是上帝永恒之光残留的影子；然而，它们经常误导人，使世人误认为它们就是上帝之光本身。

你想知因爽誓义务未尽，

其他法可否把结局扭转，

使灵魂不受到上天责难 [1]。" 15

圣女子这段话开启此篇；

就好像说话人不愿中断，

她继续阐述其神圣论点： 18

"主慷慨创造的最重礼物，

也最最符合主心中意愿，

它受到天主的至高赞美， 21

该礼物是自由意志舒展；

仅仅是所有的智慧造物 [2]，

过去有此殊荣，今日依然 [3]。 24

若你在此基础之上推理，

誓愿的高价值便会展现，

你发誓，上帝也允汝诺言 [4]； 27

一旦主与人类订立契约，

我所说那财宝便成祭献，

此行为出自于人的自愿 [5]。 30

若如此，还可用何物补偿？

已献物你却要重用一番，

---

[1] 这是上一章结束时但丁提出的问题，此处贝特丽奇又重复一遍，从而使两章上下文紧密衔接。

[2] 指人类和天使。

[3] 仅人类和天使获得了上帝所赐予的最珍贵的礼物——自由意志，过去是这样，现在仍然是这样。

[4] 如果你在人具有上帝所赐予的最珍贵礼物——自由意志的基础上进一步推理，便会得出一个结论："誓愿"具有很高的价值，你许下了诺言，上帝也接受你的诺言，你和上帝之间便订立了契约。

[5] "我所说那财宝"指上面提到的人类的自由意志。一旦人与上帝订立契约，人的自由意志便成为对上帝的祭献之物；这种行为出自于人的自愿。

怎么能用赃物施布仁善 [1]！ 　　33

你已经能清晰明白要点，

圣教会却可以解除誓愿，

这似乎有悖我阐述真理， 　　36

因而你仍应该暂坐桌边：

你吞食难吸收坚硬食物，

需帮助方能够消化腹间 [2]。 　　39

快敞开你心扉听我阐述，

并把它牢牢地铭刻心间，

只理解，不牢记，徒劳枉然。 　　42

此祭献取决于两个要素，

一个由祭献物自身体现，

另一个是定约所许诺言。 　　45

后者须严遵守，不能废除，

这一点我上面已经有言，

论述得极严谨，清晰明辨； 　　48

就如同你所知，希伯来人，

必须对上天主真诚祭献，

尽管是祭献物可以更换。 　　51

另一个要素是祭献之物，

如果用其他物将其替换，

对天主之祭献并无污点 [3]。 　　54

---

[1] 如果我们已经把自由意志祭献给了上帝，那我们还能怎么进行补偿啊？难道还能把已经祭献给上帝的东西再重新祭献一遍吗？这不等于把偷来的赃物施舍给别人，然后说自己在行善吗！

[2] 你现在虽然已经能够理解这个问题的要点，但这里却出现了一个矛盾，即教会的神父们有权力解除人们的誓愿，这种权力似乎与我所阐述的真理相悖，因而你还需继续听我讲解；这就像，你吞食了不易消化的坚硬食物，必须再停留在饭桌前一段时间，因为你需要某种帮助才能消化这些食物。

[3] 《旧约》中对希伯来人的祭献活动有明确规定。按照规定，有些祭品是可以更换的，有些祭品则不能更换；然而，祭献活动是绝对不能取消的。参见《旧约·利未记》。

但肩上担负的那副重担，

人们却不可以随意改变，

必须见白与黄钥匙旋转 [1]；　　　　　　　57

若所做之替换并不能够，

如同四包括在六的里面，

替换便必定是十分荒诞 [2]。　　　　　　60

因此说，任何物价值太重，

使天平之指针倾斜一边，

用他物作补偿徒劳枉然 [3]。　　　　　　63

对基督徒的告诫

尘世人不可以轻易起誓，

若起誓就必须遵守诺言；

耶弗他守诺却行为极恶，　　　　　　　　66

只好说'我错了，不该许愿'，

但不献首见物必定更惨 [4]；

希腊人大统领 [5] 是个蠢蛋，　　　　　　69

---

[1] "白与黄钥匙"指耶稣交给圣彼得的金银两把钥匙（参见《地狱篇》第 27 章第 105 行注释），它们象征天主教会的神权。"必须见白与黄钥匙扭转"意思为"必须通过教会的同意"。

[2] 这里，但丁用"四"和"六"两个数字来表示祭献物的多少，所要表达的意思是，改换祭献物时，一定要遵循许多不许少的原则，即替换要比所规定的祭献物的价值要高，就像"六"比"四"的数量多，可以将其包括在内一样；如果做不到这一点，那么替换祭品的做法就是荒谬的。《旧约·利未记》中有此类规定。

[3] 对上帝的誓言是一种价值太重的祭献物，用其他祭献物替换它是徒劳枉然的。

[4] 耶弗他（Ieptè）是《旧约圣经》中的人物。据《旧约圣经》记载，耶弗他十分在乎战争的胜负，为了取得战争的胜利，他许诺把凯旋时第一个出门迎接他的人祭献给上帝；但不料第一个从家门走出来迎接他的竟然是他最喜爱的独生女，于是他不得不忍痛将其祭献给上帝。但丁认为耶弗他用女儿祭献上帝的行为是极其邪恶的，但是如果他不遵守诺言，必然会遭受其他更大的灾难。见《旧约·士师记》。

[5] 指荷马史诗《伊利亚特》中希腊联军的统帅阿伽门农。

使伊菲吉尼亚泪洒美颜 [1]，

愚钝人、智慧者闻此故事，

全都会哭泣得痛碎心肝 [2]。　　　　　72

基督徒，你们要沉稳处事，

切勿要随风摆，羽毛一般，

别以为任何水均可净面 [3]。　　　　　75

你们有《新约》与《旧约》导航，

和教会之牧师 [4] 引路向前；

愿这些足以救你们脱难。　　　　　78

若邪恶之贪婪呼唤你们，

做智人，不要似疯羊那般 [5]，

切莫让犹太人引为笑谈 [6]！　　　　　81

勿做那刚刚断母乳之羔，

既幼稚，又放荡，毫无拘管，

蹦跳着，头乱顶，纵情撒欢！"　　　　　84

升入水星天

圣女子吐出了我述之言 [7]；

随后她转向了最亮一边 [8]，

---

[1] 据荷马史诗《伊利亚特》讲，因遇逆风，停泊在港口的希腊联军的战船无法扬帆出征，预言家卡尔卡斯说，只有把统帅阿伽门农的女儿伊菲吉尼亚祭献给神灵才能改变风向，于是阿伽门农忍痛将自己的女儿送上祭坛。

[2] 所有人，无论愚钝还是智慧，都会为这个悲伤的故事哭泣得痛碎心肝。

[3] 这里，诗人通过贝特丽奇之口嘱咐所有的基督徒，不要像羽毛一样随风飘摇，轻信别人的建议；不要以为，任何建议都有助于人：不是任何水都可以像洗礼水那样能使人洗心革面。

[4] 指执掌天主教会的教宗。

[5] 如果邪恶的贪婪诱导你们向上帝许愿和发誓，你们可要做智慧、理性的人，而不要像疯羊那样轻易地受到诱惑。"疯羊"指完全丧失理智的人。

[6] 在祭献和向上帝许愿等事上，犹太人一向严格地遵守规矩，如果随随便便就被贪婪所诱惑，轻易地对上帝起誓，就会被犹太人耻笑；你们切记不要落得如此下场。

[7] "圣女子"指贝特丽奇。诗句的意思为：贝特丽奇说出了我在这里所写下的语言。

[8] 指转向了太阳，即转向了更高一重天。

心中似充满了浓浓期盼。　　　　　　　87

贪婪心 [1] 又生出新的问题，

然而我却缄口，没有吐言，

因为她先沉默、改变容颜 [2]。　　　　90

就如同弓之弦还在抖颤，

箭已经射中了靶心那般，

我二人快速入第二重天 [3]。　　　　93

在那里我见到圣女喜悦，

好像是光叠光，无比灿烂，

此时刻那行星更加耀眼 [4]。　　　　96

我是人，本性便十分易变，

若星辰欢喜时改换容颜，

我那时会变得多么不凡 [5]！　　　　99

似平静、清澈的鱼池之中，

小鱼儿同扑向落水物件，

都以为是食物，可以吞咽；　　　　102

我又见千余个闪光物体，

向我们走过来，口中吐言：

"为我们增爱者就在眼前 [6]。"　　　　105

光魂都朝我们迎面走来，

一个个身上均金光闪闪，

光芒中见他们幸福满满。　　　　108

读者呀，若开讲，却不展开，

---

[1] 指但丁求知欲望十分强烈的心。

[2] 在天国中，贝特丽奇越飞向高处，容颜就变得越明亮和美丽。

[3] 第二重天是水星天（cielo di Mercurio）。

[4] 在第二重天中，贝特丽奇好像更加喜悦，因而发出更灿烂的光辉；贝特丽奇的光辉使第二重天也更加明亮、耀眼。

[5] 如果本性不易变化的星辰都在贝特丽奇的喜悦中变得更加明亮，你们想想，我这个本性极易受到外界影响、十分易变的人会变得多么超凡脱俗啊！

[6] 这里的灵魂将用他们的爱心向但丁讲解许多问题，每次讲解都会增加他们心中的爱，因而他们说"为我们增爱者就在眼前"。

天国的第二重天，水星天

心会被知更多欲望搅乱，

你想想，这多么令你心烦； 111

这些魂一出现我的眼前，

我便想听他们自述一番，

把他们之情况向我展现。 114

"噢，幸运儿，在结束奋斗之前 [1]，

你获得上帝的恩泽万千，

永恒的凯旋座便映汝眼 [2]； 117

我们被普照天光辉点燃；

若听我讲真情是你所盼，

就请你快快地满足心愿 [3]。" 120

一虔诚之灵魂如此说道。

圣洁女随即又对我吐言：

"尽管说，就像对神灵那般 [4]。" 123

"我见你隐伏于自身光中，

那光焰源自你明亮双眼，

因为你微笑时它更灿烂 [5]。 126

高贵的灵魂啊，我却不知，

你是谁，为什么居于此间，

另一光 [6] 遮此天，凡人难见 [7]。" 129

对刚才说话的发光物体，

我吐出上面的这番语言，

---

[1] 在结束令人不断挣扎的尘世生活之前。

[2] 噢，你可真是个幸运儿，获得了太多的上帝恩赐，竟然在抛弃尘世痛苦生活之前，
就能看见上帝的永恒凯旋宝座。

[3] 包裹在我们身上的光辉是上帝普照万物之光点燃的。如果你期盼听到我解答问题，
向你展示真情，那就来问我吧，以便快快地满足你的心愿。

[4] 贝特丽奇嘱咐但丁：你心中有话尽管对他说，就像对神灵吐露衷肠一样。

[5] 我看得出，将你隐藏的光出自你的眼睛，因为你微笑时，光就变得更加明亮。

[6] 指耀眼的太阳光。

[7] 此时但丁身处水星天。水星距离太阳很近，太阳的强光将其遮住，凡人几乎无法看
见它。

闻我言它变得更加灿烂。 132

就如同太阳热驱散浓雾，

随后便放射出强烈光线，

强光下其身影隐匿难辨； 135

那圣洁之魂影更加欢喜，

亦藏身其光中，形影不见 [1]。

他被光全遮掩回答我言， 138

说什么，敬请听下面诗篇。

---

[1] 那个光魂听到但丁的话，更加高兴，因而发出更加强烈的光，遮住了他自身；就像太阳驱散浓雾放射出耀眼的光辉，致使人无法见其身一样。

第6章

在水星天中，但丁遇到了为追求尘世荣耀而行善的灵魂，由于行善的目的不纯，他们所领受的上帝光辉自然会锐减。在诸灵魂中，但丁见到了组织编撰《查士丁尼法典》的东罗马帝国皇帝查士丁尼，并听他讲述了罗马帝国的辉煌历史。交谈中，但丁借助查士丁尼之口，既谴责了支持皇帝的吉伯林党人，又谴责了支持教宗的圭尔费党人，说他们之间的斗争造成了意大利的混乱和灾难。最后，查士丁尼又向但丁讲述了普罗旺斯伯爵的忠臣罗梅奥被人诬陷的故事。

查士丁尼

"古人 [1] 娶拉维纳 [2] 为妻之后，

神鹰 [3] 顺天之运飞向西边 [4]，

又令其逆天行君士坦丁 [5]；　　　　　　3

再过去一百年加上百年 [6]，

那神鸟仍停留欧洲边界，

靠近它飞出的座座大山 [7]；　　　　　　6

它统治天下并将其荫庇，

在那里一代代传承不断，

---

[1] 指维吉尔的史诗《埃涅阿斯纪》中的主人公埃涅阿斯。

[2] 拉维纳（Lavina，另译：拉维尼亚），《埃涅阿斯纪》中的人物，拉丁人的公主，后嫁给埃涅阿斯。

[3] 古罗马人的旗帜上绣着鹰徽，因而鹰徽是古罗马的象征。

[4] 人们认为特洛伊英雄埃涅阿斯是古罗马人的祖先。特洛伊城破后，埃涅阿斯率领随从登上木筏逃走，漂流到意大利的台伯河口，又经历了千辛万苦，在那里扎下根，他的后代建立了罗马城。"神鹰顺天之运飞向西边"指的是，埃涅阿斯顺着天运行的方向从东方来到西方，把罗马人的种子从东方的特洛伊城转移到西方的意大利。

[5] 而后来的君士坦丁大帝又逆着天运行的方向而动，把罗马帝国的首都迁到东方的拜占庭地区，建立了罗马帝国的东都君士坦丁堡。

[6] 随后又过了二百年。

[7] 罗马的神鹰仍然停留在位于欧洲东部边界的君士坦丁堡，那里靠近它曾经飞离的大山之处——特洛伊城。

后来便落入了我的掌间 [1]。　　　　　　　　9

曾为帝，我名叫查士丁尼，

遵本原大爱 [2] 的神圣意愿，

从繁文缛规把法律提炼 [3]。　　　　　　　　12

我曾经只相信基督一性，

并沾沾自喜于这种信念，

那是在关注此工作之前 [4]；　　　　　　　　15

享永福大牧师阿迦佩图 [5]，

用他的那一番教诲之言，

引我至真诚的信仰一边。　　　　　　　　18

我相信他所说那些信条，

其含义如今仍清晰可见，

似矛盾在眼前真假易辨 [6]。　　　　　　　　21

一旦与圣教会步伐一致，

上天主便对我施恩欣然，

让我为伟事业 [7] 把身奉献；　　　　　　　　24

---

[1] 罗马的神鹰在君士坦丁堡荫庇全世界，并向其发号施令；它的权力代代相传，最后落到我的手里。此处说话的灵魂是东罗马帝国著名的皇帝查士丁尼。

[2] "本原大爱"指上帝之爱。

[3] 在尘世时我是皇帝，名字叫查士丁尼（Giustiniano）；遵照神圣的上帝之爱，我从繁文缛规中提炼出法律条文。公元 526 年 2 月 13 日，查士丁尼皇帝颁布一项敕令，设立了一个由 10 名法学家组成的委员会，负责删除繁文缛规并补充完善古罗马历代法律和法规，编撰出对后世影响极大的著名的《查士丁尼法典》。

[4] 据传说，在开始从事编撰《查士丁尼法典》之前，查士丁尼不相信三位一体的神学理论，认为基督只具有神性，而不具有人性；后来在教宗阿迦佩图的劝导下他改变了对基督的认识，既相信基督具有神性，也相信基督具有人性。

[5] 阿迦佩图（Agapito，另译：阿迦佩图斯）是查士丁尼时代的教宗。

[6] 在两个矛盾的结论中，其中一个一定是错误的，这是显而易见的。"矛盾律"是亚里士多德逻辑学的基本规律之一。中世纪晚期，亚里士多德理论十分流行，这一基本规律在文人中众所周知，所以此处但丁用它来说明教宗阿迦佩图的教诲十分清晰。

[7] 指编撰《查士丁尼法典》的工作。

军事被委托给贝利萨留[1]，

上天已伸右手将他支援，

示意我应关注长治久安[2]。 27

至此我已解答第一问题[3]，

但其他问题却包含其间，

因而我不得不做些补充， 30

他们有多少理你应明见[4]；

帝国的支持者[5]、反对之人[6]，

其实都站在了神鹰对面。 33

罗马帝国的历史

帕拉斯为王国建立而死[7]，

你想想，从那时直至今天，

为其荣有多少神武奉献[8]。 36

你晓得，阿尔巴，荣耀之徽，

[1] 贝利萨留（Belisario，另译：贝利萨留斯，约505—565），东罗马帝国统帅。早年任查士丁尼皇帝的侍卫，529年升任禁卫军长官，后升任总督。曾率军击败4万波斯-阿拉伯联军，声名大振。533—534年率1万步兵和6000骑兵远征北非，灭汪达尔人王国并俘获其国王。535年征讨东哥特王国，登陆西西里，攻入意大利南部，随后北上占领罗马，540年攻陷东哥特首都拉文纳，俘获东哥特王。562年被指控参与谋反，入狱。563年获释。565年去世。

[2] 我把军事委托给贝利萨留，上天已伸出援手帮助他成就辉煌的伟业，并示意我应该腾出手来整理法律，以便长治久安。

[3] 指上一章结尾处，但丁所提出的第一个问题，即"你是谁"。

[4] 在回答你的第一个问题时，我谈论到罗马的鹰徽，这便牵扯到其他一些问题，即现在有人公开对抗鹰徽，有人却高举着鹰徽反对鹰徽，因而，我必须做一些补充说明，以便你能清晰地分辨这两派人都占有多少理。

[5] 指吉伯林党人，即皇帝党人。

[6] 指圭尔费党人，即教宗党人。

[7] 帕拉斯（Pallante/Pallas）是《埃涅阿斯纪》中的人物，埃涅阿斯的战友。当埃涅阿斯与敌人图努斯恶战时，他投入战斗，独战图努斯，不幸阵亡；后来，埃涅阿斯杀死了图努斯，为他报了仇。诗句的意思是：帕拉斯是为了建立罗马王国而死的。

[8] 你想想，从帕拉斯牺牲之后，为了罗马的光荣，又有多少人表现出神武，做出过贡献。

滞留了足足有三百余年 [1]，

一直到为了它三三对战 [2]。 39

你晓得，从掠夺萨宾女人 [3]，

直至那刚烈女蒙受苦难 [4]，

七王国击败了四邻周边 [5]。 42

罗马与皮洛士 [6]、勃伦努斯 [7]，

你晓得，曾怎样举徽激战，

对其他各国也表现不凡； 45

---

[1] 埃涅阿斯死后，他的儿子阿斯卡纽斯建立了阿尔巴（全称为"阿尔巴隆迦"）王国，该王国有足足三百余年的历史，因而，此处说鹰徽在阿尔巴"滞留了足足有三百余年"。

[2] 罗马王政时期的第三个国王在位时，罗马人与阿尔巴人为持有鹰徽争执不下，最后决定，各派三位勇士，以角斗的方式决定胜负，最后罗马人获胜，取得执掌鹰徽的权利。

[3] 据传说，罗慕洛斯（Romomo）建立罗马城后，城里缺少女人，这是一件关系罗马能否继续发展的大事。于是，罗慕洛斯设调虎离山计，引诱萨宾族男人离开住地，然后派人抢走了萨宾女人。此事引起罗马人与萨宾人之间的一场旷日持久的战争。后来，被抢劫的萨宾女人在罗马生下了许多孩子，她们无法忍受自己的父兄与丈夫之间相互残杀，便冲入战场，制止了战争。罗马人与萨宾人签订了合约，两族合为一体，轮流执掌罗马权力。

[4] "刚烈女"指古罗马的著名烈女鲁蕾琪亚（Lucrezia）。鲁蕾琪亚是古罗马王政最后一位国王在位时的一个十分贤惠且刚烈的贵族女子。当时的国王是埃特鲁斯人，专横跋扈，十分傲慢。其子觊觎鲁蕾琪亚的美貌，趁其夫不在家时将她强奸。鲁蕾琪亚向丈夫和父兄讲述了受辱之事，希望他们为其报仇，随后自杀身亡。此事激怒了罗马人，他们举行暴动，赶走国王，建立了罗马共和国。

[5] 古罗马王政期间共有过七个国王，因而此处称"七王国"。这几行诗的意思为，从罗慕洛斯抢掠萨宾女人到鲁蕾琪亚蒙受强奸苦难，共出现过七个王国，在此期间，罗马人打败了它周边的邻居。

[6] 皮洛士（Pirro，前319或318—前272），希腊化时代的伊庇鲁斯国王。他于公元前280年率2万步兵、3000骑兵及20头战象渡过亚得里亚海，入侵意大利，多次击败罗马军团。因损失大量有生力量而向罗马元老院求和，未成。公元前277年战败，狼狈逃回伊庇鲁斯。后来，西方人称用很大代价获取的短暂胜利为"皮洛士的胜利"。

[7] 勃伦努斯（Brenno）是高卢人首领，在古罗马共和国早期，他曾率军攻克罗马城，致使罗马不得不用重金赎城。但古罗马人不愿意承认这段耻辱的历史，便将其写成罗马人通过英勇抵抗最后驱逐了高卢人。此处，但丁根据篡改的历史歌颂了罗马人的英勇不屈。

昆齐奥 [1]、托夸托 [2]、戴齐 [3]、法比 [4]，

前者的绰号为"一头毛卷"，

我喜欢把他们英名论谈。 48

波河呀，鹰徽败阿拉伯人 [5]，

他们随汉尼拔 [6] 越海来犯，

还翻越你 [7] 发源高高山岩 [8]。 51

鹰徽下西皮阿 [9]、庞培 [10] 勇士，

虽年少，却双双得以凯旋；

你家乡之山冈则遭大难 [11]。 54

到后来，苍天有迫切希望，

要尘世晴朗得如它那般，

恺撒便掌鹰徽，罗马遂愿 [12]。 57

---

[1] 昆齐奥（Quinzio，另译：昆克提乌斯），古罗马共和国早期的英雄，担任过独裁官，曾为保卫罗马做出过卓越贡献。据说昆齐奥长着一头卷发，因而人送绰号"一头毛卷"。

[2] 托夸托（Torquato，另译：托尔夸托斯），古罗马共和国早期的英雄，传说他领导罗马人驱逐了勃伦努斯统帅的围困罗马的高卢军队。

[3] 戴齐（Deci）是古罗马共和国时期的著名家族，几代人为保卫罗马做出重大贡献。

[4] 法比（Fabi）也是古罗马共和国时期的著名家族，曾产生多名为保卫罗马做出重大贡献的人物。

[5] 此处"阿拉伯人"指北非古代的迦太基人。

[6] 汉尼拔（Annibale）是北非古国迦太基的名将，曾率军侵入意大利，数次击败罗马军团主力，使罗马陷入危机；最终被古罗马名将西皮阿彻底击败于扎马战役。

[7] 指波河（Po）。

[8] 指翻越阿尔卑斯山脉西部。意大利最大河流波河发源于那里。

[9] 西皮阿（Scipione）是古罗马共和国时期年轻有为的名将，33 岁时便率领罗马军团在北非的扎马地区大败迦太基名将汉尼拔。

[10] 庞培（Pompeo）是古罗马共和国晚期的著名政治家和军团统帅，后来在与恺撒的权力斗争中失败，被人杀害。据说，庞培年轻时曾参加平定喀提林叛乱的战斗，立下赫赫战功。

[11] "你家乡之山冈"指菲索来（Fiesole，另译：菲耶索来）城所在的山冈，但丁的故乡佛罗伦萨位于那座山冈的南麓，因而此处称其为"你家乡之山冈"。古罗马共和国晚期，发动叛乱的喀提林煽动菲索来居民背叛罗马；罗马军队包围了菲索来，叛乱失败后该城被夷为平地。

[12] 后来，苍天希望出现一个朗朗乾坤，因此恺撒掌控了鹰徽，成为罗马的统治者，这样罗马便实现了它的愿望。

伊泽尔、卢瓦尔、塞纳诸河，

与注入罗讷的支流均见，

从瓦尔至莱茵神武彰显 [1]。 　　　　60

那鹰徽离开了拉文纳城，

又跃至卢比康小河对岸，

飞一般，舌与笔均难追赶 [2]。 　　　　63

它挥师又转向西班牙地 [3]，

杜拉佐 [4]、法萨罗 [5] 展开激战，

以至于热尼罗亦感悲惨 [6]。 　　　　66

它又见出发地安坦 [7]、席摩 [8]，

在那里赫克特永卧长眠 [9]；

随后使托勒密遭受苦难 [10]。 　　　　69

从那里闪电般扑向尤巴 [11]，

---

[1] 瓦尔（Varo）、莱茵（Reno）、伊泽尔（Isara）、卢瓦尔（Era）、塞纳（Senna）、罗讷（Rodano）均是欧洲的河流，流经当时的高卢和日耳曼等地区，这些地区都是恺撒经过征战占领的。这几行诗彰显了恺撒的神武所创建的丰功伟绩。

[2] 卢比康河（Rubicon）位于意大利的城市拉文纳与里米尼之间，当时是意大利半岛与高卢之间的分界线。罗马法律规定，没有元老院允许，各军团统帅不可擅自率兵越过卢比康河进入意大利半岛，否则将被视为叛乱。然而，恺撒却率领自己的军团离开卢比康河北岸的拉文纳城，迅速越过该河，到达南岸，即进入意大利半岛，其速度如飞行一般，连嘴与笔都来不及讲述和记录。

[3] 恺撒挥师杀向西班牙，击败了那里的支持庞培的敌人。

[4] 杜拉佐（Durazzo）是达尔马提亚的海滨城市，恺撒指挥军队在那里登陆，追击逃往希腊色萨利地区的庞培。

[5] 法萨罗（Farsalo，另译：法尔萨利亚）是希腊色萨利地区的一个地方，恺撒在那里与庞培展开了决战，庞培战败溃逃。

[6] 庞培逃到埃及法老托勒密十三世的宫廷，结果被杀害，因而此处说流经埃及的"热尼罗亦感悲惨"。

[7] 安坦（Antandro，另译：安坦德鲁斯）是小亚细亚古国弗里吉亚的海滨城市，特洛伊城破后，埃涅阿斯是从那里登船西行。在追杀庞培的过程中，象征罗马神武的鹰徽又回到了东方，因而此处说"它又见出发地"。

[8] 席摩（Simeonta，另译：席摩昂塔）是特洛伊附近的一条河流。

[9] 特洛伊英雄赫克特（Ettore）被阿喀琉斯杀死后埋葬在那里。

[10] 后来，恺撒到了埃及，强迫埃及法老托勒密十三世（Tolomeo XIII）把权力转让给同父异母的姐姐克娄巴特拉，因而此处说"随后使托勒密遭受苦难"。

[11] 尤巴（Iuba）是毛里塔尼亚王，支持庞培，后被恺撒击败，身死国亡。

又转向你们的西方地面，

因仍闻庞培号响于那边 [1]。 72

后来的持徽者 [2] 所做之事，

使卡修 [3]、布鲁图 [4] 地狱狂喊 [5]，

摩德纳、佩鲁贾也很悲惨 [6]。 75

那克娄巴特拉女王哀泣，

在神鹰徽章前狼狈逃窜，

被蛇吻，惨死于幽幽黑暗 [7]。 78

随旗手 [8] 它 [9] 奔至红海岸边 [10]，

随旗手它捍卫世界宁安，

致使那雅努斯神庙紧关 [11]。 81

神鹰徽建立了丰功伟绩，

继续创辉煌于尘世人间，

它激发我在此侃侃而谈； 84

然而用纯情爱、明眼观看，

---

[1] "西方地面"指西班牙。随后，恺撒又杀向西班牙，因为那里还有庞培的残余势力。

[2] 指继承恺撒事业的奥古斯都屋大维，他剿灭了暗杀恺撒的卡修和布鲁图。

[3] 卡修（Cassio，另译：卡修斯），刺杀恺撒的主谋之一。

[4] 布鲁图（Bruto，另译：布鲁图斯），古罗马共和国元老院元老，刺杀恺撒的主谋之一。

[5] 卡修和布鲁图被屋大维等人剿灭，死后跌入地狱，在那里痛苦地狂叫。

[6] 在剿灭暗杀恺撒的敌人时，屋大维和安东尼结为盟友；后来联盟破裂，二人开始相互厮杀。公元前 41 年，安东尼围困摩德纳城，被守城的屋大维击败于城下；随后，屋大维又攻克佩鲁贾城，致使城中的安东尼的妻子和兄弟遭难；因而，此处说"摩德纳、佩鲁贾也很悲惨"。

[7] 克娄巴特拉七世（Cleopatra Ⅶ，约前 70 或 69—约前 30）是古埃及托勒密王朝最后一任女法老。她才貌出众，聪颖过人，为了能够控制埃及的权力，卷入古罗马共和国末期的政治漩涡，同恺撒和安东尼关系密切。据传说，安东尼在与屋大维争夺权力的斗争中战败身亡后，在一个洞穴中，她故意让毒蛇咬伤自己，中毒身亡；死后，屋大维满足了她临终前的要求，把她与安东尼合葬。

[8] 指奥古斯都屋大维。

[9] 指鹰徽。

[10] 指屋大维高举鹰徽征服了埃及。

[11] 屋大维的文治武功保障了罗马帝国早期两个世纪的和平与安宁，致使雅努斯神庙的大门紧紧关闭。雅努斯神庙是古罗马非常重要的神庙，罗马对外宣战时，神庙大门敞开，和平时，神庙大门关闭。

传承至第三代皇帝掌间，

其光彩则变得逊色、黯然 [1]；　　　　　　87

因为那启迪我永恒真理 [2]，

把鹰徽交我说那人 [3] 掌管，

允许他把荣耀变成怒怨 [4]。　　　　　　90

现在你将惊愕听我讲述，

它又随提图斯报仇雪冤 [5]，

古老罪再一次受到惩办 [6]。　　　　　　93

伦巴第利齿咬神圣教会，

雄鹰便把它的双翼伸展，

查理曼救教会奏凯而旋 [7]。　　　　　　96

对前面我谴责那两伙人 [8]，

现在你可做出正确判断，

他们错是你等灾难根源 [9]。　　　　　　99

一伙用金百合 [10] 对抗鹰徽，

---

[1] 然而，如果用基督所启迪的纯情爱和明亮眼观看，就会看到鹰徽传至第三代皇帝提比略手中时，光彩黯然失色。

[2] 指上帝的真理。

[3] 指提比略（Tiberio）皇帝。

[4] 提比略时代，在犹太人的祭司和长老的要求下，帝国驻耶路撒冷总督彼拉多判处耶稣死刑，将其钉死在十字架上，因而此处说提比略皇帝"把荣耀变成怒怨"。

[5] 指为耶稣报仇雪冤。

[6] "古老罪"指人类盗食禁果所犯下的原罪。耶稣用自己的生命为犯下原罪的人类赎罪，他被钉死在十字架上是天主对犯有原罪的人类的惩罚；提图斯率军攻占并摧毁耶路撒冷城，致使犹太人漂泊四方，是对迫害耶稣的犹太人的惩罚，即对人类的再一次惩罚。

[7] 公元 755 年，入主意大利中北部的伦巴第人威胁罗马教廷的安全，查理大帝的父亲丕平应教宗之邀，率法兰克军队南下，打败伦巴第人，并将夺得的意大利中部领土赠送给教廷。后来，查理大帝再次南下意大利降伏伦巴第末代国王德西德利奥，伦巴第王国灭亡，教廷从此不再受人挟持，因而此处说"查理曼救教会奏凯而旋"。

[8] 指支持教宗的圭尔费党人和支持皇帝的吉伯林党人。

[9] 圭尔费党和吉伯林党之间的斗争是造成意大利混战的根源。

[10] 金色百合花是法兰西王室的徽章，圭尔费党人受法兰西王室的支持，因而高举该徽章对抗日耳曼神圣罗马帝国的鹰徽。

另一伙把鹰徽独家侵占[1]，

谁罪孽更深重实难分辨。 102

吉伯林应该举另一旗徽：

谁若将义与鹰一分两边，

绝不会真跟随神鹰后面[2]； 105

新查理[3]、圭尔费莫倒鹰旗，

而应惧其双爪利而锐尖，

它们曾撕下了傲狮皮面[4]。 108

因父过多少次子女哭泣[5]，

切勿要心中存荒唐之念，

主不会用百合把鹰替换[6]！ 111

罗梅奥

此小星[7]点缀着善良灵魂[8]，

他们曾积极在人间行善，

为的是获荣耀、美名广传[9]； 114

当行善之意图走上歧途，

---

[1] "另一伙"指吉伯林党人，他们独占日耳曼神圣罗马帝国的鹰徽，将其作为自己的徽章，因此此处说"另一伙把鹰徽独家侵占"。

[2] 在但丁的眼中，帝国的鹰徽象征人间的正义；他认为，吉伯林党表面上代表帝国，实际上却违背人间的正义，即违背帝国的精神；因而，他们应该选用另一徽章，因为把帝国精神与正义分隔开的人，绝不会真正追随象征正义的帝国鹰徽。

[3] "新查理"指那不勒斯国王查理二世（Carlo II），他的父亲是查理一世，因而此处称其为"新查理"。当时，来自于法兰西的那不勒斯国王是意大利圭尔费党的首领。

[4] 那不勒斯国王查理二世和其他圭尔费党人啊，你们不要砍倒帝国的鹰旗，而应惧怕这只曾经降伏各路诸侯的神鹰利爪。此处"傲狮"指桀骜不驯的各路诸侯。

[5] 说话的人在提醒查理二世和其他圭尔费党人，告诉他们，父亲的罪过会殃及子女，他们应该注意自己子女的安危。

[6] 切切不要心中有荒唐的幻觉，以为天主会用金百合替换鹰徽，即让法兰西代替日耳曼神圣罗马帝国来统治欧洲。

[7] "此小星"指此时但丁所在的水星。在托勒密地心说体系中，水星是一颗很小的行星。

[8] 水星里暂住着善良的灵魂，他们把水星装点得很美丽。

[9] 他们行善的目的是获得荣耀，使自己的美名传遍世界。

只关注尘世光是否灿烂，

天上的真爱光便会锐减。　　　　　　　117

但我们享有的快乐却是：

赏与功相匹配，不扬不贬，

不太大，也不小，恰如人愿 [1]。　　　　120

因而说，上天的永恒正义，

温暖了我们的心中情感，

致使它不会向邪恶扭转 [2]。　　　　　123

声有别，可产生甜美之音；

等级异，方能有相同情感，

它也会使和谐充满诸天 [3]。　　　　　126

在眼前这一颗珠宝 [4] 之中，

罗梅奥之光辉十分璀璨，

他伟业竟然使人们不满 [5]。　　　　　129

普罗旺斯恶人将其诬陷，

他们视别人善为己灾难 [6]，

自然也不可能欢笑开颜 [7]。　　　　　132

---

[1] 但是，天国的灵魂享受的快乐都与他们的功德相匹配，不会太大，也不会太小，恰如人愿。

[2] 上天的永恒正义温暖了我们的心，使我们的心不会转向邪恶，也不会因为获得过多或过少的快乐而嫉妒或蔑视别的灵魂。

[3] 不同的音符才能组成甜美的音乐，处于不同的等级，我们才会有相同的快乐感受；这种相同的快乐感受使诸天充满了和谐。

[4] 指水星天。

[5] 罗梅奥的全名为罗梅奥·维勒诺浮（Romeo Villeneuve，1170—1250），他来自外乡，出身卑贱，后来成为普罗旺斯伯爵雷蒙·贝朗热（Raimondo Beringhieri，另译：莱蒙都·贝伦杰）四世的大臣。据传说，罗梅奥十分忠诚，在他操持下，伯爵的财产迅速增长，由于他的斡旋，伯爵的四个女儿嫁给了四个国王。嫉妒罗梅奥的人向伯爵进谗言，致使他要求罗梅奥报账。报完账，罗梅奥把财权和宫廷管理权交还给伯爵，又像以前那样，变得既贫穷又卑微，且已经年迈；随后，他离去，无人知道去向，但有人见到他以乞讨为生。然而，世人心里都明白，他有一颗忠诚的圣洁灵魂。

[6] 诬陷罗梅奥的恶人嫉妒他的善行，认为他的善行是自己无法获得伯爵恩宠的根源，因而视其为灾难。

[7] 此处，但丁评论说，走邪路诬陷他人的人自己也自然得不到快乐。

追求荣耀者的灵魂

雷蒙有四女儿，均成王后，

全都是罗梅奥一手操办，

他来自外乡且出身卑贱 [1]。　　　　　　135

到后来恶谗言鼓动伯爵，

令善者 [2] 把账目一一清算，

原本十他却交伯爵十二 [3]，　　　　　　138

离去时贫穷且已入晚年；

人见他一点点乞讨为生，

若晓得他的心何等良善，　　　　　　141

会给他比现在更多颂赞 [4]。"

---

[1] 见前面的注释。

[2] 指罗梅奥。

[3] 在清算账目时，罗梅奥交给伯爵的财产远比其原有的财产多，如果过去是十，交给
伯爵的财产却是十二。

[4] 如果人们能够真正晓得他的心有多么善良，就会更加赞颂他。

第7章

查士丁尼和许多闪闪发光的灵魂像一朵朵敏捷的火花跳着舞快速离去，转瞬便消逝不见。但是，查士丁尼的话却使但丁深深地陷入疑虑之中。贝特丽奇看出了但丁的心事，便解释说：由于人类始祖盗食了禁果，犯下了原罪，人类长时间陷于罪恶之中不能自拔，直至道成人身的基督耶稣牺牲自己的肉身才获得救赎。随后，贝特丽奇对但丁说明了为何天主只能以牺牲自己的方式解救人类，为何物质会腐败而人却将复活。

查士丁尼的灵魂离去

“和散那 [1]，神圣的万军主啊 [2]，

从上方用你的耀眼光焰，

使天国诸福魂十分灿烂 [3]！”   3

那灵魂身上披双重光辉 [4]，

按节奏舞蹈于我的眼前，

他一边歌唱着一边旋转，   6

与其他光明魂重启歌舞，

似朵朵敏捷的火花一般，

转瞬间便远去，消逝不见 [5]。   9

但丁的疑问

我心中满怀着狐疑自语：

---

[1] “和散那”是赞美上帝时的欢呼之词。

[2] 指上帝。

[3] 在居高临下的上帝的光辉照耀下，天国永福者的灵魂也闪闪发光。

[4] “那灵魂”指上一章所展示的查士丁尼的灵魂，他身上披着尘世帝王和天国永福者的双重光辉。

[5] 查士丁尼的灵魂与第二重天其他永福者的灵魂一起伴随着和谐的乐曲载歌载舞，他们身上包裹着光，就像一朵朵行动敏捷的火花，转瞬间便离去，消逝在远处。

"告诉她！快对我圣女 [1] 吐言，

唯有她可赐我甜美甘泉 [2]。"　　　　　　12

我对那圣洁女敬畏无比，

只要把贝特丽奇名字呼唤，

便垂首似瞌睡之人一般 [3]。　　　　　　15

圣洁女忍受我此状片刻，

用微笑炫我眸 [4]，开口吐言，

足可使火中人幸福开颜 [5]：　　　　　　18

"根据我心中的无误判断，

你正在绞脑汁反复盘算，

为什么义罚被正义惩办 [6]；　　　　　　21

我立刻驱散你脑中疑云，

仔细听我对你所吐之言，

它赠你释大义重礼一件。　　　　　　24

道成人身和耶稣受难

非女子所生的那个男人 [7]，

未曾为己利益节制欲念，

因而害自己和后代受难 [8]；　　　　　　27

---

[1] 指贝特丽奇。

[2] 只有她（贝特丽奇）可以向我展示真理，解除我的疑惑。

[3] 但丁说，他对贝特丽奇十分敬畏，一提到她的名字，就会羞愧得抬不起头，连话都说不清楚，晕晕乎乎地像睡着了一样。

[4] 贝特丽奇微笑时会发出更加耀眼的光辉。

[5] 贝特丽奇的微笑和语言是那么令人开心，足可以使在地狱之火中忍受苦难的灵魂笑开颜。

[6] "义罚"的意思为"正义的惩罚"，这里指耶稣受难。人类始祖犯下原罪，耶稣用自己的生命为人类赎罪，这体现了上天对人类的惩罚，是正义的；但是，致使耶稣被钉上十字架的是犹太教的坏人，他们迫害耶稣的行为却是邪恶的，其受上帝惩罚也是正义的；因而，此处说"义罚被正义惩办"。

[7] 指亚当，他是上帝直接创造的，而不是女人生的。

[8] 亚当没有为维护自己的利益而克制欲望，因而既害了自己，也害了后人。

病恹恹之人类卧于大错，

度过了数世纪，年复一年，

一直至主大道自愿降世 [1]，　　　　　　　30

因天性已远离他的身边 [2]；

主将己与人身融为一体，

这可是唯一的至爱表现 [3]。　　　　　　　33

现在请你注意我的观点：

人性与主合一，又似初现 [4]，

人原本真诚且十分良善，　　　　　　　　36

却因为自身错被逐乐园 [5]，

远离了正直的真理之路，

还把他自己的生命背叛 [6]。　　　　　　　39

因此说十字架所施之罚，

若按主具有的人性来看，

是最最公正的严厉惩办 [7]；　　　　　　　42

但另一属性与人性相合，

若对其仔细地注目观看，

就会觉此惩罚害理伤天 [8]。　　　　　　　45

因而说，一行为却有两果，

---

[1] "主大道"指天主道成人身，降至人间，拯救人类，即耶稣降临尘世；这完全是天主
　　自愿的行为。

[2] "他"指天主。亚当犯下原罪之后，人类一直病恹恹地陷入罪孽之中，因为他们的天
　　性已经远离了天主身边，这种情况一直到耶稣降临尘世。

[3] 天主把人性和自己的神性融合为一体，使耶稣（天主的化身）既具有神性，又具有
　　人性；这是天主体现永恒至爱的唯一方法。

[4] 人性与天主相合，又呈现出人性本来面貌。

[5] 因犯下盗食禁果的原罪，人类被驱赶出地上乐园，即被驱赶出《圣经》中所说的伊
　　甸园。

[6] 由于犯下了盗食禁果的原罪，人类不仅背叛了真理，也出卖了自己。

[7] 考虑到耶稣具有人性，因而我们可以说，耶稣受难是对人类罪孽的最公正的严厉
　　惩罚。

[8] 但是，基督耶稣还有另一种与人性合一的属性，即神性，如果我们关注耶稣的神
　　性，就会觉得让耶稣承受如此严厉的惩罚是伤天害理的。

贝特丽奇和但丁

一死令犹太人、天主同欢，
天敞开，大地则为之抖颤 [1]。 48

若人说正义的报复之举，
被正义之天庭严厉惩办，
你切勿觉理解此论太难 [2]。 51

救赎人类的唯一方法

此时我见你脑被缠绕于，
一个个混乱的思想线团，
迫切要摆脱掉它的羁绊。 54

你会说：'我明白所闻之言；
但难解主为何仅有此念，
只认为此法能救人脱难 [3]。' 57

兄弟呀，天意旨含义深藏，
若智慧未被那爱 [4] 火淬炼，
任何人解此秘都很困难 [5]。 60

说实话，对此秘探究甚多，
很少人能理解，需我明言，
为什么此法是上帝首选 [6]。 63

---

[1] 一种行为可以产生两种结果，一种结果是：迫害耶稣的犹太人因为耶稣受难而兴高采烈，同时，耶稣也为献身以拯救人类而高兴，因为天国从此可以敞开双臂迎接信奉基督耶稣的获救者的灵魂；另一种结果是：迫害耶稣、使其受难是一种令人恐惧的、极其严重的罪孽，它造成了大地的颤抖。

[2] 因而，如果有人说正义的报复之举被正义之天庭严厉惩办，你不要觉得这种观点很难理解。

[3] 我不能理解万能的天主为什么认为只用牺牲自己的方法来解救我们。

[4] 指上帝的至爱。

[5] 人无论如何睿智，如果他的智慧没有受到过上帝至爱之火的淬炼，是难以理解这个问题的。

[6] 有许多人探究上帝为什么只能以牺牲自身的方法解救人类，但很少有人能够弄懂这个神秘的问题，因而我需要明确地向人们解释这个问题。

神之善可熄灭所有邪恶 [1]，

它自身燃烈焰，火花闪闪，

从而会展现出永恒美艳 [2]。　　　　　　66

它直接创造物不会磨灭，

因神善把印记牢刻上面，

该印记长留存，直至永远。　　　　　　69

这一类创造物完全自由，

不会受任何物力量所限，

因它们诞生于其他物前 [3]。　　　　　　72

与神爱越相似，神爱越喜；

神爱光虽普照万物上面，

但似它物体上光线最灿 [4]。　　　　　　75

我上面说过的上天恩赐，

人类都均享有，不差半点，

缺一点他便会坠向下面 [5]。　　　　　　78

只有罪能剥夺人的自由，

致使人之模样远离至善，

强迫他少接受至善光线；　　　　　　81

如若人不通过正义惩罚，

把放荡之空虚适当补填，

---

[1] 神善即天主至高无上之善，它是大公无私的，可以排除一切与它相对抗的邪恶。

[2] 大公无私的神善，不需借助外来的光辉，只靠自身的火焰便能发出耀眼的光辉，展现出永恒的美艳。

[3] 由神善（即上帝）直接创造的造物是永恒的，永远不会灭亡；它们是自由的，不受任何其他造物的左右；因为它们产生于其他造物之前。

[4] 造物越与神爱相似，越受上帝的喜爱；神爱之光虽然普照万物，然而，在神爱最喜爱的造物上其光线最灿烂。

[5] "我上面说过的上天恩赐"指刚才说过的人类本来所具有的不灭、自由及与上帝近似的品质。人类享有所有这些品质，如果缺少某一种，便会堕落。

第 7 章

便无法再找回他的尊严 [1]。 84

始祖曾从根上欠下孽债,

你们的本性便罪恶难免,

它远离尊严和天上乐园 [2]; 87

细观察你定会清晰看见,

人必须过这关或者那关,

其他路则不能恢复尊严: 90

或独一无二主宽恕罪孽,

显示他对你们广施仁善,

亦或是人靠己抵偿疯癫 [3]。 93

你此刻应关注上帝旨意,

进入到该旨意深邃空间,

尽全力凝神听我吐之言 [4]。 96

人由于自身的先天局限,

绝难以担自赎重任于肩,

不知道向下行、谦卑、顺从, 99

却只知向上行、显示傲慢;

他不能靠自己补偿罪过,

这理由明显地展现眼前 [5]。 102

因此需天主沿自己路径,

补救人之生命、弃恶扬善,

---

[1] 追求尘世快乐的欲望使人犯下罪过,人必须通过忏悔,接受正义的惩罚,以适当的方式填补由于罪过所造成的心灵空虚,才有可能再找回他的尊严。

[2] 由于人类始祖从根上欠下了原罪的孽债,人类的本性便是有罪的,从而远离了人的尊严和天国。

[3] 你们可以清晰地看到,只有两种方法能使人恢复尊严:一种是仁慈的上帝宽恕人,另一种是人自己赎罪。

[4] 现在你应该聚精会神地听我讲解,从而深入理解上帝的意旨。

[5] 人天生傲慢,这种天性致使他无法自己救赎自己;他不可能放下身段,从傲慢转向谦卑。这个道理是显而易见的。

67

用一法，亦或是两法齐全[1]。 105

善行为本源自仁慈心田，

因而说行善者越是喜欢，

越能够把他的善心表现[2]； 108

神之善为世界打上烙印，

它喜欢用自己全部手段，

助你们重新再挺身立站[3]。 111

如此循两条路推进伟业，

从初日至最后那个夜晚，

过去无，未来也不会再见[4]： 114

主献身使人类自己站立，

远胜过单方面免其苦难，

因如此更能把慷慨体现[5]； 117

若圣子不谦卑化作肉身，

其他的救赎法均有缺陷，

都难以把上天正义彰显[6]。 120

结论

为充分满足你求知欲望，

我现在回过头解释一番，

[1] 因而，人只能依赖上帝来救赎。上帝可以用上面所提到的一种方法（仁慈地宽恕人的罪过），或者两种方法齐用（加上人自己忏悔罪过），来救赎人类。

[2] 善的行为来自于仁慈之心，因而行善的时候越是高兴，就越能表现善心。

[3] 神善把善的烙印打在世间万物之上，它（指神善，也指上帝）喜欢用一切手段帮助人类重新站立起来。

[4] "初日"指上帝创世之日，"最后一个夜晚"指世界末日的夜晚。这三行诗的意思为：用上面所说的两种方法解救人类的事是空前绝后的，除了基督耶稣外，过去从来没有人这样做过，将来也不会再有其他人这样做。

[5] 上帝牺牲自己的血肉之躯以唤醒人类的觉悟，从而使人类靠自己的力量站立起来；这种做法远胜过上帝单方面宽恕犯罪的人类；因为这么做更能体现上帝的慷慨。

[6] 如果天主不道成人身，化作血肉之躯，降临尘世救赎人类，其他的方法都不可能拯救人类，也难以彰显上天的正义。

以便你能像我这样明辨。 123

你想说：'我看见水、火、气、土，

会腐败，只能存短暂时间，

它们的混合体也似这般； 126

这些物也都是上帝所造，

若此说是真情，并非虚言，

它们应不腐败、十分安全 [1]。' 129

天使与你此刻所在净地，

兄弟呀，也都是神工体现，

现如今仍保持完美未变 [2]； 132

你前面欲说的那些元素，

和它们组成的种种物件，

是由那天造力后来构建 [3]。 135

诸元素之物料是主创造，

成型力也是他亲手所建，

该力被分配在诸星之天。 138

神圣星之光辉及其运转，

从元素物料的潜能提炼，

世上的动物和植物万千 [4]； 141

你们魂是上帝直接吹入，

---

[1] 西方的古人认为，水、火、气、土是构成万物的基本元素。这几行诗的意思是，贝特丽奇看透但丁的心思，知道但丁问：水、火、气、土及其所构建的万物都是上帝创造的，既然如此，它们就应该永远保持原样；但人们却看到，它们都有腐败现象，都会发生变异。这是为什么呢？

[2] 我的兄弟呀，众天使和你现在所在的天国也是上帝造的，它们却直至今日也没有发生任何变化，仍然保持着最初的完美状态。意思为：神圣的天国和天使是完美和永恒不变的。

[3] 而你说的那些元素及其所构建的万物虽然也被看作是上帝的造物，但是，它们却是由上帝赋予诸星天的造物能力后构建出来的，而不是上帝直接创造的。

[4] 诸星天的光辉和运转是上帝直接创造的，构成万物的物料也是上帝直接提供的，但世间的植物和动物却是由诸星天的光辉和运转利用上帝提供的物料所构建的；这些物料本身具有形成植物和动物的潜在能力。

致使它爱天主根植心田，

从此后对至爱永远期盼 [1]。 144

如想想两始祖 [2] 被造之时，

血肉的躯体是怎样出现，

便可从上面的道理推出， 147

你们的复活将理所当然 [3]。"

---

[1] 然而，人的灵魂却是由上帝直接吹入躯体中的，因此，它对天主的爱深深地扎根在
人的心田之中，永远期盼获得上帝的至爱。

[2] 指亚当和夏娃。

[3] 上帝直接创造的事物都是不朽的。既然如此，如果你想一想人类始祖被创造的过
程，就会推论出，人死后，不仅灵魂不死，世界末日时，肉体也会复活并与灵魂合
一，因为它是直接由上帝创造的。

第 8 章

但丁不知不觉地随贝特丽奇升入金星天，当他发现贝特丽奇身上发出更加明亮的光辉时，才意识到已经身在天国的第三重天。此时，许多光魂飞快地从净火天降至那里与其会面。查理·马尔泰罗的光魂与但丁对话，讲述了他在尘世的经历，告诉但丁自己的生命十分短暂，否则，尘世的许多灾难就可以避免。查理·马尔泰罗说，文明社会需要有明确的分工，这样才能使人各尽其责；随后，他又向但丁讲解了人的秉性问题：上天赋予人不同的秉性，人才有不同的行为；因而，人类应该顺从天命，尊重自然，否则，便不会有好的结果。

金星天

塞浦路斯美女 [1] 在三本轮 [2]，

旋转着把狂爱投向人间，

世人曾有此种危险信念 [3]；　　　　　3

因古人不仅仅对她崇拜，

祭献出牺牲物，祈祷，许愿，

犯下了古老的错误万千；　　　　　6

还追捧狄俄涅、丘比特神 [4]，

前者是其生母，后者儿男，

人们说此儿坐狄多怀间 [5]；　　　　　9

---

[1] "塞浦路斯美女"指希腊－罗马神话中的美丽爱神维纳斯。

[2] "三本轮"指围绕地球旋转的第三颗行星，即金星。在意大利语中，金星一词与爱神维纳斯的名字相同。

[3] 世人（指古代的人）曾经有一种危险的观念（指古代的异教信仰），按照这种观念，金星（即爱神星）旋转着把男女之间疯狂的情爱投向人间。

[4] 古代人不仅仅崇拜维纳斯（即金星），向她献祭、祈祷和许愿，犯下了许许多多只追求尘世情爱的罪过，而且还追捧维纳斯的母亲狄俄涅和儿子丘比特。

[5] 据维吉尔的《埃涅阿斯纪》讲，小爱神丘比特坐在迦太基女王狄多的怀里，使其心中萌发了对埃涅阿斯的爱情。

我开篇提及的女子 [1] 之名，

被古人用来把美星呼唤，

日献媚该星后或者其前 [2]。　　　　　12

我没有察觉到升至金星，

但此时见圣女更加灿烂，

她使我确信入那片空间 [3]。　　　　　15

烈焰中能够见火星闪闪，

在一个不变的声音中间，

若有音抑或扬，亦可分辨；　　　　　18

其他火闪烁于圣女光影，

旋转着，或者快，或者缓慢，

其速度取决于内心所见 [4]。　　　　　21

谁若见那里的圣洁光魂，

离至高撒拉弗 [5] 舞蹈之圈，

朝我们奔来时速度之快，　　　　　24

必觉风从寒云降于世间，

无论它有踪影还是无形，

行动均受阻碍，十分缓慢 [6]；　　　　　27

---

[1] 指维纳斯。

[2] 古人用维纳斯的名字来称呼金星。太阳落山后，金星出现在西方，被称作"黄昏星"（Espero）；太阳升起前，金星出现在东方，被称作"启明星"（Lucifero），因而此处说"日献媚该星后或者其前"。

[3] 但丁并没有察觉已经进入金星，但此时他见贝特丽奇更加明亮，才意识到进入了上一重天，即金星天。

[4] 就像在熊熊燃烧的烈焰中，如果有一闪一闪的火星，人们必然会看见；在一个平稳的声音中，如果有抑扬顿挫的声音，人们也一定能够听见；此时，但丁看见贝特丽奇的光影中有许多其他亮光在闪烁，这些亮光旋转着，有的快，有的慢；这是一些跳舞的光魂，他们跳动的速度取决于接受上帝光辉的多少，即他们的心智所见到的上帝光辉有多少（"其速度取决于内心所见"）。

[5] 撒拉弗是《旧约》中提到的六翼天使，基督教视其为天国中最高等级的天使，他们在净火天中围绕着上帝飞舞。

[6] 谁要是见到那些光魂脱离撒拉弗跳舞的净火天向我们奔来的速度有多快，就会感觉从天而降的各种风的速度均很慢。这几行诗要说明：那些光魂以极快的速度从撒拉弗舞蹈的净火天飞降至第三重天与但丁会面。

前面光发出了"和散那[1]"音，

其美妙令吾心迫切期盼，

真希望它能够再响耳边。　　　　　　30

查理·马尔泰罗

此时见一魂影独自向前，

在靠近我们时开口吐言：

"我们愿满足你，令汝心欢。　　　　33

我等与普林西[2]同属一环，

有相同之渴望，同样旋转，

在尘世你曾经对他们[3]说：　　　　36

'你们啊，用智力推动三天。[4]'

我们都充满爱，为使你乐，

静片刻对我们同样美甜[5]。"　　　　39

我把眼转向了圣女[6]那边，

朝着她恭敬地注目观看，

她给我信心且令我愉快，　　　　　42

于是我望许诺[7]光魂开言：

"噢，现在请告诉我，你是何人？"

问话时我心中热情满满。　　　　　45

我见他闻言后喜上加喜，

新喜比先前喜成倍增添，

---

[1] "和散那"是赞美上帝时的欢呼之词。见《天国篇》第 7 章第 1 行。

[2] 普林西（Principi）是天国中三品天使，他们推动第三重天运转。

[3] 指三品天使普林西。

[4] 这是但丁在他的另一部作品《飨宴》中所写的一句话，因而此处使用引号。但丁认为，三重天的运转是由普林西天使用神智的力量推动的。

[5] 我们都心中充满爱，为了使你快乐，暂时停止旋转，平静片刻，以便与你交谈；这对我们同样也是一种快乐。

[6] 指贝特丽奇。

[7] 指许诺通过与但丁交谈令其快乐。

因而他更显得明亮、耀眼^[1]。 48

高兴的明亮魂对我说道：

"在尘世我逗留时间很短，

若更长，许多祸不会出现^[2]。 51

喜悦光射四面，将我隐藏，

致使你无法见我的容颜，

就好像蚕被裹丝茧里面。 54

你曾经很爱我，理由充分，

假若我能长久逗留世间，

绝不仅对你示爱的叶片^[3]。 57

罗讷与索尔格^[4]汇合之后，

其波浪仍继续滚滚向前，

它左岸久期盼我为君主^[5]， 60

奥索尼^[6]许多地也是这般，

巴里与加埃塔、卡托纳^[7]处，

特龙托、维尔德^[8]入海波澜。 63

---

[1] 天国中的灵魂高兴时显得更加明亮。

[2] 说话的光灵是查理·马尔泰罗（Carlo Martello，1271—1295），他是那不勒斯和西西里安茹王朝国王查理二世的长子，虽然短命，却显示出贤明和正直；曾与但丁相识，给但丁留下了良好的印象。此处，但丁借助他的口说，如果他能多活几年，当上那不勒斯王国国王，就可以避免许多灾难。这里的"祸"可能指安茹家族在那不勒斯的劣政。

[3] 假若我能较长时间活于尘世，就不仅仅只是向你表示友爱，而且一定会用实际行动向你证明我对你的友爱；即不仅仅让你看见友爱的叶片，更要让你品尝友爱的果实。

[4] 罗讷是一条从北向南流经法国的大河，索尔格是法国南部的一条河，两条河汇合后继续向前流动，其左岸是普罗旺斯地区。

[5] 普罗旺斯地区一直期盼我成为那里的君主。查理·马尔泰罗若不过早死去，便可以继承普罗旺斯伯爵位。

[6] 奥索尼（Ausonia，另译：奥索尼亚）是古时意大利的别称。

[7] 巴里（Bari）是意大利东南部的一座城，加埃塔（Gaeta）是意大利中南部的一座城，卡托纳（Catona）也是意大利南部的一座城；这三处都是当时那不勒斯王国的重要城市。

[8] 特龙托（Tronto）和维尔德（Verde）是意大利南部的两条小河。

多瑙河离弃了德意志岸，

它又把另一片土地浇灌 [1]，

我额头已闪烁该地王冠 [2]。　　　　　　　66

特里纳克里亚美丽岛 [3] 上，

帕基诺、佩洛罗浓烟弥漫，

不该怨那堤丰，只怪硫黄，　　　　　　69

欧洛斯吹来了巨大麻烦 [4]；

丑恶的暴政总引起民恨，

如若是巴勒莫未曾造反，　　　　　　　72

到处喊'杀死他，杀死他们'，

查理与鲁道夫子孙掌权，

通过我王国握他们掌间 [5]。　　　　　　75

倘若是我弟有先见之明，

加泰罗尼亚人远离身边，

---

[1] 多瑙河（Danubio）离开德意志后所浇灌的另一片土地指匈牙利。

[2] 查理·马尔泰罗的舅舅是匈牙利国王，无子嗣，死后由查理继位，但由于早逝未能
　　履职。

[3] 特里纳克里亚（Trinacria）的意思为"三角形状之物"，"特里纳克里亚美丽岛上"
　　意思为在"美丽的三角形岛屿上"，即在西西里岛上。

[4] 帕基诺（Pachino）是西西里岛最南端的海角，佩洛罗（Peloro）是西西里岛最北端
　　的海角；此处，诗人用这两个海角来表示从南至北的整个西西里岛。欧洛斯（Euro）
　　是希腊－罗马神话中的东南风神。堤丰（Tifeo）是希腊－罗马神话中一个巨神，比
　　山还高，善于喷火；他曾与宙斯激战，后被宙斯用雷电击倒，压在西西里岛的埃特
　　纳火山下面，因而每当火山爆发时，人们都认为是堤丰在发怒。这几行诗的意思
　　为：整个西西里岛弥漫着埃特纳火山喷出的浓烟，这不能怪罪巨神堤丰，只能怪罪
　　燃烧的硫黄。

[5] "丑恶的暴政"指查理·马尔泰罗的爷爷查理一世国王在西西里所施行的暴政，它
　　引起了著名的"西西里晚祷起义"。通过这次起义，西西里人赶走了岛上的法兰西
　　驻军，导致西班牙阿拉贡家族的势力进入西西里岛。此处，"查理"指说话人查
　　理·马尔泰罗的爷爷——那不勒斯和西西里的国王安茹家族的查理一世，"鲁道夫"
　　指查理·马尔泰罗的岳父——日耳曼神圣罗马帝国皇帝哈布斯堡家族的鲁道夫一世。
　　诗人说，假如查理一世的统治没有惹怒西西里人，他的后人（即查理·马尔泰罗）
　　与鲁道夫的后人联姻所生的子孙就会继续统治西西里，掌控那里的政权。

天国的第三重天，金星天

便不会惹贪婪穷鬼怒怨 [1]；　　　　　　　78

他自己或别人应有措施，

不能让他掌舵那只小船，

把货物装载得太重、太满 [2]。　　　　　81

虽然是祖先都慷慨大度，

他 [3] 自己本性却吝啬、贪婪，

辅佐需不盘剥、廉洁官员 [4]。"　　　　84

人的天性

我说道："你的话把大乐注入吾心，

老爷呀，我相信你曾亲见，

它源自善始与善终之处 [5]，　　　　　87

现在我亲眼见，更觉欣然；

感觉到它对我弥足珍贵，

因为你观上帝才见其面 [6]。　　　　　90

令我欢，还要使吾心明白，

但你话又让我陷入谜团：

为何会结苦果，种子却甜 [7]？"　　　　93

---

[1] 查理·马尔泰罗的兄弟叫罗伯特（Roberto），曾在西班牙加泰罗尼亚地区的阿拉贡宫廷做人质，结交了一些当地的破落贵族子弟；后来他成为那不勒斯国王，便把这些所谓的"朋友"带回那不勒斯掌管国库。为他掌管国库的加泰罗尼亚人贪得无厌，敲诈勒索，引起民愤和抗议；如若不让他们勒索人民，他们便会对国王有怒怨。查理·马尔泰罗说，假如他兄弟有先见之明，就会远离贪婪的加泰罗尼亚人身边，这样也就不会引起他们的怒怨。

[2] 查理·马尔泰罗认为，他兄弟自己或手下之人，不要太贪婪，应该避免加重人民的负担，如果人民的负担太重，他的统治就会像超重的船只一样难以安全行驶。

[3] 指查理·马尔泰罗的兄弟那不勒斯国王罗伯特。

[4] 虽然罗伯特国王的祖先都很慷慨大度，而他自己的本性却很吝啬、贪婪，因而需要不盘剥民众的廉洁官员辅佐他。

[5] 指至善之处，即上帝之处。

[6] 当你见到上帝时才看到这种大乐，因而这种大乐对我是弥足珍贵的。

[7] 然而，你令我欢乐还不够，还要帮我解开心中刚刚结成的疑团：为什么甜的种子会结出苦的果实呢？（意思是：为什么慷慨的祖先会有吝啬、贪婪的后代呢？）

他答道："如若我展示真理，

你便将见所问事物正面，

现在你却只见它的背面 [1]。 96

允许你升入的王国至善，

化其思为神力，令天欢转，

它寄寓巨大的天体里面 [2]。 99

神之思本身便完美无缺，

不仅造自然的物质万千，

还预设万物的快乐、荣显 [3]： 102

那神弓无论是射向何方，

预定靶必定会被箭刺穿，

所有物都直奔预定地点 [4]。 105

如若是不如此，你行之天，

所造成之后果丑陋不堪，

不体现天机巧，而是混乱 [5]； 108

除非是原动力 [6] 错造神智 [7]，

他们难推诸星行进向前，

此情况便绝对不会出现 [8]。 111

---

[1] 你现在只能见到事物的背面，如果我向你展示真理，你就能不仅见到你所问的问题
的背面，也能见到它的正面。

[2] "允许你升入的王国"指但丁正在一重重向上升的天国。"至善"指上帝。这几行诗
的意思为：上帝把他的思想（即天命）化作一股力量，并将其蕴藏在各重天中，推
动它们欢快地运转。

[3] 神的思想本身是完美无缺的，它变化成的神力不仅能创造出自然中的万物，还能预
设万物的快乐和荣耀。

[4] 神的思想就像一把百发百中的神弓，它要射中的靶子都必定会被射穿，因而万物最
后都会奔向上帝为其预定的终点。

[5] 假如不是这样，那么上天所造成的后果就将十分丑恶，就体现不了上天的机巧和秩
序，体现的只是宇宙万物的一片混乱。

[6] 此处的"原动力"指上帝的创造力。

[7] 指天使。天使是上帝智慧的体现。

[8] 依据天主教的神学理论，诸星天的运转是由天使推动的。这几行诗的意思为：除非
上帝错了天使，以至于他们无法推动诸星天的运转，否则这种逆天命的混乱现象
是不会出现的。

你还想我讲得更清楚吗？”

我答道：“不需要，我懂自然，

对天道安排事它不知倦 [1]。” 114

他又道：“若没有文明社团 [2]，

你说说人是否更加腐烂 [3]？”

我答道：“那自然，无须问是何根源。” 117

“若下界不能够各尽其责，

社会上岂会有文明出现 [4]？

绝不会，大师有明确论断 [5]。” 120

他如此推理且做出结论：

“所以说人天生秉性万千，

这就是你们的行为根源 [6]。 123

因而见梭伦 [7] 与麦基洗德 [8]、

薛西斯 [9] 和工匠 [10] 生于世间，

那工匠失儿郎，因为飞天 [11]。 126

---

[1] 自然总是不知疲倦地去实现上帝的安排，即自然总遵从上帝的安排。

[2] “文明社团”指好的社会组织。

[3] 你告诉我，假如没有各种社会团体的控制，人是不是会变得更坏？

[4] 如果没有文明的社会团体的控制，人不能各尽其能，那还谈什么文明啊？

[5] “大师”指亚里士多德，他是但丁最崇拜的古代哲学家。亚里士多德在其著作《政治学》中专门论述了有秩序的文明生活，他认为，有秩序的文明生活需要明确的社会分工。这几行诗是查理·马尔泰罗对但丁的回话，他说：哲学大师亚里士多德认为，如果世上的人不能各尽其能，就不会有文明出现。

[6] 由此推论，人的秉性不同，这是造成人不同行为的根源。

[7] 梭伦（Solon，前 638—前 559）是古希腊领导制定雅典民主宪法者之一。

[8] 麦基洗德（Melchisedèch）是《圣经》中的人物，据《旧约·创世记》讲，他是撒冷国王，也是至高无上的天主的祭司。

[9] 指波斯王薛西斯一世（Serse，约前 519 年—前 465），他曾率大军入侵希腊，洗劫雅典，后惨遭失败。

[10] 此处“工匠”指希腊神话中的能工巧匠代达罗斯（Dedalo）。

[11] 据希腊神话讲，代达罗斯制作了羽毛翅膀，并用蜡把这种人工翅膀粘在自己和儿子伊卡洛的身上，于是，父子二人展翅飞向天空；后来，儿子飞得距太阳太近，粘接翅膀的蜡被晒化了，不幸跌落摔死。这几行诗的意思是：因为有社会分工和秉性差异，才会出现梭伦、麦基洗德、薛西斯、代达罗斯等不同的人。

旋转的自然 [1] 是一枚封印，

把印记盖在那肉蜡 [2] 上面，

并不分出何门、居住哪院 [3]。　　　　　129

一出生以扫与雅各不同 [4]；

奎里诺之生父十分卑贱，

玛尔斯是其父，世间讹传 [5]。　　　　　132

如若是神干预不胜遗传，

自然物便沿己道路向前，

其模样就好似父母那般 [6]。　　　　　135

真理已从身后移你面前，

为说明你多么讨我喜欢，

我附加一推理，披你背肩 [7]。　　　　　138

自然物遇时运与己不合，

就会见恶结果出现眼前，

似种子脱离了适土那般 [8]。　　　　　141

若下界考虑到自然基础，

紧紧地追随在它的后面，

[1] 指旋转的各星天。

[2] "肉蜡"指人。

[3] 星天的运转对世人产生影响，它就像盖在人身上的封印，留下深刻印记；任何人都无法避免这种影响，无论他出身如何。

[4] 以扫（Esaù）和雅各（Iacòb）都是《圣经》中的人物。据《旧约·创世记》讲，孪生兄弟以扫和雅各生来就很不同，以扫喜欢打猎，常在原野上奔走；雅各喜欢安静，很少走出帐篷。

[5] 此处，奎里诺（Quirino，另译：奎利努斯）是罗马建城人罗慕洛斯的另外一种称呼。诗句的意思是：奎里诺的亲生父亲本来出身卑微，但是由于奎里诺是一位英雄，所以人们讹传他是战神的儿子。

[6] 假如上天的干预不能战胜遗传基因的力量，自然的产物就必然沿着自己的道路发展，那么儿子就一定和父母模样相似。

[7] 现在我已经给你讲清楚了真理，但是为了表明我有多么喜欢你，再额外为你做一个推理。

[8] 当自然物的时运不佳，遇到与自己不符合的环境时，结果就会非常不好，就像一种植物的种子脱离了适于它生长的土地一样。

就会有善良的好人出现^[1]。 144

但你们将生来佩剑之人，

强拉入教会中执掌神权，

却使那布道者成为国王， 147

因此说尔等路已经走偏^[2]。"

---

[1] 如果尘世的人类考虑到自然是万物正常发展的基础，遵循自然的发展规律，世上就会出现许多善良的好人。

[2] 在这四行诗中，"佩剑者"指何人，"布道者"又指何人，关于这个问题，一直争论不休。许多评论者认为，他们指查理·马尔泰罗的兄弟卢多维科（Ludovico）和罗伯特（Roberto）：前者成为僧侣，后来被任命为主教；后者继承王位，成为那不勒斯国王。但丁认为，前者不应该做僧侣，而应继承王位，因为他比罗伯特更刚强、果敢；后者则不应该继承王位，而应做僧侣，因为他更博学，却不刚毅。然而，世人恰恰把事情弄反了，因而这种逆自然的行为是得不到好结果的。

第 9 章

但丁说，查理·马尔泰罗不仅为他解开了许多疑问，还预言自己的子孙将遭受恶意欺骗；但是，该欺骗指的是什么，天机不可泄露，还须耐心等待结果。查理离去后，库尼萨上前与但丁对话。她介绍了自己是谁、来自何方、曾经有过何种经历，并预言了特雷维索地区的未来。金星天中第三个与但丁对话的人是马赛的行吟诗人浮尔科，他介绍完自己后告诉但丁，《旧约》中的人物喇合是基督凯旋升天后最先进入天国第三重天的永福灵魂；随后，他严厉谴责了佛罗伦萨人和教士们的贪婪与腐败，预言圣地罗马很快便会摆脱教士们的奸诈欺骗。

查理·马尔泰罗的预言

查理妻美丽的克雷门萨，

你夫为我释疑，随后预言，

其子孙将受到恶意欺骗 [1]；　　　　　　　　　　　3

他说道："你莫言，任年流逝 [2]！"，

因而我只能吐含蓄之言：

正义将紧跟随你等 [3] 苦难 [4]。　　　　　　　　　　6

那圣洁光魂 [5] 已转向"艳日 [6]"，

---

[1] 诗人说：查理的妻子美丽的克雷门萨（Clemenza）呀，你的查理为我释疑，并向我预言，他的子孙将受到别人的欺骗。这里，"查理"指正在说话的人查理·马尔泰罗。"其子孙将受到恶意欺骗"指查理·马尔泰罗死后，本应由儿孙继承的那不勒斯王位和普罗旺斯伯爵位均被其兄弟罗伯特篡夺。

[2] 查理·马尔泰罗对但丁说：你不要泄露天机，随着岁月的流逝，人们自然会了解此事！

[3] 指查理·马尔泰罗的妻子克雷门萨及其子女。

[4] 我只能遵从查理的意愿，含蓄地说：在你们的苦难之后，接踵而来的是正义的惩罚。

[5] 指刚才说话的查理·马尔泰罗发光的灵魂。

[6] 指上帝。

至善光普照于万物上面，

他浑身亦披盖太阳光线 [1]。　　　　　　　　　9

啊，受骗的灵魂和邪恶造物 [2]，

你们心已扭曲，背离至善，

眼睛却紧盯住空洞虚幻！　　　　　　　　　　12

库尼萨

快看啊，另一个发光灵魂，

走过来，欲令我意足心满，

看外表所发光其意可见 [3]。　　　　　　　　　15

圣女子 [4] 之双眸凝视着我，

就好像前面曾见到那般，

我确信她同意吾遂心愿 [5]。　　　　　　　　　18

我说道："噢，有福魂，你应证明，

我思想能映于你的回言，

请快快满足我心中期盼 [6]！"　　　　　　　　21

闻此话，我仍然陌生之魂，

就好似极愿意与人为善，

从方才歌唱的光中 [7] 吐言：　　　　　　　　24

"意大利是一块堕落之地，

在那片邪恶的土地上面，

---

[1] 此时，查理·马尔泰罗的灵魂把目光转向了普照万物的至善（上帝），他的身上也披盖上了至善（太阳）的光线。

[2] 指被尘世财富和俗物欺骗的人类。

[3] 看另一个向我走来的灵魂外表闪闪发光，就能够明白，他想为我释疑，从而令我心满意足。

[4] 指引导但丁游历天国的贝特丽奇。

[5] 见到贝特丽奇就像以前那样看着我，我确信她同意我与这位光魂交谈以满足我的心愿。

[6] 有福的灵魂啊，请你快快证明，你将道出的恰恰是我心中所想。天国的灵魂可以凝视上帝，从而能借助上帝的光辉窥见但丁心中所想之事。

[7] 灵魂刚才在光团中歌唱"和散那"。

库尼萨

里阿托、布伦塔、皮亚韦间 [1]，　　　　　　27

耸立着不高的一座小山 [2]，

那里曾空中降霹雳之火，

猛击打该地区，令其受难 [3]。　　　　　　30

他 [4] 和我本生于同一条根，

我名叫库尼萨 [5]，闪光此间，

因我被此星光征服在先 [6]；　　　　　　33

但是我愉快地接受命运，

而且对此安排毫无抱怨；

此举在俗人眼理解则难 [7]。　　　　　　36

库尼萨的预言

此天中距离我最近之宝，

不仅仅珍贵且十分璀璨，

留伟大美名于尘世人间；　　　　　　39

---

[1] 里阿托（Rialto，另译：里阿尔托）是威尼斯最大的岛，威尼斯城最初就建在该岛上，它是威尼斯的象征；布伦塔（Brenta）是意大利东北部流经威尼斯地区的一条河；皮亚韦（Piava）也是意大利东北部流经威尼斯地区的一条河。"里阿托 、布伦塔、皮亚韦间"指威尼斯地区。

[2] 指罗马诺小山（colle di Romano），山上有一座暴君埃泽利诺的城堡。该小山只比周围平原高出约 80 米，因而此处称其为"不高的一座小山"。

[3] "霹雳之火"指暴君埃泽利诺三世（Ezzelino Ⅲ），即《地狱篇》第 12 章中所说的暴君阿佐利诺。这几行诗的意思是：暴君埃泽利诺三世从罗马诺小山上猛扑下来，使威尼斯地区蒙受灾难。

[4] 指埃泽利诺三世。

[5] 库尼萨（Cunizza）是埃泽利诺二世的女儿，暴君埃泽利诺三世的妹妹。

[6] "此星"指当时但丁所在的金星。库尼萨说：生前她受金星（即爱星）的影响极大。库尼萨生前有过极其疯狂的性爱关系，曾离弃丈夫与情夫私奔；晚年她成为虔诚的信徒，多行善事；所以，但丁将她的灵魂置于天国的金星天。

[7] 我虽然在较低的金星天中享受永福，但我接受天命的安排，丝毫不抱怨；这种态度在尘世的俗人眼中是难以理解的。

美名逝须等待五百余年 [1]：

你看看人是否应该卓越，

它可使人死后仍然灿烂 [2]。　　　　　　　　42

塔莉亚门托与阿迪杰间 [3]，

如今的俗人却没有此念，

不悔改，虽然已蒙受灾难 [4]；　　　　　　　45

但不久维琴察河水、沼泽，

便会被帕多瓦彻底改变，

全因人不尽责，固执、冥顽 [5]；　　　　　　48

席雷与卡尼亚两河之间 [6]，

有一人之统治昂首、傲慢，

人们已为捕他设网一面 [7]。　　　　　　　　51

---

[1] "此天中距离我最近之宝"指金星天中紧挨着库尼萨的闪光之魂，即马赛人浮尔科（Folco di Marsiglia）的光辉灵魂。浮尔科生前是著名的普罗旺斯行吟诗人，后来成为修道士，被任命为法兰西图卢兹主教，死于 1231 年。但丁认为他身后留下了至少可流传 500 余年的盛名。

[2] 但丁通过库尼萨之口问世人：你们看看是否应该做一个卓越的人呀？卓越可以使人死后仍然灿烂辉煌。这表明但丁赞同人们对尘世荣耀的追求。

[3] 指意大利的帕多瓦（Padova）地区。塔莉亚门托河（Tagliamento）流经该地区的东侧，阿迪杰河流经该地区西侧，两河之间是帕多瓦地区。

[4] "灾难"指该地区频繁出现的暴政和战争。这几行诗的意思为：如今，帕多瓦地区的人都非常庸俗，没有争取卓越的想法；尽管他们遭受了许多灾难，却不知悔改。

[5] 属于圭尔费党（教宗党）的帕多瓦对抗皇帝，日耳曼神圣罗马帝国皇帝在意大利的代理人维罗纳城主坎格兰德·斯卡拉（Cangrande della Scala）出兵讨伐，使帕多瓦人血流成河，他们的鲜血染红了流经下游的维琴察的河水及其附近的沼泽地；固执、冥顽的帕多瓦人不尽臣民之责造成了这一悲惨事件。

[6] 指特雷维索（Treviso）地区。席雷（Sile）和卡尼亚（Cagnan，另译：卡里亚诺）是意大利东北部的两条小河，汇合于特雷维索城。

[7] "有一人"指特雷维索城主里卡尔多·卡米诺（Riccardo da Camino）。此人是一个十分傲慢的吉伯林党（皇帝党）人，后来落入圭尔费党（教宗党）人设下的罗网中，被杀死。

费特雷[1] 泣渎神牧师[2] 罪孽，

他背叛，太邪恶，无以比肩，

却没有被囚禁马耳他监[3]。　　　　　　54

费拉拉流淌的鲜血如河，

足能够把巨大木桶装满，

若秤量必定会背痛腰酸[4]；　　　　　　57

那慷慨之神父做此捐赠，

为表明其党派立场极坚；

该礼物太符合当地习惯[5]。　　　　　　60

你们称上方镜特罗尼鉴[6]，

通过它折射光，主做判断；

它表明我所说全是真言[7]。”　　　　　　63

马赛的浮尔科

说到此她止言，令我觉得，

她心已向其他方向扭转，

因她又回先前舞蹈队间。　　　　　　66

我见到另一个珍贵光魂，

闪烁着出现在我的面前，

---

[1] 费特雷（Feltro，另译：费尔特雷）是意大利的一座城市。

[2] “渎神牧师”指亚历山大·诺维罗（Alessandro Novello），他在任费特雷主教时，把一些逃离费拉拉城在费特雷避难的吉伯林党人交给了安茹王朝（来自法兰西，支持圭尔费党，打击吉伯林党）和罗马教宗的代表皮诺·托萨（Pino della Tosa），致使他们均被斩首。

[3] 亚历山大·诺维罗犯下如此邪恶之罪，却没有被投入马耳他监狱。据说，马耳他是一座专门为罪大恶极的教士准备的设在意大利中部博尔塞纳湖中岛屿上的监狱。

[4] 由于亚历山大·诺维罗的出卖，费拉拉人血流成河；如若将他们的血收集起来，需要容积非常大的木桶，称量木桶中的血，掌秤者一定会被累得背痛腰酸。

[5] 诗人以十分辛辣的口吻把亚历山大·诺维罗个人的卑鄙行为说成是当地人的风俗习惯。

[6] “上方镜”指上天洞察一切的智慧。你们把上天洞察一切的智慧称作特罗尼鉴（Troni，即座天使）。

[7] 上帝通过“特罗尼鉴”把光投射在我们光魂的身上，做出英明的判断；因而可以证明我所说的都是真理之言。

就好像折日光宝石那般 [1]。 　　　　　　69

人间喜为笑容，天为灿烂，

地狱里痛苦魂心中悲惨，

外表便显现得十分昏暗 [2]。 　　　　　　72

我说道："主洞察一切事物，

有福魂，你目将主体看穿，

主愿望均难以避你双眼 [3]。 　　　　　　75

六翼使把火焰披在背肩 [4]，

你之音伴其声，歌儿婉转，

那歌声使天国十分欢乐， 　　　　　　78

为何不快令我意足心满 [5]？

若我能知汝心如你明我，

不待你把疑问展露外面 [6]。" 　　　　　　81

于是他便开始张口吐言：

"环抱着陆地的大海波澜 [7]，

将其水注入到巨谷 [8] 里面， 　　　　　　84

对立岸 [9] 围绕着滚滚海水，

水逆日流动至巨谷边缘 [10]，

其起点通常称地平之线 [11]。 　　　　　　87

---

[1] 但丁又见另一个光魂来到他面前，那光魂闪闪发亮，就像一块反射太阳光线的宝石。

[2] 人的欢喜是用笑容来表现的，天的欢喜则体现为灿烂的光线，地狱灵魂痛苦时便显得十分昏暗。

[3] 有福的灵魂啊，天主洞察一切，你却能看透天主的一切，了解天主的所有愿望。

[4] "六翼使"指六翼天使，他们都身披着闪亮的火光外衣。

[5] 你伴随着六翼天使优美的声音唱出婉转的歌，那歌声总使天国呈现出欢乐的气氛。那么，你现在为什么还不快快地也令我心满意足呢？

[6] 如果我能够明白你的内心想法，像你明白我一样，我绝不等你发问就向你做出解释。

[7] 指大西洋等各大洋。

[8] 指地中海。

[9] 指地中海北边的欧洲海岸和南边的北非海岸。

[10]地中海的水逆太阳行走的方向流动，即由西向东流动，一直流到地中海东侧的边缘，即流到距耶路撒冷不远的海岸。

[11]地中海海流的起点是直布罗陀海峡，那里通常被看作是大地的边缘，即地平线处。

玛拉 [1] 分热内亚、托斯卡纳，

我曾居该河与埃布罗间 [2]，

紧靠着巨谷的波涛岸边 [3]。　　　　　　　　90

我生活之地与布日埃 [4] 处，

日升与日落在同一时间 [5]，

它热血曾经把海港尽染 [6]。　　　　　　　　93

相识人称我为浮尔科君，

我的光把痕迹印在此天，

它也曾用其光照我心田 [7]。　　　　　　　　96

爱火常燃烧于少年心间，

希凯斯、克娄萨 [8] 痛裂心肝，

贝鲁斯女儿 [9] 怀爱的情感，　　　　　　　　99

罗多佩山女因德莫哀叹 [10]，

---

[1] 玛拉（Macra，另译：玛克拉）是意大利北部的一条小河，下游段是热内亚和托斯卡纳地区的分界，因而此处说"玛拉分热内亚、托斯卡纳"。

[2] 埃布罗（Ebro）是西班牙东北部的一条河流。说话人在尘世时生活于马赛地区，该地区位于埃布罗河与玛拉河之间。

[3] 马赛是一座海港城市，因而此处说"紧靠着巨谷的波涛岸边"。

[4] 布日埃（Buggea）是北非阿尔及利亚的一座城市。

[5] 马赛与布日埃几乎处于同一经线上，因而日出和日落的时间是相同的。

[6] 古罗马恺撒与庞培内战时期，布鲁图攻陷马赛城，马赛人惨遭屠戮，鲜血染红了马赛的海港。

[7] 在尘世时，认识我的人称呼我浮尔科（Folco）；现在我的光辉把我的魂影投射在这一重天（金星天，即爱神天）中，在尘世时，这重天也曾用爱的光线照射我的心，对我影响极深。

[8] 希凯斯（Sicheo）是《埃涅阿斯纪》中的重要人物狄多女王的亡夫，他死时狄多女王曾发誓永不再嫁。克娄萨（Creusa，另译：克列乌萨）是埃涅阿斯的亡妻。

[9] 指《埃涅阿斯纪》中的重要人物狄多（Didone）女王。贝鲁斯（Belo）是狄多女王的父亲。

[10] "罗多佩"（Rodope）是古希腊色雷斯的山名，"罗多佩山女"指住在该山中的色雷斯国公主菲利斯（Phillis）。据传说，德莫（Demofoonte，另译：德莫浮昂）爱上了公主菲利斯并许诺娶她为妻，后来他去了雅典，没有按预期返回完婚，菲利斯误认为被抛弃，自杀身亡；因而，此处说"罗多佩山女因德莫哀叹"。

阿齐得把夭勒深藏怀中 [1]，

他们都无法比我的爱焰 [2]。   102

人在此不悔过，却现欢笑，

因罪感不再会重返心田，

德能已安排好诸事万般 [3]。   105

人在此欣赏那创世艺术，

清晰见上天所显示至善，

它影响下界的尘世人间 [4]。   108

喇合

这重天令你生许多愿望，

为使你满意后再离此间，

我对你须继续讲解一番。   111

我身边这团光闪烁不断，

似太阳照射在清澈水面，

你欲晓是何人裹于其间。   114

你应知那光中喇合静处，

因她入我们的行列中间，

最光辉印记便打在上面 [5]。   117

---

[1] 阿齐得（Alcide，另译：阿尔齐得斯）是罗马神话中的大力神赫丘利的别称，在希腊神话中被称作赫拉克勒斯。夭勒（Iole，另译：伊奥勒）是阿齐得曾经爱过的女人。据希腊－罗马神话讲，阿齐得爱上了公主夭勒，惹怒了他的妻子。妻子请阿齐得穿上用毒血染色的衣服，令其全身疼痛难忍，中毒身亡。

[2] 狄多女王、菲利斯公主、阿齐得等人的爱情都无法与我心中燃烧的爱火相比。

[3] 人们的灵魂在天国中十分快乐，他们已经不必再忏悔罪过；因为上帝已经安排好一切，罪恶感不会再返回天国福魂的心中。

[4] 在天国中，人们可以欣赏上帝创世的完美艺术，清晰地看到上帝的至善；上帝的至善影响着人间的生活。

[5] 据《旧约·约书亚记》第2、6章讲，喇合（Raab）是耶利哥城的妓女，因为她隐藏了约书亚派到该城中的两名密探，破城后约书亚保全了她和她全家人的性命。这几行诗的意思是：喇合加入到我们的金星天，在这重天中她的光辉最明亮。

你们的尘世影至此终止 [1]；

上天主基督神奏凯而旋，

诸魂中她最先升入此天 [2]。 120

用双掌基督获伟大胜利 [3]，

她作为胜利标被置某天，

这显得极恰当，十分合适， 123

因为在那一片神圣地面，

她协助约书亚创建首功 [4]，

教宗却把圣地遗忘一边 [5]。 126

谴责贪婪的教士

你城市 [6] 是那个恶魔 [7] 所建，

是他 [8] 把造物主率先背叛 [9]，

其嫉妒令世人泪水潸潸 [10]； 129

它 [11] 铸传罪恶的弗洛林币 [12]，

---

[1] 根据中世纪的天文学理论，地球阴影投射向天空的最远点为金星，因而此处说"你们的尘世影至此终止"。

[2] 但丁认为，为救赎世人而献身的基督耶稣胜利升天之后，喇合是第一个升入金星天的灵魂。

[3] 基督耶稣左右两只手掌都被钉在十字架上，用此种受难的方式赢得了救赎人类的胜利。

[4] 喇合作为基督耶稣救赎人类取得胜利的一个标志被置于天国的某一重天，这种安排是十分恰当的，因为她在约书亚攻陷耶利哥城（位于后来耶稣受难的圣地耶路撒冷城附近）的战役中保护了希伯来人的密探，创建了首功。

[5] 然而，今天的教宗却把圣地遗忘在脑后。

[6] 指但丁所生活的城市佛罗伦萨。

[7] 指地狱魔王路西法，即撒旦。

[8] 指上一行诗句提到的恶魔，即魔王路西法。

[9] 路西法是造物中第一个背叛上帝的恶魔，因而被上帝打入地狱，成为地狱魔王。参见《地狱篇》第 3 章第 39 行注。

[10]路西法的嫉妒之心造成了人类犯下原罪，因而他的嫉妒心也是人类忍受痛苦、悲惨哭泣的根本原因。

[11] 指前面提到的"你城市"，即佛罗伦萨。

[12]佛罗伦萨铸造了罪恶的弗洛林金币，并使其在市场上流传。

羊与羔 [1] 被诱走错误路线，

使牧人变恶狼，十分凶残 [2]。 　　　　　　132

《福音书》、伟教父被弃一边，

只研究教会的法规汇编，

眉批语把汇编页边填满 [3]。 　　　　　　135

教宗与枢机也乐此不疲，

全不思拿撒勒神圣地面，

加百列在那（儿）曾羽翼伸展 [4]。 　　　　　　138

彼得与追随者牺牲罗马，

他们曾为信仰努力奋战，

梵蒂冈 [5] 与那里其他圣地 [6]， 　　　　　　141

很快将获解放，摆脱奸骗 [7]。"

---

[1] "羊与羔"隐喻世人。基督教视世人为混乱的羊群，视神父为管理和引导羊群的牧羊人，因而称其为"牧师"。

[2] 金钱使世人走上了邪路，使神父变成了贪婪的恶狼。

[3] 今天，人们把《福音书》和天主教早期伟大教父的教诲全都抛弃在一边，弃本求末，只热衷于研究教会所颁布的宗教法规，因而，宗教法规的书本上写满了眉批。

[4] 拿撒勒（Nazarette）是圣母玛利亚怀孕之处，也是耶稣成长的地方。加百列是向圣母玛利亚报怀孕之喜的大天使。这几行诗的意思是：教宗和枢机主教们也乐此不疲，完全忘记了基督教的根本，丝毫不考虑耶稣为什么诞生，大天使加百列怎样告诉圣母玛利亚将孕育上帝之子。

[5] 梵蒂冈（Vaticano）是罗马城中的一个地方，圣彼得的殉难处，后来成为天主教教廷的所在地。

[6] 指罗马其他重要的早期基督教殉难者牺牲的地方。

[7] 但丁希望罗马这块基督教的圣地能够尽快地摆脱腐败、堕落的教士们的控制。

第10章

　　但丁赞美万能的上帝与宇宙的和谐秩序，随后，继续记录他的天国之旅。不知不觉间但丁已经进入了日天（第四重天），他见到那里的光魂更加明亮，他们把但丁和贝特丽奇围绕在中间，载歌载舞，十分欢乐。当但丁观看美丽景况、聆听悦耳歌声时，托马斯·阿奎那的灵魂在火光中说话，他首先做了自我介绍，然后又向但丁介绍了许多著名的哲学家和神学家。

宇宙的秩序

原始的神之力 [1] 不可言表，
他与子 [2] 把大爱传向四边，
心怀爱凝望着他的圣子，　　　　　　　　　3
把一切安排得秩序井然，
空间与人心中运行之物，
谁观察定会有此种体验 [3]。　　　　　　　6
读者呀，请随我举目高瞻，
瞩目望高高的旋转轮盘 [4]，
直视那两运动交错之处，　　　　　　　　9
大师的神奇功在那（儿）可见 [5]；
那大师心喜欢他的杰作，
以至于紧盯视，从不眨眼 [6]。　　　　　　12

---

[1] 指上帝创造万物的能力。

[2] "子" 指圣子基督耶稣。

[3] 谁若是仔细观察宇宙万物和人心中的各种活动，就一定能够体会到上帝用大爱安排的和谐的宇宙秩序。

[4] 指旋转的各重天。

[5] "两运动"指太阳围绕赤道的运行和黄道十二宫的运行。黄道与赤道相互错开，之间形成一个角度；诗人说：如果直视二者相对而行的交叉点（分别表示春分和秋分），就可以看到上帝这位大师的创造力有多么神奇。

[6] 上帝以创造宇宙时的热情热爱宇宙，因而不眨眼地欣赏自己的作品。

你见到携行星倾斜圆环[1]，

从那里似树杈分行两边，

为满足尘世对诸星召唤[2]。　　　　　　　15

若行星之轨道并不倾斜，

天许多功能便无法实现，

尘世的潜能也消逝不见[3]；　　　　　　18

与正圈倾斜度或大或小，

宇宙的秩序便不会完善，

上与下、天与地发生混乱[4]。　　　　　21

读者呀，疲惫前若想快乐，

就请你继续坐餐桌旁边，

再想想你所尝香甜美餐[5]。　　　　　　24

摆好宴，请享用，我不陪伴，

因我已成为了记录人员，

应录事吸我思于它那面[6]。　　　　　　27

日天

那管理自然的最大权臣[7]，

---

[1] 指行星运行的轨道黄道带。

[2] 你可以见到倾斜的行星轨道，从赤道与黄道的交叉点处像树杈一样相互分离；这是上帝为满足尘世的需要所做的安排。由于赤道和黄道不是平行的，它们之间有倾斜度，所以世间才出现春夏秋冬四季的变化。

[3] 假如赤道与黄道之间没有适当的倾斜度，上天就不能实现它的功能，尘世也就没有了季节变化。

[4] "正圈"指平正的赤道。假如黄道与平正的赤道之间倾斜度不适当，或过大，或过小，宇宙的秩序就不会完善，天地就会发生混乱。

[5] 此处"香甜美餐"指刚才但丁所讲解的神秘的天文学理论。诗人对读者说：读者呀，在你听得疲倦之前，如果想获得快乐，就请继续坐在课桌旁，认真地思考一下我所讲解的天文学课程。

[6] 我为你准备好知识的盛宴，请你自己享用吧，我就不陪伴了；因为我已经成为记录天国情况的人，应该记录的事现在吸引了我的思想。

[7] 指太阳。上帝是君，代上帝普照和管理万物的最重要的权臣便是太阳，因为它对人类的生存影响最大。

把天力传递至尘世人间，

用其光丈量出时间长度 [1]；　　　　　　　　　　30

上面讲那部位 [2] 与它 [3] 相连，

它沿着螺旋路行进向前，

一天比一天早显露容颜 [4]；　　　　　　　　　　33

我不觉便升至它 [5] 的身旁，

就好像人思想产生之前，

并不知它将入自己脑间。　　　　　　　　　　　36

从善境入更善，圣女引路，

其速度极快捷，远胜闪电，

因而便不觉她行动时间 [6]。　　　　　　　　　　39

入日天我见到一些光魂，

均自己放光芒，把身显现，

不靠色，而靠光，何等灿烂 [7]！　　　　　　　　42

我借助智慧与技巧、经验，

也难令人想象那等光艳，

但愿人能相信，希望看见 [8]。　　　　　　　　　45

若我们想象力难达高度，

因为它太低下，不必惊叹，

---

[1] 太阳每升降一次便是一天，日升日落的次数决定了时间的长短，因而此处说"用其光丈量出时间长度"。

[2] 指春分点，即黄道与赤道的交叉点。但丁游历地狱、炼狱和天国时，太阳位于白羊座，正是春分时节。

[3] 指上面提到的"权臣"，即太阳。

[4] 从冬至到夏至，日出一天比一天早，从夏至到冬至，日出则一天比一天晚，因而此处说太阳"沿着螺旋路行进向前"；此时是春分时节，是从冬至向夏至的过渡时期，自然日出一天比一天早。

[5] 指太阳。但丁不知不觉地进入了日天。

[6] 在贝特丽奇的引导下，我从一个善境过渡到另一个更善的环境，速度比闪电还快，感觉不到时间的变化，因而不知不觉地进入了日天。

[7] 一般的物体都是靠颜色显现形象的，然而这些光魂却只靠他们放射的光显现身影。他们放射的光芒是多么灿烂啊！

[8] 不管我怎么借助智慧、经验和语言技巧来描写那些美丽的光，都难以令人想象出那种美艳；尽管如此，我还是希望人们能够相信我的话，愿意亲眼看见。

天国的第四重天，日天

人之眼望不到太阳上面 [1]。　　　　　　48

这里是圣父的第四家族 [2]，

崇高父令此天意足心满：

生圣子，又携他把灵广传 [3]。　　　　　51

圣洁女 [4] 开言道："你应感谢，

谢天使之太阳 [5] 光辉灿烂，

他施恩提你至此重日天。"　　　　　　54

闻此言我决意对主更忠，

尘世人永难有此等表现，

也难以对上帝这么虔诚，

如此快便显露感激之念 [6]；　　　　　57

以致我把爱都投至他身，

被遗忘圣洁女略显暗淡 [7]。　　　　　60

她不恼，却对我露出笑容，

其笑眼闪着光，十分灿烂，

致使我专一心四处分散 [8]。　　　　　63

博学者的灵魂

我见到移动光十分耀眼，

以我们为中心围成圆环，

---

[1] 人类的眼睛能力太低下，望不到太阳上面，对这一点我们不必惊叹。

[2] 意思为：这里是天国的第四重天。

[3] 至高无上的圣父生下了圣子，并与圣子一同把圣灵广传人间，从而形成了三位一体；这重天载满了传播这种神圣精神的智者（天才的神学家和哲学家）的灵魂。

[4] 指贝特丽奇。

[5] "天使之太阳"指上帝。上帝是照耀天使和天国永福者的太阳。

[6] 听完上面这番话，我便显露出对天主的感恩之心，下定决心要更加忠于天主；尘世的人永远不会像我这么忠诚，也永远不会像我这么信任天主。

[7] 对天主的感恩之心吸引了我的全部注意力，使我一时遗忘了身边的圣女贝特丽奇，因而她此时的光略显得有些昏暗。

[8] 然而，贝特丽奇并没有生气，却对我微笑；她微笑的眼睛闪着光，显得十分灿烂，致使我把对上帝的注意力分散在她和日天的其他景物和灵魂身上。

其美妙之声音胜过光灿 [1]：　　　　　　　66

当天空充满了水气之时，

有时见勒托女 [2] 身披晕圈，

因为光受阻碍形成圆环 [3]。　　　　　　69

我亲历之天庭珠宝万千，

既珍贵，又美丽，尘世罕见，

然而却带不出那片空间 [4]；　　　　　　72

诸光魂之歌声便是珍宝，

谁若无飞天的双翼在肩，

新鲜事只好听哑巴口传 [5]。　　　　　　75

一轮轮火太阳 [6] 载歌载舞，

围我们旋转了整整三圈，

似靠近定轴的星辰那般 [7]；　　　　　　78

它们像未终止跳舞女子，

暂停步，静静听，期待新欢，

一直到新舞曲又传耳边 [8]。　　　　　　81

---

[1] 他们的歌声比他们放射出的光更加优美。

[2] 指月亮。据希腊－罗马神话讲，勒托（Latona）是太阳神和月亮女神的母亲。

[3] 当天空充满水气时，有时候会看到月亮周围有一圈光环，那是受到雾气阻挡无法放射出来的光所形成的月晕。

[4] 天国中的宝贝非常多，十分珍贵和美丽，尘世是见不到的，然而却无法带回人间。

[5] 诸光魂的歌声便是一种珍宝，但无法带回人间，人们只能亲自飞往天国去听那优美的声音；如果没有双翼，无法飞往天国，就只好作罢。"听哑巴口传"的意思为无人口传。

[6] 指身上披着闪闪发光之火的灵魂。

[7] 那些闪光的灵魂围绕着但丁和贝特丽奇跳着舞、迈着缓慢的步子转了三圈，就像靠近固定的宇宙轴心慢慢旋转的星辰那样。在但丁眼中，宇宙就像一个旋转的车轮，位于宇宙中心的地球好似车轴，靠近车轴的星辰转动得慢，远离车轴的星辰转动得快，这样各星辰的转动便是同步和谐的。

[8] 但丁时代的佛罗伦萨有一种民间舞蹈：女子们手拉手围成圈，其中一位女子站在圈中，领唱一段民谣，其他女子则重复着民谣，围着她跳舞；当一段民谣结束时，女子们便暂停舞步，等待圈中的女子领唱第二段民谣，随后又边跳舞边重复第二段民谣；就这样，她们不断地欢舞和歌唱。此处，"期待新欢"的意思为：期待听到领唱者唱出新的民谣，从而开始新的欢舞。

第 10 章

托马斯·阿奎那与其他博学者

闻一魂从光中开口吐言：

"天恩光会点燃真爱火焰，

爱火旺天恩也随之增添[1]；　　　　　　　　84

你身上它光辉成倍增长，

它引导你沿着天梯登攀，

下行后必定会再次升天[2]；　　　　　　　　87

谁拒绝你解渴饮他之酒，

缺自由他才有此种表现，

就如水难流入大海一般[3]；　　　　　　　　90

众灵魂围成了这个花环，

把引你登天女圈于中间，

你定想知何花将其[4]装点[5]。　　　　　　　93

羊群随多明我[6]行走向前，

不迷途定肥硕、十分康健，

我便是那神圣羊群一员[7]。　　　　　　　　96

---

[1] 天主的恩赐能够点燃真爱之火，当真爱之火烧得越来越旺时，也会使上帝赏赐更大的天恩。

[2] 你承受了数倍于他人的天恩，是天恩引导你生前就登上了天梯；虽然你还要返回尘世，但死后必定还将重新登上天国。

[3] "谁拒绝你解渴饮他之酒"是一句比喻，意思为：谁拒绝给予你想获得的知识。这三行诗的意思是：这里的灵魂都是圣洁的，都愿意告诉你想知道的事情；谁若是拒绝向你讲解，那一定是因为他向你讲解的自由受到了阻碍，就像本应流入大海的水半路受阻一样。

[4] 指上面提到的花环。

[5] 你一定想知道是什么花（即什么闪光的灵魂）组成了这个花环。

[6] 多明我（Domenico）指圣多明我，西班牙人，中世纪晚期天主教的重要圣人，多明我会的创始人。

[7] 追随圣多明我的人（羊群）一定不会迷途，他们会有丰硕的收获，精神会十分健康；我便是他们中的一员。

托马斯·阿奎那 [1] 是我名字，

科隆的阿伯特 [2] 在我右边，

他是师，却待我兄弟一般。　　　　　99

如若你想认识其他众人，

就请随我讲解将脸扭转，

把这个福花冠环视一番。　　　　　102

另团火源自那格拉契安，

他曾经助神、俗两种法院 [3]，

因而便赢得了天国喜欢。　　　　　105

旁边火饰我们合唱团队，

此彼得与穷苦寡妇一般，

向教会那女捐全部财产 [4]。　　　　108

我们中第五光最是美丽，

它把爱之春风吹遍世间，

---

[1] 托马斯·阿奎那（Tommaso d'Aquino，1225—1274），欧洲中世纪晚期经院哲学最重要的哲学家和神学家。他把理性引入神学，主张用哲学的逻辑推理证明上帝的存在。天主教教会认为他是历史上最伟大的神学家，死后，教会册封他为天使博士和全能博士。他的代表作是《神学大全》。

[2] 阿伯特（Alberto，另译：阿尔伯特，1200—1280），亦称大阿伯特（Alberto Magno），日耳曼人，天主教教士、著名神学家，曾任主教。1248年，阿伯特在科隆建立了日耳曼第一所多明我会研究院。托马斯·阿奎那曾经是该学院的学生，因而下面说"他是师"。

[3] 格拉契安（Francesco Graziano）是12世纪意大利修士和教会法学家，曾编撰《教会法规歧义说同》，调和了教会法规和世俗法规之间的矛盾，从而避免了世俗法庭与宗教法庭之间审判时可能发生的冲突；因而，此处说"他曾经助神、俗两种法院"。

[4] 旁边那团为我们合唱团队增添光彩的火中包裹的灵魂是12世纪的意大利教士伦巴第的彼得（Pietro Lombardo，？—1164），他曾在巴黎大学任神学教师，后被任命为巴黎主教。他的著作《箴言录》4卷被教会定为教会学校的教科书。彼得把他的著作奉献给教会，这一行为就像《新约·路加福音》第21章中穷寡妇将其仅有的两枚小钱捐给神殿一样。据《路加福音》第21章记载，耶稣见许多有钱人把捐款投入捐献箱，又见到一位穷寡妇将两枚小铜钱也投入箱中，于是说："我确实地告诉你们：这寡妇所献的，比其他人还多。因为其他人丰衣足食，所献的不过是自己剩余的金钱；而这位穷寡妇却献出了她的全部财产。"

知其讯是下界众人期盼 [1]：　　　　111

此光中崇高魂知识渊博，

若主言的确真，无人再见，

后'升起'智慧者如他这般 [2]。　　114

你再看他身边那支烛光，

在下界肉身中他便窥见，

天使的本性和职能内涵 [3]。　　117

基督教时代的那位辩者 [4]，

在另团小光中绽露笑颜，

其文令圣教父 [5] 受益匪浅 [6]。　　120

如若从一簇光转向另簇，

你心目 [7] 紧追随我的盛赞，

此时你想了解第八光团 [8]。　　123

圣灵魂心欢喜因见万善，

---

[1] 第五团火光中包裹的是《旧约》中的人物所罗门（Salomone）。所罗门是以色列的第三代国王，智慧非凡。中世纪的人对他是升入了天国还是仍然留在地狱争论不休，人人都想知道有关他的确切消息，因而此处说"知其讯是下界众人期盼"。

[2] 据《旧约·列王纪上》第 3 章讲，所罗门向上帝祈求智慧，上帝高兴地说："赐你聪明智慧，甚至在你以前没有像你的，在你以后也没有像你的。"因而此处说：如果上帝的话的确真实无误，那就再也不会见到像他这么聪明智慧的人了。

[3] 旁边那团"烛光"包裹的是使徒传教时期雅典大法官丢尼修（Dionisio）的灵魂，他后来成为追随圣保罗的忠实信徒，被选定为雅典的第一任主教。《新约·使徒行传》第 17 章中说："有些人贴近他（指圣保罗），信了主；其中有亚略巴古的法官丢尼修。"人们认为《论天国等级》一书是丢尼修所著，该书论述了天使的本性和职能，因而此处说"在下界肉身中他便窥见，天使的本性和职能内涵"。

[4] "基督教时代的那位辩者"指为基督教进行辩护的人，此处具体指谁，在《神曲》的古今注释者中一直没有定论。但最可信的观点有两个，一个认为指的是保罗·奥罗西奥（Paolo Orosio），另一个认为指的是马里奥·维托里诺（Mario Vittorino）。

[5] 此处，"圣教父"指奠定中世纪天主教神学基础的圣奥古斯丁。

[6] 保罗·奥罗西奥是一位史学家，圣奥古斯丁的学生；据说他曾在圣奥古斯丁的建议下撰写了《异教徒史七卷》，以证实圣奥古斯丁的重要著作《论上帝之城》所阐述的真理。马里奥·维托里诺是 4 世纪的哲学家，曾把柏拉图的对话译成拉丁文，据说这些译著对圣奥古斯丁理解柏拉图的思想帮助很大。

[7] "心目"，即心灵之眼目，此处指听话人（即但丁）的思想。

[8] 我正在赞美这些光彩夺目的灵魂，如果你的思想紧紧地追随着我的讲解，此时你心中一定在希望了解第八团光包裹的灵魂。

他将对愿听者展示一番 [1]：

那尘世爱招摇，喜欢欺骗 [2]。　　　　　126

他被逐 [3]，躯体卧金顶下面，

因流放和殉教离弃人寰，

来到了这一片太平空间 [4]。　　　　　129

理查德 [5] 和比德 [6]、伊希多罗 [7]，

他们魂也熊熊燃于那边，

都认为前者的默思超凡。　　　　　132

你目光现在又返回我身，

刚才你所望的那朵光团，

因苦思曾怨死来得太晚 [8]；　　　　　135

他便是希吉尔永恒之光，

曾经在麦秸路设立讲坛，

---

[1] 因为见到了各种仁善，这个圣洁的灵魂非常高兴，他愿意向喜欢听他讲解的人讲述一番。

[2] 人类所生活的那个尘世喜欢招摇撞骗。

[3] 指被逐出尘世，即死亡。

[4] 这里指的是波伊修斯（Boezio/Boethius，475—525），他是中世纪早期的哲学家，出身于罗马贵族家庭，因得罪东哥特王狄奥多里克（Teodorico）而入狱，被判处死刑；狱中他写作了《论哲学的安慰》，死后，被葬在意大利帕维亚圣彼得大教堂的金色屋顶之下。许多人认为，在西方古典文化向中世纪基督教文化转变的过程中，波伊修斯起到了十分重要的作用，中世纪的思想家通过他了解了许多西方的古典哲学思想，因而他享有"最后一位罗马人""圣者""殉道者"的美誉。

[5] 理查德（Riccardo，？—1173），又称"圣维克多的理查德"（Riccardo di San Vittore），因为他曾于 1162—1173 年间担任法兰西巴黎附近的圣维克多修道院的院长。他是欧洲中世纪神秘主义的重要代表人物，坚决反对宗教信仰中的理性，著有神学著作《默思论》，被人们称作"伟大的默思者"。

[6] 比德（Beda，673—735），英国教士，又称"令人尊敬的比德"，充满仁爱，学识渊博，是英国早期著名的史学家，著有《英格兰教会史》。

[7] 伊希多罗（Isidoro di Siviglia，560—636），西班牙人，曾任塞维利亚主教，中世纪早期著名的神学家、史学家，著有百科全书式的作品《词源》。

[8] 此处所介绍的是希吉尔（Sigieri di Brabante，1226—1284）的灵魂，他是 13 世纪最重要的阿威罗伊派思想家，曾在巴黎大学"麦秸路"讲授哲学，因思想激进受到教会的谴责和惩罚，从而忍受肉体与思想的双重痛苦，恨不得尽快离弃尘世，所以此处说"因苦思曾怨死来得太晚"。

其推理引起了嫉妒、诬陷 [1]。"   138

为了使上帝能更加爱恋,

主妻起,其歌声十分婉转 [2],

这就像计时器唤人起床,   141

各部件互拉扯,和谐运转,

叮叮当,当当叮,优美旋律,

使虔诚之灵魂充满爱怜 [3];   144

就这样我见到光荣之轮 [4],

转动着,其声音和谐、超凡,

若不是在欢乐无尽之处,   147

此天籁之美音怎能听见。

---

[1] 希吉尔曾与托马斯·阿奎那进行过激烈的辩论。他被置于天国的智者灵魂之中,并由他的辩论对手托马斯·阿奎那将其介绍给但丁,这说明但丁尊敬持有不同见解的哲学家,主张学术自由,也表明,进入天国后,人的意志与代表真理的上帝的意志已经合一,不再有任何争辩。

[2] "主妻"指教会。教会经常被比喻成天主的妻子。这行诗的意思是:教士们起床后唱起了婉转的歌声。

[3] 为了获得天主更大的爱,教士们很早就起床唱着婉转的颂歌做晨祷;教会的运转就像计时器一样,十分准确,各个部件互相运作,和谐转动,叮叮当当地奏响优美的旋律,从而使虔诚的灵魂心中充满爱怜之情。

[4] 指放射出耀眼光芒的灵魂所组成的载歌载舞的圆环。

第 11 章

　　但丁感叹人们毫无意义地追求尘世利益，庆幸自己已经摆脱庸俗，跟随贝特丽奇飞上天国。此时，托马斯·阿奎那的灵魂看出但丁心中对他刚才所说的话存在疑问，便又开始讲解。首先，他赞扬了圣方济的丰功伟绩，歌颂了安贫生活；其次，他又谴责了多明我会教士的堕落，批评了他们背离圣多明我所制定的原则；最后，托马斯·阿奎那说，如果但丁不觉得他的话过于隐晦并认真地听他讲述，就一定能够理解他。

尘世的虚妄与天国的荣耀

　　噢，世人的操劳都毫无意义。

　　岂可追尘世利受人欺骗！

　　又怎能抖羽翼飞坠下面[1]！　　　　　　　　3

　　有的人做教士，有人学法，

　　有的人努力地研究格言[2]，

　　有的人用暴力、诈术统治，　　　　　　　　6

　　有人掠，还有人公私两兼，

　　有的人为肉欲疲惫不堪，

　　还有人只喜欢游手好闲；　　　　　　　　　9

　　我此时全摆脱尘世庸俗，

　　随圣女腾空起，飞向高天，

　　受如此之欢迎，荣耀无限[3]。　　　　　　　12

---

[1] 人们对尘世事物的追求是毫无意义的。不要去追求尘世利益，那是一种欺骗！鸟儿怎么能扇动翅膀越飞越低呢！

[2] "研究格言"指研究医术，因为《格言集》是古希腊最著名的医师希克拉底的医学著作。

[3] 当世人为各种尘世庸俗的事物耗费自己的精力时，我却摆脱了一切庸俗，随圣女贝特丽奇飞上天国，受到热烈的欢迎，享受无限的荣耀。

看透但丁心中的疑问

每个魂 [1] 又转回原先位置，
停下来，恢复了最初圆环，
就如同蜡烛插烛台上面 [2]。　　　　　　15
见刚才说话光更加明亮，
有朗朗之笑声传到外面 [3]，
同时闻他开口对我吐言：　　　　　　　18
"天主是我的光产生源泉，
我望着他所生永恒光线，
便可知你思想及其由缘 [4]。　　　　　　21
你对我说的话产生疑问，
希望我用明确、易懂语言，
以便你听起来没有困难 [5]；　　　　　　24
刚才我曾经说定能'肥硕 [6]'，
还说无'智慧者如他这般 [7]'；
此处应很好地分析一番。　　　　　　　27

颂扬圣方济

上天主用号令统治世界，
其意旨造物均难以看穿，

---

[1] 指上一章所谈论的组成第一个圆环的十二光魂中的每一个光魂。

[2] 十二个光魂又转回到但丁最初见到他们时的位置，圆环也恢复了最初的状态。这说明光魂已经整整地转了一圈。他们就像十二支蜡烛插在一个圆形的蜡烛台上一样整齐。

[3] 笑声会增加光魂的亮度。

[4] 天国灵魂的光源自上帝，当灵魂像照镜子一样注视上帝所发出的永恒之光时，便会看到但丁头脑中的思想及其产生的根源。

[5] 你现在想的是，让我用更简洁明了的语言解释一下你对我刚才说的话所产生的疑问，以便你能更轻松地理解其含义。

[6] 见《天国篇》第 10 章第 95 行。

[7] 见《天国篇》第 10 章第 114 行。

因未见深处便眼花缭乱 [1]；　　　　　　　　30

为使妻 [2] 走向她心爱夫君，

那一位曾极力高声呼喊，

令其与神圣血结成姻缘 [3]；　　　　　　　　33

为使妻更自信、更加忠诚，

命两位倚重臣服侍身边，

一从左，一从右，引其向前 [4]。　　　　　　36

一位似撒拉弗，十分热情 [5]，

另位似基路伯，光耀人间 [6]，

其光芒照四方，十分灿烂。　　　　　　　　39

我只讲他二人其中一个，

说一个就如把两人同赞：

因他们为同一目标奋战 [7]。　　　　　　　　42

一水降乌巴多选定小山 [8]，

在它与图比诺小河 [9] 之间，

高山侧斜铺着肥沃坡地，　　　　　　　　　45

---

[1] 造物看不懂造物主的神秘意旨，因为他们在看到意旨深藏的神秘之处之前，就已经被炫得眼花缭乱。

[2] 指教会。诗人不止一次地把教会比作天主的妻子。

[3] "那一位"指基督耶稣。据《新约·马太福音》第27章记载，被钉在十字架上的基督耶稣临终前曾大声呼喊："我的上帝，我的上帝，为什么离弃我？"诗人说，基督耶稣用这种呼喊令教会与上帝（神圣血）结成姻缘。

[4] 此处，"两位倚重臣"指欧洲中世纪晚期对维护基督教起到至关重要作用的圣方济（San Francesco）和圣多明我（San Domenico）。此二人分别用仁爱和宣讲教义引导信徒，扶持教会，因而此处说"一从左，一从右，引其向前"。

[5] 基督教认为，撒拉弗是六翼天使，又称"炽天使"；他是最高等级的天使，象征仁爱，因而此处说圣方济的灵魂似撒拉弗，十分热情。

[6] 基督教认为，基路伯（Chirubino）是仅次于撒拉弗的天使，又称"智天使"，他用神学的智慧之光启迪人的灵魂，因而此处说圣多明我的灵魂似基路伯，光耀人间。

[7] 我这里只介绍他们两个中的一个，因为他们俩为了同一目标努力奋战，赞美他们中间的一个就等同于赞美了他们两个。

[8] 乌巴多（Ubaldo，另译：乌尔多）是意大利古比奥主教，1129—1160 年在任，死后被葬于他所选定的古比奥山；阿西西城西侧的契亚西奥河从该山流出，因而此处说"一水降乌巴多选定小山"。

[9] 图比诺（Tubino）是意大利中部的一条小河，流经阿西西城东侧。

教会与圣方济和圣多明我

佩鲁贾'朝阳门'受其暑寒[1]；

山背后因那座陡峭山峰，

诺切拉、瓜尔多泣泪涟涟[2]。 　　　　48

在山侧坡度的锐减之处，

有一轮红太阳[3]生于世间，

其德能如春分恒河日般[4]。 　　　　51

谁若是谈论到这个地方，

称其为阿西西意差太远，

叫东方才能把其意彰显[5]。 　　　　54

出生后尚未过许久时间，

他便成尘世的伟德洪范，

使世人汲取了力量无限； 　　　　57

年轻时与父斗，为那女子[6]，

无人愿开门迎她入房间，

都待她如同对死神一般； 　　　　60

他来到家乡的宗教法庭，

与该女结夫妻，当着父面；

---

[1] 阿西西城位于图比诺河和契亚西奥河之间的山坡上，佩鲁贾城东面的"朝阳门"正朝着它，能够感受到它所忍受的酷暑和严寒。

[2] 诺切拉（Nocera）和瓜尔多（Gualdo）是位于阿西西山后的两个小镇，由于山峰的阻挡，冬季，它们不仅每天比阿西西少数小时的日晒，还不得不经常忍受强烈北风的骚扰，因而此处说"山背后因那座陡峭山峰，诺切拉、瓜尔多泣泪涟涟"。

[3] 指圣方济（San Francesco）。

[4] 位于东方的恒河是太阳升起的地方。春分时节，借助温暖的太阳的神奇力量，万物复苏；圣方济也具有同样的德能，它将使世人觉醒。

[5] 当谈到圣方济出生地时，只称其为阿西西是不够的，是无法完全表现出该地的辉煌作用的，而应该称其为太阳升起的东方。

[6] 指贫穷。

此后爱便一天胜过一天 [1]。　　　　　　63

那女子失前夫一千余年 [2]，

受蔑视，其处境十分艰难，

并无人再求婚于他之前 [3]；　　　　　　66

曾听说有人令世界发抖 [4]，

闻其声该女 [5] 却自若泰然，

伴阿米克拉斯她觉平安 [6]；　　　　　　69

她还陪主基督勇敢受难，

十字下玛利亚痛泣不断；

这些都难助她摆脱悲惨 [7]。　　　　　　72

为了不再继续隐晦讲述，

告诉你我刚才长篇之言，

指'贫穷'与方济二人爱恋 [8]。　　　　　75

他们的和睦与喜悦容颜，

---

[1] 世上无人喜欢贫穷，都将其拒之门外，所有人都像对待死神一样对待贫穷，既恨又怕；然而，圣方济却抗拒父命，当着宗教法庭、主教和父亲的面宣布与贫穷结为夫妻；从此以后，他心中的仁爱一天胜过一天。据记载，圣方济是一位富商之子，起初，放荡不羁，挥霍无度；后来在战争中成为佩鲁贾的俘虏，狱中的苦难与疾病的折磨使他幡然醒悟，决心抛弃尘世财富，追求安贫生活；他当着主教和阿西西民众的面，脱光衣服，把一切财产抛还给父亲，走上乞讨传教的道路。

[2] "那女子"指贫寒，"前夫"指基督耶稣。诗句的意为：贫寒的第一任夫君基督耶稣已离世一千余年。

[3] "他"指圣方济。诗句的意为：基督耶稣离世后，在圣方济之前，没有一个人再向"贫穷"这位女子求过婚。

[4] "有人"指威震四方的恺撒。

[5] 指贫穷。

[6] 恺撒的威名能够令世界发抖，但是听到他的声音，"贫穷"这个女子并不害怕，她陪伴的是一无所有的渔夫阿米克拉斯，因而泰然自若，感觉非常安全。据古罗马作家卢卡诺（Lucano，另译：卢卡努斯）在《法尔萨利亚》中记载，恺撒与庞培内战时，兵士在贫穷渔民阿米克拉斯的家乡抢掠，当时，人人自危，唯独阿米克拉斯毫不恐惧，他一无所有，深信无人会闯入他家抢掠，所以家门洞开。

[7] "贫穷"这位女子表现得非常突出，面对乱兵的抢掠，她毫无畏惧；她还曾陪伴天主基督一同受难，但是，这些好的表现并不能帮助她摆脱悲惨的境地。

[8] 现在我不想再这么隐晦地说下去了，想直接告诉你，我刚才讲的是"贫穷"女子与圣方济相互爱恋的故事。

他们的爱与奇 [1]、温情双眼，

是圣洁思想的产生根源；

那一位可敬的贝尔纳多 [2]，   78

脱掉鞋急奔向崇高宁安，

虽奔跑，却仍觉行动太慢 [3]。   81

亦脱鞋埃吉雕、希尔维斯，

追新郎，因新娘令其喜欢 [4]。

噢，多无闻、多巨大安贫财产 [5]！   84

那慈父、贤导师 [6] 于是离去，

携其妻与他的全部家眷，

他们把卑微绳缠于腰间 [7]。   87

未因父是彼得·贝纳多内 [8]，

也不因出奇的卑微、低贱，

怯懦心便令其头垂地面 [9]；   90

却对那英诺森 [10] 宣示意愿，

其坚定志向显王者风范，

---

[1] 他们令人惊讶的爱情。

[2] 贝尔纳多（Bernardo da Quintavalle，约1179—约1246）是圣方济的第一位追随者，他以圣方济为榜样，把财产分给穷人，并建立了第一座方济会修道院。

[3] 为了显示安贫，圣方济模仿使徒赤足传教，他的追随者则模仿圣方济也赤足传播安贫的思想。贝尔纳多是圣方济的第一位追随者，自然也赤足紧随圣方济奔向天国的安宁，他虽然跑步，却仍然觉得自己的行动太慢。

[4] 埃吉雕（Egidio，？—1252）和希尔维斯（Silvestro，？—1240）都是圣方济的追随者，他们追随圣方济（新郎）是因为他们喜欢安贫（新娘）。

[5] 安贫是一份多么巨大的财产啊！但是，人们对这份财产又是多么不闻不问啊！

[6] "慈父"和"贤导师"都指圣方济。

[7] 1209年末，圣方济带着安贫的思想（携其妻），率领全体追随者（全部家眷），用象征谦卑的麻绳缠腰，离开家乡，前往罗马，去请求教宗认可他们的安贫的生活原则。

[8] 彼得·贝纳多内（Pietro Bernardone）是圣方济的父亲，他虽然是佩鲁贾的一位富商，但是在以贵族与僧侣为统治阶级的中世纪却仍然被视为卑贱、粗俗的人。

[9] 面对至高无上的教宗，圣方济并没有因为出身低下而表现得胆怯和卑躬屈膝。

[10] 指教宗英诺森三世（Innocenzio III，1161—1216），1198—1216年在位。

为信仰获首枚认可印鉴 [1]。   93

追随他之穷人不断增多，

他尘世之生活脱俗不凡，

因而便被歌唱，光荣归天 [2]；   96

圣灵便通过那洪诺留 [3] 手，

为这位牧人 [4] 的神圣意愿，

又戴上第二顶辉煌王冠 [5]。   99

他渴望为信仰做出牺牲，

于是在傲慢的苏丹面前，

讲基督及各位追随使徒，   102

却发现当地人归化太难 [6]，

为避免在那里徒劳无益，

便返回可摘果意土地面 [7]，   105

在台伯、阿尔诺之间峭岩 [8]，

又领受基督的最后印鉴，

其身体携其印整整两年 [9]。   108

选他行大善的上天恩主，

---

[1] 1214 年，圣方济的安贫生活准则获得教宗英诺森三世的口头认可，这是圣方济及其修会获得的第一次教会官方的认可。

[2] 圣方济的追随者越来越多，他的安贫生活准则受到赞美；这一切都应该归功于天主。

[3] 指教宗洪诺留三世（Onorio III，1148—1227），1216—1227 年在位。

[4] 指圣方济。

[5] 1223 年教宗洪诺留三世颁布教旨，正式认可了方济会的合法地位，这是圣方济及其修会获得的第二次教会官方的认可。

[6] 1219 年圣方济携十二位弟子去东方传教，被埃及的撒拉逊士兵逮捕，他当着埃及苏丹的面讲述耶稣和使徒的传教故事，试图引导苏丹和当地人皈依基督教，后来发现一切努力都是徒劳无益的。

[7] "可摘果"的意思为：能够有所收获。圣方济又返回可以获得一些传教成果的意大利。

[8] 指意大利中部翁布里亚（Umbria）地区的大山中。台伯河（Tevere）和阿尔诺河是流经意大利中部的两条河，台伯河穿过罗马城，阿尔诺河穿过佛罗伦萨城。

[9] 据传说，圣方济在翁布里亚的大山中祈祷上帝时，耶稣显灵，化作天使，降至圣方济面前，赐予他"五伤"（即基督耶稣被钉在十字架上的时候，双手与双脚所受的钉伤和肋下所受的枪伤）；圣方济携带这五道伤痕整整两年。

想将他提上天奖赏一番；

他虽觉已渺小，却应受奖，

临行时请兄弟 [1] 把女 [2] 照看，   111

好似向继承者托付后事，

命他们爱此女，忠心不变；   114

随后这光辉魂离女 [3] 怀抱，

又回归他王国幸福空间 [4]，

却不愿棺木把其体装殓 [5]。   117

多明我会的堕落

你想想谁配做他的战友 [6]，

伴随他同执掌彼得航船 [7]，

奔正确之目标行于海面；   120

此人是我们的创会祖师 [8]，

你可见，谁遵命紧随后面，

其航船必定把佳货装满 [9]。   123

---

[1] 指圣方济的追随者们。

[2] 指圣方济心爱的女子，即"贫穷"。

[3] 指"贫穷"。

[4] 指天国。

[5] 圣方济只愿意拥抱自己心爱的女子——"贫穷"，不需要任何荣耀。1226 年 10 月，他自觉病势沉重，生命垂危，于是命弟子们把他抬到珀尔齐翁克拉（Porziuncola）小教堂中，平放在光秃秃的地上，随后气绝离世，因而此处说"却不愿棺木把其体装殓"。

[6] 圣方济的"战友"指圣多明我，他与圣方济是同时代人，也具有拯救堕落教会的雄心壮志；圣方济试图以"安贫"的实际行动感化民众，圣多明我则试图以传播教理的方式教化民众。参见本章第 35、36 行诗句及其注释。

[7] 指教会。天主教视圣彼得为教会的创始人和第一代教宗。

[8] 说话的人是托马斯·阿奎那，他是多明我会教士，因而此处的"我们的创会祖师"指圣多明我。

[9] 你可以看到，谁紧紧追随圣多明我，严格按照他规定的准则做事，就一定会积累下获得幸福永生的功德。

他羊群 [1] 却变得贪吃新食，

在牧场蹦跳着四方奔窜，

不如此便不能意足心满 [2]； 126

羊游荡，无目标，到处乱跑，

它们离放牧人越是遥远，

乳汁越空空地返回羊圈 [3]。 129

一些羊怕受害，紧随牧人，

但数量实在少，屈指可算，

少量布便可把僧袍裁剪 [4]。 132

如若是我的话并不隐晦，

如若是你注意听我之言，

如若你能回想我的话语， 135

就一定能部分满足己愿；

你可见那棵树为何破损 [5]，

亦可懂我为何口出此言： 138

'不迷途定肥硕、十分康健。' [6]"

---

[1] 指多明我会的教士们。

[2] 多明我会的成员现在却喜欢与多明我的主张不同的思想，因而远离了多明我的原则，就像群羊远离了放牧人为它们指定的牧场一样；只有这样他们才感觉到心满意足。

[3] 然而，到处乱跑的羊，越远离放牧人和为它们指定的牧场，就越无法获得营养充分的牧草，从而无法产出丰富的羊奶；多明我会教士也是如此，他们越远离多明我所制定的原则，就越丧失精神财富。

[4] 虽然也有一些多明我会的教士仍然在严格遵守圣多明我所制定的原则，但人数实在太少，用很少的布料就可以制作出满足他们穿戴的僧袍。

[5] "那棵树"指多明我会。这几行诗的意思是：如果你不觉得我的话过于隐晦，如果你能听懂我的语言，而且能够认真回想一下，就一定能够部分地解除你的疑惑，也一定能够明白为什么多明我修会会堕落到如此地步。

[6] 你也一定会明白我为什么会说"不迷途定肥硕、十分康健"。参见《天国篇》第 10 章第 95 行。

第12章

托马斯·阿奎那的话音刚落，第一个光魂花环便又开始旋转，但尚未转完一圈，另一个更大的光魂花环便将其包围。两个花环和谐旋转，歌声相伴，十分美妙。此时，花环同时止转，方济会修士波那温图拉从火光中开口说话，他赞颂了圣多明我的丰功伟绩，谴责了方济会的堕落，随后，又向但丁介绍了几位与他同在第二花环中的重要人物。

内外两个花环

受祝福灵魂从闪光火焰 [1]，

刚吐出他口中最后之言，

那神圣花环又开始旋转； 　　　　　　　3

它自身尚未能旋转一圈，

另一环便将其围于中间，

内外圈和谐转，歌声相伴 [2]； 　　　　6

其合音胜过了缪斯 [3] 歌声，

塞壬 [4] 若与其比取胜亦难，

似光源胜反射光线那般 [5]。 　　　　　9

朱诺 [6] 命其侍女 [7] 降临世间，

[1] 指刚刚解答完但丁疑问的托马斯·阿奎那的灵魂所形成的光焰。

[2] 托马斯·阿奎那的灵魂所在的花环还没有自转完一圈，另一个更大的花环便将其套在中间；内外两个花环载歌载舞地转动，十分和谐。

[3] 缪斯是希腊神话中主司文艺与科学的九位女神，居住在帕那索斯山上，太阳神阿波罗是她们的首领。缪斯常常出现在众神的聚会上，轻歌曼舞，其声音十分迷人，因而此处把光魂的歌声与她们的美音相比。

[4] 据希腊神话讲，塞壬是人面鱼身的海妖，拥有天籁般的歌喉，常用歌声诱惑过路的航海者，致使航船失控，触礁沉没，船上之人则成为塞壬的腹中餐。

[5] 缪斯和塞壬的歌声虽美，却远不及光魂的美妙歌声；与其相比，就好像反射的光线与光源相比，相差甚远。

[6] 据罗马神话讲，天后朱诺（Iunone，希腊神话中叫赫拉）是主神朱庇特（即希腊神话中的宙斯）的妻子。

[7] 此处，朱诺的侍女指彩虹女神伊里丝（Iride）。

柔云 [1] 生两彩弓，其色一般 [2]，

弓重叠，一在内，另一在外，　　　　　　　12

外边的将内弓套在里面 [3]；

就如同回音女说话之声，

她因爱瘦得如雾见日般 [4]；　　　　　　　15

上天主与诺亚订立契约，

使人类对世界有了预感，

知道它不再会沉入波澜 [5]；　　　　　　　18

我们也被永恒玫瑰 [6] 围绕，

朵朵花组成了两个圆环，

内外环相呼应，美妙非凡。　　　　　　　21

仁善的永福魂闪闪放光，

一边跳，一边唱，歌舞相伴，

构成了欢乐的盛大庆典；　　　　　　　　24

两花环齐止步，不谋而合，

似双眼睁闭于同一时间，

因它们均服从心中意愿 [7]；　　　　　　　27

闻一朵新光中发出声音，

我即刻将身体朝向那边，

[1] "柔云"指稀薄透明的云彩。

[2] 在稀薄透明的云彩背景上出现了两道彩虹，它们有同样美丽的色彩。

[3] 两道彩虹重叠在一起，一个在外面，另一个被套在里面。

[4] 内外两环的光魂就像套在一起的彩虹，他们的歌声就像回音仙女厄科说话的声音，相互回应；这位仙女曾经因为爱情快速消瘦，就像雾见到太阳而消散一样。据希腊神话讲，回音仙女厄科曾爱恋美少年那喀索斯，但得不到回应，于是因爱憔悴而死。

[5] 据《旧约·创世记》第 9 章讲，上帝命诺亚（Noè）造方舟，以避洪水之灾，事后，又与其订立契约，表示不再用洪水毁灭万物；天空的彩虹便是该契约的见证。有了上帝与诺亚订立的契约，人类便知道不会再受到洪水的威胁。这里，诗人用美丽的希腊－罗马神话和《圣经》故事比喻彩虹和回声的美妙，从而展示出两个光魂花环和他们歌声的美妙。

[6] 比喻放射光芒的美丽灵魂。

[7] 两个花环不谋而合地同时停止转动，就像两只服从人心意愿的眼睛同时睁与闭一样。

第二个光魂花环

似磁针向极星转动那般[1]。   30

对圣多明我的赞颂

那光道："使我美神圣之爱，
引导我为另位导师美言，
由于他我师才在此受赞[2]。   33
他二人为同一目标奋斗，
其荣耀相辉映，十分灿烂，
同时赞两导师理所当然[3]。   36
重武装基督军代价昂贵，
少数人犹豫着聚旗下面，
他们的行动都十分缓慢[4]；   39
那统治宇宙的永恒君王[5]，
要救助这一支危险军团，
不因它值得救，为施恩典[6]；   42
前面说他[7]启用两位勇士，
救其妻，用行动，亦用语言，

---

[1] 听到一个光魂说话，我立刻向他转身，就像磁针感觉到地磁的吸引力即刻指向北极星方向一样。

[2] "使我美神圣之爱"指使我变得十分美丽的上帝之爱。这几行诗的意思是：上帝之爱引导我赞美另一位导师，由于这位导师的缘故，我的恩师刚才在这里受到赞美。"另位导师"指圣多明我，因为刚才说话的人是托马斯·阿奎那，他是多明我修会成员；"我师"指圣方济，此时说话的人叫波那温图拉，他是圣方济的追随者。

[3] 圣方济和圣多明我为了同一个目标而奋斗，因而在此处同时赞美他们二人是理所当然的。

[4] 重新使基督的虔诚信徒集聚在一起是要付出昂贵代价的，因为现在愿意集聚在他旗帜下的人很少，而且他们的行动还十分犹豫和缓慢。

[5] 指上帝。

[6] 上帝要救助已经处于危险之中的军团（基督徒的队伍），不是因为这些人值得救助，而完全是因为上帝要对他们实施恩典。

[7] 指上帝。

将迷途之民众聚拢一团 [1]。 45

温柔的和风起，新叶重生，

又见到欧罗巴绿衣披肩 [2]，

有生机盎然的一片土地 [3]， 48

距波涛拍击的海岸不远，

经过了长时间飞奔之后，

日隐没波涛后，世人难见， 51

在那里坐落着卡拉洛迦 [4]，

幸运城庇护于大盾下面：

狮子卧盾塔的上下两面 [5]； 54

城中生爱基督忠诚信徒 [6]，

他捍卫圣信仰，勇武不凡，

对敌人极严厉，对友和善； 57

其灵魂刚形成就很不同，

已充满潜在力，世间罕见，

未出生便使母口吐预言 [7]。 60

与信仰结合于圣洗池旁，

---

[1] "救其妻"指救教会。拯救教会不仅需要以身作则，而且需要用语言宣讲教理教义；只有这样，才能把迷途的教民重新聚拢在一起。

[2] 春天，当温和风吹来之时，万物复苏，树枝上又冒出了新的嫩叶，随之整个欧罗巴（欧洲）再次披上绿装。

[3] 指伊比利亚半岛。

[4] 西班牙北方的城市卡拉洛迦（Caraloga）是圣多明我的出生地。

[5] 经过长时间的奔跑后，太阳隐没于伊比利亚半岛西面的大西洋海浪之中；那里坐落着卡拉洛迦城，该城受到卡斯蒂利亚王室的庇护。卡斯蒂利亚王室的徽章是一面盾牌上画着两座高塔和两只雄狮，盾牌分左右上下四个部分，左边雄狮在上，高塔在下，右边高塔在上，雄狮在下；因而，此处说"狮子卧盾塔的上下两面"。诗人称卡拉洛迦为"幸运城"，是因为那里诞生了极其重要的圣人多明我。

[6] 指圣多明我。

[7] 圣多明我刚刚在其母的腹中形成就与众不同，它具有极大的潜在能力，还没有出生便借助母亲之口预言了未来。传说多明我的母亲怀孕时梦见自己将生下一只黑白（多明我会修士僧袍的颜色）花狗，该狗口中叼着一支火炬，那火炬将点燃世界。

互赠送救助礼彼此之间 [1]，

隆重的婚庆礼刚刚结束， 63

曾代他做主的那位女眷 [2]，

梦中便见从他及其后裔，

结出了一果实，奇异不凡 [3]； 66

为了使他名实相互匹配，

一灵感从此天降于世间，

以'主的'命其名，圣意彰显 [4]。 69

多明我是吾谈之人名字，

圣基督选此人置于果园，

为有人能助主将其经管 [5]。 72

他真像基督的使者、家仆，

其心中产生的第一情感，

便源自基督的最初意愿 [6]。 75

他乳母曾多次见其卧地，

醒觉着，默无声，圆睁双眼，

像是说：'我为此来到人间。' [7] 78

[1] 圣多明我与基督教信仰结为夫妻时，即受洗成为基督徒时，彼此赠送的礼物是相互救援：基督教信仰将救赎圣多明我的灵魂，使其升入天国享受永福；而圣多明我则要以毕生的精力为挽救基督教教会努力奋斗。

[2] 指圣多明我的教母。在洗礼仪式上，主持洗礼的神父问："你愿意受洗吗？"教母则代表受洗婴儿圣多明我回答："我愿意。"

[3] 传说，圣多明我的教母曾做一梦，梦见一少年额头上顶着一颗星。后人解释说：此梦象征圣多明我及其追随者将承担起引导人们走上获救之路的重任。

[4] 为了使圣多明我名实相符，一个灵感从日天（此天）降至人间，为其命名，从而彰显了上天的圣意。引申意思为：上天赐予圣多明我父母灵感，为他起名多明我。"多明我"，拉丁语为 Domenicus，意思为"上帝的"，即多明我生来便属于上帝；他是受上帝庇护之人，也是上帝的捍卫者，其名字与诗句"互赠送救助礼彼此之间"含义相符。

[5] 基督选定圣多明我协助他管理基督教的果园。

[6] 圣多明我很像基督的使者和仆人，心中产生的第一个情感就是谦卑和安贫，这种情感产生于基督最原始的主张。

[7] 据传说，圣多明我幼年时不喜欢睡在小床上，乳母经常发现他自己倒卧在地上，圆睁着双眼，好像在说：我就是为了受这种苦才来到人间的。这似乎表明，圣多明我生来就愿意忍受尘世的痛苦。

噢，他父亲真的叫'幸福之人[1]'！

将其母名字若解释一番，

噢，真可以称其为'恩宠无限[2]'！　　　　81

世人对塔戴奥[3]、奥斯提亚[4]，

为名利不断地进行钻研[5]，

然而他却喜爱真正吗哪，　　　　84

成宗师仅仅用极短时间[6]；

他开始细巡查葡萄果园，

若渎职，葡萄将苍白一片[7]。　　　　87

他曾经向宗座[8]提出请求，

宗座对真穷人过去和善[9]，

然而它不因己而因坐者，

现在却发生了严重蜕变[10]；　　　　90

他不求六善金只分二三[11]，

也不求把肥缺位置抢占，

---

[1] 圣多明我的父亲叫菲利斯，意大利文为 Felice，其含义为"幸福之人"。

[2] 圣多明我的母亲叫乔瓦纳，意大利文为 Giovanna，其含义"上天的巨大恩宠"；此处，因韵律的要求，将其译成了"恩宠无限"。

[3] 塔戴奥（Taddeo d'Alderotto，1215—1295），佛罗伦萨人，中世纪著名的医学家；因而，此处代表医学。

[4] 奥斯提亚（Ostia）是意大利罗马附近的一座海边小镇，此处指绰号为"奥斯提亚人"的"苏萨的亨利"（Enrico di Susa，？—1271），他是中世纪著名的基督教法学家，因而，此处代表基督教法学。

[5] 这两行诗的含义是：为了追逐名利，尘世的人都努力地钻研医学和基督教法学。

[6] 据《圣经》讲，吗哪（manna）是希伯来人出埃及时天降的一种食物。诗句的意思是，圣多明我与一般的世人不同，他喜爱真正的基督教精神食物吗哪，因而，在很短时间内，他便成为一位基督教信仰的宗师。

[7] 他开始为上帝一丝不苟地巡视葡萄园。假若园丁渎职，上帝的葡萄园便会一片苍白，没有收获。

[8] 宗座指教宗的宝座。此处指教宗。

[9] 过去教宗对待穷人十分和善，而现在却发生了变化。

[10]教宗的权力蜕化变质了，这并不是教宗宝座的过错，而是坐在上面的教宗的过错。

[11]教会本应将六成收入用于善行，但当时的教士都十分贪婪，他们希望只把两成或三成用于善行，即只把善金的三分之一或一半用于善行，其他的则放进他们自己的腰包。

更不求什一税——它属穷人 [1]，　　　　　　93

而只求斗迷途世界之权 [2]；

他要把粒粒种播撒地上，

二十四大树成，将你围圈 [3]。　　　　　　96

随后他携教义、坚定意志、

与教宗所授权行走世间，

就好似一湍流涌出山泉；　　　　　　　　99

他猛击和荡涤异端荆棘，

越是有大障碍那些地面，

他发力越猛烈，越是震撼。　　　　　　102

随后又分出了多条小溪 [4]，

浇灌着天主教葡萄果园，

使它的葡萄藤叶茂枝繁。　　　　　　　105

方济会的堕落

圣教会靠战车进行自卫，

内战的战场上奏凯而旋，

若该车一只轮如此转动，　　　　　　　108

另一轮多卓越你心自辨 [5]；

---

[1] 什一税是基督教会向民众征收的宗教捐税。教会利用《圣经》中农牧产品的十分之一属于上帝的说法，开始向基督教信徒征收此税。后来此税种扩展到各个领域，所有经济活动的十分之一收入都要交给教会。因为什一税主要由穷人承担，所以此处说"它属穷人"。

[2] 圣多明我不要求只把善金的三分之一或一半用于善行，也不要求抢占空出来的肥缺，更不要求分得什一税，他只要求获得与迷途的世界进行斗争的权利。

[3] 圣多明我要把正统的基督教神学思想的种子播撒在大地上，使其长成此时围绕但丁和贝特丽奇的二十四棵大树（即日天中 24 个光魂组成的圆环）。据记载，1205 年，圣多明我前往罗马，经过努力，1216 年，教宗洪诺留三世批准他成立多明会，承担起打击异端、宣扬基督教正统思想的重任。

[4] 此处把圣多明我比作"湍流"，把追随他的弟子比作从"湍流"分出来的"多条小溪"。

[5] 基督教依靠捍卫信仰的战车与自己内部的异端进行斗争，并取得了胜利；如果说战车的一只车轮（比喻圣多明我及其修会）如此坚定地运转，那么战车的另一只车轮（比喻圣方济及其修会）有多么坚固和优良，你已经心知肚明了。

托马斯曾经对那一车轮，

热情地赞颂于我来之前 [1]。 111

但车轮压出的条条辙沟，

早已经被弃用，无人照管，

酒石亦长出了霉菌片片 [2]。 114

我家族 [3] 曾追随方济足迹，

现如今却把身转向后面，

双足尖指后方，脚跟朝前； 117

不久后人们的不良耕种，

便会使恶结果呈现眼前：

毒麦因难入仓必生抱怨 [4]。 120

我敢说，谁逐页搜索吾书 [5]，

必定会见一页展现眼前，

上面书：'我依然完好、健全 [6]。' 123

卡萨勒 [7]、阿夸斯帕塔 [8] 二城，

---

[1] 在我来之前，托马斯·阿奎那已经对另一个车轮进行了赞颂。

[2] 酒桶中所结的酒石本来有利于保证葡萄酒的质量，但是照管不好，酒石就会发霉，使葡萄酒变质。此处，诗人用车辙被弃和酒石长霉来比喻方济会已经蜕化变质。

[3] "我家族"指方济会。

[4] 毒麦的典故源自《新约·马太福音》第13章，该章说：入天国就像农夫存储麦子，事先是需要挑选的。农夫把良种播于麦田，他的敌人又偷偷把稗草种撒在麦田，麦子和稗草（毒麦）同时长出。稗草与麦苗十分相似，农夫担心拔错，就没有立刻清除稗草。收割时，麦子与稗草已截然不同，他分别把麦子和稗草扎成捆，麦子入仓，稗草则留着烧火。此处，诗人用毒麦的典故谴责已经堕落的方济会教士，认为他们很快便会暴露自己的丑陋面目。

[5] "吾书"指方济会之书。说话人是方济会成员。

[6] 此处，诗人用翻书来比喻审视方济会成员。诗句的意思为，谁若是审视方济会成员，就一定能见到个别的虔诚信徒；就像翻阅已经破烂的方济会之书时，也必定会见到个别页面上写着"我依然完好、健全"。

[7] 卡萨勒（Casale）是意大利西北部的一座小城市，此处的"卡萨勒"指方济会属灵派领袖卡萨勒的乌柏提诺（Ubertino da Casale, 1259—1338），他主张严格地、一丝不苟地遵循圣方济所制定的安贫准则。

[8] 阿夸斯帕塔（Acquasparta）是意大利中部的一座小城市，此处的"阿夸斯帕塔"指方济会住院派的领袖阿夸斯帕塔的马太（Matteo d'Acquasparta, ？—1302），他曾担任方济会的总会长和枢机主教，也曾作为教宗卜尼法斯八世的代表前往佛罗伦萨调解黑白两派的争端。

并无人对教规如此这般，

后者欲避教规，前者太严 [1]。   126

波那温图拉与第二个花环中的其他灵魂

我便是波那温图拉 [2] 之魂，

曾经把重大的职责承担，

那时候俗务总被置一边 [3]。   129

伊卢米纳托与奥古斯丁 [4]，

在首批赤足的穷人 [5] 中间，

与上帝交朋友，腰被绳缠 [6]。   132

雨果 [7] 亦与他们同在一处，

两彼得 [8] 也在此与其做伴，

西班牙彼得曾著书多卷 [9]；   135

---

[1] "卡萨勒、阿夸斯帕塔两城"指方济会属灵派和住院派。这几行诗的意思是：在住院派和属灵派中，都没有人像上面所说的"我依然完好、健全"的虔诚的方济会教士，因为住院派一心想回避圣方济所制定的会规，属灵派在强调会规时又过分严厉。这里明显可以看出，但丁对两派均抱谴责态度。

[2] 波那温图拉死后被封为圣人，因而通常被称作圣波那温图拉（San Bonaventura，1221—1274）。

[3] 波那温图拉生于意大利中部的巴纽雷焦（Bagnoregio）城，曾担任方济会总会长 17 年之久，1272 年被任命为枢机主教；他以身作则，严格遵守安贫的会规，工作十分努力，为方济会的团结做出了重要贡献，因而此处说"曾经把重大的职责承担，那时候俗务总被置一边"。

[4] 伊卢米纳托（Illuminato）和奥古斯丁（Augustin）都是圣方济最早的追随者。

[5] 指最早的圣方济的追随者，他们赤足行走于世，传播基督教的安贫思想。

[6] 圣方济及其追随者忠诚于上帝，用麻绳缠腰，到处传播上帝的安贫思想，从而成为上帝所喜欢的朋友。

[7] 雨果指圣维克多修道院的雨果（Ugo da San Vittore，1097—1141），他曾任法兰西圣维克多修道院院长，是基督教神秘派的代表性人物；托马斯·阿奎那曾对他赞赏有加。

[8] 两彼得指彼得·曼加多雷和西班牙的彼得。彼得·曼加多雷（Pietro Mangiadore，？—1179）是法兰西的基督教神学家，神秘派的代表性人物，曾在巴黎大学教授神学，后来隐退到圣维克多修道院。西班牙的彼得（Pietro Ispano，1226—1277）也是一位神学家，曾任枢机主教，1276 年当选为教宗，称约翰二十一世。

[9] 西班牙的彼得撰写了十二册有关逻辑学的著作，批驳了大阿尔伯特和托马斯·阿奎那的新亚里士多德主义，因此此处说"西班牙彼得曾著书多卷"。

克里索斯托姆 [1]、先知拿单 [2]、

安瑟莫 [3]、多纳托 [4] 亦在其间，

后者把第一艺刻苦钻研 [5]。　　　　　　　138

我旁边是院长乔瓦齐诺 [6]，

他闪光，显示出先知灵感，

还有那拉巴诺 [7] 也在此间。　　　　　　141

托马斯兄弟的炙热慷慨，

与他的智慧且中肯之言，

感动我与这群忠诚伙伴，　　　　　　　　144

促使我把勇士 [8] 如此颂赞。"

---

[1] 克里索斯托姆（Crisostomo，345—407）又称安提阿的圣约翰（San Giovanni d'Antiochia），
曾任君士坦丁堡宗主教，因谴责罗马帝国的宫廷腐败被流放，死于流放期间。

[2] 拿单（Natàn）是《圣经》中的人物，希伯来人的先知。据《旧约·撒母耳记下》第
12 章讲，拿单曾严厉斥责大卫王霸占人妻的罪行。

[3] 安瑟莫（Anselmo，1033—1109），意大利人，中世纪的著名神学家，曾任英国坎特
伯雷大主教。

[4] 多纳托（Donato），4 世纪著名的拉丁语语法学家，其语法著作是中世纪欧洲学校的
拉丁语教科书。

[5] 语法是中世纪学校必修的七艺之首，因而此处说"后者把第一艺刻苦钻研"。七艺
为：语法、逻辑、修辞、音乐、算数、几何、天文。

[6] 乔瓦齐诺（Giovacchino da Fiore，1130—1202），意大利人，中世纪著名神学家，修
士，曾任修道院院长。乔瓦齐诺把历史分为圣父、圣子和圣灵三个时代，认为圣灵
时代的基础是默想、仁爱与宁静，因而他被视为圣灵时代的先知。

[7] 拉巴诺（Rabano，另译：拉巴努斯，776—856），中世纪著名神学家，著述丰富，
曾任大主教。

[8] 指圣多明我。

第13章

本章一开始，诗人用较长的篇幅展示了日天中内外两个载歌载舞的光魂圆环，但他并未做直接的描写，而是用天上星辰来比喻光魂，因而需要读者充分发挥想象力方能读懂有关诗句。随后托马斯解答了但丁的第二个疑问：为何托马斯说任何人的智慧都不能与所罗门相比？托马斯的解释分为三个部分。首先，他从但丁脑中已经明确的真理出发，指出人类始祖和圣子基督耶稣是上帝的直接造物，他们是不灭的，他们的智慧是直接由上帝注入的，因而是完美无缺的，任何可灭的间接造物都无法比拟。随后他又解释说，所罗门是上帝的间接造物，其智慧是向上帝索要来的，他向上帝索要智慧的目的是做一位明智的称职君王；任何人的智慧都不能与所罗门相比，是指任何君王的智慧都不能与其相比。最后，托马斯警告但丁和所有世人，不要不区分问题的性质便匆忙做出判断，尤其是对那些人类理性难以企及的事（如灵魂最终的命运问题）更要小心。

天国的永福者载歌载舞

谁希望领悟我所见情景，
并且把我讲事牢扎心田，
使脑中之记忆坚如磐石，　　　　　　3
快想象十五星光耀苍天，
它们透空中的层层云雾，
使天的各处都十分灿烂 [1]；　　　　　6
再想象那一驾飞驰之车，
我们天足够它昼夜奔颠，

---

[1] 你们快想象一下那十五颗天上最明亮的星辰，它们的光线穿过空中层层云雾，照亮了每一片天空。此处，诗人邀请读者展开想象的羽翼，从而使脑中出现他在日天中所看到的神奇景象。

辕虽转，却不出我们视线 [1]；

还应想那小斗喇叭之口，

该星座起始于斗柄之端，

首重天 [2] 便围绕此轴旋转 [3]；   12

应想象诸星成天上两环，

就好像米诺斯女儿一般，

她那时感觉到死亡冰寒 [4]；   15

一环在另一环里面放光，

内与外两只环和谐旋转，

你似我，我似你，相互为伴；   18

舞蹈的两圆环以我为轴，

旋转着如真的星座一般，

如此想，其影像便印心间 [5]：   21

这景况远超出尘世体验，

最外天之速度超越诸环，

---

[1] "那一驾飞驰之车"指大熊星座。这几行诗的含义是：你们再想象一下大熊星座，它像一驾飞驰的马车，我们头顶上的天空足够它昼夜不停地奔驰，它虽然不断地转动前行方向，却始终不离我们的视线。

[2] 指诸星天最外面的原动天。

[3] "小斗"指小熊星座，亦称"小北斗"。这几行诗的含义是：你们还应想象一下小熊星座那两颗最明亮的星，它们形成了"小北斗"的喇叭口；小熊星座起始于斗柄顶端，斗柄好似天轴，首重天推动着诸天围绕着斗柄旋转。

[4] 你们还应想象，上面所提到的诸星（指最先提到的 15 颗光耀苍天的星、大熊星座的 7 颗星和形成小熊星座斗勺喇叭口的两颗最明亮的星）形成了两个天环，每一个天环都像阿里阿德涅所变的北冕星座一样闪闪发光。据希腊神话讲，克里特国王米诺斯的女儿阿里阿德涅爱上了雅典英雄忒修斯，并帮助他斩杀了怪物弥诺陶洛（另译：弥诺陶洛斯），但忒修斯却将其抛弃；后来阿里阿德涅虽然嫁给了酒神巴库斯，却抑郁成疾，当阿里阿德涅感觉到冰冷的死亡降临的时候，她就开始变成北冕星座，因而此处说"她那时感觉到死亡冰寒"。

[5] 此处的内外两个圆环以我为轴心和谐地旋转，就像自然中真实的两个星座的运转；如果你如此想，上述影像便会印在你的心里。此处，为了说明两个光魂圆环的情况，诗人邀请读者充分发挥自己的想象力，联想一下天上星辰的运转情况。

洽纳河水流动岂能比肩 [1]。 24

不歌唱巴库斯、阿波罗神，

只是把三位一神灵颂赞，

人属性亦寓于三位中间 [2]。 27

转至那指定处歌舞停止，

圣光魂便望向我们这边，

注意力转移后更加喜欢 [3]。 30

圣托马斯谈亚当与耶稣的智慧

赞上帝贫圣徒奇生之光 [4]，

在神圣、和谐的灵魂中间，

随后又打破了寂静局面， 33

他说道："一捆麦已经脱粒，

颗颗子装入了粮仓里面，

爱邀我把另捆捧打一番 [5]。 36

你相信从人 [6] 胸抽出肋骨，

并用它制造成美丽容颜 [7]，

---

[1] 天上星辰运转的情况远远超出人间的体验，最外面的原动天运转得比任何星天都快，洽纳河水的流速怎么能与其相比。洽纳河位于意大利托斯卡纳地区，距佛罗伦萨不远，但丁时代河水流得很慢，几乎淤塞成沼泽地。

[2] 围成两个圆环的光魂不歌唱巴库斯和阿波罗等异教神灵，只赞颂基督教的三位一体（圣父、圣子、圣灵）的神灵；圣子耶稣的人之属性也包括在三位一体中。

[3] 当光魂把注意力从一处转向另一处时，他们显得更加高兴。

[4] "上帝贫圣徒"指圣方济。赞颂圣方济神奇一生的那个光魂自然指的是托马斯·阿奎那，因为刚才是他赞美了圣方济的丰功伟绩。见本诗《天国篇》第 11 章。

[5] 刚才已经回答了你第一个关于多明我会的疑问（在《天国篇》第 10 章中，圣托马斯曾经说：羊群随多明我行走向前，不迷途途肥硕、十分康健），现在仁爱要求我回答第二个关于所罗门王智慧的疑问（在《天国篇》第 10 章中，谈到所罗门时，圣托马斯曾说：无人再见，后"升起"智慧者如他这般）。

[6] 指人类的第一个男子亚当。

[7] 指人类的第一个女子夏娃。

她祸害全人类，只因嘴馋 [1]；　　　　　　　　　　39

你还信有一人腹被枪穿，

把前后之债务彻底偿还，

功抵罪，抬平了正义秤杆 [2]；　　　　　　　　　　42

主创造我上述两个男人，

把光辉注入到人性里面，

人具有智慧光理所当然 [3]；　　　　　　　　　　45

因而我曾经说无第二人，

有第五光团中那份智善，

闻此言你面上诧异可见 [4]。　　　　　　　　　　48

你现在若细听我的回答，

便可明你所信与我所言，

均真实，如圆心在圆里面 [5]。　　　　　　　　　　51

不灭和可灭的一切事物 [6]，

全都是反射的天道光焰，

我主爱孕育了此种理念 [7]；　　　　　　　　　　54

圣子的生命光来自此源，

与光源成一体，紧密相连，

---

[1] 创世主先造了亚当，随后从亚当胸中抽出肋骨又造了女人（美丽容颜）；那女人却因为嘴馋偷食并引诱男人偷食禁果而祸害了全人类，这一点你是相信的。

[2] 基督耶稣被钉在十字架后腹部又被刺了一枪，他用自己受难的方式偿还了人类欠下的所有孽债，令功罪相抵，使正义之秤平衡了。

[3] 天主创造了我上面所说的人类始祖亚当和救世主基督耶稣，并把主的光辉注入到他们的人性之中，因而人具有智慧是理所当然的。

[4] 第五个光团中包裹的是所罗门的灵魂。托马斯对但丁说：我曾经告诉你，没有第二个人比第五个光团中的灵魂更加智慧，听到这句话时，你曾面露诧异之色。

[5] 现在你如果仔细地听我回答，就会明白，你关于人类始祖亚当和救世主基督耶稣智慧的看法，与我关于所罗门智慧的说法都是对的，这就像圆心肯定位于圆的里面一样正确无误。

[6] 指宇宙万物。不灭之物指由上帝直接创造的东西，如各重天、天使、灵魂等；可灭之物指由上帝间接创造的东西，如各种具体的物质。

[7] 宇宙万物全是上帝天道之光的反射，上帝的天道（此种理念）则源于上帝的仁爱。

三位一体的崇拜

圣灵爱与二者亦抱一团 [1]；　　　　　　　　　57

把善光集聚于九个实体，

就好似光投射镜面那般，

仁善光永远是一体浑然 [2]。　　　　　　　　60

圣子光一层层降于尘世，

光线的强度会慢慢削减，

成偶然、可灭的造物件件 [3]；　　　　　　　63

我指的是天体不断运转，

把各种事与物生于世间，

靠种子或无种自行生产 [4]。　　　　　　　　66

造物的材料蜡并不相同，

塑造其形体者 [5] 亦非一念，

印记也因而便有明有暗 [6]。　　　　　　　　69

所以说同一个品种树木，

结的果或者好或有缺陷；

你们也生下来天资万千 [7]。　　　　　　　　72

若所用之蜡材完美无缺，

若诸天以最佳状态运转，

印记会全展现天道光灿；　　　　　　　　　75

但自然不会有如此表现，

就如同手艺人工作那般，

---

[1] 道成人身的圣子之光源于上帝之光，它与上帝之光本为一体，因而是紧密相连的；而显示仁爱的圣灵也是与圣父（上帝）之光和圣子之光紧密合为一体的。

[2] "九个实体"指九个等级的天使团。三位一体的仁善之光投射到如镜面的九个天使团上，反射出来的仁善之光永远是浑然一体的。

[3] 道成人身的圣子带着上帝之光一重天一重天地下到尘世，在下降的过程中，其光线的强度也一点点地减弱，最后只能生出许许多多的可灭造物。

[4] 这里指的是依赖星天运转（即依赖自然）所产生的万物，它们有的靠种子而产生，有的则无种自生。

[5] 指星辰运转对万物形成的影响。

[6] 每一个造物的材料不同，自然对造物的影响也各有不同，因而上帝之光在造物身上留下的印记有的明亮，有的昏暗，从而使万物好坏不等。

[7] 因而，同一个品种的树木，结出的果实有好有坏；你们人也不例外，生下来便天资各异。

他的手总难免微微抖颤。 78

若炙爱 [1] 赐创造 [2] 明亮慧眼，

使源自它之念印物上面，

完美的造物便因此出现 [3]。 81

大地土便如此当之无愧，

用它造完美人理所当然 [4]；

童贞女怀六甲也似这般 [5]。 84

所以说我同意你的看法，

上面讲此二者 [6] 人性完善，

尘世间过去无，未来不见 [7]。 87

所罗门的君王智

若现在我不再继续讲解，

你定然会对我开口吐言：

'为何说那个人 [8] 无人比肩 [9]？' 90

你想想，上帝说：'请你索要 [10]！'

指何人？为何他讨要恩典？

---

[1] 指圣灵。

[2] 指创造万物的活动。

[3] 若圣灵赐给创造活动慧眼，源自圣灵的意念便会被打印在造物身上，这样造物就会完美无缺。

[4] 大地上的泥土便是当之无愧的材料，上帝通过完美无缺的工作用它创造了完善的人（指人类始祖），这是理所当然的。

[5] 圣母玛利亚身怀六甲，产下圣子，这也是圣灵直接运作的结果；因而，圣子基督耶稣的诞生和创造人类始祖是一个道理，它们都是上帝的直接创造成果。

[6] 指人类始祖亚当和圣子基督耶稣。

[7] 我与你的看法是一致的，人类始祖亚当和基督耶稣都具有最完善的人性；除他们二人外，这样的完善人尘世间过去不曾有，将来也不会出现。

[8] 指前面提到的所罗门。见本章第 46-48 行诗句及其注释。

[9] 如果我现在停止讲解，你便有理由问我："为什么说无人可与所罗门相比？"

[10] 此句源自所罗门向上帝索要智慧的典故。据《旧约·列王纪》第 3 章讲，所罗门王在梦中听到上帝问他："你希望我赐给你什么？请你索要！"

知此事，不解处方可明辨 [1]。　　　　　　　　93

我的话不会使你眼不见，

是索取智慧王在你面前，

他只是为做个称职君主，　　　　　　　　96

并非为知多少智灵 [2] 推天，

也不为弄明白是否可能，

必然携偶然时果仍必然 [3]；　　　　　　　99

不为知是否有原始动力，

是否可把三角画入半圆，

却不要把直角形状展现 [4]。　　　　　　　102

若注意我前言与此解释，

会发现我在讲王者智善，

它才是我弓箭欲射靶圆 [5]；　　　　　　　105

如若你慧眼视'升起'一词，

便明白那是对王者所言，

君王多，智善者却极罕见 [6]。　　　　　　108

若考虑此区分再解我语，

你关于始祖与圣子之念，

---

[1] 当上帝说"请你索要！"的时候，你想想，向上帝索要者是谁？他为什么向上帝索
要恩典？弄清楚这两点，其他不解之处也就明白了。

[2] 指天使。

[3] 我想我的话不会那么晦涩难懂，使你不明白眼前这个光魂是曾经向上帝索求智慧的
国王所罗门；他向上帝索求智慧，只是为了做一个明智的称职君主；他并不想弄懂
"有多少天使推动诸天运转"等深奥的神学问题，也不想弄懂"必然和偶然相合时结
果是否仍然是必然"这样的深奥的哲学问题。

[4] 也不是为了弄懂"是否存在原始动力"等物理学问题，更不是为了弄懂"在一个半
圆中是否可以画出非直角的三角形"等几何问题。

[5] 如果注意我前面所说的话和现在所做的解释，就会发现我讲的是所罗门所具有的君
王智慧，他的君王智慧才是我议论的主题。

[6] 如果你用慧眼仔细看看我前面所用的"升起"（见本诗《天国篇》第 10 章第 114 行）
一词，就会明白，那种词汇只能用在君王身上；世上的君王虽然很多，但是像所罗
门那样既善良又智慧的君王却十分罕见。

便与我所说话含义一般 [1]。 111

世人应谨慎判断

这可使在见到是非之前，

双脚上永远拴沉重之铅，

令你如疲惫者行动缓慢 [2]： 114

谁不分是与非便做决定，

或不识对与错，黑白不辨，

便应入最蠢人行列中间； 117

因常常会发生下列情况：

太匆忙将导致错误判断，

情感又随后把智慧捆拴 [3]。 120

谁探索真理却不识方法，

远海行祸大于刚离岸边，

因返航已不似动身那般 [4]。 123

梅里索 [5]、布里松 [6]、帕梅尼德 [7]，

许多人上路却方向不辨，

他们是世人的前车之鉴 [8]； 126

[1] 如果把所罗门的君王智慧与亚当和基督耶稣的智慧相区分，然后再解释我的话，就会看到，你关于始祖亚当和圣子基督耶稣智慧的想法与我所说的话含义是相同的。

[2] 这样就可以使你变得十分谨慎，在明辨是非之前，不急于发表意见，就像在脚上永远拴着一件重物，令你感觉疲惫不堪、行动缓慢。

[3] 经常会发生下列情况：人对自己所做出的判断是有爱的情感的，匆忙做出的判断往往会导致错误，人一旦做出了错误判断，他的情感就会将他的智慧捆绑起来，限制它发挥作用，从而使其无法改正错误。

[4] 探索真理时如果方法不对，还不如不探索；这就像航行时操作失误，远航的船比刚离开海岸的船更加危险，因为远航归来时，船已经有很多破损之处，难以承受失误所造成的危险。

[5] 梅里索（Melisso，另译：梅里苏斯），公元前 5 世纪古希腊哲学家。

[6] 布里松（Brisso），古希腊哲学家、数学家，欧几里德的学生。

[7] 帕梅尼德（Parmenide，另译：帕尔梅德斯），公元前 5 世纪古希腊哲学家。

[8] 帕梅尼德、梅里索和布里松的学说都曾经受到亚里士多德的驳斥，但丁赞成亚里士多德的学说，因而此处说"他们是世人的前车之鉴"。

萨贝留 [1]、阿利欧 [2]、其他愚人，

似劈砍《圣经》的把把利剑，

使好书呈现出扭曲之面 [3]。　129

世间人切勿要过于轻率，

在麦穗尚没有成熟之前，

见禾便对收成轻下判断 [4]；　132

冬季里我先见带刺茎秆，

干枯得呈现出可怖之颜，

但随后枝端上玫瑰鲜艳；　135

我曾见快船在海上航行，

全程都极顺利，劈斩波澜，

但最后入河口沉下水面 [5]。　138

马提诺老爷呀，贝塔夫人，

莫因见一人窃、一人奉献，

便以为对他们主已决断；　141

因后者可下坠、前者升天 [6]。"

---

[1] 萨贝留（Sabellio，另译：萨贝利乌斯），公元 3 世纪的基督教神学家，否定三位一体学说。

[2] 阿利欧（Arrio，另译：阿利乌斯，280—336），基督教神学家，因反对三位一体学说，在公元 325 年召开的尼西亚公会上被宣判为传播异端邪说者。

[3] 这些蠢人像劈砍《圣经》的利剑，歪曲《圣经》的精神，使这部好书呈现出扭曲的思想内容。

[4] 世上的人绝不可过于轻率，在麦子尚未成熟之前，看见禾苗长得壮，就武断一定有好收成，但是看来看去苗壮的禾苗有可能是与其相似的稗草。此语典出《新约圣经·马太福音》第 13 章。见《天国篇》第 12 章第 120 行诗句及关于"毒麦"的注释。

[5] 我曾见到，在寒冷的冬天，荆棘枝条干枯看看起来十分可怕，但是到了春暖花开的季节，枝条上面却长出了可爱的玫瑰花；我也曾见到，快船在海上劈斩波涛，行驶得十分顺利，最后在入河口时沉下水面。

[6] 马提诺是一个普通的男人用名，贝塔是一个普通的女人用名，这里但丁在马提诺的名字后面加上了"老爷"一词，在贝塔的名字后面加上了"夫人"一词，显然对二人有嘲弄的意思。当时人们传说，马提诺老爷经营一个打谷场，贝塔夫人经营一个磨坊，二人都是无知无识的人，却斗胆为人解梦；这种事连古代最伟大的哲学大师苏格拉底和亚里士多德都无胆量去做。但丁以讥讽的语言说道："马提诺老爷和贝塔夫人啊，你们切勿见到一个人有偷窃行为，另一个人好像有奉献精神，就以为天主对他们的前途已经有了决断；因为，后者完全有可能跌入地狱，而前者也完全有可能升入天国。"

第14章

贝特丽奇替但丁提出了新的疑问：最后审判时，魂体复合，永福者的灵魂所放射出的强光是否会伤及自己凡胎肉体的眼睛。闻听贝特丽奇的悦耳之言，诸光魂更加欢欣鼓舞；智慧之王所罗门的灵魂开口解答了这个疑问。随后，但丁看到又一个更大的圆环将前面出现的两个圆环套在中间。突如其来的十分明亮的新光环炫迷了但丁的双眼。此时，贝特丽奇微笑地望着但丁，她眼中也放射出璀璨的光芒。当但丁恢复视觉、有能力举目观望时，他发现在贝特丽奇的陪同下，自己已经进入了天国的第五重天——火星天。在火星天，但丁看到两条由光魂组成的非常明亮的光带横竖交叉，形成一个等边的希腊式十字，把圆形的火星分割成相等的四瓣。这种奇妙的景况令但丁惊愕不已，他不由自主地脱口而出："此前无任何物把我捆拴，曾用过如此的温情锁链。"此言一出，但丁立刻发觉可能会冒犯贝特丽奇，于是又做了一番合情合理的解释。

贝特丽奇代但丁提出新的疑问

托马斯光荣魂话音刚落，
圣洁女 [1] 随后便欣然吐言，
二人音流动的方式相似，　　　　　　　3
一向内一向外，声波对传；
我此时所说的这种情景，
立刻使一联想生吾脑间：　　　　　　　6
从外沿或内里击打圆盆，
盆中水自然会泛起漪涟，
波传向盆中央或者边沿 [2]。　　　　　　9

[1] 指贝特丽奇。

[2] 托马斯站在第一个圆环的外沿说话，贝特丽奇此时在圆环的中心，两人的声音像水波一样传向对方，一个传向圆环内的中心点，一个则传向圆环的边沿。看到这种情况，但丁产生了一个联想，觉得他们对话的声波就像一盆水，当敲击盆心时，水的波纹就传向盆沿；当敲击盆帮时，水的波纹就传向盆心。

"他须对另一事刨根问底，

尽管还未对你开口吐言，

也未想何疑问将坠心田 [1]。　　　　　12

告诉他饰你们美丽光焰，

是否会永远伴你们身边，

就好像它此时这般灿烂 [2]；　　　　　15

如果是永陪伴，便应说明，

随后若你们的躯体再现，

它是否会伤及你等双眼 [3]。"　　　　18

如围圈跳舞的欢快之人，

有时被喜悦情推拉向前，

必然会高声唱，舞得更欢；　　　　　21

圣魂圈闻恳切、虔诚之言，

也都在欢舞与妙歌之间，

表现出新生的喜气、欣然 [4]。　　　　24

为能够天上生须死人间，

有些人对此事抱怨连连，

因未受永恒雨醒神浇灌 [5]。　　　　　27

永生的一二三合为一体，

又以那三二一永统上天，

---

[1] 尽管但丁自己还不知道要向托马斯问什么，洞察但丁灵魂的贝特丽奇已经明白他心中将产生的疑问。

[2] 请你告诉他（指但丁），你们身上是否会永远披着光焰？这种美丽的光焰是否永远如此灿烂？

[3] 如果你们永远披着这种光焰，那么当最后审判时，你们的灵魂和肉体重新合一，这么强烈的光难道不会伤及你们的眼睛吗？这是贝特丽奇对托马斯·阿奎那所说的一段话，她代替但丁向托马斯提出了上述疑问。

[4] 就像一群人围圈跳舞，跳到兴起时，会被欢乐之情拉着跳得更欢，而且还高声歌唱；这里的圣洁灵魂也是如此，他们听到贝特丽奇恳切、虔诚的话语，亦载歌载舞，表现出十分欢乐的样子。

[5] 为了能获得天上的永生，就必须在尘世死去，有些人对此想不通，因而不断地抱怨。这些人如此表现，是因为他们从来没有目睹过天国永福者沐浴上帝恩泽时是多么快乐；否则，他们就会醒悟。

不受限，却要把万物控管[1]；　　　　　　30

其光荣受诸魂三次歌唱，

旋律美，歌声也十分婉转，

主功德本该受应得颂赞[2]。　　　　　　33

所罗门解释永福者耀眼光焰的问题

从小环最亮的光魂口中，

一谦和之声音传我耳边，

似报喜天使对圣母吐言[3]；　　　　　　36

他答道："天乐的时间长短，

决定了我们爱持续时间，

存在爱此衣便光辉灿烂[4]。　　　　　　39

光亮度与爱的热忱相同，

爱程度取决于识主深浅，

后者靠超功德主的恩典[5]。　　　　　　42

当重披光荣的圣肉衣时，

人身体已变得十分好看，

它定会令天主更加喜欢[6]；　　　　　　45

[1] 永恒的三位一体神（即基督教的上帝）统治着天国，控制着宇宙万物，却不受任何
事物限制。

[2] 这里的圣洁光魂伴随着优美的旋律，唱着婉转的歌，三次歌颂三位一体的天主；天
主的功德本应该受到如此美妙歌声的赞颂。

[3] 从最小圆环（指最里面的一环）中的最亮光团中传出一个声音，那声音十分谦
和，就像圣母领报时大天使加百列在说话。此处说话的光魂是《旧约》中的重要人
物——智慧君王所罗门。

[4] 天国的快乐是永恒的，它决定了我们的仁爱也是永恒的；只要存在着仁爱，我们身
上披的光辉就会灿烂。

[5] 我们身上披的光的强度和仁爱的热忱程度一样，都取决于我们对天主的认识程度；
而对天主的认识程度（深浅）则取决于他赐给我们的恩典有多少；天主赐给我们的
恩典总是远远超出我们所创建的功德。

[6] 当我们又重新披上肉体外衣去参加最后审判时，我们的功德已经使它变得神圣，那
神圣的外衣十分好看、完美，它会令天主更加喜欢。

至善 [1] 便无偿赐我们光辉，

我们的亮度就必然增添，

那光辉可左右识主容颜 [2]；　　　　　　48

就这样识主的程度加深，

亦增添仁爱的热忱火焰，

这光衣来自它，必定更灿 [3]。　　　　　51

白热炭虽燃起熊熊之火，

但它的极强光超越烈焰，

因而便仍保持它的容颜 [4]；　　　　　　54

我等的肉躯体亦是如此，

虽长久葬地下，却很灿烂，

仍胜过裹我们朵朵光团；　　　　　　57

此强光并不能伤害我等，

因我们躯体已变得强健，

足能够承受住任何巨欢 [5]。"　　　　　60

诸光魂再一次欢欣雀跃

两圆环似乎都快捷、机敏，

同时呼："噢，阿门！"恐后争先，

---

[1] 指天主。

[2] 看到我们披着美丽的肉体外衣，天主十分欢喜，于是便无偿地赐予我们更大的光辉；天主所赐的光辉决定我们认识其容颜的程度。

[3] 对天主认识程度的加深也使仁爱的热忱之火烧得更旺，我们身上披的光焰外衣的亮度取决于仁爱热忱的程度，当仁爱的热忱更加旺盛时，我们身上的光衣自然也更加灿烂。

[4] 白热状态的炭燃起熊熊之火，但它本身的亮度超过火光，因而仍然能够见到它的存在。

[5] 我们的躯体也像白热的炭一样，虽然曾整日被埋葬在地下，但它一旦与我们的圣洁灵魂结合在一起，就会十分灿烂，它的光辉将远胜过现在裹着我们的光团；所以说，裹着我们的光团无法伤及比其更加明亮的躯体（双眼属于躯体的一部分），因为到了灵肉合一的时候，我们的躯体已经变得十分强健，足以承受巨大的欢乐使灵魂发出的任何强光。

均显示期待与躯体团圆 [1]：   63

或许不只为了他们自己，

也为了父母及其他亲眷，

因生前对其有挚爱情感 [2]。   66

你快看，在两个圆环周围，

又出现另一道均衡光线，

如太阳将露出地平之线 [3]；   69

此时见新光团出现眼前，

它们也围成了一个圆环，

把前面两个环套在中间；   72

就好像夜幕刚落于尘世，

最初的诸星辰显露于天，

眼前景似真实，亦像虚幻 [4]。   75

噢，那圣灵之光辉可真灿烂 [5]！

它突如其来且明亮非凡，

我怎能承受住此光炫眼！   78

这时的圣洁女贝特丽奇，

亦显得更甜美、笑容璀璨，

我大脑实难以追随所见 [6]。   81

---

[1] 听到上述话语，内外两个圆环中的灵魂都争先恐后地呼喊："阿门！"表现出他们都
十分期待与肉体合一。

[2] 他们如此呼喊，可能不仅仅是为了自己，或许也为了他们父母和其他亲人的魂体合
一，因为在尘世时，他们对这些人曾经有过挚爱亲情。

[3] 你快看，在两个圆环的外面又出现了另一个光圈，它从四面八方放射出均衡的光
线，就像太阳即将升起时光明出现在地平线上一样。

[4] 这时候，见许多新的光魂出现在眼前，它们也围成一个圆环，把前面提到的两个圆
环套在中间；就好像夜幕刚刚降临，人们看到蓝天上出现了最初的星辰，会有一种
亦真亦幻的感受。

[5] 噢，照亮这些天国永福者灵魂的圣灵之光可真灿烂呀！

[6] 此时，贝特丽奇笑得那么美丽，放射出更加璀璨的光芒；眼前的神奇景象使但丁的
大脑一片空白，难以记录下所见到的事物。

火星天中闪光的十字架

随后我又重获举目之力，

方晓得由圣女独自陪伴，

进入了另一重更高之天 [1]。　　　　　　　84

我确信自己又高高升起，

因见到那星笑如火一般，

觉得它比平时红得更艳 [2]。　　　　　　　87

用所有信徒的无声语言 [3]，

我把心向上帝全部奉献，

感谢他赐予我新的恩典 [4]。　　　　　　　90

心中的献祭情尚未降温，

我便见主受祭欢喜、欣然，

结出的果实也肥硕、丰满；　　　　　　　93

在两道炯光中物体闪亮，

那么红，那么炫，令我大喊：

"噢，太阳 [5] 啊，你将其如此装点 [6]！"　　96

如点缀大小星闪亮银河，

似白带悬天穹两极之间，

以至于智者也疑惑万千 [7]；　　　　　　　99

在火星深处的两道炯光，

---

[1] 过了一会儿，我又重新获得抬眼观望的能力，看到只有贝特丽奇一人陪伴着我，已经不知不觉地升入了更高的一重天。

[2] 当我见到此星发出火红的颜色时，便知道我们已经升入了火星天；身在火星天中，我觉得它比在尘世所观察到的火星更加红艳。

[3] 指虔诚的信徒祈祷上帝时心中默默发出的祷告之言。

[4] 感谢上帝让我升入了新的、更高的一重天。

[5] 此处隐喻上帝。

[6] 我祈祷上帝的热情还没有降温，接受我祷告的上帝便高兴地赐予我丰硕的果实；我见到在两条非常明亮的光带中有物体闪亮，它们是那么红艳，那么炫目，使我情不自禁地惊叫道：噢，上帝啊，你怎么将它们装点得如此美丽！

[7] 那两道明亮的光带就像点缀着大大小小星辰的银河，又好似悬浮于苍穹之上、南北两个天极之间的一条白色的飘带；天空这种神妙的景况使多少智者疑惑不解呀！

亦呈现可敬貌，群星布满，

似十字把一圆分为四瓣 [1]。　　　　　　102

此时刻我记忆胜过才智，

那十字把基督形象闪现，

我却难寻适当表述语言 [2]；　　　　　105

但追随基督的背十字者 [3]，

当看见白光中基督闪闪，

会恕我对此景略而不谈 [4]。　　　　　108

从十字左与右、上下两端，

诸光魂移动着，相会，擦肩，

那时便更显得闪亮、耀眼 [5]：　　　　111

就好像人为了保护自己，

有时会巧妙地制造阴暗，

一束光若偶然射入影中，　　　　　　114

见许多小颗粒，有长有短，

直飞行，斜流窜，四处飘动，

不停地变着样，或急或缓 [6]。　　　　117

似竖琴、古提琴松紧之弦，

奏出的和谐音十分婉转，

不懂得音律者亦觉奇妙，　　　　　　120

[1] 位于火星深处的那两道光带也呈现出如天上银河一样令人肃然起敬的景况，组成光带的光魂亦像布满天空的群星。两道光带相互交叉，形成边长相等的"希腊式十字"，它们把圆形的火星分为相等的四瓣。

[2] 此时，那个闪闪发光的十字架展示出基督耶稣的形象；但是，我的记忆胜过我的才智，虽然能记住当时的景况，却缺少将其描述出来的能力。

[3] 指基督耶稣的虔诚信徒。

[4] 当虔诚地追随基督的人们升入火星天的时候，将亲眼看见这种景况，那时，他们会原谅我如今因为能力不足对其略而不谈。

[5] 十字架上的光魂上下左右不停地移动，当两个光魂擦肩而过的时候，由于仁爱和喜悦的增加，他们会发出更明亮、耀眼的光。

[6] 为了躲避强烈的日光，人们经常会搭起遮光棚，巧妙地制造出阴影；当一束光偶然射入阴影时，便会见到许多微小的颗粒物飘动在光束之中，它们直飞，斜窜，快慢不一，形状有长有短，不停地变化；十字架上移动的光魂也是如此。

天国的第五重天，火星天——闪光的十字架

美音从十字架传我耳边，

它来自我眼前那些光魂，

令我醉，即便是歌词不辨[1]。 123

我知道那是首崇高颂歌，

因"复活"与"胜利"入我心间，

虽闻语，其意却隐晦不见[2]。 126

我在那（儿）竟如此心醉神迷，

此前无任何物把我捆拴，

曾用过如此的温情锁链[3]。 129

我此言似乎是狂妄冒犯，

竟然把那美眸搁置一边，

望它们曾令我意足心满； 132

那双眼生动且十分秀丽，

越向上越把美印于其间，

但若知我尚未转向它们， 135

必接受我求恕自责之言[4]，

还可见我说的全是真话[5]；

我并未否定那神圣之欢， 138

它的确越上升越是璀璨[6]。

[1] 此时，美妙的歌声从十字架处传到我的耳边，它源自诸光魂的美妙歌喉，即便我听不懂歌词，它仍然令我陶醉；这就好比竖琴和古提琴松紧不一的琴弦能够演奏出非常婉转的声音，不通音律的人也能感觉到那是十分奇妙的音乐。

[2] 我虽然听不清全部歌词，却听到了"复活"和"胜利"两个关键词。光魂们正在歌唱基督耶稣战胜死亡、胜利复活。但丁虽然听到了"复活"和"胜利"两个关键词，却无法理解其隐晦之意。

[3] 见到此景，听到此音，我已经心醉神迷；在此之前，从来没有任何比这更美丽的东西如此温情地吸引住我，使我呆愣在那里，似乎被捆绑住了一样。

[4] 指但丁前面所说的自责之言，即"我此言似乎是狂妄冒犯"。

[5] 我如此赞美火星天的美妙情景，是因为升入火星天之后尚未见到贝特丽奇变得更加明亮的眼睛，谁若是知道这种情况，必定会接受我刚才已经说过的自责之言，也一定会认为我说的是实话（除了贝特丽奇的丽眼之外，再无任何物比我所见的火星天情景更美妙）。

[6] 我并没有否定观看贝特丽奇丽眼是一种神圣之欢，它的确越向上升就变得越加美丽。

第15章

为了听到但丁提出的疑问，载歌载舞的光魂停止歌唱。此时一个似明亮星辰一样的光魂滑下十字架，热情地迎向但丁。这是但丁高祖卡洽圭达的灵魂，他先对但丁说了一些极其神秘的话，致使但丁难以理解，因为那些话是超出凡人理解能力的。随后，在但丁的请求下，他讲述了自己的身世和家族产生的根源，并赞美了佛罗伦萨昔日的淳朴，谴责了佛罗伦萨今日的腐败和堕落。

永福者停止歌唱

真实的正直爱如沐春风，
它总被吹入心化作善愿，
如贪婪会结出恶果那般 [1]；　　　　　　　3
善愿 [2] 令那悦耳古琴止音，
使圣弦静下来不再抖颤，
上天的演奏手缓离琴弦 [3]。　　　　　　　6
为使我有意愿求其帮助，
诸光魂齐止音，寂静一片：
对正确请求怎塞耳、闭眼 [4]？　　　　　　9
为爱恋非持久尘世俗物，
把上帝永恒爱抛弃一边，

---

[1] 贪婪是一种对尘世俗物的爱，它会结出邪恶的果实；然而，真实、正直的对天主之爱则像沐浴春风一样，被吹入人的心田，化作仁善的愿望。

[2] "善愿"指善良的愿望，它是天主之爱结出的果实，因而此处间接指天主。

[3] 天主命令光魂停止歌唱，就像他停止演奏神圣的乐曲一样：他的手轻轻地离开乐器，从而使古琴不再因颤抖而发出声音。天主这么做是为了使但丁能够不受干扰地提出疑问。

[4] 这些光魂怎么能对我将提出的请求视而不见、充耳不闻呢？于是，他们为了使我愿意提出疑问，戛然停止歌唱，霎时间一片寂静。

此类人永受苦理所当然[1]。 12

热情迎向但丁的光魂

晴朗且宁静的纯洁夜晚，

时而见火飞速划过空间，

于是人随火光移动双眼[2]； 15

飞行物似一颗坠落之星，

它转瞬滑过那苍穹空间，

却不觉天有物消失不见[3]； 18

那闪亮十字架像个星座，

从星座横臂的右侧末端，

一颗星也坠向十字脚面[4]； 21

那宝石并没有脱离光带，

而滑下璀璨的十字纵干，

如火在雪花石后面点燃[5]。 24

若我们最伟大缪斯[6]可信，

安奇塞[7]乐土[8]见儿子出现，

---

[1] 那些只追求不可持久的尘世俗物的人竟然把对上帝的永恒之爱抛弃在一边，因而他们受永世之苦也是理所当然的。

[2] 夜晚，当宁静的天空十分晴朗时，经常可以见到火光（流星）划过天空，人们也不由自主地随着火光移动双眼。

[3] 那迅速划过天空的飞行物体好像是一颗坠落的星，而当我们缓过神时，并不会发现空中某颗星辰消逝不见。

[4] 我眼前的那个闪闪发光的十字架就像一个星座，从十字架右臂的尽端处滑落下来一个闪光体，它如流星一般，沿着十字架的右臂和下体一直滑落至十字架的最下端（脚面）。

[5] 闪光物（那宝石）滑落时并没有脱离十字架，而是沿着十字架纵干的下半部分滑向了下方；它就像在半透明的雪花石后面燃起的一团火，透过雪花石放射出光辉。这里的比喻十分巧妙，在读者面前展示出一个非常生动的形象；滑落物显然位于十字架纵干的背面，并不直接面对但丁所在的位置。

[6] 指最伟大的诗人，因为缪斯是希腊神话中司诗乐的女神。这里指的是维吉尔。

[7] 安奇塞（Anchise，另译：安奇塞斯），维吉尔的史诗《埃涅阿斯纪》中的人物，埃涅阿斯的父亲。

[8] 指冥界。

也如此迎上去，心怀爱怜 [1]。 27

"噢，骨血呀，上帝的崇高恩典！

竟两次对你开天国门扇，

上天曾对何人如此这般 [2]？" 30

那光魂这番话引我关注；

我随后向圣女 [3] 投去视线，

惊奇地望这边又瞧那边 [4]； 33

她眼中闪耀着喜悦之光，

这使我感觉到通过吾眼，

我已触荣耀与天福极限 [5]。 36

那光魂音悦耳、颜令人欢，

对其话又补充神秘之言，

他说得极深奥，理解太难 [6]； 39

并非是他有意对我隐瞒，

不懂其概念也理所当然：

瞄射处远高于凡人靶圆 [7]。 42

当炙热之强弓松弛之后，

话语的高度便降向下面，

使我们心智可理解其言 [8]； 45

---

[1] 据《埃涅阿斯纪》讲，安奇塞在冥界见到来访的埃涅阿斯，便心怀对儿子的爱怜之情十分兴奋地迎了上去；从十字架滑落下来的光魂也如此迎向了但丁。

[2] 噢，我的骨血呀，噢，崇高的上帝恩典呀！天国为了你竟然两次敞开大门（此次游历天国是第一次，将来灵魂归天是第二次），上天曾经对什么人如此慷慨呀？

[3] 指贝特丽奇。

[4] 一会儿看看贝特丽奇，一会儿又看看说话的光魂。

[5] 贝特丽奇的眼中闪耀着喜悦之光，十分明亮，这使我感觉到，我眼中反射的是天国的至高无上的荣耀幸福。

[6] 那个光魂的声音十分悦耳，容貌也令人喜欢；他又说出了许多高深莫测的话，令人难以理解。

[7] 那个光魂并不是有意向我们隐瞒什么深奥的含义，而是他的话真的太深奥难懂，远远超出我们凡人的理解能力，因而，我们不理解其意也理所当然。

[8] 那光魂表达完对但丁的强烈感情之后（当炙热之强弓松弛之后），说话的深奥程度便降低了，以至于我们凡人的心智能够理解其意。

我首先听懂了下面一句：

"三位一体主呀，你应受赞！

你对我后裔施如此恩典 [1]。"   48

随后他又说道："我的儿 [2] 呀，

读白纸黑字的不变巨卷 [3]，

吾心中便久驻美好期盼 [4]：   51

那圣女把羽毛披你肩上，

有她助你方能高飞于天，

使光中说话者意足心满 [5]。   54

你认为首创者 [6] 把汝思想，

直接地传吾心，如数一般，

人皆知：一便是五、六之源 [7]；   57

因而你并不问我是何人，

为何会在这群快乐人间，

比别人更显得欢喜、欣然 [8]。   60

你所想很真实 [9]；因为此生 [10]，

并不分大与小，皆望镜面，

思维前镜已经反射汝念 [11]；   63

---

[1] 此时，但丁听懂的第一句话是：噢，三位一体的天主啊，你赐予我的后裔如此巨大的恩典，竟然在他未离弃尘世之前就允许他游历天国，这可真应该受到盛赞。

[2] 指但丁。

[3] 指展现上帝意愿的天书。上帝的意愿是永恒不变的。

[4] 观看天书，我早就知道你将游历天国，因而很久以前就期盼着你的到来。

[5] 是贝特丽奇使你插上双翼，飞上了天国，满足了我这个在火光中说话之人的意愿。

[6] 指上帝。

[7] 你认为上帝已经把你心中的思想原则告诉了我，从而使我能够在你表明心迹之前就推论出你内心的一切想法，就像算数一样，从一便可以推论出五与六等其他所有的数字。

[8] 所以你一直没有问我是谁，为什么在这些快乐的人中我显得更加快乐。

[9] 你心中的这种想法是很符合真实情况的。

[10] 指天国的永生。

[11] 在天国的永生中，灵魂不分高低，欢乐不分大小，所有的灵魂都像照镜子一样观望着上帝之光，人的思维尚未形成之前，上帝之光已经将其反射在镜子之中。

我始终守望着神圣之爱 [1]，

它赐我温情的美好期盼，

为充分体现那大爱法则， 66

你语气应欢乐、坚定、勇敢，

快说出你意愿、心中希望，

对它的回答已存我心间 [2]！" 69

但丁的感激和请求

我转向圣洁女，尚未开口，

她已经知我意，笑容满面，

示意我把愿望双翼伸展 [3]。 72

于是我开言道："爱与理智，

一旦那首平衡 [4] 出现眼前，

它二者对每人重量一般 [5]； 75

因而说，天上日熊熊而燃，

光与热相均衡，不倚不偏，

其他的相似物均难比肩 [6]。 78

因你们所知的那个原因，

凡人的意愿与表述语言，

---

[1] 指上帝的仁爱。

[2] 我始终守望着上帝的仁爱，这种仁爱赐予我美好的期盼；现在，为了体现上帝大爱的法则，你就应该高高兴兴、坚定、勇敢地把你心中的意愿和希望告诉我，其实我心中早已经存在着对你的回答。

[3] 早已看透我心中想法的贝特丽奇微笑着示意我把想法讲出来。

[4] "首平衡"指上帝。"首平衡"能够使天国灵魂的爱和实现爱的能力完全平衡，而尘世凡人的爱（即欲望）和实现爱的能力（即理智）是不平衡的，后者永远无法完全满足前者的需求。

[5] "首平衡"一旦出现，对每个人来说，爱与实现爱的能力就获得了平衡（重量一般），这种情况只出现在天国。

[6] 此处，"天上日"指上帝。上帝之爱的光与热是完美平衡的，其他的爱无法实现这种平衡，因而都无法与上帝之爱相比。

有不同之羽翼生于双肩 [1]；　　　　　　　　81

由于我是凡人，有此感受，

知语言难表述心中意愿，

真心谢你迎我如父一般 [2]。　　　　　　　84

你是颗活黄晶 [3]，可饰项链，

恳请你把名姓对我直言，

如此才能满足我的心愿。"　　　　　　　87

卡洽圭达对佛罗伦萨昔日的赞美

"噢，枝叶呀，你到来令我欣喜，

因为我是树根——你的祖先 [4]。"

他如此开言后接着又说，　　　　　　　　90

"我儿子是你的爷爷之父，

也是你家族的姓氏起源 [5]，

围绕着那座山首级环台，　　　　　　　　93

他足足转悠了一百余年，

因而他需要你采取行动，

把他那长久的辛劳缩短 [6]。　　　　　　96

那时候佛城 [7] 在古墙之内，

其生活安宁且端庄、节俭，

---

[1] 与造物主相比，所有造物都是不完善的，它们的能力也都是有限的。由于这个你们所知道的原因，作为造物的凡人，他们的意愿和表述意愿的能力（语言）是不相匹配的（有不同之羽翼生于双肩）。

[2] 感谢你像父亲一样欢迎我。

[3] 你是一颗具有生命的活的黄晶，可以用来制作珍贵的宝石项链。这是但丁对说话的光魂的尊敬和赞美之词。

[4] 我是你的祖先，是你的大树之根，你是我的后裔，是我的大树枝叶。

[5] 我儿子是你的曾祖父，你们家族的姓氏就是从他那儿而来的。

[6] "那座山首级环台"指的是炼狱山的第一级。你的曾祖父已经在炼狱山的第一级中转悠了一百多年，现在需要你在尘世为他祈祷，从而缩短他在炼狱中的辛劳。

[7] 指佛罗伦萨城。

今仍闻那里敲三、九钟点 [1]。　　　　　99

当时并不佩戴项链、奢冠，

裙无绣，也没有带饰腰间，

并非是饰物比女人抢眼 [2]。　　　　　102

生女儿还不会令父担忧，

女子的出嫁龄不似今天 [3]，

嫁妆的数额也十分有限。　　　　　105

家中并无房屋空空如也，

萨尔丹纳帕勒 [4] 尚未露面，

在房中把他的能量展现 [5]。　　　　　108

你们的乌切拉托约 [6] 崛起，

但那时尚未超马里奥山 [7]，

崛起快，坠落速必定不凡 [8]。　　　　　111

我曾见贝尔蒂 [9] 出门之时，

把兽皮与骨扣（儿）束于腰间，

其夫人离镜旁未涂颜面 [10]；　　　　　114

---

[1] 当时，佛罗伦萨还只有那座最里面的古城墙，民风淳朴，生活安宁、有尊严；后来佛罗伦萨富有了，又修建了第二道和第三道城墙；现在它已经很大，但是仍然可以听到古城内教堂的钟声；听到三点的钟声时人们开始工作，听到九点的钟声时人们结束工作。

[2] 那时候，女人们并不佩戴奢华的项链和如同王冠的头饰，裙子上没有刺绣，腰间也不扎饰带；她们只靠自己的天然美赢得人们的注意。

[3] 女孩儿不会像今天这么年少就出嫁。

[4] 萨尔丹纳帕勒（Sardanapalo，另译：萨尔丹纳帕勒斯）是古亚述国王，他骄奢淫逸至极。

[5] 当时的佛罗伦萨还没有出现子孙不旺的情况，因为君王萨尔丹纳帕勒骄奢淫逸的生活方式尚未闯入各家各户，在那里显示它的淫威。

[6] 佛罗伦萨附近的一座山，此处泛指佛罗伦萨。

[7] 罗马附近的一座山丘，此处泛指罗马。

[8] 虽然那时候佛罗伦萨已经崛起，但繁华程度尚未超过罗马；现在佛罗伦萨的繁华已经超过了罗马，但是它崛起得快，衰败得也必然快。

[9] 指贝林乔内·贝尔蒂（Bellinccion Berti）。贝尔蒂是当时佛罗伦萨的一个望族，贝林乔内·贝尔蒂是该家族的族长。

[10] 尽管贝林乔内·贝尔蒂是望族族长，却很简朴，出门时穿的是粗糙的兽皮衣，衣服上缝钉的是兽骨做的扣子；他夫人照镜子时并不涂脂抹粉。

我曾见奈里与维乔家人，

穿兽皮，并未披绣花锦缎，

夫人都手中持纺锤、纱杆 [1]。　　　　　117

噢，幸运的女人啊，你们心安！

都知己葬何处黄土下面，

无人为法国守空床熬煎 [2]。　　　　　120

有的人精心地看护摇篮，

用首先使父母开心童言，

哄泣儿重露出欢笑之颜 [3]；　　　　　123

特洛伊、罗马与菲索来城，

有人讲它们的故事段段，

同时在家人 [4] 中抻麻纺线 [5]。　　　　　126

那时见钱盖拉、萨特雷罗，

昆齐奥、克妮莉此时出现，

都以为奇异事发生眼前 [6]。　　　　　129

我母把'玛利亚'高声呼喊，

随之我降如此安宁地面，

[1] 奈里（Nerli，另译：奈尔里）和维乔（Vecchio，另译：维契奥）都是佛罗伦萨的望族，属于圭尔费党。他们的穿戴都很简朴，夫人们也都纺纱织布。

[2] 噢，那时的女人啊，你们可真幸运！你们都知道死后将被埋葬在哪一片土地下面，没有人像今天这样忧心忡忡，时刻担心因丈夫在政治斗争中失败而客死于流放途中的异国他乡，也没有人担心因丈夫去遥远的法兰西经商而独守空房。

[3] 有的妇女在摇篮旁专心地看护自己的孩子，用首先令父母开心的婴儿语言哄得哭泣的孩子重新露出笑颜。

[4] 主要指家中的女佣们。

[5] 有的妇女在家中女佣的围绕下讲述着有关特洛伊、罗马和菲索来等著名城市的传说，她们一边讲故事，一边抻麻纺线。

[6] 钱盖拉（Cianchella）是中世纪晚期佛罗伦萨一个十分著名的伤风败俗的女人。萨特雷罗的全名为拉波·萨特雷罗（Lapo Salterello，另译：拉波·萨尔台莱洛），他与但丁是同时代人，但丁认为他不光明磊落，因而在此谴责他。昆齐奥（Quinzio，另译：昆克提乌斯）是古罗马共和国早期的英雄，他胸襟宽阔，心怀坦荡，担任过独裁官，曾为保卫罗马做出过卓越贡献。克妮莉（Corniglia，另译：科尔奈丽亚）是古罗马共和国著名政治改革家格拉古兄弟的母亲，十分正直。在古老的淳朴时代，如果见到钱盖拉和萨特雷罗这样的人，人们都会惊愕不已；今天，如果见到昆齐奥和克妮莉那么淳朴、正直的人，人们也会惊愕不已。

卡洽圭达的诞生

过这等美好的市民生活，　　　　　　　　　132

忠诚的社会中住房温暖 [1]；

我便是基督徒卡洽圭达，

受洗于你们的古堂池前 [2]。　　　　　　　135

莫龙托、埃利塞是我兄弟，

我女人来自于波河那边，

她才是你家族姓氏来源 [3]。　　　　　　　138

我后来追随那康拉德帝 [4]，

由于我表现好，令他喜欢，

他给我戴军中荣耀之冠 [5]。　　　　　　　141

我随他去讨伐罪孽异教 [6]，

教宗错使其把正义冒犯，

他们竟将圣地公然侵占 [7]。　　　　　　　144

战场上乌合众令我解脱 [8]，

我离弃虚伪的尘世人间，

因爱它许多人灵魂腐烂 [9]；　　　　　　　147

殉教后我来到和平福天。"

---

[1] 我出生之前，母亲因阵痛高喊圣母玛利亚的名字，随后我便降生在祥和、安宁的
　　人间，过着美好的市民生活；生活在充满忠诚的社会的"房屋"中，我感觉十分
　　温暖。

[2] 我叫卡洽圭达（Cacciaguida），是一位基督徒，在你们城市（指佛罗伦萨）的古老洗
　　礼堂的圣水池受洗皈依基督教。

[3] 莫龙托（Moronto）、埃利塞（Eliseo）都是但丁先祖卡洽圭达的兄弟。卡洽圭达说，
　　他的妻子来自波河岸边，但丁家族的姓氏出自于她的姓氏。卡洽圭达的妻子可能是
　　意大利费拉拉城人，该城位于波河附近，且古代那里有一家族叫"阿尔迪杰里"，与
　　但丁家族的"阿利吉耶里"之姓相似。

[4] 指康拉德三世（Currado Ⅲ，1093—1152），他是日耳曼神圣罗马帝国的皇帝，
　　1138—1152 年在位。

[5] 加封我为骑士。

[6] 指跟随康拉德三世参加第二次十字军东征。

[7] 由于教宗不尽职，异教徒才敢冒天下之大不韪，公然侵占圣地耶路撒冷。

[8] "乌合众"指异教徒的军队。在战场上，异教徒的军队杀死了我，为我解脱了尘世的
　　苦难。

[9] 因为爱恋尘世的享乐，许多人的灵魂腐败、堕落了。

第16章

　　此时，但丁已不再受尘世荣耀的诱惑，天国中，他自觉十分光荣，全身放射光芒。在贝特丽奇的赞同下，他向祖先卡洽圭达询问了佛罗伦萨的情况。卡洽圭达回答了但丁的问题，讲述了佛罗伦萨及其各望族衰败的历史，并感叹佛罗伦萨再也不像过去那样安宁和幸福了。

对高贵的看法

噢，太渺小，我们的高贵血统 [1]！

众人全依赖你 [2] 炫耀人间，

在尘世我们情受到诱惑，　　　　　　　　　　3

它 [3] 对我却不再奇异、不凡：

因天上人欲望不会扭曲，

在那里我说话自觉光灿 [4]。　　　　　　　　6

你就是一披风，时光为剪，

若无布将其补，每日见短，

因为在你周围剪行不断 [5]。　　　　　　　　9

但丁向卡洽圭达提问

"您"之称首先在罗马出现，

其居民却用它时间最短，

---

[1] 与个人完美的心灵相比，我们血统的高贵太渺小了。但丁认为高贵来自于心灵的修养，而不来自于高贵的血统；这是"温柔新体"诗派所具有的哲学思想。

[2] 指高贵血统。

[3] 指尘世的高贵及其诱惑。

[4] 尘世的人们都受所谓的高贵诱惑，因此拼命地追求它，希望通过它获得荣耀，而对于我，尘世的高贵和荣耀却不再有奇异不凡的诱惑力；因为我正在天国说话，在那里，人的欲望不会扭曲，我已经自觉因充满荣耀而全身光辉灿烂。

[5] 所谓的尘世高贵和荣耀就像一件披风，而时光就像一把剪刀，如果没有新的布来补充高贵和荣耀这件披风，它必定会随着时光的流逝变得越来越短小，因为时光这把剪刀每天都在不停地将其剪短。

我重新开始用此称吐言 [1]；　　　　　　12

距离我不远的圣女 [2] 微笑，

就好像咳嗽的夫人 [3] 一般：

那王后失误于她的面前 [4]。　　　　　　15

我说道："您就是我的祖先；

给予我足够的勇气吐言；

抬举我超越了平时表现。　　　　　　18

快乐从多渠道注入吾心，

它 [5] 庆幸能承受如此大欢，

而没有被涨得裂成碎片。　　　　　　21

亲爱的先人呀，请对我言，

什么人曾经是您的祖先？

您儿时度过了何年何月？　　　　　　24

那时候约翰 [6] 有多大羊圈 [7]？

何人配坐在它最高位置 [8]？

谁把它牢握在手掌之间 [9]？"　　　　　　27

---

[1] 中世纪的人传说，恺撒打败了所有对手，胜利而归，罗马人出于对他的畏惧心理，以"您"称呼他；然而，恺撒被刺杀后，这种尊称很快被罗马人废除，其他地区则继续使用它。所以此处说"'您'之称首先在罗马出现，其居民却用它时间最短"。此处，但丁开始用"您"来称呼他的祖先卡洽圭达。

[2] 指贝特丽奇。

[3] 指中世纪布列塔尼系列骑士传奇《湖上的兰斯洛特》中的人物马勒奥特（Malehaut）夫人。

[4] "那王后"指亚瑟王的王后桂尼拉（Ginevra，另译：桂妮维娅），她与勇骑士兰斯洛特（Lancillotto）暗恋，在与其交谈时，一旦流露出爱恋之情，在一旁静听的马勒奥特夫人便装咳嗽，提示王后不要有出轨的行为。此处，贝特丽奇也微笑着提示但丁应积极地与说话人交流。

[5] 指上一行诗句中所说的"吾心"。

[6] 指洗礼约翰。

[7] 那时候佛罗伦萨的范围有多大？洗礼约翰是佛罗伦萨的保护圣人，他的羊圈自然指的是佛罗伦萨。

[8] 什么人占据了佛罗伦萨社会的最高地位？

[9] 谁掌握着佛罗伦萨的权力？

卡洽圭达的回答

就如同风一吹火炭更旺，

那光魂闻听我亲切之言，

放射出闪闪光，十分耀眼；　　　　　　30

我眼中他显得更加美丽，

其声音也更柔、比蜜还甜，

但说话并非用现代语言 [1]；　　　　　33

他说道："产下我，母卸重担，

她如今已成圣、升入高天 [2]；

从说出'万福 [3]'至诞我之日，　　　36

有五百八十回狮火会面，

火五百八十次点燃狮子，

狮爪下火团喷熊熊烈焰 [4]。　　　　39

锦标赛马从西奔驰而来，

将进入第六区那片地面，

我生于该区域，祖先亦然 [5]。　　　42

关于我祖先事，闻此即可：

他们是何许人，来自哪边？

最好是勿道出、至此止言 [6]。　　　45

---

[1] 卡洽圭达（Cacciaguida）说的并非是但丁时代的佛罗伦萨俗语，而是他那个时代的古老的佛罗伦萨俗语。

[2] 母亲生下我，就像卸下了一副重担；她如今已经离开人世，升入天国，成为神圣的灵魂。

[3] 指圣母玛利亚怀孕将生下耶稣时。大天使加百列在向圣母玛利亚预报耶稣将生于她腹时，曾高呼"万福，玛利亚"。

[4] 从大天使加百列向圣母玛利亚预报耶稣即将诞生之日算起，到我（说话人是但丁的祖先卡洽圭达）诞生之日，火星五百八十次与狮子座相会。火星每687天与狮子座相会一次，据此计算，卡洽圭达应生于1091年。

[5] 在佛罗伦萨传统的赛马会上，人们骑着马从西面奔驰而来，总是要经过第六城区；我和我的祖先都出生在将要进入第六城区的地方。

[6] 卡洽圭达说，关于他的祖先，但丁知道这些就可以了；至于他们是些什么人，都来自什么地方，就不必多说了。但丁认为，人们只要知道他祖先是佛罗伦萨的古老贵族即可，没有必要向读者细说他们的情况。

火星与狮子座相会

佛罗伦萨古老家族的衰亡

那时在战神像 [1]、洗礼堂间 [2]，

能持械参战者十分有限，

男丁是现在的五分之一 [3]， 48

今市民成分却十分混乱，

切塔多 [4]、斐基内 [5]、坎皮 [6] 小工，

也自视佛城的纯正成员 [7]。 51

噢，若我说那些人还是邻居，

加卢佐 [8] 也仍是你城边缘，

特雷斯皮亚诺 [9] 亦在界外， 54

远胜过他们住佛城里面：

宁忍受阿古聊村夫 [10] 恶臭，

和席涅 [11] 狡诈的气味熏天 [12]！ 57

---

[1] 指罗马神话中的战神玛尔斯的雕像，卡洽圭达时代立于佛罗伦萨老桥桥头。

[2] 战神雕像和洗礼教堂标示出了当时佛罗伦萨老城的南北范围。

[3] 那个时候，住在佛罗伦萨老城中的能够拿起武器保卫城邦的男丁人数只有现在的五分之一。

[4] 切塔多（Certaldo，另译：切尔塔尔多），佛罗伦萨郊区的小镇，薄伽丘出生在该镇。

[5] 斐基内（Fegghine），佛罗伦萨郊区的小镇。

[6] 坎皮（Campi，另译：堪皮），佛罗伦萨郊区的小镇。

[7] 现在佛罗伦萨居民的成分十分复杂，就连后来来自于郊区的小工们都自称自己是纯正的佛罗伦萨人。

[8] 卡洽圭达时代，加卢佐（Galluzzo）小镇是佛罗伦萨南部的边界。

[9] 那时，佛罗伦萨南部的小镇特雷斯皮亚诺还没有划入佛罗伦萨的管辖范围。

[10]阿古聊（Aguglione，另译：阿古里奥内）是佛罗伦萨附近的一座城堡，阿古聊家族的名称来源于该城堡。"阿古聊村夫"指的是阿古聊家族的巴尔多·古列尔莫（Baldo di Guglielmo），他是法学家，从政并任高官。1311 年，他力主继续放逐吉伯林党和圭尔费党白派领袖，其中包括但丁；但丁痛恨他，因而鄙视地称其为"村夫"。

[11]席涅（Signa，另译：希尼亚）是佛罗伦萨附近的小镇。"席涅狡诈"指的是席涅的法齐奥（Fazio dei Morubaldini da Signa）的狡诈。法齐奥也是法学家，积极参与政治活动，最初属于圭尔费党的白派，后转为黑派，因此此处但丁说他"狡诈"。

[12]卡洽圭达说，假如佛罗伦萨城还没有扩大，那些来自于郊区的小民仍然仅仅是我们的邻居，还没有迁入城中，情况会好得多；我们宁可忍受臭气熏天的阿古聊的巴尔多和席涅的法齐奥，也不愿忍受来自于郊外的小民的搅扰。

若世上最堕落那群恶人 [1]，

对恺撒 [2] 并不似后娘那般，

而如同亲生母一样和善； 60

他们 [3] 仍停留在西米封底 [4]，

因祖先往返于那片地面 [5]，

未入城做生意或者换钱 [6]； 63

蒙特穆尔洛也仍属伯爵 [7]，

切尔基住阿科教区里面 [8]，

庞戴尔蒙特在格雷维间 [9]。 66

现城市陷入了灾难之中，

人混杂必定是祸起根源，

若腹中积食物，疾病必添 [10]； 69

盲牛比瞎羊羔跌倒更快 [11]，

一把剑经常会更利劈砍，

[1] 指教宗和执掌罗马教廷的其他重要教士。

[2] 恺撒的名字常被欧洲人用作皇帝的代名词，此处指日耳曼神圣罗马帝国皇帝。

[3] 指从郊外来到佛罗伦萨的小民（乡下人）。

[4] 指位于佛罗伦萨附近的西米封底（Simifonti）封地。

[5] 因为那些小民的祖先生活在封地，在那里从事卑微的活动。"往返于那片地面"指在那里巡逻或沿街叫卖。

[6] 假如教宗和罗马教廷对待皇帝并不像后娘那么邪恶，而像对待亲生儿子那样，那些小民就会仍然留在西米封底封地生活，不会进入佛罗伦萨做生意或者经营钱庄。

[7] 蒙特穆尔洛（Montemurlo）是位于托斯卡纳地区的一座城堡，距佛罗伦萨不远，从 11 世纪起归属圭多伯爵家族。佛罗伦萨人习惯于只称该家族为伯爵，不加其姓氏，因而此处说"蒙特穆尔洛也仍属伯爵"，意思为：蒙特穆尔洛城堡也仍然属于圭多伯爵的家族。

[8] 切尔基家族（Cerchi）源自佛罗伦萨郊外，经商致富，迁入城中，后成为圭尔费党白派领袖，因而白派也被戏称为"村野派"。见《地狱篇》第 6 章第 65 行及有关注释。

[9] 庞戴尔蒙特（Buondelmonte）是引起佛罗伦萨内部派系斗争的直接导火线。他所属的家族最初住在格雷维山谷中的城堡，后来迁入佛罗伦萨城。见《地狱篇》第 28 章第 106 行及有关注释。那时候，圭多伯爵家族、切尔基家族、庞戴尔蒙特的家族都还没有进入佛罗伦萨城。

[10] 现在佛罗伦萨城陷入混乱之中，各种人杂居在一起，必然引起纠纷；这就像食物吃得太杂，难以消化，必然引起疾病一样。

[11] 牛和羊是无智慧的畜牲，都会被绊倒；但二者相比，体积比较大的牛更容易被绊倒。诗人用这个成语来说明大城市的弱点更加明显。

杀伤力定胜过五把利剑 [1]。   72

奥尔比萨利亚 [2]、卢尼 [3] 毁灭，

基乌西 [4]、西尼加 [5] 紧随后面，

如果你看一看这些事实，   75

再听听各家族怎么腐烂，

就不觉一城市结束生命，

是稀奇古怪事、理解太难 [6]。   78

你们人与事物均会死去，

但某些寿长物亡故难见，

因人类之生命十分短暂 [7]。   81

月天转不断使大海之水，

覆盖又显露出各处堤岸，

'时运'也对佛城如此表现 [8]；   84

因此说我讲的佛城望族，

其名姓也会被时间遮掩，

人不必为此事发出惊叹。   87

乌吉与菲利皮、卡特里尼、

奥玛尼、阿贝利 [9] 我都曾见，

他们均极显赫，衰势却现；   90

---

[1] 此处，诗人想表明团结一致的小城市比由乌合之众组成的无理智的大城市更强大。

[2] 奥尔比萨利亚（Orbisaglia）是意大利东南部的一座古城，中世纪早期被西哥特人摧毁。

[3] 卢尼（Luni）是意大利境内一座古城，曾多次遭受撒拉逊人洗劫，在但丁时代已无人居住。

[4] 基乌西（Chiusi）是意大利境内的一座古城，在但丁时代已无人居住；近代又恢复了生机，现在是意大利的一座小城市。

[5] 西尼加（Sinigaglia，另译：西尼加利亚）是意大利中东部的一座古城，濒临亚得里亚海，在但丁时代已经衰亡，现在又恢复了生机。

[6] 如果你看看许多城市和家族灭亡的事实，就不会觉得这是什么稀奇古怪的事情了。

[7] 造物都会灭亡。你们人类看不见寿命较长的事物的终结，因为，你们的生命太短暂，在那些事物终结之前就已经死去。

[8] 月亮的旋转会引起海潮的涨落，时运女神也如此对待佛罗伦萨。

[9] 乌吉（Ughi）、菲利皮（Filippi）、卡特里尼（Catellini）、奥玛尼（Ormanni）、阿贝利（Alberichi，另译：阿尔贝里基）都是卡洽圭达时代的佛罗伦萨望族。

萨奈拉、阿尔卡、索达涅利、

阿丁基、博蒂基[1] 十分古远，

他们的大家族我也曾见。　　　　　93

城门[2] 处本居住拉维纳尼，

圭多伯结姻亲，高贵不凡，

后人均取姓氏贝林丘内[3]，　　　　96

现如今重物压门楣上面，

新背叛之恶名十分沉重[4]，

不久后那小船必被压翻[5]。　　　　99

普雷萨曾知晓如何统治[6]，

加利加家中有金柄宝剑，

剑柄的圆头亦金光闪闪[7]。　　　　102

松鼠皮竖毛纹十分粗大[8]，

萨凯蒂、巴鲁齐、鸠齐、菲凡[9]，

---

[1] 萨奈拉（Sannela）、阿尔卡（Arca）、索达涅利（Soldanieri）、阿丁基（Ardinghi）、博蒂基（Bostichi）也都是当时佛罗伦萨家大业大、历史悠久的家族。

[2] 指中世纪佛罗伦萨的圣彼得大门。

[3] 圣彼得大门处本来居住着拉维纳尼（Ravignani）家族，其族长叫贝尔蒂·贝林丘内（Berti Bellincione），他的一个女儿嫁给了圭多（Guido）伯爵，其他两个女儿则招了两位入赘女婿，一个姓阿狄玛里（Adimari），另一个姓多纳蒂（Donati），他们的子孙都随外公姓贝林丘内。

[4] 指切尔基家族对白派的背叛。当法兰西瓦卢瓦伯爵兵临城下时，切尔基家族背叛了白派，投靠了黑派；由于白派在党派斗争中失势，但丁被流放，因而他十分痛恨背叛白派的切尔基家族。

[5] 1280 年，切尔基家族购买了拉维纳尼家族位于圣彼得门附近的老宅。但丁指责说，切尔基家族最近所获得的背叛恶名就像压在圣彼得大门门楣上的重物，它必定无法长期承受，在不久的将来，该家族的小舟就会被重物压翻。

[6] 普雷萨（Pressa）曾是佛罗伦萨的望族，属吉伯林党，具有丰富的施政经验，因而此处说"普雷萨曾知晓如何统治"。

[7] 加利加（Galigaio，另译：加利盖约）也曾经是佛罗伦萨的望族，属吉伯林党；因被加封为骑士，所以此处说"加利加家中有金柄宝剑，剑柄的圆头亦金光闪闪"。

[8] 指皮利（Pigli）家族。该家族的族徽呈松鼠皮毛纹状。"十分粗大"意为该家族曾十分强大。

[9] 萨凯蒂（Sacchetti）、巴鲁齐（Barucci）、鸠齐（Giuochi）、菲凡（Fifanti）都曾经是佛罗伦萨盛极一时的望族。

还有人为盐斗羞红颜面 [1]。　　　　　　105

加夫齐 [2] 之祖先也曾强盛，

席齐与阿利古 [3] 影响显现，

他们把公共的要职承担。　　　　　　108

噢，因傲慢衰败者曾多强盛 [4]！

在所有佛城的伟业里面，

都曾见黄金球灿烂耀眼 [5]。　　　　　　111

无人掌你们的教会之时，

某家族先辈便稳坐堂前，

一个个都吃得肠肥肚圆 [6]。　　　　　　114

对逃者似恶龙蛮横家族，

谁若是龇利牙或示金钱，

它必定温顺得羊羔一般，　　　　　　117

现发迹，出身却十分卑贱 [7]；

因此说多纳蒂并不喜欢，

其岳父令其成他们亲眷 [8]。　　　　　　120

卡彭萨已走下菲索来山，

---

[1] 指基亚拉蒙泰西（Chiaramontesi）家族，该家族曾在售盐的斗上做手脚，被揭穿后羞愧得无地自容。

[2] 加夫齐（Calfucci，另译：加尔夫齐）曾是佛罗伦萨的望族，后被著名的多纳蒂家族消灭。

[3] 席齐（Sizii，另译：席齐伊）和阿利古（Arrigucci，另译：阿利古齐）也曾经是佛罗伦萨的望族。

[4] 此处指乌伯蒂（Uberti，另译：乌伯尔蒂）家族。该家族属吉伯林党，曾经十分强大，因而也十分傲慢；著名的吉伯林党领袖法利纳塔便出自该家族。

[5] “黄金球”是吉伯林党兰贝尔蒂（Lamberti）家族的族徽，此处指该家族。诗句的意思为，在佛罗伦萨的所有伟业中，都曾见到兰贝尔蒂家族的辉煌形象。

[6] 此处暗指托辛基（Tosinghi）和维斯多米尼（Visdomini）家族的祖先，他们曾在主教缺位期间掌控佛罗伦萨教堂财务，并趁机中饱私囊。

[7] 暗指阿狄玛里（Adimari）家族。该家族出身低微，现在却发迹了；然而，这个家族的人非常卑劣，对失败者十分凶残，对得势者或以金钱诱惑者却摇尾乞怜。

[8] “多纳蒂”指乌贝蒂诺·多纳蒂（Ubertino Donati），他娶了贝尔蒂·贝林丘内的一个女儿，而贝尔蒂·贝林丘内的另一个女儿却嫁给了阿狄玛里家族的一位成员，这件事令乌贝蒂诺·多纳蒂十分不满，因为他不愿意成为阿狄玛里家族的亲戚。见本章第96行注释。

定居于佛城的市场旁边 [1]，

做市民，殷凡加、丘达 [2] 和善。　　123

我将说一奇事，但很真实，

入内城需迈过一道门槛，

佩拉族竟然是其名来源 [3]。　　126

一大亨之名声震耳欲聋，

圣多默纪念日与其相伴 [4]，

凡是戴其美丽徽章之人，　　129

都受封骑士爷，获得特权 [5]；

但如今饰其徽金边人中，

有一人竟然站平民中间 [6]。　　132

瓜特洛、殷泊图已经存在，

若他们无邻居住在身边，

其小镇仍然会比较宁安 [7]。　　135

使你们受苦的那个家族 [8]，

因义愤将你等投入血潭，

[1] 卡彭萨（Caponsacco，另译：卡彭萨科）是一个从菲索来迁入佛罗伦萨的家族，居住在市场附近；该家族属于吉伯林党。菲索来位于山丘上，因而此处用"走下"一词。

[2] 殷凡加（Infangato，另译：殷凡加托）和丘达（Giuda）家族都是善良的市民。这两个家族均属于吉伯林党。

[3] 佛罗伦萨古城有一座城门叫"佩拉门"，该门的名称可能源自佩拉（della Pera）家族的姓氏。

[4] "一大亨"指托斯卡纳侯爵"大乌哥"（Ugo il Grande），他卒于 1001 年 12 月 21 日，该日为耶稣弟子圣多默（San Tommaso）的纪念日。

[5] 佛罗伦萨的大家族族徽上均带有"大乌哥"侯爵徽章的某些图案，这表明这些家族曾受封为骑士，获得了某些贵族特权。

[6] 此人指加诺·贝拉（Giano della Bella），他是佛罗伦萨著名的《正义法规》的起草者，虽然受封为骑士，却站在了平民百姓一边。

[7] 瓜特洛（Gualterotti，另译：瓜尔台洛提）和殷泊图（Importuni，另译：殷泡尔图尼）家族均属于圭尔费党，居住在圣使徒小镇。假如该小镇只居住他们两个家族，没有其他人做邻居，该小镇就会仍然保持安宁。

[8] 指引起佛罗伦萨苦难的阿米戴伊（Amidei）家族。该家族因庞戴尔蒙特悔婚而挑起佛罗伦萨的血腥斗争，从此开始了佛罗伦萨党派斗争。见《地狱篇》第 28 章第 106-108 行及有关注释。

结束了你们的幸福生活，

它荣耀，同伙也如此这般 [1]：

噢，庞戴尔蒙特听别人建议，

因悔婚造成了多少灾难 [2]！

你刚刚来这座城市之时，

若上帝引你至埃玛河边，

许多人会快乐，今却悲惨 [3]。

对那座守桥的残缺石头 [4]，

在和平即将要结束之前，

命注定佛城应做出祭献。

138

141

144

147

对古老佛罗伦萨的赞美

往日见佛城有许多家族，

其生活都如此宁静、平安，

因而它无理由苦泪潸然：

他们 [5] 与光荣的正义人民，

不曾使百合花倒挂旗杆，

令它的形象受嘲弄、耻笑 [6]，

党争血也还未将其浸染 [7]。"

150

153

---

[1] 因为义愤，阿米戴伊家族把你们佛罗伦萨人投入了血斗之中，结束了你们宁静的幸福生活；该家族报了仇，维护了自己的荣誉，它的同盟者盖拉尔迪尼（Gherardini）和乌切利尼（Uccellini）家族也获得了荣耀。

[2] 噢，庞戴尔蒙特呀，你竟然听从别人悔婚的建议，这造成多大的灾难啊！

[3] 你刚刚来到佛罗伦萨时，如果上帝就引你去埃玛（佛罗伦萨附近的一条小河）河边，让你淹死在那里，佛罗伦萨的许多人就会很开心，然而他们今天却那么悲惨。

[4] 指立于佛罗伦萨老桥（Ponte Vecchio）桥头的战神玛尔斯残缺不全的石头雕像。

[5] 指上面提到的家族成员。

[6] 百合花是佛罗伦萨城徽之花。打败仗时，人们偃旗息鼓，狼狈逃窜，百合花的形象就会倒垂向地面，受到人们的嘲弄和耻笑；但是这种情况从来没有出现在过去的佛罗伦萨的军队中。

[7] 在古老的佛罗伦萨，党派斗争的鲜血还没有把洁白的百合花浸染成红色。

第 17 章

在游历地狱和炼狱时，但丁曾听到一些含义不清的关于他未来的预言，于是便请先祖卡洽圭达为其解惑，以便他对未来的不幸有所准备。卡洽圭达说，但丁将被流放，第一个落脚地是伦巴第地区的维罗纳城，在那里他将受到礼遇，但是他仍然会感觉到寄人篱下的辛酸。

但丁担心他谴责社会腐败的诗句会得罪人，使其在流放中无落脚之地；因为在如此堕落的时代，真理总会引起仇恨。然而，为了维护自己的荣誉，他决心如实地说出在地狱、炼狱和天国中的所见所闻。他的表现受到了先祖卡洽圭达的赞许。

但丁的困惑

古青年求证于克吕墨涅，
他所闻不利的那些传言，
使今父仍不愿轻顺儿愿 [1]；   3
那先前为我换位置圣灯 [2]，
与圣洁之女子 [3] 均已发现，
我心中产生了同样情感 [4]。   6
圣女便对我说："请快表达，
你心中如火焰强烈意愿，
使内心之渴望得到展现；   9
并非为我们能增长知识，

---

[1] "古青年"指希腊神话中的太阳神之子法厄同。法厄同听信传言，以为自己不是太阳神阿波罗的儿子，于是向母亲克吕墨涅询问真相。阿波罗为了证明自己是法厄同的生父，便同意他驾驶太阳车，致使法厄同惹下大祸，不幸身亡。法厄同的惨痛教训致使直至今日父亲们均不轻易顺从儿子们的意愿。

[2] 指卡洽圭达的闪光灵魂。前面的诗文中曾说，为了与但丁对话，卡洽圭达的灵魂从闪亮的十字架上滑落下来，改变了他原来的位置。

[3] 指陪同但丁的圣洁女子贝特丽奇之魂。

[4] 卡洽圭达和贝特丽奇发现，但丁心中产生了与法厄同同样的想要了解自己身世的情感。

而是为你习惯吐出欲念，

以便使他人能令你如愿 [1]。" 　　　　12

但丁询问自己未来的命运

于是我对先前言魂 [2] 说道：

"噢，至高点诸时间均为眼前，

亲爱根 [3]，那一点你已看见 [4]，　　　15

因而在事物未生成之时，

你已经对它们一目了然；

就好像尘世的心智知晓，　　　18

两钝角不能容三角里面 [5]；

我跟随维吉尔下入地狱，

随后又登上了疗魂高山 [6]，　　　21

我在那灵魂的两个世界，

闻关于我未来沉重预言；

虽然我自觉得坚强无比，　　　24

可承受时运的重击之剑，

但若知何时运靠近吾身，

我便会感觉到意足心满：　　　27

---

[1] 贝特丽奇和卡洽圭达都已经是天国的圣魂，不需但丁说明，他们就可以窥测到但丁的心思；因而此处贝特丽奇说，她请但丁提问并不是为了增长知识，而是为了使但丁习惯坦诚地提问，以便获得圣魂们的解答。

[2] 指先前说话的灵魂，即卡洽圭达的灵魂。

[3] 这是但丁对先祖卡洽圭达的热情称呼。

[4] "至高点"指上帝所在之处。这两行诗的意思为：在上帝那里，不分过去、现在和将来，所有时间都是眼前；亲爱的祖先啊，你已经看到了上帝所在之处，因而将来之事就展现你的眼前。

[5] 这就像尘世懂得几何学的智者不必见到实物便可以推理出一个三角形无法包容两个钝角一样。

[6] 指炼狱，它是一座能够治疗灵魂罪过之病的山。

有准备，敌箭便飞得较慢 [1]。"
我遵从圣洁女贝特丽奇，
坦白了心中的欲吐意愿。   30

卡洽圭达的预言

封闭于笑光 [2] 的慈父身影，
清晰且明确地回答我言，
并非用古老的含糊之词 [3]，   33
对愚蠢之民众实施欺骗，
那时候主羔羊 [4] 还没牺牲，
人之罪尚未赎，难以立站：   36
"偶然性属你们物质世界，
它不会超越出尘世界限，
却印在上帝的永恒心田 [5]；   39
主先知不意味它是必然，
就如同顺流下一只小船，
动力非来自于观者之眼 [6]。   42
永恒主投射出你的未来，
并将其映入到我的眼帘，

---

[1] 当我在地狱和炼狱的时候，听到一些对于我未来命运的预言，这些预言令我压力很大，尽管我自觉很坚强，可以承受时运的沉重打击，但是如果我能事先知道何时时运会来到我身边，就会更满意，因为能够预见未来，就不会觉得时运之敌的箭飞来得太快（即时运来得太突然）。

[2] 指包裹卡洽圭达灵魂的闪闪发亮的光。因为灵魂笑的时候会发出更强烈的光，所以此处称其为"笑光"。

[3] 并没有使用基督教诞生之前预言家们为了欺骗愚蠢的民众，而在预示未来时所使用的含义模糊不清的词语。

[4] "主羔羊"指基督耶稣。为了救赎人类，基督耶稣把自己作为了牺牲品。

[5] 偶然性只存在于尘世的物质世界，对你们凡人来讲，事物的产生和发展是偶然的；然而它们却明确地写在上帝的心中，上帝对它们了如指掌。

[6] 虽然上帝对偶然的事物一目了然，这并不意味偶然因此便成了必然，因为上帝并不随意干预，只是在一旁观察，任其自由发展；这就像顺流而下的小船，它的动力是水，而不是观看其顺流而下的眼睛。

似风琴和谐乐入我耳间 [1]。 45

你不得不离开佛罗伦萨，

如希波吕图斯告别雅典，

因残忍、奸诈的继母诬陷 [2]。 48

在整日出卖主基督之地 [3]，

对此事早有人预谋、盘算，

实施日距今天已经不远。 51

受害方却通常承担罪名，

但正义之惩罚必将出现，

它证明真理光永远灿烂。 54

你必将要付出沉重代价，

弃每件心爱物，痛碎心肝，

这便是流放弓射出首箭 [4]。 57

你将知上与下他人楼梯，

所走路有多么痛苦、辛酸，

别人馈入口时何等涩咸 [5]。 60

压在你肩上的最重之物，

是那群邪恶的愚蠢同伴，

---

[1] 天主之光映入我的眼中，投射出你的未来，就像我在教堂中听到的管风琴和谐的音乐一样。

[2] 希波吕图斯（Ippolito）是希腊神话中的人物，雅典王忒修斯之子，因受继母诬陷和迫害不得不离开雅典。此处，卡洽圭达预言但丁将受到迫害被流放，不得不离开自己的祖国佛罗伦萨。

[3] "整日出卖主基督之地"指罗马教廷。教廷本应是天主在人间的代表所居之地，在但丁的眼中却成了无时无刻不出卖天主的邪恶之地。

[4] 1302 年 1 月但丁被判处流放，然而他却认为教宗卜尼法斯八世早就在策划这件事，并在游历天国时（按照但丁的设想，他游历地狱、炼狱和天国的时间是 1300 年）借助卡洽圭达之口预言了这次流放。卡洽圭达的预言距但丁被流放之间仅相隔不到两年，因而此处说"对此事早有人预谋、盘算，实施日距今天已经不远"。这是对但丁的首次判罚，因而此处说"这便是流放弓射出首箭"。后来，由于但丁拒不认罪，也不交罚款，于 1302 年 3 月再次被判处永久流放。

[5] 你将尝受到寄人篱下的滋味是多么痛苦。

他们携你一同跌入深渊 [1]；	63
全都是反对你负义狂徒，	
不久后额角将被血污染，	
然而你却平安，未遇风险 [2]。	66
其行动将证实他们愚蠢，	
因而你独自行，自作判断，	
维护了你自己崇高尊严。	69
你首个避难的寄居之处，	
是伟大伦巴第慷慨宫殿，	
其徽章梯子绘圣鸟图案 [3]；	72
主 [4] 对你表现得彬彬有礼，	
你有求，他必应，从不怠慢，	
对他人给比求总是更缓 [5]。	75
在那里你将见不凡之人，	
受此星 [6] 之影响他降人间，	
致使他伟战绩令人赞叹 [7]。	78
尘世人还没有将他关注，	
因为他年纪小，尚属少年，	

[1] 和你一同流放的白派领袖是群愚蠢的家伙，成为你的沉重包袱，他们将裹挟着你一同跌入痛苦的深渊。

[2] 那些人不听从你的意见，于 1304 年以后多次发起武力返回佛罗伦萨的疯狂行动，结果碰得头破血流；你没有参加，所以躲过了风险。

[3] 指维罗纳城主斯卡拉家族的宫殿。维罗纳城位于意大利东北部，当时属于伦巴第地区。斯卡拉家族徽章的图案是一只雄鹰站立在一架梯子的顶端。在意大利语中，斯卡拉（Scala）一词意为梯子。

[4] 指维罗纳城主。

[5] 维罗纳城主对你总是彬彬有礼的，对其他人的请求，他回应得总比较慢，但对你却有求必应，及时满足。

[6] 指但丁此时所在的火星。

[7] 在维罗纳你将见到一位伟大的军事人才，他受将星（火星，火星一词与罗马神话中战神的名字相同）影响，降生于尘世，将创建令人赞叹的丰功伟绩。这位军事人才指的是斯卡拉家族的坎格兰德（Cangrande），他英勇善战，慷慨大度，是一位颇受人们赞颂的历史人物。

诸天体仅九年围他旋转 [1]；　　　　　　81

大亨利 [2] 受骗于加斯科涅 [3]，

此之前其德花已有表现：

从不辞艰辛也不爱银钱 [4]。　　　　　　84

他英勇与大度众人皆知，

连敌人也不能缄口不言，

都不得不将他讴歌、颂赞。　　　　　　87

仰望他，你盼其赐予恩惠；

由于他许多人发生改变，

富人与乞讨者地位转换；　　　　　　90

你将此记心中，切勿明言。"

他随后又说出许多奇事，

亲临者闻听后相信也难。　　　　　　93

他又道："孩子呀，这些话语，

诠释了你所闻含糊之言 [5]；

数年后将解开这些谜团 [6]。　　　　　　96

不希望你嫉恨同城邻居，

因他们之无耻将受惩办，

而你的寿命将延续多年 [7]。"　　　　　　99

但丁深感自己责任重大

那神圣之灵魂缄口不言，

---

[1] 此时，这位将星还未引起人们的关注，因为他尚年幼，降临人间才九年。

[2] "大亨利"指日耳曼神圣罗马帝国皇帝亨利七世（Arrigo Ⅶ）。

[3] "加斯科涅"指法兰西加斯科涅人教宗克雷芒五世（Clemente Ⅴ）。教宗克雷芒五世曾引诱亨利七世南下意大利，后又挑动意大利城邦武力对抗他。

[4] 在克雷芒五世诱骗亨利七世南下意大利之前，坎格兰德已经显示出将才的风范，他在战场上不辞辛苦，对待他人慷慨大度，从不吝惜银钱。

[5] 我现在说的这些话诠释了你先前在地狱、炼狱中所听到的一些含义不清的预言。

[6] 数年之后这些预言都将成为现实，你的疑团也就彻底被解开了。

[7] 我不希望你嫉恨迫害你的佛罗伦萨同乡，因为在他们无耻的倒行逆施受到惩罚之后，你还会活许多年。

显示出无须把纺织纬线，

再穿入我所展经线之间 [1]；　　　　　　　102

我如同一满腹疑虑之人，

为求教明见者开口吐言，

但愿他有爱心、以诚相见：　　　　　　　105

"先祖啊，我感到时间催人，

为给我重打击威逼向前，

越放任越觉得重物压肩；　　　　　　　108

因而我应具有先见之明，

若被迫离弃我可爱家园，

不因诗再丧失其他地面 [2]。　　　　　　111

我下入无穷苦地下世界 [3]，

又翻过那赎罪巍峨高山 [4]，

从山巅圣女眼引我升起，　　　　　　　114

再穿过一重重辉煌之天，

我知晓一些事，难以重提，

若复述令人觉辛辣苦酸 [5]；　　　　　　117

假如我做真理胆怯之友，

恐在称今日为古代人间，

不能够再生存，名声难传 [6]。"　　　　　120

---

[1] 卡洽圭达不再说话，他并没有回答但丁提出的所有问题，却认为这已经足够了。

[2] 但丁担心自己的诗会得罪人，被流放时没有落脚之地。

[3] 指地狱。

[4] 指炼狱。

[5] 在游历地狱、炼狱和天国的途中，我了解了一些事情，却很难重新讲述出来；因为重新讲述那些事情会令人非常痛苦。

[6] "恐在称今日为古代人间"的意思为"恐怕在后人中间"，因为后人称今日为古代。如果我今天谨小慎微，在真理面前唯唯诺诺，不敢吐言，恐怕我就不可能再活在后人的心中，名声也不会在后人中流传。

但丁与卡洽圭达交谈

鼓励但丁讲述真情

曾经在我面前微笑珍宝 [1],

放射出闪闪的明亮光线,

就好像日光射黄金镜面 [2];　　123

他答道:"因己或他人之过,

人自然会感到羞愧、不安,

也会觉你的话刺痛心肝 [3]。　　126

然而你仍然要摒弃谎言,

展示出你全部亲眼所见,

让他们自己挠身上疥癣 [4]。　　129

你的话初尝时十分苦涩,

聆听者消化后受益匪浅,

获滋养之身体便会康健 [5]。　　132

你发出之怒吼如同狂飙,

山巅处会受到最强震撼 [6],

这可是荣耀的重要根源 [7]。　　135

因而在这重重旋转之天 [8]、

---

[1] 指但丁祖先卡洽圭达灵魂所在的光团。每当灵魂微笑,就会发出耀眼的光辉,因而此处称其为"微笑珍宝"。

[2] 听到但丁的话,卡洽圭达十分高兴,因而他的光团像黄金镜面一样反射出耀眼的光辉。

[3] 人的灵魂总是会因为自己或亲友的过错而感到羞愧、不安,你的这一席话也自然会刺痛他们的心肝。

[4] 无论如何你都不能说谎,而应该把你的所见所闻如实地讲述出来;若听者自觉不快,就让他们自己挠身上的疥癣吧!

[5] 初听你的话会感觉刺耳,但聆听者若能够理解其意便将受益匪浅,就会从中获得精神食粮以滋养自己。

[6] "山巅处"指站在尘世最高处的人,即尘世的大人物。你的话令人震撼,尤其是对那些尘世的大人物而言。

[7] 敢于直言不讳地讲出真话,这是人获得荣耀的重要原因。

[8] 指天国。

高山上 [1] 与痛苦幽谷深渊 [2]，

名人魂总出现你的眼前 [3]；　　　　　　　　　138

如事例之根源隐晦不明，

相关者不知名、出身卑贱，

无人晓，更没有可靠证据，　　　　　　　　　141

听述者深信便十分困难 [4]。"

---

[1] 指炼狱山上。

[2] 指地狱深渊。

[3] 在天国、炼狱和地狱你见到的总是一些著名人物的灵魂，因为他们的例子最有说服力。

[4] 如果引用无名的普通人或地位卑贱者的例子，他们的事很少有人知道，更无法考证其真实性，那么听讲述之人就很难深信不疑。

第18章

但丁回想卡洽圭达的话，面对自己将被流放的命运有些惆怅，试图用快乐冲淡苦闷；他转向贝特丽奇，望着圣女的眼睛，心中获得了安慰。卡洽圭达向但丁介绍了为信仰而战的著名英雄的灵魂。当但丁再次望向贝特丽奇时，发现自己已经升上木星天。在木星天，但丁看见飞舞的光魂组成文字，随后又组成象征帝国的雄鹰图案。目睹此圣景，但丁严厉地谴责堕落的教廷和教宗。

贝特丽奇安慰但丁

真福镜 [1] 已陷入沉思之中，
我也把己思想体味一番，
试图用甜滋味冲淡苦酸 [2]；　　　　　　3
引我见上帝的女子 [3] 说道：
"纠错者 [4] 可令其不再压肩，
你想想，我们在他的身边 [5]。"　　　　　6
我朝向安慰我慈爱之音 [6]，
看见了丽眼中 [7] 那份爱怜，
此处我不书写，描述太难 [8]；　　　　　9
不只因不自信表达能力，

---

[1] 指卡洽圭达的灵魂。卡洽圭达已经是在天国中享受真福的灵魂，它就像一面反射上帝光辉的镜子，因而此处称其为"真福镜"。

[2] 此时，卡洽圭达停止说话，陷入沉思，但丁也反思自己的想法，试图多想一些快乐的事，以冲淡头脑中的痛苦。

[3] 指引导但丁游历天国的贝特丽奇。

[4] 指上帝，他可以纠正人的任何错误。

[5] 上帝是可以纠正任何错误的，你想想啊，我们现在就在他的身边，他会帮助你卸下肩上的沉重包袱。

[6] 朝向贝特丽奇。

[7] 指贝特丽奇的眼睛。

[8] 我转向贝特丽奇说话的方向，看到她明亮的眼睛中含有对我的爱怜；现在我就不描写那双美丽的眼睛和那种爱怜的神情了，因为太神奇了，太难描写了。

若无神引记忆行进向前，

它实难再回到曾行路线[1]。　　　　　　12

我此时只能说那刻体验：

凝视她我心生爱的情感，

那情感摆脱了任何俗念；　　　　　　15

永恒的欢乐光[2]照射圣女，

从美眸折射入我的眼帘，

反射光致使我神怡、心安[3]。　　　　18

她用其微笑光将我征服，

开言道："转过身，继续听言，

因天国非只在吾眼里面[4]。"　　　　　21

为信仰而战的灵魂

在尘世若情感过于强烈，

控制了一个人全部心田，

有时候它就会溢露外面；　　　　　　24

此时刻亦如此，圣火喷焰，

我转身望着他，心中明辨，

看出他仍有话要对我言[5]。　　　　　27

他说道："此树命以上为源[6]，

---

[1] "它（记忆）实难再回到曾行路线"的意思为无法记住所见到的事物。但丁说，他不仅对自己的描写能力不信任，而且认为如果没有神力的指引，他难以记住贝特丽奇眼睛的样子；因为神奇事物炫人眼目，见到它时，大脑会出现空白，从而丧失记忆。

[2] 指上帝之光。

[3] 上帝的光辉直射入贝特丽奇的丽眼之中，又从贝特丽奇的丽眼反射到但丁的眼中，致使但丁感觉心旷神怡。

[4] 你快转过身继续听他（卡洽圭达）说话，不要只盯着我的眼睛，天国可不只是在我的眼中。

[5] 就像在尘世，如果一个人的情感过于强烈，不经意就会表露出来；此时，卡洽圭达很兴奋，包裹他的圣火喷出更旺的火焰，看得出他还有话要对我说。

[6] "此树"指天国。别的树都是从下向上长的，而天国这棵树的生命却发源于上方，即从上向下长，其生命的根源是位于天国最高处的上帝。

常结果，却从来不落叶片；

在它的第五层枝条之中 [1]，　　　　　　　30

有福者之灵魂千千万万，

他们升天国前声名显赫，

缪斯神都因其变得丰满 [2]。　　　　　　　33

请你看十字架四臂之上，

我点名之灵魂动如闪电，

就好像密云中行火一般 [3]。"　　　　　　36

他一点约书亚 [4] 响亮名字，

我便见十字上一光移蹿；

真不知音与行哪个在先 [5]。　　　　　　　39

又闻呼玛加伯兄弟长者 [6]，

我见到另一光滚动向前，

似皮鞭抽打的陀螺一般。　　　　　　　　42

再闻听罗兰 [7] 与查理大帝 [8]，

我转动似飞鹰一双锐眼，

向二人投过去瞩目视线。　　　　　　　　45

---

[1] 指在第五重天中。

[2] 他们在尘世时都声名显赫，成为诗人们歌颂的对象，丰富了诗歌的创作，从而使希腊神话中掌管诗乐的女神缪斯的形象变得更加丰满。

[3] 当我点到十字架上某个光魂的名字时，你就可以看到他飞速地移动，就像闪电在乌云中蹿动一样。

[4] 约书亚是《旧约》中的人物，他继摩西之后成为希伯来人的领袖，在他的领导下，希伯来人在许多战争中获得辉煌的胜利，最后占领了以色列地区。

[5] 他蹿动的速度极快，真不知道卡洽圭达点他名字的声音和他蹿动的动作哪一个先发生。

[6] 指玛加伯（Maccabeo，另译：马卡比）五兄弟的长兄犹大（Giuda）。据《旧约·玛加伯传》讲，他曾经率领希伯来人推翻叙利亚王安条克的残暴统治。

[7] 卡洛琳系列骑士文学中最勇猛的基督教骑士，查理曼十二近卫士之一，中世纪有许多关于他的传奇。

[8] 创建神圣罗马帝国的皇帝，被称作查理大帝，又称查理曼。

随后是威廉爷 [1]、里纳尔多 [2]、

戈弗雷公爵 [3] 爷入我眼帘，

罗伯特 [4] 亦蹿行十字上面。　　48

随后那说话魂 [5] 离我而去，

又混入其他的光魂中间，

把杰出天歌手形象展现 [6]。　　51

进入木星天

我转身朝向了右手一边，

看圣女 [7] 用话语或者无言，

示意我应该有何种表现；　　54

我见她那双眼清澈无比，

且闪耀喜悦光，美丽非凡，

胜他人和方才己容之灿 [8]。　　57

正像是越行善越觉快乐，

人便会一点点自己发现，

每一天其美德不断增添；　　60

我此时看到了更美奇迹，

便察觉伴我转周围之天，

---

[1] 指中世纪骑士传奇中的奥朗日公爵威廉（Guiglielmo），他是查理曼的主要谋士和骑士之一，曾立下赫赫战功。

[2] 里纳尔多（Renoardo，另译：里纳多）是威廉的战友，基督教最勇猛的骑士之一，查理曼十二近卫士之一。

[3] 指布永的戈弗雷公爵（Gottifredi de Bouillon）。他是第一次十字军东征的统帅，为攻克和保卫耶路撒冷建立了卓越功勋。

[4] 指罗伯特·圭斯卡多（Ruberto Guiscardo）。他率领诺曼人在意大利南部登陆，击败拜占庭人，占领普利亚和卡拉布里亚地区；后来诺曼人又驱逐穆斯林，占领西西里。

[5] 指卡洽圭达的灵魂。

[6] 又开始引吭高歌，展现出他天国歌手的光辉形象。

[7] 指贝特丽奇。

[8] 但丁见到贝特丽奇容光焕发，比其他灵魂和她自己刚才的形象更加光彩照人。

也向外把它的范围扩展 [1]。 63

常可见因害羞女子红脸，

羞怯去，色褪却，转换容颜，

呈现出白皙面只在瞬间； 66

我处境也转瞬发生变化，

一回身六温和星光入眼 [2]，

它已经将我体纳入其间 [3]。 69

光魂在空中排列成文字形队列

我看见木星的光亮之中，

有大爱 [4] 灿烂辉闪闪如焰，

把吾文之字母书入我眼 [5]。 72

就好像群鸟从河岸飞起，

在欢庆获美食、止渴水面，

或围圆，或排成其他队形， 75

光团中诸圣魂也似这般，

他们都一边飞一边歌唱，

D、I、L 之形状不断变换 [6]。 78

歌唱着，他们按节拍飞翔，

随后便组字形，停浮空间，

停浮时，歌声止，沉寂无言 [7]。 81

---

[1] 如果人越行善就越觉得高兴，他便会慢慢地发现自己的美德每天都在增长；此时但丁看见周围旋转的天奇迹般地向外扩展了。

[2] 我一回身，第六重星天的温和光映入了我眼帘。

[3] 我已经身在第六重天里面了。

[4] 指上帝之爱。

[5] 在木星的光亮中，上帝之爱书写出的拉丁语字母映入了但丁的眼帘。

[6] 此处，D、I、L 泛指各种字母。那些放光的灵魂一边飞舞一边歌唱，不断变换队形，排成各种字母形状；就像一群水鸟儿，在水中获得食物后，高兴得腾空飞起，在水面的上方盘旋，围成圆形，或排其他队形。

[7] 灵魂们唱着歌，并按照歌声的节拍飞舞；他们组成文字后，暂停飞舞和歌唱，静静地飘浮在空中。

天国的第六重天，木星天

第 18 章

噢，珀伽索神泉 [1] 呀，你使天才，

获荣耀与永生，如神一般，

借你力他们使城、国璀璨 [2]；　　　　　　84

赐灵感，令我述亲眼所见，

把魂组之形象准确展现；

愿你的神能在拙诗彰显 [3]！　　　　　　87

似人吐元、辅音三十五次，

我一一记录下，如刻脑间，

下列词清晰入我的眼帘 [4]：　　　　　　90

"你们爱正义吧"首先可见，

这些词书写在字列前面，

后面是"世间的执法官员" [5]。　　　　　　93

随后至第五词 emme 字母 [6]，

词组完，光停卜，不再向前，

使木星就好像银镶金般 [7]。　　　　　　96

---

[1] 珀伽索（Pegasea，另译：珀伽索斯）是希腊神话中一匹生有双翼的飞马。据希腊神话讲，珀伽索飞至缪斯居住的帕那索斯（Parnaso）圣山，在那里踏出了著名的希波克瑞涅灵泉（Hipocrene），该泉水能够赐予诗人灵感。

[2] 借助灵泉所赐的灵感，诗人们为自己的城市或国家争光，使其放射出灿烂的光辉。

[3] 神泉呀，请你赐给我灵感，令我能够如实地展现我亲眼所见的景况，准确地描写出灵魂组成的各种队形；但愿我笨拙的诗句能够彰显你的神能！

[4] 那些光魂一个接一个地写下了三十五个字母，就像一个接一个地吐出三十五个元音和辅音，我将这些字母牢牢地记在脑子里，于是眼前便清晰地出现了下面的词语。

[5] 在但丁眼前出现的文字是："你们爱正义吧，世间的执法官员！"这句话源自《旧约·智慧篇》。

[6] 光魂排列出"你们爱正义吧，世间的执法官员！"，这句话由五个打丁语词组成，最后一个词是 TERRAM，尾字母 M 在意大利语中被称作 emme。

[7] 当光魂组完第五个词的最后一个字母时，便停下来，此时的木星看上去就像是一块银质圆盘上镶嵌着黄金文字，因为组成文字的光魂呈现出金黄色，比木星背景更显得明亮。

光魂组成雄鹰图形

我看见其他光陆续降下，

高歌着停落在 emme 顶端，

似歌唱引他们至此大善 [1]。　　　　　　　　99

随后见从 emme 字母顶端，

重升起千余朵高低光团，

就好像猛击打燃烧木头，　　　　　　　　102

迸发出小火星千千万万，

（愚人们常觉得吉兆出现）[2]，

其高低全都由日火决断 [3]；　　　　　　　105

当光团都静入其位之后，

一雄鹰首与颈映入眼帘，

背景上那鹰头闪亮如焰 [4]。　　　　　　　108

绘图者从不受他人引导，

然而却引他人行进向前，

他是那筑巢能形成根源 [5]。　　　　　　　111

其他魂 [6] 也开始愉快变化，

从 emme 变百合，心喜情欢，

---

[1] 此时但丁见到其他没有组成文字的光魂陆续地降落在 M 字母的最高处，他觉得这些光魂在歌唱引导他们到达那里的上帝至善。

[2] 那些飞舞的光魂就像猛力击打燃烧的木头所溅起的千千万万个火星，迷信的蠢人常以为这些火星是吉兆，溅起的火星越多，吉利之事也就越多。

[3] 此处"日"指上帝。随后又见那些光魂飞上天空，它们就像击打燃烧的木头飞溅出来的火星，有的飞得高，有的飞得低，这是由上帝这团火的燃烧方式所决定和安排的；上帝用大爱点燃了这些光魂，致使他们错落有致，形成图形。

[4] 当一团团光魂都各就各位安静下来之后，但丁眼前出现了一幅鹰头的图形；在木星天的背景下那鹰头闪闪发光，就如同火焰一般。

[5] "绘图者"指上帝。"筑巢能"指大自然生殖万物的能力。上帝绘图时从来不接受别人的指导，而他却要指导别人如何行动；大自然生殖万物的能力来源于他。

[6] 指先前组成 M 形的光魂。

又略动形成了鹰身图案 [1]。 　　　　　　　　　114

祈祷上帝和"天军"，谴责堕落的教宗和教廷

噢，温馨星 [2]，多少颗美丽宝石 [3]，

向吾示人间的正义之源，

它便是你所饰此重高天 [4]!　　　　　117

你之动、你之能始于圣心 [5]，

因而我要向他 [6] 祈祷一番：

求关注遮你 [7] 光冒烟地点 [8]；　　　120

使他能再次为圣庙买卖 [9]，

在胸中燃烧起熊熊烈焰，

那可是殉难者、奇迹神殿 [10]。　　　123

噢，天军 [11] 呀，我仰慕你的威严，

为尘世迷途者快快乞怜!

---

[1] 组成 M 图形的灵魂先变化成百合形状，随后略微移动，组成了鹰身图形。百合是
　　法兰西王室徽章上的图形，雄鹰是日耳曼神圣罗马帝国徽章上的图形；M 变成百合
　　形状隐喻法兰西王室将暂时控制统治欧洲的权力，但丁认为，很快权力便会回归帝
　　国，因而百合又变成了象征帝国的雄鹰。

[2] 指但丁此时所在的木星，它象征正义，正义君王的灵魂在那里放射出灿烂的光辉。

[3] 指闪闪发光的圣洁灵魂。

[4] 许许多多美丽的光魂，通过《圣经》引文和雄鹰的形象，向我们表示帝国所代表的
　　人间正义源自木星天。

[5] "圣心"指上帝的思想。木星的运动和能量都源自上帝的思想。

[6] 指上帝。

[7] 指木星。

[8] 因而，我要祈祷上帝，请求他关注遮住你光辉的乌烟瘴气的地方（指腐败的罗马
　　教廷）。

[9]《新约·马太福音》第 21 章讲，耶稣进入耶路撒冷，看见圣殿中的祭司把祭祀活动
　　当作买卖，前来祭神的人在殿外买的便宜祭品不让使用，人们只能购买殿内高价出
　　售的祭品；祭司们利欲熏心，从祭品买卖中赚取高额利润，把圣殿变成了集市。耶
　　稣大怒，将兑换银钱之人的桌子掀翻，用鞭子把伪祭司赶出圣殿。

[10] 基督教的圣殿可是基督用其奇迹、殉难者用其鲜血建立起来的呀! 此处，但丁用这
　　段《圣经》故事影射罗马教廷的腐败行为。

[11] 指生活在天国中的诸圣洁灵魂。

他们随恶榜样 [1] 踏错路面。　　126

人们曾习惯用刀剑作战，

如今却夺人享面包之权，

圣父则对食粮从无拘限 [2]。　　129

教宗啊，你写诏为了撕毁 [3]，

毁彼得与保罗献身果园，

你想想他二人若活世间 [4]。　　132

你当然可以说："我信那人，

他愿意一个人独处荒原，

为舞蹈他殉道，头被砍断 [5]，　　135

并不识渔夫和保罗之面 [6]。"

---

[1] 指腐败的教廷和教宗。

[2] 这几句诗严厉谴责了当时教宗时常实施的"绝罚"制裁。"绝罚"是教会对信徒的
一种极其严厉的制裁，它不允许受此惩罚的信徒参加圣礼，剥夺其作为教会成员的
权利；在一定意义上等于开除受罚教徒的教籍。诗中说：过去人们时常用枪剑征讨
反对自己的人，而现在教宗却时常用"绝罚"剥夺与自己意见不同的信徒的精神食
粮；上帝则从来不限制信徒食用精神食粮。

[3] 指责教宗朝令夕改，毫无信誉。有评论家认为，此指责针对教宗约翰二十二世，他
时常轻易发出绝罚诏令，如果受绝罚者向他交付巨额钱财，他便会撤销绝罚令。

[4] 教宗啊，你在毁坏圣彼得和圣保罗为之献身的教会（果园），你应该想一想，如果二
位圣人仍活在尘世会怎样对待你的邪恶行为。

[5] "我信那人"指施洗约翰。据《新约·马太福音》第14章讲，施洗约翰喜欢孤身一
人生活于荒原，过极其简朴的生活；后来希律国王将其杀害，把头割下送给了残忍
的舞女莎乐美。

[6] "渔夫"指圣彼得，他在追随耶稣传教之前是渔夫。这几句意为：可能你会说，我只
信奉施洗约翰，并不认识圣彼得和圣保罗。

第 19 章

　　木星天的空中展现出一个光彩、艳丽的雄鹰形象，它由无数个飞舞的光魂组成，每一个光魂都像阳光下闪闪发光的红宝石，他们口中高唱赞歌。见到这种景况，激动的但丁请"雄鹰"为他解答疑问。不等但丁说明，"雄鹰"早已知道他想要问什么，于是便向但丁讲解了上帝如何实施正义；并指出，当最后审判之日到来时，邪恶的伪教徒将比异教徒更加悲惨。最后但丁痛斥了各国贪婪、凶残的暴君。

光魂组成的鹰

诸灵魂展双翼飞聚一起，
愉快将美形象呈我面前，
他们均沉浸于温情享乐， 　　　　　　　　　3
一个个都好似红宝石般，
将太阳之光线折射吾目，
就如同燃烧着熊熊烈焰。 　　　　　　　　　6
我此刻所需要描绘景况，
从未见人书写，亦未闻言，
想象也从没有包容其间 [1]； 　　　　　　　9
我见到亦闻听鹰嘴吐言，
"我的"与"我"之音响吾耳边，
"我们"和"我们的"含义明显 [2]。 　　　　　12
它 [3] 说道："由于我公正、慈悲，
被提升如此高，荣光灿烂，
不会再屈从于尘世欲念 [4]。 　　　　　　　15

---

[1] 我此刻将要描写的景况从来就没有人讲述或记录过，也未曾有人想象过。

[2] 我竟然看到和听到光魂组成的鹰的形象开口吐言，它好像用第一人称单数"我"和"我的"在说话，但表示的意思却明显是"我们"和"我们的"。

[3] 指光魂组成的雄鹰形象。

[4] 由于我公正、慈悲，被上帝提升到天国，我的心不会再被尘世的欲念征服。

天国的鹰

我善举之记忆留在人间，

连尘世恶人都对其盛赞，

然而却不效仿我之典范 [1]。"　　　　　　　　18

如诸多火炭旁只觉一热，

在那群组鹰的爱魂里面，

也只有一种音传扬空间 [2]。　　　　　　　21

但丁的疑问

我说道："噢，永恒乐不谢之花 [3]，

你们的芳香气对我而言，

全都已合成了一种气味，　　　　　　　24

请你们解除我断食之难，

它致使我长期忍受饥渴，

因难寻食物于尘世人间 [4]。　　　　　　　27

我知道神正义晃晃明鉴，

设立在另一重王者之天，

然而在此天中亦可看见 [5]。　　　　　　　30

你们知我怎样洗耳恭听，

也晓我何疑问重压心田 [6]，

它纠缠我灵魂已经多年。"　　　　　　　33

---

[1] 世人仍然记着我的善举，连那些邪恶之人都不得不赞美我，然而他们却不以我为榜样。

[2] 虽然点燃了许多木炭，人们却只感觉到一种热；光魂组成的雄鹰形象也是这样，它虽然由千千万万个光魂组成，却只发出一个声音。

[3] "永恒乐"指天国之乐。这里"永恒乐不谢之花"比喻在天国享受永福的灵魂。

[4] "永恒乐不谢之花"呀，我觉得你们已经合成了一体，共同散发出一种芳香之气；请你们用这种芳香来解除我的疑问、满足我的求知欲望吧！这些疑问长期折磨着我，因为我在尘世找不到合理的解释。

[5] 我知道，上帝的正义之鉴设立在更高处的净火天，但明鉴把上帝的正义光辉直接投射在你们这一重天，因而你们也能够清晰地看见它。

[6] 你们是天上的圣魂，洞察一切，不用我说，就已经明察我正洗耳恭听，并知道我心中有何疑问。

猎鹰若摘头上遮目眼罩，

便抖动双羽翼，摇头晃面，

欲飞翔，表现得神气活现， 36

我见那鹰徽也如此这般；

该图由赞神恩光魂组成，

赞歌词之含义福者明辨[1]。 39

上帝的正义

鹰又道："那位转圆规之人，

画出了尘世的外沿界线，

在其中置许多明暗之物， 42

他不会把能力全置其间，

使自己不再有绝对优势，

对所造之世界没有胜算[2]。 45

狂妄的首傲者高于万物[3]，

不愿等神恩光，未熟落渊，

其结局早已经证明这点[4]； 48

所有的低于他次等造物，

承载主之大善容量有限，

---

[1] 当摘下猎鹰遮目的头罩时，展翅欲飞的猎鹰就会摇头晃脑，抖动羽翼，神气十足；我看那雄鹰形象也是这样。雄鹰形象是由高唱赞美上帝之歌的光魂组成，赞美歌歌词的含义只有天国永福者的灵魂才能理解，我们凡人是无法懂的。

[2] "那位转圆规之人"指上帝。雄鹰形象又说：上帝转动圆规，圈定了尘世的界限，并把许许多多人们看得清和看不清的事物置于其间；上帝创造世界时，并没有赐予世界无限的能力，神意仍然有控制宇宙万物的力量。

[3] "狂妄的首傲者"指地狱魔王路西法，他是造物中最大的傲慢者。据说，路西法原本是天国中最伟大的天使，但由于傲慢，拒绝臣服于上帝，并煽动约三分之一的天使造反。愤怒的上帝击败叛军，把路西法打入地狱。

[4] 路西法曾经比任何其他造物都伟大，然而他太傲慢，没有耐心等待上帝赐予光辉，而要自己夺取光辉，结果早早地跌入了地狱深渊。这一事件证明了上帝是能够控制宇宙局面的。

主只能自量自，其大无边 [1]。   51

神智将其光线射入万物，

仅仅有一点点映入人眼，

因而说你们的视野有限 [2]；   54

本性定人难以如此强大，

可远远超越他视野局限，

能识辨其根源真实容颜 [3]。   57

用世人接受的视觉能力，

去窥测永恒的正义深浅，

就如同用肉眼探测大海，   60

可见到其水底，因站岸边，

远海虽不见底，它却存在，

只因为水太深，遮其容颜 [4]。   63

光来自永无霾晴朗天空，

否则便不是光，而是昏暗，

或者是肉之影、毒酒一碗 [5]。   66

对神的正义你屡提疑问，

它曾经遮面于你的眼前，

---

[1] 所有的造物都低于跌入地狱之前的路西法，他们承载天主所赐大善的能力是有限的；然而，主本身的能力巨大无边，任何人都无法将其衡量，只有主自己能够衡量。

[2] 上帝把自己的智慧之光射入万物之中，你们人类仅仅获得了其中的一点点，因而说你们的视野是十分有限的。

[3] 人类的视觉能力天生就很有限，不会十分强大，它只能认清它视野之内的事物，无法辨别视野之外的事物；因而，它难以认清上帝的真实目面。此处，"其根源"指上帝，因为是上帝创造了人。

[4] 用世人从上帝那儿接受的有限的视觉能力去窥测永恒真理的深浅，就等同于用肉眼探测大海的深度：当你站在岸边时，能看见海底，因为水很浅；但是，到了远海，海底虽然仍然在海水之下，你却无法看见，那是因为海水太深，遮住了海底。

[5] 天国的天空绝对清澈，没有丝毫雾霾，因而从天国明鉴投射来的上帝正义之光直达木星天；如果换成人间的环境，不存在绝对的晴朗天空，此时，光就不再是纯正的光，而是昏暗的光，或者是人肉体投射的阴影，即人的感觉器官所获得的错误感觉。那可是毒害人灵魂的一碗毒酒啊。

现在已敞开了密室门扇 [1]；　　　　　69

你曾说：'一人生印度河畔，

无人把基督音传至那边，

也无人将其理宣之于言；　　　　　72

若依据人类的理性所见，

其愿望与行为都很良善，

生活中无恶语、罪过表现。　　　　　75

但死前未受洗，没有信仰：

无信仰岂可算罪恶压肩？

若受罚，又怎把正义体现 [2]？'　　　78

咦，你是谁？竟想坐法官之位，

远隔着万里路就做判断，

视力却只能看一拃之远 [3]。　　　　81

若没有神学书作为指导，

谁与我对此事细细论辩，

必生疑，并发出声声惊叹 [4]。　　　84

噢，尘世的众生啊，愚钝之心！

首意志 [5] 它本身便很良善，

绝不会偏离开至善半点 [6]。　　　　87

凡与它符合者便是正义，

---

[1] 你曾经屡次对神的正义提出疑问，因为那时神的正义对你遮挡了它的面孔，致使你无法看清它的容颜；现在不同了，神的正义已经向你敞开了它的密室。

[2] 你曾经说过：一个人出生在印度河畔，基督之音从来没有传播到那里，也从来没有人去那里讲解过基督教的道理；按照一般的伦理道德观念，这个人的愿望和行为都是善良的，他从来没有恶语伤人，更没有做过坏事；然而，因为死之前他没有受洗成为基督徒，就被说成是无信仰之人。难道说无信仰的人就有罪吗？如果这样的好人受罚，又怎么体现正义呢？

[3] 雄鹰形象问但丁：你是谁呀？竟然想做神的法官！短浅的视力只能看一拃之远，却要判断万里之外的事情。

[4] 雄鹰形象指责但丁说：如果不以《圣经》和神学著作为依据，只以一般的伦理道德为基础，无论谁与我细细论辩这件事情，心中都会产生疑问，甚至发出惊叹。

[5] 指上帝的意志。

[6] 上帝的意志本身就是善的，它与上帝的至善是一体的，绝不会有任何偏离。

造物善并不引它 [1] 于身边，

是它照造物才引发良善 [2]。"　　　　　　　90

如同鹳喂完了自己孩子，

在鸟巢之上方不断盘旋，

吃饱的雏鸟也仰首望母，　　　　　　　93

此时我亦如此举目望天，

见福鹰之形象抖动双翼，

众意愿 [3] 推动它飞行向前 [4]。　　　　96

边盘旋，边歌唱，口中说道：

"若我歌含义你心智不辨，

世人解神正义同样困难 [5]。"　　　　　99

伪教徒比异教徒更加悲惨

随后那圣洁的闪光魂火，

停歌唱，止盘旋，形象不变，

鹰曾令罗马人威震世间 [6]；　　　　　102

它 [7] 又道："不信仰基督耶稣，

便不能升入这天国空间，

无论钉木架后还是之前 [8]。　　　　　105

---

[1] 指上帝的首意志。

[2] 凡是符合上帝意志的便会体现正义，即体现善；作为造物的善是在上帝的首意志的光辉照耀下产生的，而不是善把上帝的首意志吸引到了它的身边。

[3] 指组成雄鹰形象的众光魂的意愿。

[4] 雌鹳喂完雏鸟便会望着鸟巢在空中盘旋，巢中的雏鸟则仰首望着母亲；我此时也像雏鸟一样，仰望空中雄鹰形象；那只由享天福的光魂组成的雄鹰形象抖动双翼，在众光魂意愿的推动下飞向前方。

[5] 如果你听不懂我所唱的歌词，那么世人也同样难以理解神的正义。

[6] 随后，圣洁的光魂停止盘旋和歌唱，但仍然保持鹰的形象。鹰是罗马帝国的徽章，它曾经令古罗马人威震全世界。

[7] 指鹰的形象。

[8] 鹰的形象说，无论在基督耶稣被钉在十字架之前还是之后，只要不信仰基督耶稣，就无法进入天国。

你可见许多人高喊'基督',

最后的大审判到来那天,

他们比不识者距其更远 [1]；　　　　　108

那时候众人受主的审判,

永富者、永贫者一分两边,

异教徒对后者亦会责难 [2]。　　　　　111

波斯人 [3] 若见那敞开账簿,

记载着你们王劣迹斑斑,

他们又会吐出何等语言 [4]?　　　　　114

邪恶的基督教君主

可见到邪恶的阿尔贝托,

很快便有人书其恶一件,

它致使布拉格变成荒原 [5]。　　　　　117

可见到被野猪拱死之人,

曾怎样制假币、伪造银钱,

又怎样把塞纳引入苦难 [6]。　　　　　120

---

[1] "不识者"指不识基督者,即未皈依基督教者。你可以看到,许多人都高喊信仰基督(高喊"基督"),可是,到了最后审判那天,他们比未皈依基督教的人距离基督还要远。

[2] 最后审判的时候,所有人都会受到天主的审判,好人升入天国,成为精神上"永远富足的人",恶人坠入地狱,成为精神上"永远贫穷的人";到那时,连异教徒的灵魂都会耻笑和指责那些被打入地狱的假基督徒的罪恶灵魂。

[3] 此处,"波斯人"与上面所说的"异教徒"同义。

[4] 如果异教徒在已经公开了的罪恶账簿上看到你们那些君王的斑斑劣迹,他们会说些什么呢?

[5] 阿尔贝托指出身于哈布斯堡家族的日耳曼神圣罗马帝国皇帝阿尔贝托(Alberto d'Asburgo,1248—1304)。他于1304年入侵波西米亚王国,战火使该王国首都布拉格变成一片废墟,此侵略行为受到人们的严厉谴责。

[6] "被野猪拱死之人"指绰号为"美男子"的法兰西国王腓力四世(Filippo Ⅳ,1268—1314),在一次狩猎活动中,一只野猪拱入他战马的腿下,使其跌下马背,受伤身亡,因此处称其为"被野猪拱死之人"。为了筹款进行战争,腓力四世曾伪造银币,令银币的含银量只等于正常银币含银量的三分之一,大大坑害了国人,致使法兰西人跌入水深火热之中。塞纳是流经巴黎城的著名河流,此处指法兰西。

可见令苏格兰、英格兰国，

发疯的那一种十足傲慢，

二王都难忍受边疆界线[1]。　　　　　123

可见到西班牙、波西米亚，

其生活有多么骄奢、淫乱，

不识德，连结识都不情愿[2]。　　　　126

可见到圣城的那个瘸子[3]，

他之善用'一'字便可表现，

而展示其邪恶必须用'千'[4]。　　　　129

安奇塞在火岛[5]长寿终断[6]，

守该岛那个人也可看见，

他怯懦而且还十分贪婪[7]；　　　　　132

为使人理解他多么渺小，

用缩写书其过，语言简短，

以便在数行内劣迹全现[8]。　　　　　135

人人将见叔兄卑劣行为，

他二人玷污了两顶王冠，

---

[1] "二王"指 13 世纪末、14 世纪初的某个苏格兰国王和英格兰国王，具体指谁，学者们一直争论不休。总之，但丁想说，苏格兰和英格兰的国王都十分傲慢，他们均无法忍受国境线对他们的限制，因而互相发动战争，掠夺对方的领土。

[2] 此处，"西班牙、波西米亚"指西班牙国王斐迪南四世（Ferdinando IV，1285—1312）和波西米亚国王瓦恣拉夫四世（Vincislao IV，1278—1305 年在位）。这两位国王都十分荒淫无耻，他们不知道什么是道德，而且也不想知道什么是道德。

[3] "圣城"指耶路撒冷。"圣城的那个瘸子"指那不勒斯国王安茹查理二世（Carlo II d'Angiò），据说他跛脚，曾名义上是耶路撒冷的国王。

[4] 安茹查理二世的善微不足道，用"一"便可以表示清楚；而恶却罄竹难书，必须用"千"才能表示清楚。

[5] 指西西里岛，那里有埃特纳火山，因而被称作"火岛"。

[6] 安奇塞（另译：安奇塞斯）是特洛伊英雄埃涅阿斯（见维吉尔的《埃涅阿斯纪》）的父亲，据维吉尔讲，他很长寿，最终死于西西里岛，并被葬在那里。

[7] "守该岛那个人"指西西里国王阿拉贡家族的斐得利哥二世（Federigo II d'Aragona，1273—1337），他既怯懦，又十分贪婪。见《炼狱篇》第 7 章第 119 行。

[8] 但丁用鄙视的口吻说：为了使人能够更好地理解他有多么渺小，应该用缩写的方式来书写他的罪过，这样语言就会显得更加简短，寥寥数行就可以展现他的斑斑劣迹。

使卓越之家族丧失光灿 [1]。 138

还可见葡萄牙、挪威国王 [2]，

贪婪的拉夏 [3] 王也在其间，

威尼斯造币术后者窥见 [4]。 141

噢，幸福啊，匈牙利，若不受虐 [5]！

幸福啊，纳瓦拉，若赖群山，

它们可助其民抵御侵犯 [6]！ 144

法马古斯塔和尼科西亚 [7]，

每个人都可以二城为鉴，

那野兽使众人抱怨、呻吟， 147

它站在其他的畜生身边 [8]。"

---

[1] "叔兄"指斐得利哥二世的叔叔马略卡岛国王海梅（Giacomo）和兄长西西里国王海梅二世（Giacomo Ⅱ）。

[2] "葡萄牙、挪威国王"指绰号为"农夫"的葡萄牙国王狄奥尼西奥（Dionisio，1279—1325）和挪威国王阿科尼七世（Acone Ⅶ，1299—1319）。

[3] 拉夏（Rascia）是古代地名，相当于现在的塞尔维亚、克罗地亚和达尔马提亚地区。

[4] 拉夏王斯特凡·乌罗什二世（Stefano Urosio Ⅱ，1282—1321）厚颜无耻，他看到了威尼斯人如何制造银币，便心生贪念，试图制造合金假币，以代替当时流行于巴尔干半岛的威尼斯纯银币。

[5] 诗人惊呼：噢，如若匈牙利不受外族侵占和虐待，它该有多么幸福啊！事实上，1301 年，匈牙利已处于法兰西人的统治之下。

[6] 纳瓦拉（Navarra）是西班牙北部的一个地区，曾经是一个独立的王国，1304 年被法兰西人侵占。诗人惊呼道：噢，如若纳瓦拉能够依靠大山抵御外族侵略它该有多幸福啊！

[7] 法马古斯塔（Famagosta）和尼科西亚（Nicosia）是塞浦路斯极其重要的两座城，此处指整个塞浦路斯。

[8] "那野兽"指来自于法兰西的塞浦路斯国王亨利二世（Arrigo Ⅱ，1285—1324），他十分残忍。但丁说，他也与前面所提到的那些暴君同在一个行列之中。

第20章

"鹰"谴责邪恶君主的话音刚落,组成鹰形象的诸光魂便开始歌唱。这时,一个声音沿着"鹰"的喉管升起,它请但丁注意观看"鹰"眼。随后,那声音便逐一介绍了组成鹰眼的六位十分明亮的光魂:瞳孔由大卫王的光魂构成,弓形的眼睫毛由五位著名人物的光魂组成,他们依次是古罗马皇帝图拉真、犹大王希西家、古罗马皇帝君士坦丁、西西里国王威廉和特洛伊人里佩乌。但丁感到十分惊奇,心中产生了疑问:图拉真和里佩乌不是基督徒,他们何以进入基督教的天国?"鹰"看透了但丁的心思,告诉他,由于二人十分善良,生前虽然没有加入基督徒的队伍,但上帝赐予他们特殊恩典,承认他们皈依了基督。"鹰"最后强调说,天命十分深奥,连身处天国的圣洁光魂都难以窥测其根源,因而人在判断事物时应该十分谨慎。

正义者的光魂

那普照世界的灿烂太阳,

从我们半球处滑向下面^[1],

四周的白昼已消失殆尽,   3

先前曾被太阳点燃之天,

随即见许多星光辉闪闪,

它们都反射着一种光线^[2];   6

在象征世界及其首之鹰^[3],

合闭上圣喙的转瞬之间,

天空的此现象吾脑出现^[4];   9

[1] "我们半球"指我们人居住的北半球。太阳滑下了北半球的地平线。

[2] 它们都反射着太阳的光线。

[3] "世界"指帝国。但丁认为世界应该是(神圣)罗马帝国的一统天下。"其首"指帝国的首领皇帝。

[4] 当"神鹰"停止说话时,但丁脑中出现了尘世所见到的太阳落山的景象。

所有的活光体 [1] 更加明亮，

其歌声又开始响彻蓝天，

谐美音我难以印在心田 [2]。   12

圣思令风笛声传扬空间，

噢，温情爱，微笑光披你背肩，

笛声中你显露何等光艳 [3]!   15

"鹰" 之眼

六重天镶满了颗颗宝石，

放射出珍贵的悦眼光灿 [4]；

闻光魂止天使歌声之时，   18

似听到一条河流水潺潺，

那清泉一层层坠落岩石，

显示出山巅有充沛水源 [5]。   21

如拨动齐特拉 [6] 颈处琴弦，

似空气吹入了风笛孔间，

形成了悠扬的音乐之声，   24

雄鹰也开始动，不再拖延，

流水般低声沿鹰颈升起，

那脖儿就如同空管一般 [7]。   27

---

[1] 指一个个闪闪发光的灵魂。

[2] 那声音美妙至极，致使但丁难以将其牢记脑中，更无法描述出来。

[3] "温情爱"指充满爱心的光魂。"微笑光"指裹在灵魂外面的光团，当灵魂微笑时，
那些光团便会发出更明亮的光。"笛声"指光魂组成的雄鹰形象发出的悦耳声音。上
帝的神思使美妙的笛声传扬空间，笛声中雄鹰形象更加光彩夺目。

[4] 光魂就像一颗颗宝石那样十分美丽，它们镶满了木星天（六重天）。

[5] 当光魂止住天使般的歌喉时，"雄鹰"口中发出呼噜、呼噜的声音，就像汩汩的流水
声（水似乎从山巅的充足的水源处沿着层层岩石流下来）。此处的描写十分形象，读
者似乎听到，当鸟儿停止歌唱时，其喉咙继续发出余音。

[6] 欧洲古代一种流行的多弦弹拨乐器。

[7] 就像拨动齐特拉的琴弦或将空气吹入风笛孔中演奏出悠扬的音乐一样，"鹰"也开始
发出声音，潺潺流水般的声音沿着"鹰"的脖颈儿向上升起，"鹰"颈的内部如同能
够流动声音的空空的管道。

脖颈处声音成，从喙发出，

雄鹰嘴吐吾心期待之言，

我已经将它们铭记心间 [1]。　　　　　　　30

它说道："现请你瞩目凝视，

我身上那一个重要器官，

尘世鹰可用其忍受日焰 [2]；　　　　　　33

构成我形象的光魂之中，

有些魂闪于我头上之眼，

诸魂中他们居重山之巅 [3]。　　　　　　36

那一位闪光于瞳孔之魂，

是圣灵之歌手，光辉灿烂，

他曾把约柜的城市转换 [4]；　　　　　　39

如今他知自己歌声功德，

那都是他心中意愿体现，

获奖赏符合他所做贡献 [5]。　　　　　　42

构成我睫毛弓五魂之中，

有一个最靠近嘴喙旁边，

他安慰寡妇并报子仇怨 [6]；　　　　　　45

如今晓不追随基督代价，

---

[1] 呼噜、呼噜的声音在"鹰"喉咙中形成语言，然后从鹰嘴吐出我所期盼的话语；我已经将这些话语铭刻在心中。

[2] 指"鹰"的眼睛。尘世的鹰眼不怕强烈的日光。

[3] 在诸光魂中，那些位于"鹰"眼的光魂地位最高。

[4] 那位闪耀于"鹰"瞳孔之中的光魂就是《圣经》所说的把约柜搬至另一个城市的大卫王，他是圣灵的杰出歌手，因而光辉灿烂。据《旧约·撒母耳记下》第 5、6 章讲，以色列王大卫打败非利士人，下令把承装上帝与以色列人契约的约柜从迦特城运往耶路撒冷。

[5] 现在处于天国之中的大卫王已经清楚地认识到，他创作赞美上帝的诗篇是功德无量的；那些诗篇都是他意愿的体现，应该获得恰当的奖赏。据《旧约》讲，大卫王创作了许多赞美上帝的诗篇。

[6] 在五个构成"鹰"弓形睫毛的光魂中，最靠近鹰嘴处的那个是古罗马图拉真（Traiano）皇帝的灵魂。图拉真被誉为公正的君主，据说，他在一次出征前，曾向一位贫穷的寡妇许诺，要为他死去的儿子报仇雪恨（见《炼狱篇》第 10 章第 74 行注）。

因为他有甜蜜生活体验，

反经历也曾经令其受难 [1]。　　　　　48

在我说弯弓 [2] 的上面一点，

有一魂紧挨在他的身边，

真忏悔使此魂晚弃人间 [3]；　　　　51

现该魂已知道：下界祷告，

即便使今日事推至明天，

不意味恒天命发生改变 [4]。　　　　54

下一位善意愿结出恶果，

他让位大牧师，自移东面，

只把我和法律携带身边 [5]；　　　　57

现已晓：他为善，结果却恶，

从此后世界便一片混乱，

但不应因此事把他抱怨 [6]。　　　　60

在弯弓下行处那个光魂，

其土陷活查理劣政苦难，

---

[1] 现在在天国享受永福的图拉真的灵魂亲身感受到，不追随基督是要付出代价的，因为他既有生活在天国的正面经历，也有过生活在地狱的反面经历。

[2] 指"鹰"的弓形睫毛。

[3] 图拉真的灵魂位于"鹰"弓形睫毛靠近其喙的最下端，紧挨着他，位于"鹰"弓形睫毛略上面一点的是大卫王的儿子犹大王希西家（Ezechia）的灵魂。据《旧约·以赛亚书》第 38 章讲，希西家身患重病，奄奄一息，因虔诚地祈祷上帝得以延长十五年寿命，从而避免了亚述人占领耶路撒冷。

[4] 现在，天国中的希西家的灵魂已经明白，在尘世祷告上帝，即便能够推迟要发生的事情，但并不意味着永恒不变的天命发生了改变。

[5] 挨着希西家灵魂，在"鹰"弓形睫毛再往上一点的是君士坦丁（Costantino）大帝的灵魂，他把罗马城让给了教宗（大牧师），自己只携带着罗马帝国的法律和雄鹰徽章（我）移往东方；然而，他善良的意愿却结出了教宗与皇帝争夺世俗权力的恶果。

[6] 现在，身在天国的君士坦丁的灵魂已经明白，他的出发点是善良的，但结果却是邪恶的；在所谓的君士坦丁赠礼（即把罗马及其西部欧洲让给教宗）之后，天下就发生了大乱，但我们不应因此而抱怨他。

该国为此人泣，他叫威廉[1]；　　　　　　　63

现如今他已经十分清楚，

上天对正义国多么爱怜，

此时他依然是十分灿烂[2]。　　　　　　　66

迷途的尘世间谁会认为，

特洛伊里佩乌也在此圈？

它便是睫毛弓第五光团[3]。　　　　　　　69

现如今他已能感受神恩，

尽管仍不能够彻底洞见，

在尘世却完全无法识辨[4]。"　　　　　　72

似空中飞翔的一只云雀，

先歌唱，随后又喜悦哑然，

因鸟儿陶醉于自己歌声，　　　　　　　　75

鹰形象也似乎如此这般：

它好像很满意感受永欢，

遵上帝该意愿万物形现[5]。　　　　　　　78

---

[1] "鹰"的弓形睫毛由五个光魂组成，君士坦丁的光魂位于弓形中央的最高处，第四个光魂便处于弓形睫毛的下行处；这个闪光之魂是所谓的西西里明君威廉二世（Guiglielmo II，1166—1189 年在位）的灵魂。后来西西里王国（其土）陷入还活在尘世的安茹家族的查理二世（Carlo II）劣政的统治下，因而臣民都为他们失去以前这位明君而哭泣。

[2] 他现在身处天国，已经明白，上帝会赐爱怜于正义王国；此时，他的灵魂仍然闪闪发光。

[3] 里佩乌（Ripheus，另译：里佩乌斯）是弓形睫毛上最后一个光魂。据《埃涅阿斯纪》讲，里佩乌是特洛伊最正直的人，为抵抗希腊联军而阵亡。但丁把这位异教徒的灵魂置于天国的木星天，是要说明一个问题：上帝是万能的，他的仁慈是无限的，即便是异教徒，只要十分善良，赢得上帝的喜爱，也会被特许进入天国，从而破除了世人对异教徒的成见。

[4] 如今他已经能够感受到上帝的恩典，尽管还不能彻底看清；然而在尘世时，他对这种恩典却丝毫不懂。

[5] 空中飞翔的云雀经常欢快地歌唱，随后又美滋滋地、静静地沉醉于自己的美妙歌声之中；我眼前的"雄鹰"形象亦似乎如此，它也先歌唱，随后不再出声，好像陶醉于自己所感受到的天国永恒之欢；赐万物永恒之欢是上帝的意愿，按照该意愿，万物才呈现出实际所呈现出的样子。

特洛伊人里佩乌

第 20 章

图拉真和里佩乌的光魂

我疑问似玻璃覆盖色彩，

那颜色极鲜明，无法遮掩；

然而我却难忍沉默煎熬，　　　　　　　　81

它迫使我迸出疑惑之言 [1]：

"这种事怎可能真实发生 [2]？"

闻此言诸光魂显露笑颜 [3]。　　　　　　　84

神鹰眼放射出更旺光焰，

为使我不继续发出惊叹，

那雄鹰之形象回答吾言：　　　　　　　　87

"我话语将此事对你展现，

并非是你自己亲眼所见，

即便信，也难以心中明辨。　　　　　　　90

就如同一个人熟知物名，

若别人不对其解释一番，

实质便难清晰示他眼前 [4]。　　　　　　　93

上天的王国要承受'暴力'，

那'暴力'源自于爱与期盼，

此二者可征服神的意志，　　　　　　　　96

并非以人胜人那些手段，

它们愿被征服所以取胜，

---

[1] 我心中的疑问十分清晰地显露在外面，就像透明的玻璃覆盖在鲜艳的色彩之上，完全无法将其遮掩；即便如此，我还是无法忍受沉默的煎熬，疑问之言便不由自主地迸出我的口。

[2] "这种事"指上面所说的异教徒进入天国之事。

[3] 见诸光魂放射出更明亮的光，显然他们在欢笑。

[4] 这种事是我告诉你的，你从来就没有亲眼见过，即便你相信我的话，也不会真的明白；这就像一个人只知道某事物的名称，如果没有人向他解释，他不会理解该事物的本质。

被战胜，却取胜，依赖良善^[1]。　　　　　　　99

睫毛弓第一和第五光魂^[2]，

致使你发出了惊愕之叹：

他们竟把天使仙境^[3]装点！　　　　　　　102

离体时他们非异教信徒，

而已是基督徒，信仰极坚，

一在主受难后，一在之前^[4]。　　　　　　　105

地狱魂均难以重新归善，

但一魂却暂时返回体间；

天恩泽赐予那强烈希望，　　　　　　　108

切望给祈祷注力量无限，

祷告主令亡灵获得复苏，

以至于它又能再归善缘^[5]。　　　　　　　111

我所讲那一个光荣之魂，

返肉体只停顿短暂时间，

---

[1] 其实天国也会受十分强大的力量胁迫，这种强大的力量就是爱和对未来的期盼，这两种美德在某种意义上能够征服神的意志；但是，它们并不采用尘世征服者所用的暴力手段，而是自愿忍受外来的暴力，由于它们甘愿忍受痛苦，所以才能取胜；它们在被战胜中获得胜利，所依赖的是仁慈和善良。对基督教信仰来说，信、爱、望三超德十分重要，它们可以引导人们升入天国；"信"指信仰基督，真诚的信徒自然会升入天国；然而，但丁认为即便不是基督教信徒，具备"爱"和"望"（期盼）两德也可以进入天国。《新约》中也有类似思想（见《新约·马太福音》第10章和《新约·路加福音》第16章）。

[2] 睫毛弓上的第一个光魂指图拉真之魂，第五个光魂指里佩乌之魂。见本章前面有关注释。

[3] "天使仙境"指天国。

[4] 他们虽然是异教徒，但由于十分善良，在灵魂离开躯体时，实质上已经皈依了基督，并且成为信仰极其坚定的信徒；图拉真生活在基督教诞生之后，而里佩乌却生活在基督教诞生之前。

[5] 坠入地狱的灵魂都难以再获救而成为善魂，但有一个灵魂却例外，他竟然复苏了，返回了自己的躯体。上帝赐予这种特殊恩泽，是因为人们具有极其强烈的希望，期待主赐予恩泽，这种期盼致使祈祷更加虔诚，从而使坠入地狱的亡灵复苏，回归善缘。这个例外的灵魂指图拉真之魂。据说，古罗马帝国皇帝图拉真生前并未皈依基督教，死后其灵魂进入地狱第一层灵泊；但由于他非常善良、正直，具有同情心，在罗马教宗格里高利一世的虔诚祈祷下，他的灵魂暂时返回躯体，皈依基督后升入天国。

信奉了能助他那位圣主， 114

并虔诚点燃了真爱火焰；

随后他又二次离弃人世，

因而配来到这欢乐之天。 117

另一魂[1] 依赖着神恩帮助，

在尘世爱全置正义上面，

那神恩从深深泉池涌出， 120

造物眼难窥视水底之源[2]；

主层层施恩泽，使其[3] 看到，

我们魂将获救、摆脱危难[4]； 123

他笃信救赎事，不再忍受，

那有毒之异教臭气熏天[5]；

并斥责许多人错踏路面。 126

你曾见右轮旁三个圣女，

在洗礼成制度一千年前，

她们已认其为信徒一员[6]。 129

深奥的天命

噢，上天主预定的造物命运，

你的根与人智相距甚远！

人难见命运的最初之源[7]。 132

凡人啊，判断时你应谨慎，

---

[1] 指正直的特洛伊人里佩乌的灵魂。

[2] 涌出上帝恩泽的泉池深不可测，人类等尘世的造物是无法看到其底的。

[3] 指里佩乌。

[4] 我们的灵魂将摆脱跌入地狱的危险和苦难，获得拯救。

[5] 里佩乌深信基督救赎人类之事，因而不想再忍受臭气熏天的异教之毒。

[6] 在炼狱的地上乐园中（见《炼狱篇》第 29 章第 121-129 行），你曾见到车轮旁有三个圣洁女子，她们象征基督教的信、望、爱三超德，在洗礼成为皈依基督教的圣礼一千年之前，她们已经接受善良的里佩乌为基督教徒了。

[7] 诗人通过鹰之口感叹道：天主为每一个造物所预定的命运啊，你的根源是那么深奥，人心智之眼的能力根本无法探知。

我们虽可看见天主容颜，

但识别主选民仍有困难 [1]；　　　　　　135

我们觉此缺陷令人惬意，

此福中我们福得以完善，

因主的喜好是我等意愿 [2]。"

两光魂与"鹰"的巧妙配合

为使我明自己目光短浅，

那鹰影便如此对我吐言，

它的话似灵药令我康健。　　　　　　141

当伴随好歌手吟唱之时，

琴师把齐特拉巧妙拨弹，

使歌声更显得悠扬悦耳，　　　　　　144

俩有福闪光魂也似这般，

在"神鹰"说话时我亦看到，

他们也随"鹰"语光焰闪闪，　　　　　　147

配合得就如同人眨双眼 [3]。

---

[1] 作为享受天国永福的灵魂，虽然我们可以直接瞻仰天主的容颜，但仍不能完全识别谁是将升入天国的被上帝选中的人；更何况凡人，在做判断时，你们一定要十分谨慎。

[2] 虽然我们仍有这种缺陷，但感觉很惬意；对我们来说，这种缺陷也是一种福分，在这种幸福中，我们的天国之福才得以完善；因为我们的这种缺陷是天主所安排的，天主的喜好就是我们的意愿。

[3] 当杰出的歌手歌唱时，琴师巧妙地用齐特拉伴奏，使歌声显得更加悠扬；但丁面前的情景也是如此：当鹰的形象说话时，图拉真和里佩乌的光魂也随之闪闪发光，配合得十分默契。

第21章

　　但丁重新把目光投向贝特丽奇。贝特丽奇不再微笑，因为此时她的微笑会发出令凡胎肉眼无法承受的强光炫迷但丁的双眸，甚至会像闪电一样将其劈碎。但丁随贝特丽奇升入一个明亮的透明体——土星天。

　　但丁看到一架闪烁金光的天梯，高不见顶，数不尽的光魂在梯上来来往往。一个光魂来到但丁面前，表示欢迎；来者是意大利中世纪著名的隐修士圣彼得·达米亚诺。但丁问他，为什么下面的几重天都充满了婉转的歌声，而此处却鸦雀无声。圣彼得·达米亚诺告诉但丁，土星天中的光魂知道但丁的凡人听觉难以承受过于响亮的声音，所以才停止歌唱；随后，他向但丁讲解了一些深奥的神学理论，并严厉谴责了堕落的教士。

　　此时，一些光魂也走下天梯，来到圣彼得·达米亚诺周围，他们齐声高呼，震耳欲聋的声音惊得但丁目瞪口呆，全然不知他们在喊些什么。

土星天

我双眼重新聚圣女美面，
灵魂也随它们一同扭转，
注意力摆脱了其他杂念 [1]。　　　　　　　　　3
那圣女未微笑，开口说道：
"我若笑你就似塞墨勒 [2] 般，
必将会化成灰，十分悲惨 [3]；　　　　　　　　6

---

[1] 此时，但丁摆脱了其他杂念，把注意力又重新凝聚在贝特丽奇的身上。

[2] 塞墨勒（Semelè）是希腊神话中主神宙斯的一位情妇。据希腊神话讲，宙斯的妻子赫拉因为嫉妒塞墨勒，便唆使她要求宙斯以神的面目出现在她的眼前。结果是：塞墨勒虽然见到了宙斯的真面目，但顷刻间却被如闪电一般的宙斯光辉烧成了灰烬。

[3] 进入第七重天之后，贝特丽奇不敢对但丁微笑，她说，但丁无法忍受她的微笑，因为只要她微笑，但丁就会像塞墨勒那样被强烈的光烧成灰烬。

因为如你曾经亲眼所见，

沿梯子攀登这永恒圣殿，

越向上吾仁慈火焰越旺，　　　　　　　　　9

如若是不减弱，光太灿烂，

你凡人之能力无法承受，

它将似霹雳把枝叶斩断 [1]。　　　　　　　12

我们已升入到第七皓天 [2]，

它此时在燃烧狮胸下面，

与其能相呼应照耀世间 [3]。　　　　　　　15

请令心紧跟随你的双眼，

使它们成一对反光明鉴，

折射出你在此亲眼所见 [4]。"　　　　　　18

谁若是知道我这双眸子，

获多少滋养于福女 [5] 之颜，

当我的注意力转移之时，　　　　　　　　21

必定晓我已经权衡两面，

知遵循天国的向导 [6] 命令，

是源自我心的强烈意愿 [7]。　　　　　　　24

---

[1] 贝特丽奇对但丁说，正如他所见的那样，在天国，越往上升，圣女的光焰就越旺，如果不加以控制，其光芒将毁坏凡人的眼睛，就像霹雳斩断大树的枝叶一样。

[2] 但丁和贝特丽奇已经升入天国的第七重天，即十分明亮的土星天。

[3] 此时，土星正处于狮子座，因而它会与狮子座的能量相呼应，对世间万物施加影响。

[4] 你的心智应该紧紧跟随着你的眼睛（即你的眼睛看到的景况，你都要记住），使你的眼睛成为反射所见之物的明镜，从而折射出土星中的景况。

[5] 指享受天国永福的女子，此处具体指贝特丽奇。

[6] 指贝特丽奇。

[7] 谁要是知道我从观望贝特丽奇的容颜中获得了多少滋养，就会明白，我的眼睛离开她而去看其他事物，一定是先权衡过利弊，最后选择了遵循她的命令；这足以证明遵循她的命令对我多么重要，它是我心中极其强烈的意愿。

天国的第七重天，土星天

金色的天梯

围绕着世界的透明天体 [1]，

首领名是它的称谓来源，

其善治使万恶消逝人间 [2]；　　　　　27

见一梯立于那星天之中，

闪闪的黄金色十分灿烂，

我双眼望不见该梯顶端 [3]。　　　　　30

又见到许多光 [4] 沿着阶梯，

一个个向下行，源源不断，

便以为天上星均聚此间 [5]。　　　　　33

就好像灰乌鸦天性使然，

天亮时便移动，聚成一团，

为了把冻僵的羽毛温暖；　　　　　36

随后见有的鸟飞离不归，

有的鸟又飞回出发地点，

还有的在空中盘旋不断；　　　　　39

我眼前之光魂亦是如此，

一踏上某一级阶梯上面，

其举止就好似灰鸦那般 [6]。　　　　　42

---

[1] 指土星天（Saturno）。在但丁眼中，土星是一个透明体。

[2] "首领"指古罗马神话中的萨图恩（Saturno，另译：萨尔图努斯），土星是以他的名字命名的。传说，萨图恩曾经是主宰世界的神，他统治时期被称作"黄金时代"，那时，人们过着和平、幸福、无忧无虑、无罪恶的生活。

[3] 但丁看见土星天中立着一架天梯，那天梯呈黄金色，十分灿烂，而且极高，一眼望不到顶端。此意象来源于《旧约·创世记》第28章中雅各梦见梯子的故事。

[4] 指许多光魂。

[5] 但丁看到无数光魂沿天梯下来，他似乎感觉天上的所有星辰都聚集在那里了。

[6] 在寒冷的冬季，清晨时分，经常看到许多灰乌鸦聚集在一起，抱团取暖，似乎要温暖自己的羽翼，这是由它们的自然本能所决定的；随后，有的乌鸦飞走不再归来，有的又飞回起飞之处，有的则在空中盘旋。但丁眼前的诸光魂，脚一踏上某个特定的阶梯，似乎也像灰乌鸦一样，按照事先安排好的目的而动；他们来来往往，各有自己的去向。

第 21 章

彼得·达米亚诺

有一魂最靠近我们身边，

如此亮，致使我心中自言：

"已见你向我示爱的意愿[1]。"   45

我说话或缄默待人指示，

但圣女却在那（儿）不发一言，

因而我不提问，尽管违愿[2]。   48

在洞察一切的天主之处，

圣洁女见到我沉默不言，

于是道："快满足热切意愿[3]！"   51

我说道："鄙人的小小功德，

配不上你解开我的疑团；

躲藏于喜光的永福魂[4]呀，   54

是她让我吐出疑问之言，

遂请求你向我做出解释，

为何你要如此近我身边；   57

再说说为什么此天无声，

天国的婉转乐怎么不见，

虔诚音却响彻下面诸天[5]。"   60

"你听觉与视觉均属凡人，

因而这（儿）无歌声，她止笑颜，

这两种表现都出自同源。"   63

---

[1] 但丁见到一个光魂靠近，他十分明亮，看上去好像在向但丁示好。

[2] 在天国，但丁始终按贝特丽奇的指示行事；此时，贝特丽奇一言不发，尽管他非常
    想向光魂提问，但觉得在贝特丽奇发出指示之前还是缄默为好。

[3] 在洞察一切的天主所在的天国，贝特丽奇一眼就看懂了但丁为什么沉默不言，于是
    便对但丁说：快满足你提问的强烈愿望吧！

[4] 指刚才向但丁示好的那个光魂。

[5] 但丁对靠近他的光魂说：虽然我微不足道的功德不值得你为我解疑，但是圣女贝特
    丽奇让我提出疑问，那么就请你对下面的问题做出回答吧。你为什么靠近我？为什
    么土星天中听不到响彻下面诸天的、由虔诚的光魂所发出的婉转的音乐和歌声呢？

他又道，"我走下圣梯台阶，

仅仅以身披光、口中之言，

向你示我们的欢迎情感 [1]；　　　　　　66

并非是更大爱令我如此，

因为在天梯上遍燃爱焰，

就像是火苗所展示那般；　　　　　　69

而至爱使我们变成侍女，

随时都服从于天命意愿，

天命定我来此，如你所见 [2]。"　　　　72

我说道："圣灯 [3] 啊，我已明见，

自发爱在这个天庭里面，

足可令你们循天命向前 [4]；　　　　　　75

然而在同伴中为何独你，

把此等之任务承担于肩 [5]，

我理解这件事似有困难。"　　　　　　78

我的话尚没有最后说完，

光 [6] 以己为轴心开始自旋，

就如同飞转的一张磨盘；　　　　　　81

随后那光中爱 [7] 回答我言：

---

[1] 光魂回答但丁说：因为你的视觉和听觉都属于凡人，假如在此处，诸光魂也放声歌唱，贝特丽奇也灿烂地微笑，你是无法承受的；所以他们才止住歌声，收起微笑。我走下天梯，以我身披的光辉和口中的和善之言向你表示欢迎。

[2] 并不是因为我的爱比别人的爱更加强烈——正如你所见，天梯上的光魂全身都燃烧着爱火，这足以说明他们的爱有多么的强烈；而是因为，天主的挚爱使我们变成了侍奉他的侍女，我们随时都愿意服从天命的安排。你看，是天命让我走下天梯来到你身边的。

[3] "圣灯"指来到但丁面前的光魂，因为他很明亮，所以被称作"圣灯"。

[4] 在天国，灵魂对上帝的爱是自发的，因而并不需要他人的请求或要求，就会主动、自然地遵从天命。

[5] 然而，这里有这么多光魂，他们都是你的同伴，为什么只有你承担着欢迎我的任务。

[6] 指裹着与但丁对话的彼得·达米亚诺灵魂的光。

[7] 指光团中充满爱心的灵魂。

"神恩光 [1] 直射在吾身上面，

它穿透裹住我这个光团， 84

其德能补充了我的智眼；

提升我远超过自身高度，

使我见神本质——天恩光源 [2]。 87

我放焰之欢乐来自于此；

神本质越清晰映入眼帘，

我光焰便显得越是明灿 [3]。 90

即使是天上的最亮光魂，

和紧盯上帝的撒拉弗 [4] 眼，

也无法解答你心中疑问， 93

因为你所求的那个答案，

深深地隐藏于天律中间，

造物均无能力将其分辨 [5]。 96

你返回尘世时应述此事，

以便使世间人不再斗胆，

朝如此大目标迈步向前 [6]。 99

心智在这里明，尘世昏暗：

天国中明此事都很困难，

---

[1] 指上帝的恩泽之光。

[2] 上帝的恩泽之光直射过来，穿透包裹我的光团，照在我的身上，用上帝的德能补充我心智之眼的缺陷，提升我的高度，使我具备远远超越我本身的能力，从而见到上帝的本质，即见到上帝恩泽之光的源泉。

[3] 我的光焰源自我的欢乐，我的欢乐则源自见到了上帝的本质；上帝的本质越是清晰地展现在我的眼前，我就放射出越加明灿的光焰。

[4] "撒拉弗"是天国中的六翼天使，又称"炽天使"，基督教神学认为他是天国中最高等级的天使。

[5] 即便是天国中接受上帝光辉最多而最明艳的灵魂和紧盯上帝的最高等级的天使（撒拉弗）在此，也无法回答你的问题，因为你所探寻的答案深深地隐藏在天律之中，所有造物（包括撒拉弗和天国中最伟大的光魂）都无法看清。

[6] 返回尘世时，你要讲述此事，使人们不再敢探寻如此艰深问题的答案。

更何况烟罩的幽幽人间 [1]。" 　　　　102

他的话约束我不可乱问，

致使我放弃解那个疑团，

我谦卑问其名，因受局限 [2]。 　　　　105

"意大利两岸间 [3] 高耸巨岩 [4]，

它们距你家乡 [5] 并不遥远，

山巍峨，雷声都响于其下， 　　　　108

卡特里之驼峰 [6] 立于那边，

驼峰下有一座隐修寺院，

专门为对主行大礼所建。" 　　　　111

他如此第三次开口吐言 [7]，

随后便继续道："在那寺院，

我曾经侍奉主，坚定不移， 　　　　114

顺利地度过了酷暑严寒，

虽仅吃橄榄油调制素食，

却在那沉思中意足心满 [8]。 　　　　117

那寺院曾丰富奉献于天，

但如今却变得贫瘠不堪，

其恶果很快将得以展现 [9]。 　　　　120

---

[1] 心智在天国有更强的明见能力，而在尘世则昏暗不明；即便如此，在天国，心智仍无法实现如此巨大的目标，更何况在笼罩着烟雾的昏暗人间呢！

[2] 光魂的话约束我不敢继续乱问，使我放弃解开那个疑团的企图，即放弃了继续探讨天命预定论的想法，只是怯生生地问他是何人。

[3] "两岸间"指意大利的东海岸和西海岸之间，即指在意大利半岛上。

[4] "巨岩"指高山。

[5] 指但丁的故乡佛罗伦萨。

[6] 卡特里驼峰（Catria，另译：卡特里亚）位于亚平宁山脉、意大利中部的古比奥市附近。

[7] 这个光魂已经是第三次开口与但丁说话了。

[8] 在那座隐修寺院中，我虽然粗茶淡饭，却在对上帝的冥思苦想中获得了满足。

[9] 那座隐修寺院曾经给天国送去（奉献）了许多圣洁的隐修士的灵魂，然而今天却截然不同了，那里的隐修士不再追求纯净的精神生活，开始疯狂地享受尘世的物质生活，因而受到上帝惩罚的恶果很快就将降临在该寺院。

我在那（儿）叫彼得·达米亚诺 [1]，

称'罪人彼得'在圣母修院，

它坐落东部的波涛海岸 [2]。 123

我尘世生命将结束之时，

被邀请把大帽 [3] 顶头上面，

那帽子越来越变成恶冠。 126

对教士的谴责

矶法与圣灵皿 [4] 到来之时，

均骨瘦如柴且赤足向前，

乞食于各户把谦卑展现 [5]。 129

而如今牧师爷实在沉重，

行走时须有人左扶右搀，

还须有拉袍者跟在后面。 132

大披风亦遮其胯下骏马，

一张皮披两个畜生背肩；

噢，神之忍竟然已如此这般 [6]！" 135

---

[1] 彼得·达米亚诺（Pietro Damiano）是中世纪一位意大利著名的隐修士，11 世纪初生于拉文纳城的贫苦家庭，青年时学习七艺和法律，后来在多所学校任教，积累了名誉和财富；三十岁出家为隐修士，后当选为修道院院长，1057 年成为枢机主教，不久便自愿隐退，成为普通隐修士，1072 年离世。他为后世留下许多理论和文学著作。

[2] 据说，彼得·达米亚诺从枢机主教位隐退后，生活在濒临亚得里亚海的拉文纳圣母修道院，那时，他自称"罪人彼得"。

[3] 指枢机主教的法冠。

[4] 矶法（Cefàs）指使徒圣彼得，见《新约·约翰福音》第 1 章。"圣灵皿"指圣保罗，见《新约·使徒行传》第 9 章和本译著《地狱篇》第 2 章第 28 行关于"神选皿"的注释。

[5] 圣彼得和圣保罗传教时都是以贫寒和谦卑为荣的，他们骨瘦如柴，赤足走遍天下，乞食于各家各户。

[6] 如今的传教者一个个吃得肥头大耳，需要有人搀扶才能行走，身后还需要有人为他们捎着拖地的长袍；骑马时，他们长长的大披风不仅遮盖住自己的身体，而且也遮盖住马背，真是一张皮披在了两个畜生的身上。噢，上帝对他们竟然有这样的忍耐力！

闻此言我见到更多火焰，

一级级走下梯并且旋转，

每一圈都使其更加明艳。　　　　　　138

他们至此魂的周围止步，

并发出非凡的高声呼喊，

人世间绝无音与其比肩；　　　　　　141

我惊呆，目瞠圆，其意不辨 [1]。

---

[1] 听到彼得·达米亚诺与但丁的谈话，许多光魂都旋转着走下天梯，每转一圈都显得
更加明亮；他们来到彼得的周围，发出极其高亢的呼喊声；但丁惊愕得目瞪口呆，
完全无法听懂他们在呼喊什么。

第22章

但丁对彼得·达米亚诺严厉谴责高级教士的话惊愕不已，更为圣洁的灵魂们闻言而发出的高呼声所震撼。惊愕间，他转向引导者贝特丽奇。贝特丽奇安慰但丁，预言他将亲眼看见腐败教士受到上天的严厉惩罚。此时，圣本笃的光魂迎向但丁，这位本笃修会的创始人先做了自我介绍，然后告诉但丁，他在尘世所制定的本笃会戒律早被人抛弃一边，隐修院已沦为匪窟。话毕，圣本笃又回到圣洁光魂的行列，和同伴们一起以极快的速度旋转着飞向天空的更高处。但丁和贝特丽奇升上恒星天，进入双子星座。贝特丽奇告诉但丁，他已十分接近至高无上的净火天，并请他在进入净火天之前俯视下面诸天和地球。遵照圣女指示，但丁俯视下方，不仅看到了他穿越的诸天，也看到了微不足道的小小的地球。

贝特丽奇的安慰

我惊愕转过身望着向导，
就好像受惊儿寻求救援，
必奔向最信任母亲身边；　　　　　　　　3
似母亲通常用温和之音，
安慰那气喘且苍白儿般，
我向导也如此开口说道：　　　　　　　　6
"难道说你不知已经升天？
难道说你不晓天上皆圣，
这（儿）一切都出自热切善愿？　　　　　9
若喊声能令你如此激动，
可想象那歌声和我笑颜，
会使你感觉到多么震撼[1]；　　　　　　　12

---

[1] 如果这种呼喊声已经令你激动，可以想象，若诸光魂放声歌唱，我也向你微笑，你会感觉多么震撼！

若听懂喊声中祈求之言，

主之罚会映入你的双眼，

它即将发生在你殁之前 [1]。　　　　　15

天上剑劈下时不早不晚，

早与晚是待者 [2] 个人意见，

有人怕，还有人将其期盼 [3]。　　　　18

然而你现在应转向他人，

如若你遵我言目移那边，

有一些显赫魂将入眼帘。"　　　　　21

我遵照她意旨转动目光，

见百余魂光团出现面前，

光与光相呼应更显美艳。　　　　　24

圣本笃与虔诚的隐修士

似压制强烈的欲望之人，

我站那（儿），却没有提问之胆，

因害怕我之言超越界限 [4]；　　　　27

在那些闪光的宝石 [5] 之中，

最大且最亮的一颗向前，

它试图满足我心中意愿。　　　　　30

我听见光中说："你若如我，

能看见我们间燃烧爱焰，

---

[1] 如你能听懂他们的呼喊，眼前就一定会出现即将发生的上天对教宗和其他高级教士的惩罚。有人认为指的是对卜尼法斯八世的惩罚，也有人认为指的是阿维尼翁丑闻。

[2] 指等待上天惩罚的人。

[3] 有人怕上天惩罚的降临，有人却期待它的降临；上天的惩罚总是十分及时的，不会早，也不会晚，有人感觉降临得太早，有人感觉降临得太晚，那只是每个人的感觉不同而已。

[4] 但丁害怕说出出格的话，所以不敢提问。

[5] 指光团裹着的灵魂。

天国的剑

早就会把思想如实展现[1]。   33

我只解你不敢表明之疑，

为使你及时达崇高地点[2]，

不在此久滞留、耽误时间[3]。   36

卡西诺坐落在一个高坡，

许多人常登上高坡之巅，

却拒绝改信仰，情愿受骗[4]；   39

那一位[5]把真理带到人间，

使我们能升华、进入上天，

是我把其圣名首传该山[6]；   42

上天降大恩典于我之身，

令我将周围城信仰改变，

把渎神[7]之崇拜抛弃一边。   45

这些魂曾全是沉思之人，

他们被信仰的热忱点燃，

神圣的花与果因而出现[8]。   48

---

[1] 那个光魂对但丁说："如果你像我一样，能看到我们之间存在着热忱的爱，早就把你心中的话说出来了。"天国中的光魂洞察一切，然而，许多事情是肉体凡胎的但丁无法明白的。

[2] 指但丁天国之行的最终目的地——净火天，在那里但丁将瞻仰上帝灿烂的容颜。

[3] 我现在只解答你不敢说出来的疑问，而不讲其他事情，以便你能节省时间，尽快地到达你将要到达的位于天国最高处的净火天。

[4] 卡西诺（Cassino）是意大利南方距那不勒斯不远的小镇，位于卡伊罗山（Cairo）的山坡上；公元 6 世纪初，圣本笃在世的时代，那里的人还不信仰基督教，仍在该山上供奉希腊 - 罗马神话中的太阳神阿波罗。此处的"情愿受骗"指的就是那里的人情愿受异教假神阿波罗的欺骗。

[5] "那一位"指基督耶稣。

[6] "我"指说话的灵魂，即本笃修会的创建者圣本笃的灵魂。圣本笃（San Benedetto，480—547）在卡西诺建立了世界上第一所本笃会的修道院。圣本笃的灵魂对但丁说，是他首先把基督的名字（即基督教信仰）带到了卡西诺地区，使那里的民众皈依了基督教。

[7] 此处的"神"指基督耶稣。

[8] 此处，"沉思之人"指在深山老林中的修道院修行的隐修士。圣本笃的灵魂对但丁说，这里与我在一起的都是圣洁的隐修士的光魂，他们心中燃烧着信仰的火焰，热忱的信仰结出了他们这些圣洁的花与果。

玛卡里 [1]、罗摩多 [2] 均在这里，

我那些好兄弟亦在此间，

均不出修道院，修行意坚 [3]。"　　　　51

我说道："你与我说话之时，

从你们所有的火中可见，

慈善的容貌与爱的情感 [4]；　　　　54

这使得我信心大大增强，

似玫瑰阳光下争奇斗艳，

把全部花体的能量展现 [5]。　　　　57

前辈呀，因而我请你确认，

我是否可获得足够恩典，

能见你无遮掩真实容颜 [6]。"　　　　60

他答道："兄弟呀，你的希望，

在至高之天上将会实现，

还有我和其他所有意愿 [7]。　　　　63

唯在那（儿）一切都各就各位，

每一个意愿均十分完善，

而且也全成熟，毫无残缺，　　　　66

因为它无两极，外无空间 [8]；

---

[1] 玛卡里（Maccario，另译：玛卡里奥）是 4 世纪埃及著名的基督教隐修士，后受封为圣人。

[2] 罗摩多（Romoaldo，另译：罗穆阿尔多，954—1027）是意大利拉文纳人，著名的基督教隐修士，他创立了卡玛尔多里隐修会，后受封为圣人。

[3] "我那些好兄弟"指虔诚的本笃会隐修士。圣本笃说，这里还有许多虔诚的本笃会的好兄弟，他们在修道院艰苦修行，绝不放弃，意志十分坚定。

[4] 从包裹你们这些圣魂的火光中可以见到你们慈善的外表和博爱的内心。

[5] 我的信心大大增强，就像在阳光的照耀下玫瑰花开放得更加美艳，因为它已经把体内的所有能量都展现出来了。

[6] 但丁希望能够直接见到不被火光遮掩的圣本笃的真实面貌。

[7] 在天国至高处的净火天，你的希望和我的以及其他所有人的意愿都会得到满足。

[8] 只有在净火天，一切才能做到各就各位，所有的意愿也才最终成熟，变得完美无缺，因为从空间概念上讲，那里已经没有两极，而是无边无沿，静止不动，它的外面再也没有任何空间。

我们的金天梯直通那里，

你视力从此处难至该天 [1]。 69

当梯上众天使出现之时，

大族长雅各抬他的双眼，

见梯子直伸向最高之天 [2]。 72

谴责腐败、堕落的修士

但如今再无人脚离地面，

在这架天梯上努力登攀，

我戒律成废纸，被弃世间 [3]。 75

往日的大寺院高高四壁，

已变成藏邪恶盗贼窝点，

僧袍袋把变质面粉装满 [4]。 78

沉重的高利贷逆主之意，

却不及此后果更加凶险：

它使得修士们心灵疯癫 [5]； 81

教会所守护的一切财物，

属以主之名义乞讨人员；

亲属与更恶人怎可侵占 [6]！ 84

凡人的肉体竟如此脆弱，

---

[1] 我们这里的金色天梯直通净火天，但是那儿太高，你凡人的眼睛是看不到的。

[2] 但丁用雅各梦见天梯的故事来比喻此处天梯的景况。据《旧约·创世记》第 28 章讲，雅各梦见一架直通天上的梯子，许多天使在梯子上来来往往，天主在梯子的顶端和他说话。

[3] 圣本笃感叹，今天再也没有人愿意脱离地面踏上天梯并努力登攀；他为本笃会所制定的戒律已经成为毫无用处的废纸，被抛弃在尘世人间。

[4] 诗人用装满变质面粉的口袋来比喻外表道貌岸然、内里男盗女娼的腐化堕落的本笃会修士。

[5] 虽然放高利贷严重地违逆天主之意，其后果的严重性却远远不如贪腐的修士们侵占教会和教民的财产；这种贪腐行为严重地腐蚀了修士们的心灵。

[6] "属以主之名义乞讨人员"意思为：属于以天主之爱的名义乞讨怜悯的信徒。但丁认为，所谓教会的财产其实完全属于信徒，教会只是信徒财产的守护者，并不是财产的所有者；因而，神职人员的亲属和其他更邪恶的贪婪者是不可以随意侵占的。

好开端至结束转瞬之间，

比橡生至结果时日还短 [1]。　　　　　　　　87

圣彼得建教会无金无银，

我也靠斋戒和祷告之言，

方济则赖谦卑建立寺院 [2]；　　　　　　　90

若看看我们是如何开始，

再瞧瞧他们又偏移哪边，

你便知白怎么变成黑暗 [3]。　　　　　　　93

主若想，超救助奇迹出现，

约旦河一定会倒卷波澜，

海水也逃离去，大路出现 [4]。"　　　　　96

快速飞向更高之天

他说完又退回光群之中，

与同伴紧紧地聚作一团；

随后似风一般旋转飞天 [5]。　　　　　　　99

温情的圣洁女 [6] 向我示意，

促使我随他们 [7] 沿梯登攀，

---

[1] 人的肉体凡胎十分脆弱，它转瞬即逝，所生存的时间还不及一棵橡树从生根到结果的时间长。

[2] 使徒圣彼得建立基督教时身无分文，我建立本笃会靠的也只是斋戒和祈祷上天，圣方济则依赖谦卑建立了方济会的寺院。

[3] 如果你看看我们是怎样开始创业的，再瞧瞧他们偏移到哪里去了，你就会知道白颜色是怎么变成黑颜色的。

[4] 如果上帝愿意，就会出现比救助人类更加神奇的事情：约旦河会倒流，大海之水也会一分两边，中间出现一条可以行走的大路。据《旧约》中的《出埃及记》和《约书亚记》讲，摩西和约书亚率希伯来人逃离埃及时，后有追兵，前有红海和约旦河阻拦，上帝施法，使红海分开，约旦河水倒流，为希伯来人开辟了一条大路。

[5] 圣本笃的灵魂讲完上述话之后，又退回光团群中，与其他光魂聚在一起；随后，他们像风一样沿着天梯旋转着飞上更高的天。

[6] 指贝特丽奇。

[7] 指沿着天梯向上飞去的诸光魂。

她征服我本能理所当然 [1]； 102

遵自然升降的尘世人间，

此快捷之速度从未曾见，

无物可与我的飞翔比肩 [2]。 105

读者呀，为见到天国凯旋，

我泣罪，常捶胸，泪水潸然；

此时我快速地向上飞去， 108

你绝无向火焰弹指时间，

转瞬我见金牛后面星座，

并已经进入到它的里面 [3]。 111

双子星座

噢，荣耀星 [4]，孕育着大能之光，

无论是我智慧多么灿烂，

你均是它最初产生根源 [5]； 114

我初次呼吸于托斯卡纳，

尘世的众生父把汝陪伴，

升与隐全都在你的身边 [6]； 117

当慷慨赐予我天恩之时，

我升上带你们旋转高天，

---

[1] 人具有肉体之身，其本能是向下沉，不是向上升，而圣女贝特丽奇的意愿是引导但丁向上升；圣女的意愿战胜但丁的人的本能是理所当然之事；因而，此时但丁自然会随着贝特丽奇升向更高的天。

[2] 在尘世人间，万物都按照自然规律上升或下降；在那里，从来就没见过我此时上升的速度，也从来就没有任何物体的速度可以与我飞翔的速度相比。

[3] 读者呀，为了能见到天国凯旋者的景况，我经常顿足捶胸地哭泣着忏悔罪过。此时，我飞向更高的天，速度极快，在比你向烈火弹指的时间还短的一刹那，我便见到了金牛星座后面的双子星座，并进入到该星座的里面。星座排序中，双子座在金牛座后面。

[4] 指双子星座。

[5] 中世纪的人认为，双子星座令人热爱学习并具有文学艺术天赋。此处，诗人说无论他的智慧有多么光辉灿烂，双子星座都是其产生的根源。

[6] 我出生时（我初次呼吸于托斯卡纳），太阳（尘世的众生父）就陪伴着你（双子星座），它升起和降落时都与你在一起。但丁生于太阳位于双子宫季节，星象为双子座。

命注定我进入你的家园 [1]。　　　　　　120

我灵魂虔诚地乞求于你，

赐德能，帮助我经受考验，

那难关吸引我奔其身边 [2]。　　　　　　123

圣女道："你已经如此靠近，

上天主所赐的至福地点，

你双目更应该敏锐、明辨 [3]；　　　　　126

因而在你进入福地之前，

应放眼向下方观看一番，

看多少世界在你脚下面；　　　　　　　129

这样你便能够尽情欢乐，

出现在此重天凯旋人前，

他们正愉快地来你身边 [4]。"　　　　　132

于是我便俯视下面七天，

并见到地球竟如此这般，

对它的卑微貌忍俊实难 [5]；　　　　　　135

轻视它之观点实为最佳，

谁若是神驰于其他空间，

真可谓人正直、情思高远 [6]。　　　　　138

我见到勒托的女儿 [7] 放光，

[1] 当上天赐予我升入携你（双子星座）旋转的恒星天时，命运使我进入你所在的那片区域。

[2] "那难关"指天国中最难描写的地方。现在我正飞向天国最难描写的地方，因而我的灵魂虔诚地请求你（双子星座）赐予我德能，使我能够经受住最严峻的考验，从而记录下天国最神奇的景况。

[3] 你已经靠近净火天，因而你的双眼应该变得更加敏锐和洞察一切。

[4] 此处，"世界"指但丁所超越的各重天和尘世。这时，贝特丽奇邀请但丁俯视他已穿越的各重天和尘世，以便他心情更愉快地出现在正向他走来的恒星天中的凯旋者面前。

[5] 在高高的天上，但丁见到地球如此渺小和可怜，便无法忍住对其蔑视的微笑。

[6] 轻视尘世的观点是最正确的认识，谁若是离开尘世，神游于天上更广阔的空间，他一定是正直的人，其情思也一定非常高远。

[7] 此处，"勒托的女儿"指月亮。据希腊－罗马神话讲，勒托是太阳神阿波罗和月亮女神狄安娜的母亲。

并没有那阴影印在上面，

曾以为疏与密是影根源 [1]。　　　　　　　141

伊佩利奥内 [2] 呀，我见你儿，

并看到围绕着他的身边，

狄俄涅 [3]、迈亚子 [4] 如何运转 [5]。　　　144

随后见宙斯神调节温度，

置身于父与子二者之间 [6]，

他们均将其位现我眼前 [7]；　　　　　　147

那七星 [8] 都展示各自体积，

及转速和相互距离多远，

致使我对一切清晰明辨。　　　　　　　150

随"双子"绕小小谷场 [9] 旋转，

我见它携河流、丘陵、山川；

那谷场使人类变得凶残；　　　　　　　153

然后我又转向那双丽眼 [10]。

---

[1] 此时，但丁已经看不见月亮上的阴影。它曾经以为月亮上的阴影是由于物质疏密不均所造成的。见《天国篇》第 2 章。

[2] 最初，希腊神话的太阳神是赫利俄斯（Elios），后来人们把他与阿波罗混淆。伊佩利奥内（Iperione）是赫利俄斯的父亲。

[3] 狄俄涅是希腊 - 罗马神话中的女神，其女为维纳斯；在西方语言中，维纳斯的名字与金星一词谐音，因而此处狄俄涅（子）指的是金星。

[4] 迈亚是希腊 - 罗马神话中的女神，其子为奥林匹斯十二主神之一墨丘利；在西方语言中，墨丘利的名字与水星一词谐音，因而此处迈亚子指的是水星。

[5] 伊佩利奥内呀，我看到了你的儿子太阳，并看到水星和金星怎样陪伴太阳一同旋转。

[6] 希腊 - 罗马神话中的主神宙斯的名字与木星一词谐音，因而此处"宙斯"指木星。宙斯的父亲叫萨图努斯，其名字与土星一词谐音，因而此处宙斯之父指的是土星。而战神玛尔斯的名字与火星一词谐音，玛尔斯是宙斯的儿子，因而此处宙斯之子指的是火星。这两行诗的意思为：见到了位于寒冷的土星和炽热的火星之间的木星。

[7] 土星、木星和火星都把它们的位置展现在我眼前。

[8] 指恒星天之下的七重星天。

[9] "小小谷场"比喻微不足道的小小的地球。

[10]指贝特丽奇的美丽双眼。

第23章

但丁见贝特丽奇似一只亟待天明外出为雏鸟觅食的雌鸟，他心中也产生了期待之情。不久，天空越来越亮，到处撒满了光。但丁瞩目于贝特丽奇的容貌，发现圣女的光彩和美艳无以言表。此时，基督的凯旋大军出现。但丁遵从圣女的意旨，将目光转向那里。他看到基督之光高高升起，许多光魂却留在他的面前，没有随基督而去；基督的万丈光芒照射在这些光魂身上，使其也闪闪放光，十分耀眼。在众多的光魂中，圣母玛利亚的光团最大，也最亮；一支火炬从上方降落下来，转变成皇冠形状的光环，把圣母围绕在中间。随后，玛利亚也追随基督升向了更高处的净火天；众光魂温情、悠扬地唱起了对圣母的赞歌。

贝特丽奇的期待

黑暗夜隐藏起世间万物，
在可爱林中的枝叶之间，
鸟栖于温情的巢穴里面；　　　　　　　　3
为见到期盼的雏儿模样，
为寻觅喂养其佳肴美餐，
虽辛劳它心也十分欢喜，　　　　　　　　6
早早在外展的枝头立站，
迫切地期待着太阳升起，
注视着黎明的曙光初现 [1]；　　　　　　　9
我圣女 [2] 也如此瞩目观看，
把眼光向一方天际移转，

---

[1] 漆黑的夜晚，万物隐匿，树林的枝叶之间，鸟儿栖息于巢中；天还未亮，为了寻觅喂养雏鸟的食物，也为了能尽快地返回鸟巢见到自己的孩子，鸟儿们便早早站立在向树林外伸展的枝头，迫切地期待太阳升起和曙光初现；这样虽然十分辛苦，它们却十分高兴。

[2] 指贝特丽奇。

日好像在那里行动缓慢 [1]；

见到她切望且全神贯注，

我也似对某物热切期盼，

虽未得，希望却可偿心愿 [2]。

15

基督的凯旋大军

然而我却可以告诉诸位，

从期待到天空更加明灿，

其间隔之时间十分短暂 [3]；

18

圣女道："快请你望向那边，

基督的凯旋军 [4] 来到眼前，

全都是天转的善果体现 [5]！"

21

我似见圣女面遍燃烈焰，

欢乐已充满了她的双眼，

此处我最好是略而不谈 [6]。

24

宛如在满月的晴朗之夜，

永恒的诸仙女 [7] 遍布蓝天，

---

[1] 贝特丽奇也像那些鸟儿一样，在那里瞩目观望，把目光投向太阳旋转缓慢的天际。在尘世观看太阳，太阳行走至南方的子午线时，高悬于人们的头顶，似乎放慢了运行的脚步；然而此时贝特丽奇和但丁已经在太阳的上方，太阳则在他们脚下的天际之处。

[2] 见到贝特丽奇全神贯注地观看，似乎在切望见到什么，但丁也情不自禁地好像期盼见到什么；期盼见到的东西虽然尚未出现，但是期盼本身便会在某种程度上满足期盼者的心愿。

[3] 从但丁期盼见到新景象，到天空出现比刚才更加明亮的新景象，仅仅过去极短的时间。

[4] 指基督以自己的牺牲所拯救的灵魂的队伍。这里尤其指《旧约》和《新约》中所介绍的重要圣人。

[5] 西方的古人认为，天体的运转会影响世人的命运。贝特丽奇告诉但丁，被基督拯救的灵魂全都是在天体运转的影响下结出的善果。言外之意，打入地狱的灵魂则是基督未能解救的邪恶灵魂。

[6] 此时，贝特丽奇的眼中放射出更加耀眼的欢乐光辉，她的脸更显得明艳无比；诗人认为他无能力用笔墨展现出贝特丽奇的美丽，只好说"此处我最好是略而不谈"。

[7] 比喻天上的群星。

基督的凯旋

特丽维 [1] 微笑于她们中间； 　　　　27

我看见神之光 [2] 十分灿烂，

点燃了千千万空中灯盏，

似太阳令天上群星闪闪 [3]； 　　　　30

透过那强烈的明艳之光，

辉煌的神本体显现眼前，

我眸难承受其炫目光焰 [4]。 　　　　33

噢，圣女呀，亲爱的温情向导！

她说道："征服你那道光焰 [5]，

其德能任何力对抗均难。 　　　　36

它具有超凡的智慧、力量，

可开路把尘世连接于天，

世人已期盼了许久时间 [6]。" 　　　　39

如天火 [7] 膨胀得云难包容，

便脱离其本性，违反自然，

从上方降落到低处地面 [8]； 　　　　42

我智能亦吃足精神食粮，

也变大，心承载着实困难，

---

[1] 隐喻月亮。特丽维（Trivia，另译：特利维亚）是希腊－罗马神话中月亮女神狄安娜的别称（见古罗马诗人奥维德的《变形记》第 2 章）。

[2] 指基督的光辉。

[3] "千千万空中灯盏"隐喻天国中数不清的光魂。上帝之光照射在天国千千万万永福灵魂的身上，反射出无数个闪亮的光点，这些光点如同被点燃的灯盏；就像太阳光反射在群星身上令其闪闪放光一样。

[4] 透过基督十分强烈的明艳之光，我们可以见到他体现神本质的人的形象；然而，我的凡人之眼难以承受如此强烈的光。

[5] 指前面提到的基督的光焰。

[6] 基督具有超凡的力量和智慧，他可以开出一条连接天地的道路，引人类的灵魂升入天国，从而解救人类；许久以来世人一直期盼着这种福音。

[7] 指雷电。

[8] 雷电不断膨胀，再难以被乌云所包容，因而它便改变自己的本性（雷电是一种火，按其本性，本该从下向上燃烧），违反自然，从空而降。

所做事因而便不记心间 [1]。 45

贝特丽奇邀请但丁观看她的笑颜

她又道："睁开眼，看我模样，

你已把诸事物尽收眼帘，

致使你能承受我的笑颜 [2]。" 48

此建议值得我深深感谢，

记忆书应将它牢记其间 [3]； 51

当我闻这一个建议之时，

就如同从梦幻醒觉一般，

随后便搜寻着遗忘梦境，

但一切努力都徒劳枉然 [4]。 54

若波吕许尼亚及其姐妹，

用乳汁育肥的根根舌尖，

为助我都齐声发出佳音， 57

把她的圣微笑歌唱、颂赞，

也难以描绘出千分之一，

她圣颜有多么光辉灿烂 [5]； 60

因此在展示那天国之时，

圣诗篇不得不跳跃向前，

[1] 我的智能和雷电一样，此时吃的精神食粮太多（见到太多、太美的天国景象），也变得过于肥大，我的心已经无法再承载它，因而无法记住当时我所做之事。

[2] 贝特丽奇对但丁说：你现在可以睁开眼睛仔细地看我长的模样了，因为你已经看到了"基督的凯旋大军"，从而能够承受我微笑时所放射出的耀眼光辉了。

[3] 但丁认为应该感谢贝特丽奇如此重要的提醒，并将其牢牢地记录下来。

[4] 如梦初醒的但丁努力追忆梦中情景，却怎么也想不起来，因而也无法写入诗中。这就印证了在《天国篇》开始时但丁所说的情况，"谁若是从那里回到人间，不知道咋描述亲眼所见"。见《天国篇》第 1 章。

[5] 波吕许尼亚（Polimnia）是主管颂歌的缪斯，"波吕许尼亚及其姐妹"指希腊神话中的九位缪斯。"用乳汁育肥的根根舌尖"指著名诗人的语言，因为他们的优美语言是用缪斯的乳汁哺育出来的。诗人说：即便众缪斯用乳汁哺育出的著名诗人们和他齐声赞颂贝特丽奇的美丽微笑，也难以展示其千分之一的光辉。

似一人发现己思路截断^[1]。   63

谁若是想想这重大主题，

竟然压一凡人肩膀上面，

就不会抱怨其担下抖颤^[2]：   66

这不是一小船行驶之路，

其船头难破浪勇往直前，

也不是踌躇的船夫航线^[3]。   69

贝特丽奇邀请但丁观看圣母和诸位使徒

"你为何如此地迷恋我脸，

不转身去看那美丽花园？

在基督光照下花开正艳^[4]。   72

这便是神肉身所在玫瑰，

还有那百合花争香斗艳，

闻其味（儿）人踏路奔向良善^[5]。"   75

那圣女如此说，我很情愿，

遵照她之建议，顺从其言，

便再次令弱眼接受考验^[6]。   78

犹如在尘世间吾眼看到，

---

[1] 因而在展示天国美景时，我的圣洁的诗篇不得不时不时地跳过某些细节，因为我无法将其全部记在脑海之中，就像人头脑中的记忆时不时会断篇儿一样。

[2] 谁若是想一想，描写天国景况这副沉重的担子竟然压在我这个凡夫俗子身上，就不会指责我不堪重负，竟然被重担压得颤颤巍巍。

[3] 这可不是一只小船所能航行的路线，因为小船没有乘风破浪的能力，也不是一个意志不坚的船夫敢于航行的路线。

[4] "美丽花园"指天国的盛景。贝特丽奇提示但丁，不要只观望她的美面，而应该去欣赏天国的美丽景色。

[5] "神肉身所在玫瑰"隐喻圣母玛利亚。圣子耶稣的肉身孕育于玛利亚的体内，因而她被称作"神秘的玫瑰"（见《新约·约翰福音》第1章）。"百合花"隐喻诸位使徒。圣母玛利亚和诸位使徒像玫瑰和百合花一样发出香气，引导人们踏上善良之路。

[6] 但丁欣然地接受了贝特丽奇的建议，将他凡人的目光投向了周围的天国景象，再一次接受耀眼强光的考验。

太阳的透云层清澈光线，

照在了阴影下鲜花草坪，　　　　　　81

此时见团团光映入眼帘，

上方的烈光焰将其照亮，

却不见何处是光芒之源 [1]。　　　　84

噢，仁慈的德能 [2] 啊，高高升起，

为的是给我眼留出空间，

因它们难承受你的光灿 [3]。　　　　87

圣母玛利亚的凯旋

我日夜祈祷的美丽花朵 [4]，

用其名凝聚我全部视线，

吸引我关注她至大光焰 [5]；　　　　90

那明星胜一切，天上人间 [6]，

以全部之亮度展现眼前，

它刚刚映入我双眸之时，　　　　　　93

一火炬从天降，化作光环，

在四周围着她不停旋转，

看上去就好似一顶王冠 [7]。　　　　96

人世间最诱人婉转旋律，

---

[1] 此时，一团团的光映入但丁的眼帘，就像尘世的人见到经过云层过滤的太阳光线照在先前处于阴影之中的草地之上，显得十分清晰，那是诸灵魂折射出来的上帝投在他们身上的光；但是，但丁仍然无法看到那些光源于何处。

[2] 指基督的德能。

[3] 噢，仁慈的基督啊，你高高地升入净火天，和我保持一定的距离，为我的眼睛留下了足够的空间；假如你在我身边，我的眼睛无法承受你的强烈光线。

[4] 指圣母玛利亚。

[5] 圣母玛利亚用她的盛名凝聚了我的全部注意力，吸引我瞩目观看她这团最大的光焰。在但丁时代，对圣母玛利亚的崇拜已经到了登峰造极的地步，因而在但丁的眼中，基督把最大、最强烈的光焰投射在她的身上。

[6] "那明星"指圣母玛利亚。无论在天国还是在人间她的光辉都胜过一切造物。

[7] 圣母玛利亚以她的全部光辉出现在我的眼前，她刚刚一出现，从上方便降下一把火炬，随后，火炬变成光环，围着她不停地旋转，看上去就像一顶王冠。

均无法与此处美音比肩，

如若是与天琴 [1] 声音相比， 99

就如同雷撕碎乌云一般 [2]；

天琴声绕美丽蓝宝石转，

宝石令清澈天涂染蔚蓝 [3]。 102

"我便是那一位爱的天使 [4]，

围绕着生至福母腹 [5] 旋转，

那母腹是我们迫切期盼 [6]； 105

天上的女主 [7] 啊，我将盘旋，

直到你随儿升至高福天，

你进入可使其更加明灿 [8]。" 108

旋转的天使歌至此结束 [9]，

于是闻其他光齐声呼喊：

玛利亚之美名传遍空间 [10]。 111

宇宙的诸星天所披王袍 [11]，

从主的灵与行获得能源，

---

[1] 比喻大天使加百列的优美歌声。见后面的诗句。

[2] 此时，响起了悦耳的天籁之音，人间最美的旋律也无法与其相比；假如一定要比较，人间的音乐就像撕开乌云的霹雳那样刺耳。

[3] "美丽蓝宝石"比喻圣母玛利亚。圣母玛利亚像蓝宝石一样放射出美丽的蓝光，把清澈的天空涂染成蔚蓝色。

[4] 指向圣母报喜的大天使加百列。

[5] "至福"指为人类带来至福的基督耶稣，"生至福母腹"自然指的是孕育基督耶稣的圣母玛利亚之腹。

[6] 我是大天使加百列，围绕着圣母玛利亚盘旋，我们期盼她腹中孕育出的基督耶稣拯救人类。

[7] 指圣母玛利亚。

[8] 圣母啊，我将旋转着跟着你，一直到你随儿子基督耶稣回到至高的净火天；你进入净火天，可使那里更加光辉灿烂。

[9] "旋转的天使"指围绕圣母旋转的天使加百列。显然，上面引号中的诗句是加百列所唱的歌词。

[10] 在圣母玛利亚身边旋转的大天使加百列的歌声刚一结束，就听见其他的光魂齐声呼喊圣母的名字："玛利亚"这一美名传遍空间。

[11] 指宇宙的最外面的一重天——原动天。

因而它更加是生机盎然 [1]；   114

其内沿距我们头顶甚远，

以至于在我所站立地点，

仍然是看不见拱顶容颜 [2]：   117

我的眼因而便没有能力，

紧跟着冠形的熊熊火焰 [3]，

随其子升上那更高之天 [4]。   120

如婴儿吸吮过母亲乳汁，

把双臂伸向了她的面前，

表示出子与母炽热爱恋；   123

每一个光焰都上扬火舌，

他们对玛利亚怀有情感，

那种爱我双眼清晰可见 [5]；   126

随后便止步于我的面前，

"天后啊"，温情歌悠扬飘传，

从那时喜从未离我心田 [6]。   129

对天国财富的感叹

噢，有多少至福的珍贵财宝 [7]，

---

[1] 原动天最靠近上帝所在的净火天，可以直接从上帝的精神和行为中获取巨大的能源，因而它转得更快，更显得生机盎然。

[2] 宇宙最外面的原动天范围很大，圆顶处距但丁所在位置十分遥远，以至于但丁站在恒星天中无法看到它。

[3] 指皇冠形状的光焰所围绕的圣母玛利亚。

[4] "更高之天"指原动天之外的净火天。我的眼睛还没有能力紧跟着圣母玛利亚的形象随其子基督耶稣到达净火天。

[5] 包裹诸圣魂的光焰都朝向圣母玛利亚上扬着火舌，就像吃过母乳的婴儿，双手伸向母亲，向她表示出炽热的爱恋之情一样；光魂们对圣母的这种爱的情感明示于我的眼前。

[6] 随后，那些光魂在我面前止步，他们温情且悠扬地唱道："天后啊！"从那以后，我的心一直陶醉于喜气洋洋的气氛之中。"天后啊！"是复活节教堂盛典中所唱赞美歌的第一句歌词。

[7] "至福"指天国之福，"至福的珍贵财宝"自然指天国中令人享受至福的精神财富。

装入了种子的箱柜里面！

尘世人靠它们播种良田 [1]。　　　　　　132

巴比伦流放时哭泣不已，

弃黄金却获得珍宝万千，

现在此享珍宝，生活美甜 [2]。　　　　　135

玛利亚、天主子光照之下，

掌荣耀钥匙的那位要员 [3]，

携《新约》《旧约》的诸位圣人，　　　　138

在这里展示其奏凯而旋 [4]。

---

[1] 世间的农民用箱柜储存种子，然后将其播撒在良田之中，令其发芽结果，获得收
　　成。此处，诗人感叹：享受永福的圣洁灵魂们获得了多么丰富的精神财富呀！这些
　　财富足足可以装满尘世农民的种子箱柜。诗人也似乎在隐喻，圣洁的灵魂们在尘世
　　播下了良种，自然会获得丰厚的收成。

[2] 巴比伦王尼布甲尼撒（Nabucodonosor，约前 605—前 562）攻陷耶路撒冷，将犹
　　太国贵族和民众掠至巴比伦，史称"巴比伦之囚"。此处诗人说，巴比伦流放，即
　　"巴比伦之囚"，使犹太人受尽了痛苦，他们丢弃了尘世的黄金，却在痛苦中获得了
　　无数精神财富，因而他们现在在天国中享用精神珍宝，生活得十分幸福。

[3] 指圣彼得。据说，基督耶稣把掌管基督教会的金银两把钥匙交给了使徒圣彼得，金
　　钥匙象征基督授予教会的帮助人们忏悔和补赎罪过的权力，银钥匙象征忏悔神父所
　　应具备的审查和判定忏悔者罪过的审慎和智慧。

[4] 在基督和圣母玛利亚的光辉照耀下，圣彼得率领着《新约》和《旧约》中所记载的
　　诸位圣人在此处展示他们的凯旋。

第 24 章

贝特丽奇请求诸使徒的灵魂赐予但丁些许天国永生的甘露，闻言后欢乐的灵魂组成了一些光环，以不同的速度围绕着固定的轴心旋转，其速度取决于光魂接受永福程度的高低。从最亮、最美的光环中走出一团耀眼的光焰，它围绕着贝特丽奇转了三圈，唱出优雅的歌声，其美妙的旋律令人类的语言无法表述。这团光焰包裹的是圣彼得的灵魂。贝特丽奇请圣彼得审查但丁对信仰的认识，于是开始了圣彼得与但丁之间一段极其精彩的关于神学的对话。就像在神学院学生回答老师的问题一样，但丁先沉思片刻，然后一一回答了圣彼得提出的有关"信德"的各种深奥、神秘的问题。圣彼得对但丁的回答十分满意，围绕着他转了三圈，以示欢乐之情。

圣魂组成速度各异的旋转光环

圣女道："噢，你们被选食美餐，
赴隆重举行的福羔盛宴，
可满足你们的永久意愿[1]；　　　　　　3

这个人[2]获得了上帝恩典，
在他的大限日到来之前，
可先尝你们桌落下残渣，　　　　　　6

请你们想一想他的夙愿，
赐予他你们的些许甘露，
因其思源自于汝等清泉[3]。"　　　　　9

---

[1] 噢，被选中食用天国精神美食的有福灵魂啊，你们去赴基督的羊羔盛宴，一定能获得永久的满足。这是一段贝特丽奇对所有天国永福者灵魂说的话，也可以理解是对诸使徒灵魂说的话。

[2] 指但丁。

[3] 这个人获得了上帝的特殊恩赐，死之前便可以品尝一些从你们餐桌上掉落下来的精神美餐的残渣；请你们考虑一下此人的夙愿，赐给他些许你们所饮用的甘露，因为，他此时的思想和愿望都源自你们所饮用的清泉。

天国的第八重天，恒星天

欢乐的诸灵魂围绕定轴，

组成了许多个喷火圆环，

就像是拖尾的彗星一般[1]。　　　　　　12

如钟表齿轮的和谐运动，

看上去第一个似乎不转，

最后的却转得如飞一般[2]；　　　　　　15

光魂也围着圈如此舞蹈，

其速度有的快，有的缓慢，

我以此将他们"财富"判断[3]。　　　　　18

贝特丽奇请圣彼得审查但丁对信仰的认识

从我觉最明艳圆环之中，

走出来极快乐一团光焰，

该环中无一光比它更灿[4]；　　　　　　21

它围绕圣女子[5]转了三圈，

并唱出一神曲，十分婉转，

以致我无能力铭记心间[6]。　　　　　　24

因此我笔跃过，不再描写：

那景况之色彩太过鲜艳，

我难以构思它，表述无言。　　　　　　27

---

[1] 欢乐的灵魂围绕着各自固定的轴，形成了许多喷着火焰的圆环，火苗尖就像彗星拖着的尾巴。

[2] 诸圆环就像钟表中的齿轮，旋转得十分和谐，但它们的速度截然不同，看上去第一个似乎一点儿也不动，而最后一个却旋转得飞快。

[3] 诸光魂亦如此围着圈跳舞，其速度与钟表齿轮一样有快有慢；从他们的转速上我可以看出他们所获得的精神财富的不同。

[4] 从我觉得最明艳的那个光环中走出一个非常欢快的光团，在它所在的光环中没有比它更明亮的光团了。

[5] 指贝特丽奇。

[6] 当景象或歌声太美时，但丁总是无法将其记录下来，因为凡人的大脑难以记录天国最美的形象和声音。

"噢，圣姐妹 [1]，你真诚请求我们，

由于你表示出热切情感，

所以我脱离了美丽光环。"   30

那至福之光焰停止舞蹈，

把话语转向我圣女那边，

吐出了我上面所说之言。   33

圣女道："噢，伟大的永恒之光 [2]，

主携天奇钥匙来到人间，

并把它托付你牢牢掌管 [3]；   36

你随意就信仰向他提问，

问题的大与小由你之便，

因你曾为信仰行走海面 [4]。   39

他是否爱、望、信，你心明了，

因为你常瞩目观望上天，

万物的形象都绘于上面 [5]；   42

此王国 [6] 汇集了真正信民，

真信仰因而便光辉灿烂，

趁此机与他谈，理所当然 [7]。"   45

---

[1] 指贝特丽奇。

[2] 指使徒圣彼得。

[3] 圣彼得被视为基督受难后传播基督教最重要的领导者和教会的基石，天主教将其看作首位教宗。据说，基督耶稣曾亲手把打开天国之门的金银两把钥匙交到他的手中。

[4] 贝特丽奇请圣彼得就信仰问题随意向但丁提问，因为她认为圣彼得是信仰最坚定的人，他曾经由于笃信基督而在海面上行走。见《新约·马太福音》第 14 章。

[5] "爱、望、信"是基督徒所信奉的三超德。贝特丽奇对圣彼得说，他心中明白但丁是否真正具有爱、望、信三超德，因为他常观望上天，包括但丁在内的万物的形象都绘在天上。

[6] 指天国。

[7] 贝特丽奇认为，趁但丁在上帝的特殊恩赐下来到天国之际，与他讨论爱、望、信等神学问题是合情合理的。

关于何为信仰的问与答

当老师还没有提问之前，

学士会做准备，而不吐言，

在心中寻论证，却不武断；　　　　　　48

她言时，我如此抒清思路，

准备好回答那智慧考官[1]，

证实我对信仰心明、意坚[2]。　　　　　51

"善信徒，请说明，何为信仰[3]？"

闻此言，我望向那朵光焰，

该声音发自于它的里面；　　　　　　54

随后我又转向圣洁女子，

见她向我显示鼓励容颜，

便知须倾泻出内心清泉[4]。　　　　　57

我说道："愿上帝赐我恩泽，

帮助我用清晰、明确语言，

向至高之统领[5]述我信念。"　　　　　60

我又道："教父[6]啊，你好兄弟[7]，

同你引罗马踏正直路线；

正如他真诚笔书写那样，　　　　　　63

信仰是希望事实底体现，

它也是未显事可信根源；

---

[1] 指圣彼得。

[2] 在贝特丽奇说话时，但丁心中准备着如何回答圣彼得的提问，以示他明白什么是信仰，证明他的信仰是坚定的。

[3] 圣彼得对但丁说："善良的信徒啊，请你说明什么是信仰。"

[4] 但丁见贝特丽奇鼓励他说出内心的话，便明白在这个提问者面前应该毫无保留地倾吐出内心的想法。

[5] 指圣彼得。天主教认为，基督归天之后，圣彼得是传播基督教最重要的领导者，因而视其为教会的最高领袖。

[6] 此处指圣彼得。

[7] 指圣保罗。圣保罗向圣彼得和其他使徒建议把基督教传播到犹太人以外的人群之中，从而使基督教传遍整个罗马帝国的疆域。

我认为其实质由此可见 [1]。"   66

随之闻："若解它怎为实底、

为何是未显事可信根源，

你感觉便正确，是非明辨 [2]。"   69

我说道："深奥的神秘事物，

在此处施慷慨，令我得见，

对下界人眼却隐匿身影，   72

它只能存在于信仰里面 [3]；

因而说信仰是希望基础，

希望就建立在它的上面。   75

既然无可见物作为依据，

也只能以信仰推理一番，

因而信把论证亦担其肩 [4]。"   78

又听到："若所学一切知识，

已悟透，不再有疑问半点，

便没有诡辩者卖弄空间 [5]。"   81

关于但丁是否真理解信仰的问与答

随后又补充道："这块金币 [6]，

---

[1] 上面两句话源自圣保罗所写的《新约·希伯来书》第 11 章，原话为："信仰就是所望之事的实底，是未见之事的确据。"但丁回答圣彼得说，信仰使他透彻地理解了真理，然而，尘世尚未坚信基督耶稣的人对真理却视而不见，因为真理还没有明确地显现出来；其实真理早就存在于那里，只是没有被不信仰基督的人所认识而已。他认为，信仰的实质意义就在这里。

[2] 圣彼得对但丁说，如果但丁明白信仰怎么就成了希望之事的实底，又为何是未显之事的可信根源，那么他的感觉就是正确的，他就能明辨是非。

[3] 但丁又说，在慷慨的天国中，他能够看清深奥的神秘之物，然而尘世的人却看不清它们，因而人们只能依靠信仰认识它们。

[4] 尘世的人既然看不见神秘的事物，就只能依赖信仰进行推理，因而信仰又把推理和论证的任务担在了自己的肩上。

[5] 如果能悟透一切所学知识，心中不再有半点疑问，那些诡辩学者便没有到处卖弄虚假学问的空间了。

[6] 隐喻上面所说的悟懂一切知识的本领。

含金量与其重通过检验，
告诉我你袋中是否有它 [1]。" 84
这段话出自那爱的光团 [2]。
我答道："有此币，它亮且圆，
对它的铸造我毫无疑点 [3]。" 87

关于但丁信仰产生根源的问与答

那闪亮光深处随后又道：
"德能都建立这宝石上边，
在何处你把它抓于掌间 [4]？" 90
我说道："新旧约书于羊皮，
是羊皮制成了纸张页面，
圣灵的丰沛雨遍洒纸上， 93
敏锐地对信仰做出推断，
与此比其他的一切论证，
对于我都好似愚钝、冥顽 [5]。" 96
随后闻："《新约》与《旧约》之书，
为你做如此的信仰推断，
为何说它们载上天之言 [6]？" 99
我说道："随后所发生之事，
证实了对我示真理之颜，

---

[1] 悟懂一切知识的本领的含金量很高，金币也很重，你口袋里是否有这块金币？

[2] 指包裹圣彼得灵魂的光团。

[3] 我有这块金币，而且对它的真实性毫无疑问。

[4] 一切德能都建立在前面所说的信仰的基础之上，你是怎么获得这个基础的？

[5]《新约》和《旧约》都书写在羊皮纸上，那些文字是圣灵的恩泽雨露，它们对信仰的论述是十分敏锐、精辟的，与其相比，对我来说，其他一切论述都显得愚钝和缺少说服力。

[6] 你说《新约》和《旧约》为你精辟地论述了信仰问题，那么你为什么又说它们记载的都是上天的语言呢？

自然却难如此把铁锤炼 [1]。"　　　　　　102

他对我又问道："请告诉我，

谁证明真发生那些事件？

那只是证明者信誓旦旦 [2]。"　　　　105

我说道："若世界皈依基督，

无奇迹，这本身令人惊叹，

其他的不及它百分之一 [3]：　　　　108

因为你 [4] 赤贫时走入田园，

播下了优良的植物种子，

使以往葡萄园荒凉一片 [5]。"　　　　111

关于但丁具体信念的问与答

话音落，"上帝啊，赞美你"声

从崇高圣天庭传遍诸天 [6]，

美旋律只能够闻于上天。　　　　　114

那一位大人物将我审查，

并引我一枝枝向上登攀，

我们已靠近树最终顶端 [7]；　　　　117

---

[1] 因为，后来所发生的事情都证实了它们所讲的是真理，都远远超出自然现象所能解释的情况。这里，"随后所发生之事"指充满奇迹的使徒言行。

[2] 谁能证明那些奇迹真的发生过？那只不过是想证实奇迹的人信誓旦旦的讲述而已。

[3] 即便是没有发生过那些奇迹，世界上那么多人皈依了基督教，这本身就是一个令人惊叹的奇迹呀！其他所有奇迹合在一起也不如这个奇迹的百分之一重要啊！

[4] 指圣彼得。

[5] 你本来是一个赤贫的人，却在田园中播下了最优良的种子，后来这些种子长出了最好的葡萄藤，人们不再需要旧葡萄藤，致使以往的葡萄园一片荒凉。诗人用此比喻基督教的发展：起初，圣彼得那么卑微、贫寒，然而却播下了信仰的良种；后来基督教成长为十分繁荣的宗教，代替了欧洲古代的其他信仰。

[6] "上帝啊，赞美你！"是使徒们传教时常说的赞美词，今天仍常用；"崇高圣天庭"指净火天。但丁的话音刚落，这句优美的赞颂上帝的歌声就从净火天（天国最高处）传遍了天国的各重天。

[7] 圣彼得向但丁提出了许多神学问题，一步一步把他引至"信德"考试的最终阶段，就像引导他沿着大树的枝向上攀爬一样，最后靠近了大树的顶端。

他又道："天恩与你心相通，

它引导你开口进行论辩，

直至此你回答毫无差错， 120

因而我赞同你口吐之言；

现在你应陈述具体信念，

何处是它们的产生根源 [1]。" 123

我说道："噢，教父啊，你瞻圣灵，

在尘世笃信它，胜步轻便，

入神墓你走在年轻人前 [2]； 126

你要我在此讲纯粹信仰 [3]，

并把它之实质展示一番，

还询问我信仰产生根源。 129

我回答之言是：相信上帝，

他唯一，且永恒，自身不转，

却用爱和意愿推动诸天 [4]； 132

我并无物理与玄学证据，

能够使此信仰无可争辩，

但天降真理如甘霖一般 [5]： 135

摩西与先知者、福音、诗篇，

圣灵降，使汝等十分璀璨，

---

[1] 现在需要你讲一讲你对基督教的具体信念，并说说它们的来源。

[2] 教父（指圣彼得）啊，现在你在天上可以瞻仰圣灵，在尘世时你也笃信它，因而虽然圣约翰比你年轻，脚步比你快，你却先进入了耶稣之墓。据《新约·约翰福音》第 20 章讲，圣彼得和圣约翰得知耶稣的尸体不见了，墓穴空了，便奔向圣墓；约翰年轻，跑得快，先到墓穴旁，却不敢进入，彼得后到，却先进入了墓穴。

[3] 指不加任何逻辑推理的信仰。

[4] 你问我"纯粹信仰"的实质是什么，我的回答是：相信上帝；上帝是独一无二的，是永恒的，他位于固定不转的净火天中，却用他的至爱和意愿推动诸天旋转。

[5] 我并没有物理的和非物理的证据证明此信仰是无可争议的，但是，这种信仰是真理，它就像上天赐予我们的甘霖一样。

你们撰之圣文也很光灿 [1]；　　　　　138

我信仰神三位组成一体，

一实质却具有三种容颜，

可用单或复数语言表现 [2]。　　　　141

我所讲深奥的神的观念，

是福音之教义印我心间，

许多次教导我，遗忘极难 [3]。　　　144

这便是星星火、教义根源，

扩展后变成了熊熊烈焰，

它好像空中星照我路面 [4]。"　　　147

圣彼得对但丁信仰的赞许

似主人听仆人报告喜讯，

好仆人刚止住口中之言，

便紧紧拥抱他，二人同欢；　　　　150

按吩咐我回答，话音刚落，

使徒的光火团绕我三圈，

边歌唱边为我祈祷幸福，　　　　　153

我的话竟令他如此喜欢 [5]。

---

[1] 摩西和其他诸位伟大的先知的预言，《福音书》和《圣经》中的诗篇所讲述的道理，
圣灵降临在你们使徒面前所做的嘱托，你们后来所撰写的光辉灿烂的文章，都证明
了这种信仰是天降真理。

[2] 我信仰的是圣父、圣子、圣灵三位一体之神，这种神既是一个，又是三个，用语言
表达时，可以用单数，也可以用复数。

[3] 我的这些深奥的神学思想是《马太福音》《约翰福音》等福音书中的教义教给我的，
我反复多次地研读福音书，因而很难忘记它们的教诲。

[4] 福音书是点燃我信仰和神学思想火焰的星星之火，信仰和神学教义就像空中的明星
照亮我行走的道路。

[5] 此处，诗人用主人听仆人报告完喜讯将其拥抱在怀中时的喜悦心情来比喻圣彼得
灵魂的欢乐；但丁的回答令圣彼得非常满意，他话音刚落，圣彼得便围着他转了
三圈。

第25章

　　此章一开始，但丁便表示了他希望用这部不朽的著作回敬曾经迫害他的佛罗伦萨政敌，从而满身荣耀地返回故乡。随后，但丁看见从刚才圣彼得所在的光环中又走出一个十分明亮的光团，它便是象征"望德"的使徒圣雅各的光魂。圣雅各向但丁提出了三个有关"望德"的问题：何为"望"？怎饰你心？从何处来你身边？贝特丽奇抢先替但丁回答了第一个问题，剩下的两个问题由但丁自己回答。回答完毕，空中响起了"希望在你"的优美歌声。此时，圣约翰的光魂出现。但丁瞩目观看圣约翰，试图弄清楚他是否如人们传说的那样携肉体一同来到天国，结果双眼被强光炫得什么都看不见了。圣约翰告诉但丁，他的肉体留在尘世，只有耶稣和圣母玛利亚能携肉体升天。

但丁的希望

我曾是一羔羊，卧美羊圈[1]，

恶狼们仇视我，于是宣战[2]；

天与地合力成这部圣诗[3]，　　　　　　　　　3

曾令我苦心智、消瘦多年；

但愿它有一天能够战胜，

锁我于羊圈外那份凶残[4]；　　　　　　　　　6

那时候诗人我声、发皆异，

再回到受洗的圣池旁边，

---

[1] 但丁把自己看作善良的羔羊，把家乡佛罗伦萨看作美丽的羊圈。

[2] "恶狼"指佛罗伦萨的"黑派"，他们是但丁的政敌，仇视但丁，执掌政权后将其流放。恶狼与羔羊的比喻源自《新约》，《新约》的许多处有此类比喻。

[3] "圣诗"指但丁正在写作的《神曲》。但丁认为，这是一部由上天智慧和人间经历合力才得以完成的著作，因而此处说"天与地合力成这部圣诗"。

[4] 但丁希望用《神曲》这部伟大的著作回敬迫害他的佛罗伦萨人，使那些诽谤他并将他赶出佛罗伦萨的人尽失颜面。

戴上那闪光的神圣桂冠[1]； 9

因为是在那里我皈依主，

使灵魂近其身、令他喜欢，

彼得也因信仰围我转圈[2]。 12

圣雅各的光魂

从那个福魂环刚才走出，

耶稣的代理人首位要员[3]，

又一光从那里走向这边[4]； 15

圣洁女欢快地对我说道：

"那是位大领导，快看，快看，

由于他加利西受人盛赞[5]。" 18

就如同鸽子落同伴身边，

你围我，我围你，不停旋转，

咕咕叫，相互示爱的情感； 21

我见到来之魂受到欢迎，

迎者是伟大的光荣圣贤[6]，

---

[1] 诗人认为，当他以胜利者的形象重归故里、再次来到幼年受洗的圣池旁时，已经声音沙哑、白发苍苍（声、发皆异了）。但他仍希望有一天能够满身荣耀地返回家园，在那里被加冕为桂冠诗人，以证明自己的清白。这里似乎有些伤感，然而可以看出诗人重返故乡的决心十分坚定。

[2] 因为就是在受洗的圣池旁我皈依了基督教，那信仰令人的灵魂靠近了上帝并使其喜欢；也是因为那信仰，圣彼得对我表示赞许，围着我高兴地转了三圈（见上一章结尾处）。

[3] "耶稣的代理人"指教宗，天主教认为他是耶稣在人间的代理人。"耶稣的代理人首位要员"指圣彼得，他被认为是首位教宗。

[4] 又有一光团从刚才圣彼得走出来的那个光环走向了我们这边。

[5] "那是位大领导"指使徒圣雅各（San Giacomo）。使徒是最初传播基督思想的人，被信徒们视为领导者，因而，此处称雅各为"大领导"，即重要的领导。圣雅各死后被葬在西班牙西北部的加利西（Galizia，另译：加利亚），因此加利西成为基督教的一处圣地，受到信徒们盛赞。

[6] 指先前已经来到但丁身边的圣彼得的灵魂。

他二人共赞美上天佳宴 [1]。   24

彼此间欢快地问候完毕，

便沉默止步于我的面前，

其光芒迫使我首垂腰弯 [2]。   27

圣洁女于是便笑着说道：

"辉煌的灵魂呀，你曾撰篇，

描写过我天宫慷慨不凡 [3]，   30

你使'望'之美德声荡云天；

耶稣对三使徒曾示大爱，

你总是以'望'德形象出现 [4]。"   33

"你抬头，使自己充满信心，

无论谁从尘世来到上天，

都必须要适应我等光线。"   36

此鼓励出自于第二光团 [5]，

我闻言抬眼望两座高山，

它们曾重压于我的双眼 [6]。   39

关于"望德"的考试

"既然是我皇帝 [7] 愿意施恩，

令你在殁之前来到此间，

[1] 他们二人共同赞美天国的精神佳宴，即赞美上帝赐予福魂的精神营养。

[2] 二圣发出耀眼的光芒，致使但丁不敢抬头看他们。

[3] 辉煌的灵魂啊，你曾撰写过《雅各书》（见《新约》），在该文中你赞美了天国的慷慨。

[4] 据《新约》记载，在使徒中，耶稣偏爱彼得、雅各和约翰，总是带三人参加十分重大的传教活动，并以基督教的三超德启示他们。但丁和许多基督教学者认为，圣彼得代表"信德"，圣雅各代表"望德"，圣约翰代表"爱德"。

[5] 这几句鼓励但丁的话出自圣雅各的光团。"第二光团"指的是圣雅各的光团，因为他是圣彼得之后第二个来到但丁面前的使徒光团。

[6] "两座高山"指圣彼得和圣雅各。他们的光芒太强烈，使但丁不敢抬头看他们，就像有两座大山压在他的眼皮上。

[7] 此处，"我皇帝"比喻上帝。

在密室会见他各位伯爵 [1]，　　　　　　42

见宫廷 [2] 之真理——'望德'之颜，

以便在尘世上你与他人，

都对其之安慰产生爱恋；　　　　　　45

告诉我：何为'望'？怎饰你心？

它是从何地方来你身边 [3]？"

二光团 [4] 又如此继续吐言。　　　　48

那圣女引导我展翅飞翔，

飞上了如此的高高云天，

她抢先替代我回答其言：　　　　　51

"照我们之太阳 [5] 心中写着：

在战斗教会 [6] 中无一儿男，

比他更存希望于己心间 [7]；　　　　54

因而便允许他战斗未完，

就从那埃及的痛苦地面，

来耶路撒冷处游历、参观 [8]。　　　　57

---

[1] 此处，"伯爵"比喻各位使徒的灵魂。前面把上帝比作"皇帝"，使徒是上帝最喜爱的"重臣"，因而此处称其为"伯爵"。

[2] 前面几行诗把上帝比作皇帝，把使徒比作伯爵，此处的"宫廷"自然比喻的是天国了。

[3] 既然上帝施恩于你，使你在离世之前就来到这里与使徒们会面并交谈，从而理解什么是"望德"，以便你返回尘世时将其转告他人，使你自己和其他人都喜欢"望德"所带来的安慰；那么，就请你告诉我，什么是希望？它是怎样进入你心的？它来自何处？

[4] 指第二个光团，即包裹圣雅各灵魂的光团。

[5] 此处，"照我们之太阳"指赐予我们精神之光的上帝。

[6] "战斗教会"指尘世的基督教信徒。

[7] 在赐予我们心灵之光的上帝心中写着：在基督教信徒中，没有人比他对希望更坚信不疑。

[8] 诗句的潜在意思为：上帝允许但丁在尚未离弃尘世之时就从痛苦的人间来到幸福的天国参观。埃及曾经是希伯来人的流放地，他们在那里受尽了苦难，因而此处的"埃及"隐喻人类遭受苦难的流放地，即苦难的尘世；耶路撒冷则被希伯来人视为福地，因而此处的"耶路撒冷"隐喻幸福的天国。这种隐喻在基督教文化中是常见的。

教会的争战者（朝圣者）

你提出其他的两个问题 [1]，

不为知，而为他传言世间：

此超德令你心多么喜欢 [2]！　　　　　　　60

此二题我留给他来回答，

题不难，亦不能使其傲慢，

愿主恩能助他回答圆满 [3]。"　　　　　　63

如学生要回答老师提问，

总对己熟悉题积极发言，

因意欲把他们才能展现 [4]；　　　　　　66

我答道："所谓的希望便是，

对未来之荣耀坚定期盼，

它源自先积德、神的恩典 [5]。　　　　　69

此真理之光辉来自群星，

伟歌手照吾心却在最先，

他歌唱至尊者，将其颂赞 [6]。　　　　　72

圣咏中他说道：'希望在你，

凡知汝大名者均把你盼 [7]。'

若信他，其名字谁忘一边 [8]？　　　　　75

---

[1] 其他两个问题指：希望是怎样进入你心的（怎饰你心）？它来自何处？见本章第 46、
47 行。

[2] 你提出这两个问题，不是想知道怎样解答这两个问题（因为你是天国中的圣洁灵
魂，对任何问题的答案都已经十分清楚），而是为了他返回尘世时能告诉世人你心中
多么喜欢"望德"。

[3] 这两个问题我留给他（但丁）回答，它们虽然不难，但也不容易，所以他不会因为
能轻易答出而感到骄傲；但愿天主能施恩泽帮助他圆满地回答这两个问题。

[4] 就像学生回答老师问题时，总是积极地抢答自己知道答案的问题，因为他们希望能
够更好地展示自己的才能。

[5] "未来之荣耀"指升入天国的荣耀。一个人在尘世积累下功德，并相信上帝会对他施
恩泽，这样才能使升入天国的希望进入他的心。

[6] 我的这种真理之光源自《圣经》和许多教父的神学文章，但最初给予我启示的却是
伟大歌手大卫王所写的圣咏，那些圣咏歌唱和颂扬了至尊者上帝。

[7] 这句话的意思是：知道你名字的人都寄希望于你。此话源自《旧约·圣咏》第 9
篇，原话为："耶和华啊，认识你名的人，要依靠你，因你没有离弃寻求你的人。"

[8] 如果信奉上帝，谁又会不记得和不知道他的名字呢？

除他外，你 [1] 随后把我滋润，

用书信令吾心充满期盼，

我又洒甘霖于他人心田 [2]。"　　　　　　　78

正当我说话时，火焰内部，

见颤抖之亮光向上涌窜，

似天空雷电般快速、频繁。　　　　　　81

他说道："你喜欢具有'望德'，

该美德始终都随我身边，

我恋它至弃战、头戴棕榈，　　　　　　84

此爱要我与你谈论一番 [3]；

我此时期待你能够讲述，

希望曾怎么样对你许愿。"　　　　　　87

我说道："新旧约展示目标，

于上帝之友的灵魂面前，

该目标为我指希望之愿 [4]。　　　　　　90

以赛亚 [5] 曾说过，每一个人，

在本土都将穿双套衣衫：

那本土便指此快乐之天 [6]；　　　　　　93

你兄弟在讲述白袍之处，

他也把此启示置人面前，

---

[1] 指刚才提问的圣雅各。

[2] 在大卫王之后，你又用你的书信滋润了我的心，令我的心中充满了希望；随后，我又把希望的甘霖洒在了他人的心田。《新约·使徒信札》中有一篇圣雅各的书信，其中谈到了"望德"。

[3] 你喜欢"望德"，"望德"也曾始终陪伴着我，我一生都爱它，直至离弃人间苦战（即离弃尘世），戴上凯旋的棕榈冠；是对"望德"的热爱要我来与你交谈。

[4]《新约》和《旧约》把灵魂应追求的目标展示在与上帝交朋友的人（指虔诚地信奉上帝的人）面前，该目标为我指明了"望德"要求我做什么。

[5] 以赛亚（Isaia）是《旧约》中的一位先知，据说是《旧约·以赛亚书》的作者。

[6]《旧约·以赛亚书》第 61 章中说：在上帝的土地上人们"必得加倍的财产"，此处，但丁将其译为"都将穿双套衣衫"。这里所谓的"本土"指的是人将要回归的地方，即基督教的天国。

阐释了更清晰、精准场面 [1]。" 　　　　　96

此话语之声音刚刚落下，

闻"希望在你"声响彻空间，

舞蹈光齐唱着回应其言 [2]。 　　　　　99

圣约翰的光魂

随后见其中的一光更亮，

若蟹座 [3] 也有星水晶一般，

冬季便有一月不夜之天 [4]。 　　　　102

此时刻，上文说两个光魂，

随与爱和谐乐舞蹈、转圈 [5]；

我看到新光团走向他们， 　　　　105

似起身入舞池少女一般，

为新娘之荣耀欢快舞蹈，

并没有其他的任何杂念 [6]。 　　　　108

他加入前两位歌舞之中，

我圣女朝他们凝视、观看，

似新娘安坐着沉默不言。 　　　　111

---

[1] "你兄弟"指圣雅各的弟弟使徒圣约翰。圣约翰在《新约·启示录》第7章中说："此后，我看见一大群人，数目难以计算。他们是从各国、各部落、各民族、各语言来的，都站在宝座和羔羊面前，穿着白袍，手上拿着棕榈枝。"这句话对天国永福者的情况描写得十分清晰，因而此处说"阐释了更清晰、精准场面"。

[2] 跳舞的光团都齐声咏唱"希望在你"，以回应但丁的话。

[3] 指巨蟹星座。

[4] "随后见其中的一光更亮"指又见到更明亮的圣约翰的光团。深冬季节，太阳在摩羯宫中，巨蟹座位于摩羯座对面，日出时，巨蟹座下沉，日落时，巨蟹座升起。但丁说：假如巨蟹座有一颗像圣约翰一样水晶璀璨的明星，夜晚也会亮如白昼，因而，从12月21日至1月21日的一个月内，只会有白昼，不会有黑夜。

[5] "上文说两个光魂"指圣彼得和圣雅各的光魂。这时，圣彼得和圣雅各的光魂正伴随着与大爱十分和谐的音乐转着圈跳舞。

[6] 就像一位纯洁的少女，在婚礼上起身进入舞池欢快地舞蹈，她并不是为了满足自己的虚荣心、显示自己的美貌，而完全是为了烘托婚礼的气氛，从而为新娘增添光彩。

"此人曾卧鹈鹕 [1] 胸脯之上 [2]，

他就是十字架主选要员，

主决定把重担压其背肩 [3]。" 　　　　　　114

随后我圣洁女如此说道，

但无论说话后还是之前，

她始终未移动关注视线。 　　　　　　117

令但丁目眩的光辉

一个人想看清日食之景，

便努力瞩目瞧、仰首细观，

于是他被炫目万物不见， 　　　　　　120

面对着后来光我亦如此 [4]；

那光团于是道："此为哪般？

你竟然觅虚无炫毁双眼 [5]。 　　　　　　123

我尘世之肉体已化泥土，

天数与我们数相合之前 [6]，

---

[1] 比喻耶稣。据说，鹈鹕以自己的血哺育幼鸟。

[2] 据《新约·约翰福音》第 13、21 章讲，圣约翰是耶稣钟爱的弟子，在最后晚餐之夜，被允许把头枕在耶稣的胸脯之上。

[3] 据《新约·约翰福音》第 19 章讲，被钉在十字架上的耶稣，临终前选定圣约翰代替他做圣母玛利亚的儿子，以安慰玛利亚。

[4] 一个想清晰地观看日全食的人，会努力地仰头凝视太阳，后来，当太阳慢慢露出面孔时，他的眼睛便被炫得什么都看不见了；我凝视圣约翰光团（后来光）的时候就是如此。

[5] 据《新约·约翰福音》第 21 章讲，耶稣曾对圣彼得说："假如我要他（圣约翰）活到我再来，又与你（圣彼得）有什么关系？你只管跟我走吧！"这句话在使徒中引起了误解，都以为圣约翰永远不会死，甚至会携肉体登天。此时，身在天国的但丁仔细观看圣约翰的光团，试图弄明白他是否真的携肉体升入了天国。圣约翰则责怪但丁，批评他不应该为证实虚无之事而睁圆双目观看他的强烈光芒，从而炫毁自己的眼睛。

[6] "我们数"指进入天国享受永福的灵魂的数量，"天数"指上帝心中认为的应该进入天国的灵魂的数量；当"我们数"与"天数"相符合时，世界的末日便到来，上帝要对古今所有人做最后的审判。中世纪的人们认为，进入天国享受永福的灵魂数量与那些被赶出天国的随路西法反叛上帝的天使数量相等。

它一直把其他尸体陪伴 [1]。 126

只有那两光焰可穿双衫，

升入到永福的庭院里面 [2]；

你要把此消息带回人间。" 129

三圣贤 [3] 混合声十分委婉，

但此音一吐出火环 [4] 停转，

三贤的合音也戛然无声， 132

就如同因疲劳或者避险，

闻听得传令的哨声吹响，

划水桨齐刷刷止击水面 [5]。 135

在福界我始终跟随圣女，

此时我为看她把身扭转，

她身影却未入我的眼帘， 138

哎呀呀，我心有多么不安！

---

[1] 我的躯体已经化作尘世的泥土，在最后审判到来之前，它一直在尘世陪伴其他人的尸体。

[2] "两光焰"指包裹耶稣和圣母的光焰。只有耶稣和圣母能携肉体升入天国（永福的庭院）。

[3] 指圣彼得、圣雅各和圣约翰。

[4] 指三位圣贤舞蹈着围成的放射光焰的光环。

[5] 就像为了使摇桨者不过分疲劳，或者为了躲避危险之物，掌船人吹响了停止划桨的哨子，所有的桨都齐刷刷地停止了划水的动作；圣约翰一开始说话，三圣贤便停止了舞蹈，他们的歌声也戛然而止。

第26章

当但丁为失明不安时，使徒圣约翰告诉他，失明只是暂时的，贝特丽奇美眸的明亮光线将帮助他恢复视觉；同时，圣约翰请但丁梳理一下思路，说说谁令他把爱之箭瞄向了上帝的靶心，是否有其他原因强行把他拉到上帝的身边。但丁一一回答了圣约翰的问题，他的话音刚落，天空便响起了悦耳的歌声，贝特丽奇与三使徒一起高唱："圣哉啊，圣哉啊！"

此时，但丁的视觉恢复了，而且远胜过以往。人类始祖亚当出现在但丁的眼前，他不待但丁发问，就点明了但丁心中所存在的四个问题：上帝何时将亚当置于伊甸园？亚当在伊甸园多长时间？上帝为何对亚当震怒？亚当创造和使用的是何种语言？亚当直接回答了后三个问题，第一个问题的答案则可以从他的回答中推论出来。

关于仁爱问题的考试

当失明令吾心疑惧之时，
从炫耀我双眸那团光焰，
发出的一声音引我关注，　　　　　　　　　3
他说道："因看我你刺双眼，
待恢复视力的这段时间，
最好是用理性补其缺陷 [1]。　　　　　　　6
请说说你灵魂朝向何处 [2]，
应知道只暂时二目被炫，
并非是永久都无法看见 [3]：　　　　　　　9

---

[1] 在等待恢复视力的时候，最好思考一些哲学问题，以弥补眼睛看不见的缺陷。

[2] 请你说说你的心倾向何物，即你爱什么。

[3] 你应该知道，你只是暂时看不见东西，并不是永远丧失了视觉。

引你入神之地那位女子，

她眸与亚拿尼手力一般，

可以使失明目重见光线 [1]。 　　　　12

我说道："吾眼是两扇大门，

她携火入其内，爱在心燃 [2]，

圣女可治吾眼，或早或晚 [3]。 　　　15

'爱'从那阿尔法直至 O 处，

高低声向我把爱书读完 [4]，

令此宫满意善是其根源 [5]。" 　　　18

那声音从我的心中铲除，

因突然炫目的恐惧之感，

致使我又能够开口吐言 [6]； 　　　21

他说道："你应用更细筛子，

再把你心中思筛选一遍，

说明谁令你弓瞄那靶圆 [7]。" 　　　24

我答道："有哲学原理为证，

此处的启示也降于人间，

---

[1] 据《新约·使徒行传》第 9 章讲，圣保罗在皈依基督教之前叫扫罗，是一个迫害基督徒的罗马政府官员，基督惩罚他，使其双目失明；亚拿尼（Anania，另译：亚拿尼亚）是一位大马士革的信徒，受基督差遣，把一只手按在他的双目之上，使其恢复视觉。此处，新出现的光魂说，圣女贝特丽奇的眼睛与亚拿尼的手一样具有使失明之目恢复视力的能力。

[2] 我的双眼是心灵的两扇大门，贝特丽奇通过这两扇门进入我的心，点燃了我心中的爱火。

[3] 贝特丽奇早晚会治愈我的眼睛。

[4] "爱"或低声或高声地、从头至尾地向我读完了关于爱的书。"阿尔法"（alfa）是希腊语字母表中的首字母，此处 O 代表欧米伽（omega），它是希腊语字母表中最后一个字母，"'爱'从那阿尔法直至 O 处"的意思是"'爱'从头至尾"。

[5] "此宫"指天宫，即天国。"令此宫满意善"指令天国诸灵魂十分满意的善，即上帝。但丁说，上帝是他心中产生爱的根源。

[6] "那声音"指但丁听到的从新出现的光团中发出的声音。该声音铲除了但丁心中因暂时失明所产生的恐惧，从而使他又重新获得说话的能力。

[7] "那靶圆"指至高无上的目标——上帝。你应该细细地梳理一下你的思想，然后说明是谁令你的爱之弓瞄准了上帝。

圣约翰考问但丁

均明示这种爱印我心田 [1];　　　　　　　　27

因为善若被人理解为善,

必定会把爱火熊熊点燃,

善越大爱越强,理所当然 [2]。　　　　　　30

那至善之本体优势无比,

其他善均来自这个本源,

是他的强光辉一种反射,　　　　　　　　33

此论点之真理谁若明辨,

心中必更爱那本体至善,

而不是其他的反射光线 [3]。　　　　　　36

那一位 [4] 把永恒实体首爱,

明确地展示在我的面前,

也使我对此理心中明辨 [5]。　　　　　　39

至真的创始者 [6] 曾对摩西,

谈到他自己时亦吐此言:

'我将令你目睹所有仁善。' [7]　　　　　42

你也曾在崇高著述 [8] 开端,

---

[1] 哲学理性告诉我们,人人向往至善;上天(此处)的启示也降于人间,告诉人们要追随至善。二者都能证明,这种大爱已经深深印在我的心中。

[2] 如果"善"真的被人们理解为善,它就会在人们心中点燃大爱之火,善的程度越高,大爱的火焰就越旺,这是理所当然的。

[3] "至善"指上帝之善,即上帝本身。与其他善相比,至善本身具有无比的优势,因为所有其他善都来自至善这个本源,它们只是至善强烈光辉的折射之光。谁若是明白了这个道理,就一定会更爱作为本源的至善,而不是它的折射之光。

[4] "那一位"指古代的某位哲学家,有人说指亚里士多德,也有的人说指柏拉图。他们均认为,一切实体都源自首因("首因"被后人解释为"神"),还认为,神善降临万物之中,否则物体便不会存在。

[5] "永恒实体"指智慧造物,即基督教所讲的天使和人的灵魂。"永恒实体首爱"指天使和人的灵魂对上天的爱。向我展示智慧造物首爱的那位哲学家,也使我理解了上面所说的道理。

[6] 指上帝。

[7] 创造至真的上帝,在与先知摩西谈到他自己的时候,也曾经说过:"我将令你目睹所有仁善。"(见《旧约·出埃及记》第33章)

[8] 指圣约翰撰写的《启示录》。见《新约圣经》。

示其意，把神秘真理呼喊，

尘世法均难与天谕比肩[1]。"   45

我又闻："依据人心智领悟，

也依据对主的权威论断[2]，

向上帝你把汝至爱奉献[3]。   48

告诉我你是否有所感觉：

其他力拉你于主的身边，

此种爱怎把你咬于齿间[4]。"   51

基督鹰[5]神圣意并不隐晦，

我已对其想法有所发现，

知他要引我话趋向哪边。   54

我言道："引导人向主之齿[6]，

齐发力，咬住我，拖着向前，

共同使爱生于我的心间[7]：   57

主把我与人类命运承担，

为使我、众信徒永生于天，

不惧死，将他的生命奉献[8]；   60

这一切及上文正确认识，

拖我出错爱的大海水面，

---

[1] 你也曾在《启示录》的开端处表明了这种思想，大力强调神秘的真理；任何尘世的
法则都无法与这道天谕相比。

[2] "对主的权威论断"指权威性的神学著作。

[3] 你依据理性的领悟和权威性神学著作的启示，把你的爱奉献给了上帝。

[4] 告诉我，是否还有其他原因把你强行拉到上帝身边，使你把爱奉献给上帝；如果
有，这种爱是怎样强行把你紧紧咬住的。

[5] 指圣约翰。人们常用飞鹰的形象表示圣约翰。

[6] 比喻引导人心向往天主的理由。

[7] 所有引导人心向往上帝的理由一同发力，促使我心中产生对上帝的大爱，并滋养它
成长。

[8] 主承担起我与人类的命运，为了使我与众信徒能够升入天国、永享幸福，他不惜牺
牲自己的肉体生命。

置放在正直的安宁岸边 [1]。　　　　　　63

那永恒园丁的花园 [2] 之中，

叶葱葱，枝繁茂，春意盎然，

我的爱等同于主赐之善 [3]。"　　　　　66

但丁恢复视觉

我音落，柔美歌响彻云天，

那女子 [4] 与其他诸圣 [5] 吐言：

"圣哉啊！圣哉啊！"连连不断。　　　69

如人在强光下猛然醒来，

视神经奔过去迎接光线，

光穿过一层层薄薄眼膜，　　　　　　72

醒觉人对物体视而不见：

猛然醒人处于无知状态，

直至那觉察力助其脱难。　　　　　　75

圣洁女眼中光投射甚远，

从千里之外处也能看见，

它如此清除我遮眼屑片 [6]：　　　　　78

从此后我看得更加清楚。

第四光又出现我们中间，

于是我惊愕吐疑问之言 [7]。　　　　　81

---

[1] 上帝的仁慈和我前面所说的我所具有的正确认识，使我摆脱了错误之爱的海洋，登上了正直、安宁的岸边。

[2] "永恒园丁"比喻上帝，"永恒园丁的花园"比喻天国。

[3] 此处，"花园"指天国，"园丁"指上帝，树的枝叶指灵魂。在天国之中，我对各种枝叶（即诸灵魂）爱的程度与上帝赐给它们善的程度是相等的。

[4] 指贝特丽奇。

[5] 指在场的各位圣使徒，即圣彼得、圣雅各和圣约翰。

[6] 就像亚拿尼用手掌治愈了圣保罗的眼睛一样，此时，贝特丽奇明亮的视线也使但丁的眼睛恢复了视觉。

[7] 恢复视觉后，但丁的眼睛更加明亮。这时，他看见又有一个光魂出现在他的眼前；见到这个光魂，但丁惊愕得不得不提出疑问。

第 26 章

人类始祖亚当出现

我圣女开言道："本源德能 [1]，

创造出第一魂——人类祖先，

他从那光团中把主凝看 [2]。"   84

就如同一股风吹过之时，

树冠的顶端处枝梢腰弯，

随后又靠己力挺起身来，   87

圣洁女说话时我亦这般：

先惊惧，随后生说话欲望，

它似火，把我的勇气增添 [3]。   90

我说道："哎呀呀，古老父亲，

生来熟唯一果来到面前，

新娘均是你女或者儿媳 [4]，   93

我以最虔诚心恳请你言，

你明白吾心愿，我不多说，

为快令你话语入我耳间 [5]。"   96

有时候动物入布袋里面，

于是便挣扎着躁动不断，

其情绪自然会显露外面；   99

人类的首魂 [6] 也如此表现，

他透过裹其身那团火焰，

显示出多喜欢令我如愿。   102

---

[1] 指上帝。

[2] 贝特丽奇告诉但丁，上帝创造的第一个人类的灵魂，即人类始祖亚当的灵魂，正在那团火光中凝望上帝。

[3] 如火一样强烈的提问欲望为我增添了说话的勇气。

[4] "古老父亲"指人类始祖亚当。他是唯一一个没有童年的、生下来就已经成熟的男人，普天下所有的女人和男人都是他的孩子，即所有新娘都一定是他的女儿或儿媳妇。

[5] 我最最真诚地请求你向我解答问题。你是天上的圣洁灵魂，不用我问，就已经知道我想问什么，因而我就不多说了，以便我能尽快地听到你的解答。

[6] 指出现在但丁面前的人类始祖亚当的灵魂。

亚当回答但丁的问题

他说道："你最最确定之事，

也不及我明辨你的心愿，

尽管你对于此尚未吐言；　　　　　　105

因为我见它于至真镜中，

镜中影与万物形象一般，

万物却难把镜模样全现 [1]。　　　　108

在上帝安置我高高乐园 [2]，

那女子 [3] 引你登长梯升天 [4]；

你想知主何时置我于那（儿）[5]，　　111

那乐园养我眼多长时间 [6]，

使上帝震怒的真正原因，

我创造和使用何种语言 [7]。　　　　114

噢，孩子呀，那严厉放逐惩罚，

食果子其本身并非根源，

而只因超越了划定界限 [8]。　　　　117

圣女请维吉尔救你之地 [9]，

---

[1] "至真镜"指上帝的心镜，即上帝，它投射出万物的影子，那些影子与万物的真实
形象完全相符；然而，宇宙中却没有任何事物能够准确、全面地展示出上帝（至真
镜）的模样。

[2] 指伊甸园，即地上乐园。

[3] 指贝特丽奇。

[4] 在伊甸园，贝特丽奇引导你踏上漫长的登天之路。

[5] 你想知道，天主何时将我置于伊甸园。

[6] 美丽的伊甸园养我眼多长时间，即我在伊甸园多长时间。

[7] 亚当说但丁想向他提出四个问题，这四个问题依序是：上帝是什么时候把亚当置于
伊甸园的？亚当在伊甸园多长时间？使上帝震怒的真正原因是什么？亚当创造并使
用的是何种语言？

[8] 其实食用伊甸园中的果子并不会使上帝发怒，使上帝震怒的是我超越了他所规定的
界限，盗食了他禁止食用的果子，因而才遭到被赶出伊甸园的严厉惩罚。这里，亚
当并没有按照次序回答但丁想要提出的问题，而是依据问题的重要性，先回答了第
三个问题，即使上帝震怒的真正原因是什么。

[9] 指地狱。圣女贝特丽奇下到地狱灵泊层请求维吉尔出面解救但丁走出黑暗的森林。
见《地狱篇》第 1、2 章。

在那里我期盼聚会上天，

日运转四千三百零二年 [1]；   120

我居住尘世的那段时间，

曾九百三十次亲眼看见，

太阳入所有的星座里面 [2]。   123

宁录族妄致力难成工程，

那工程还没有开始之前，

已熄灭我讲的那种语言 [3]：   126

理性的产物都难以永存，

因为天之影响不断转换，

人兴趣也必然随其改变 [4]。   129

大自然让人类能够说话，

可以说这种或那种语言，

怎样说，却令人随意决断。   132

在我入地狱的苦难之前，

尘世人用 I 字称呼至善 [5]，

包裹我之快乐来自此源 [6]；   135

---

[1] 我在地狱灵泊层住了 4302 年，迫切期盼升入天国与上帝和诸位永福者聚会。

[2] 我居住在尘世时，曾 930 次见到太阳走遍了所有 12 个星座，即度过了 930 年。

[3] 据传说，宁录（Nembròt）妄图领导其族人建造通天的巴别塔，惹怒上帝；于是上帝令世人语言互不相通，使高塔无法建成。在《论俗语》一文中，但丁曾说，亚当的语言源自于神；亚当的后代一直使用这种语言，直至上帝因巴别塔的建造使世上的语言混乱；但是，源自神的语言是不可灭的，巴别塔事件之后，希伯来人继续使用亚当的语言。然而，此处但丁却说，在巴别塔还没有开始建造之前，亚当的语言就已经消亡，从而纠正了他在《论俗语》中的认识；因为此时但丁认为语言均是人的理性的产物，亚当的语言也不例外，所以随着时间的流逝，日久天长，它也可以消亡。

[4] 中世纪的人认为天体运转影响尘世人与事物的变化。因为天体不断运转和变化，人的兴趣也必然随之改变，所以人理性的产物是难以永久不变的。

[5] 指上帝。

[6] 包裹着我的光焰体现了天国的快乐，它源自上帝的至善。

随后用 EL 称，这也自然 [1]，

因人的习惯如枝上叶片，

这一片飘落去，那片出现 [2]。　　　　　　　138

我生活于海中最高之山，

曾纯洁，随后却羞耻难言；

太阳从一时入第二区域，　　　　　　　　141

在那里我度过六节时间 [3]。"

---

[1] 我在尘世时，人们用 I 来称呼上帝，后来却用 EL 来称呼上帝，这种变化并不奇怪，
　　是很自然的。I 常被写成 J，J 是 Jehovah（耶和华）的首字母。EL 是希伯来词语，
　　意思为"伟大"，古代经常用该词表示上帝。

[2] 因为，人的习惯经常变化，就像树枝上的叶片，这一片落了，那一片又长出来。

[3] 我曾住在位于大海之中最高山峰之巅的伊甸园，一开始过着纯洁的生活，后来却做
　　了盗食禁果的令人羞耻难言的事情；我在那里度过了 6 个小时的时间。中世纪，人
　　们把 1 天的 24 小时在表盘上分为 4 个区域，第一区的第一时是早晨 6 点，走完第一
　　区开始进入第二区时，是正午 12 点，即过去了 6 个小时。至此，亚当直接回答了第
　　三个问题（上帝为何会震怒）、第四个问题（亚当创造和使用何种语言）和第二个问
　　题（亚当在伊甸园多长时间）；也间接地回答了第一个问题（上帝何时置亚当于伊甸
　　园），因为，亚当说他在伊甸园居住了 6 个小时，在人间居住了 930 年，在地狱居
　　住了 4302 年，但丁游历天国的时间是 1300 年，距耶稣离世后进入地狱领走亚当有
　　1266 年，把这些时间加在一起，即 930 年 +4302 年 +1266 年 +6 小时，便可以推算
　　出上帝何时置亚当于伊甸园。

第27章

亚当话音刚落，便听到诸福魂高歌盛赞上帝。圣彼得的灵魂发出更加强烈的红光，他严厉谴责堕落的教宗，贝特丽奇与其他光魂闻其言也面色全变。圣彼得预言，上天的救援很快就将降临，并嘱咐但丁把这一消息带回人间。话毕，圣彼得与其他圣魂向上方飘去。贝特丽奇请但丁向下回望所经过之处，但丁从命。随后，贝特丽奇向但丁讲解了原动天的情况，并谴责了教宗和皇帝的缺位，怒斥了人类的堕落。最后，贝特丽奇又预言了时运的转变。

盛赞上帝

"荣耀归圣父与圣子、圣灵"，
全天国齐声把上帝盛赞，
优美歌真令我心神飘然 [1]。   3
我眼前似宇宙灿然微笑，
那微笑通过我耳朵、双眼，
用欢乐陶醉了我的心田。   6
噢，多喜悦！又多么欢乐难言！
噢，爱与宁之生活多么圆满！
噢，无欲望，财富便毫无风险 [2]！   9

圣彼得谴责腐败的教宗

我眼前四火炬 [3] 熊熊而燃，
最先来那一朵灿烂光团 [4]，

---

[1] 此时但丁听到天国所有的福魂一起高唱"荣耀归圣父与圣子、圣灵"，优美的歌声令他感到心神飘然，如醉如痴。
[2] 此处的福魂已经对尘世的财富没有了任何欲望，也没有了任何丧失财产的危险。
[3] 指包裹着圣彼得、圣雅各、圣约翰和人类始祖亚当的光团。
[4] 指包裹圣彼得灵魂的光团。

天国的合唱

火开始燃烧得越来越旺，　　　　　　12

就好像木星变火星一般 [1]，

若木星与火星均是鸟儿，

相互间已经把羽毛交换 [2]。　　　　15

在此处发号令上天神意，

命永福唱团在四方八面，

均止音且保持沉默不语；　　　　　18

此时闻："勿惊于我色改变，

因为在我对你说话之时，

你会见众人均将换容颜 [3]。　　　　21

在尘世那人 [4] 篡我的位子 [5]，

然而在上帝的儿子面前，

我位子仍然是空空如也 [6]，　　　　24

他 [7] 令我坟墓如阴沟一般，

充满了污血与恶臭之气 [8]；

---

[1] 包裹圣彼得灵魂的光团燃烧得越来越旺，已经由白色变成了红色。天国中，白色的光象征欢乐，而红色的光则象征愤怒；木星的光是白色的，火星的光则是红色的；圣彼得的灵魂本来发出像木星一样的白光，此时，他要愤怒地谴责教会的腐败，因而他的光变成了红色，其他灵魂的光也都变成了红色。

[2] 假如木星和火星是两只鸟，现在它们已经互相交换了羽毛，改变了颜色。

[3] 上天的神意命天国的永福者的灵魂全都停止歌唱。圣彼得的灵魂请但丁不要因他的光改变颜色而惊愕，因为当他讲话时，其他在场的灵魂也都会改变颜色。

[4] 指但丁时代的教宗卜尼法斯八世。

[5] 指罗马教宗的宝座。圣彼得被看作是第一任教宗，此时说话的是圣彼得的灵魂，因而此处说"我的位子"。迫害但丁的教宗卜尼法斯八世曾诱逼当选不久的切雷斯提诺五世（见《地狱篇》第 3 章第 60 行注）让位于他，但丁却认为，基督耶稣并未认可卜尼法斯八世为教宗，因此这里说"然而在上帝的儿子面前，我位子仍然是空空如也"。

[6] 虽然在人间卜尼法斯八世篡夺了教宗的权力，但是在圣子基督耶稣眼里，他不是教宗，教宗的位子仍然是空着的。

[7] 指卜尼法斯八世。

[8] 圣彼得离世后被葬于罗马，而卜尼法斯八世则挑起了罗马血腥的派别争端。诗人把罗马说成圣彼得的坟墓，而这座神圣的墓地却被血腥的争端变成了臭气熏天的肮脏阴沟。

坠地狱那恶棍意足心满 [1]。" 　　　　27

我见到天空被彩云覆盖 [2]，

就如同凌晨时或者傍晚，

太阳从对面把云层尽染。 　　　　30

淑女对己贞洁坚信不疑，

但仅因别人过入其耳间，

她便会羞愧得脸色全变， 　　　　33

圣洁女也如此面无血色 [3]；

想当初万能主蒙受苦难，

太阳亦被遮住，不见青天 [4]。 　　　　36

那圣洁使徒魂 [5] 继续说话，

其声音却发生巨大改变，

面色异都难以与其比肩 [6]： 　　　　39

"黎努斯、克雷托 [7] 与我齐力，

为哺育基督妻 [8] 流尽血汗，

并非要利用她赚取金钱 [9]； 　　　　42

西斯托、乌尔班、卡利斯托 [10]，

---

[1] "坠地狱那恶棍"指地狱魔王路西法。诗句的意思是：教宗如此胡作非为，使地狱魔王路西法十分高兴。

[2] 当圣彼得说话时，在场的福魂都义愤填膺，包裹他们的光团变成了红色，遮盖住了天空。

[3] 一位贤淑的女子，虽然坚信自己不会丧失贞洁，但是听到别人的过错也会羞愧得面色全变；此时，贝特丽奇便是如此。

[4] 此时，诗人回忆起耶稣受难的情景。据《新约圣经·路加福音》第 23 章讲：那时虽然为正午，却一片黑暗。

[5] 仍指圣彼得的灵魂。

[6] 圣彼得继续说话，但声音却发生了巨大变化，其变化比面色的变化还大。

[7] 黎努斯（Lin）和克雷托（Cleto，另译：克雷图斯）都被视为继圣彼得之后的早期罗马教宗，他们均为传播基督教而殉难。

[8] "基督妻"比喻基督教教会。

[9] 早期的教宗为教会的发展流尽了血汗，他们牺牲自己是为了传播基督教思想，并非为了利用教会赚钱。

[10] 西斯托（Sisto，另译：西克斯图斯）、乌尔班（Urbano）、卡利斯托（Calisto，另译：卡利克斯图斯）均是公元 2、3 世纪的罗马主教（后来被称为教宗），都为传播基督教而殉难。

为获得福生活 [1] 哀泣苦难，

随后又把全身鲜血流干 [2]。　　　　　45

我们都不想令基督子民，

一部分坐后人右手一边，

另一些却坐在他们左面 [3]；　　　　　48

也不愿主赐的两把钥匙，

成军旗之标志、随风飘展，

高举它对受洗信徒开战 [4]；　　　　　51

更不愿我成为印玺雕像，

用来赐出售的骗人特权 [5]，

我经常为此事脸红，怒燃 [6]。　　　　54

从天上我看见下界牧场 [7]，

贪婪狼都穿着牧师衣衫；

噢，主护佑，为何不挺身而战 [8]？　　57

我们血，卡奥尔、加斯科涅，

两地人都打算将其饮干 [9]；

噢，好开端，结局将何等悲惨 [10]！　　60

---

[1] 指获得天国的永福生活。

[2] 他们也都为获得天国的永福生活曾哭泣人间的苦难，后来又都流尽了鲜血。

[3] 我们这些最初的罗马教会的负责人都不希望教会分裂，一部分教徒坐在我们继承者（指罗马教宗）的左边，一部分则坐在他们右边。

[4] 也不愿看到，基督赐予我的金银两把开启天国之门的钥匙成为教派斗争旗帜上的标志，人们高举着它向已经受洗的其他基督徒开战。

[5] 更不愿人们把我的像雕在教宗的印玺之上，利用我的形象出售各种特权。

[6] 想起我的形象被人利用，我经常会愤怒得面红耳赤。

[7] "下界牧场"比喻人间。

[8] 啊，上帝的护佑啊，你为什么还不挺身而出！

[9] "我们血"比喻罗马教会的血。此处，卡奥尔和加斯科涅指卡奥尔人（Caorsini）和加斯科涅人（Guaschi）。卡奥尔和加斯科涅是法兰西的两个地方，中世纪，那里的人以贪婪闻名于世。此处，卡奥尔人影射出生在那里的教宗约翰二十二世（Giovanni XXII, 1316—1334 年在位），加斯科涅人则影射出生在那里的教宗克雷芒五世（Clemente V, 1305—1314 年在位）。

[10]"好开端"指教会建立初期。但丁感叹，教会具有那么好的开端，却落得如此悲惨的结局！

崇高的天命让西皮阿君，

为罗马把尘世荣耀保全，

我已知它施救就在眼前 [1]；　　　　　　63

孩子呀，你还将返回尘世，

请切记：一定要张口直言，

我不藏之事你亦勿隐瞒 [2]。"　　　　　66

登上原动天

当日触天上的摩羯角时 [3]，

下界的空气结雪花万千，

晶莹的冻结物纷纷落下，　　　　　　69

我也见上边天如此这般：

凯旋魂如雪花片片飘起，

他们曾与我等同站下面 [4]。　　　　　72

我目送那些魂飘然而去，

一点点见他们飞得很远，

直到我视线难继续登攀 [5]。　　　　　75

那圣女见我已不再仰望，

于是便对我说："垂下双眼，

看一看你转至何等空间 [6]。"　　　　　78

我看到，从首视下界至此，

已沿着弓状的整条弧线，

---

[1] 天命使古罗马共和国的著名统帅西皮阿（Scipione）打败了迦太基，维护了罗马的荣誉；我知道，在不久的将来天命将救援我们。

[2] 圣彼得请但丁返回人间时直言不讳地告诉世人他所讲述的一切，不要有任何隐瞒。

[3] 指太阳进入摩羯座时，即指 12 月 21 日至 1 月 21 日的深冬季节。

[4] 我看到，就像尘世深冬季节雪花飘舞一样，天国的灵魂也纷纷飘起；那些灵魂原本是和我们站在下面的。

[5] 直到我的视线无法再向上望了。

[6] 看看你在双子星座中随着第八重天转到了什么地方。

从一带中间处移到末端 [1]；　　　　　　　　　81

我见到那边是加的斯口 [2]，

狂妄者在该处曾越界限 [3]，

这边是欧罗巴被抢海岸 [4]。　　　　　　　　84

打谷场 [5] 更多景将现眼前，

但太阳在脚下行走向前，

早已过一星座距离之远 [6]。　　　　　　　　87

我的心对圣女十分眷恋，

总希望能把她尽收眼帘，

此时更充满了这种期盼 [7]；　　　　　　　　90

我转向她那双微笑丽眼，

眼中见闪耀着天神之艳：

人体所具有的自然俊秀，　　　　　　　　　　93

和画家笔下的艺术展现，

---

[1] "首视下界"指但丁第一次从天国向下望（见《天国篇》第 22 章第 128、129 行）。欧洲古代的地理学家把地球人所居住的北半球（当时认为南半球没有人住）分为多个气候带，耶路撒冷位于第一气候带的中间；第一气候带的最东端是恒河，最西端是位于大西洋岸边的加的斯，这条弧线形成了 180 度的半圆。从第一次向下望到此时，但丁已在双子星座中随着木星从该弧线的中间处，即从耶路撒冷的上方，转到了弧线的最西端，即加的斯的上方；意思为，但丁已经在木星天度过了 6 个小时。

[2] 向下俯视，我见到一边是位于直布罗陀海峡北岸的加的斯（Gade），越过那里，船可以出地中海进入大西洋。

[3] "狂妄者"指罗马神话中的英雄人物尤利西斯（Ulisse），在希腊神话中叫奥德修斯，他是特洛伊木马计的设计者。据传说，希腊 - 罗马神话中的大力神赫丘利在大地边缘处（即直布罗陀海峡处）竖立了两根柱子，标示大地的边缘，任何人都不可违反天意越过那里，否则便会受到上天的惩罚；探险意识极强的尤利西斯则率领众伙伴驾船越过了那里，结果葬身于大海的波涛。见《地狱篇》第 26 章。

[4] 我见到直布罗陀海峡的另一边是欧罗巴（Europa）被宙斯抢走的非洲海岸。据希腊神话讲，诸神之王宙斯曾变成一头白牛，将北非迦太基王国的公主欧罗巴抢至克里特岛。

[5] 《神曲》中不止一次把地球比作"打谷场"。

[6] 此时但丁在双子宫，而太阳在白羊宫，双子宫和白羊宫之间是金牛宫，因而与太阳相距超出一个星座的距离；因此，太阳位于但丁西边超出 30 度的位置，无法照亮东边，不然的话，但丁将看到东边更广阔的大地；所以，此处说"打谷场更多景将现眼前"。

[7] 但丁一直对贝特丽奇充满爱恋之心，始终希望能看见她，此时更是如此。

全捧在眼前作美食诱饵，

与她比，诱惑力仍差甚远 [1]。　　　　　96

圣洁女之目光赐我能力，

拖我出勒达的美巢外面，

推着我入转速最快之天 [2]。　　　　　99

此重天极活跃、光彩夺目，

各部位均一致，难以分辨，

不知她选哪为落脚地点 [3]。　　　　　102

　　贝特丽奇讲解原动天

她看出我想知何处落脚，

于是便欢笑着开口吐言，

似上帝欢喜现她的容颜 [4]：　　　　　105

"宇宙的天性是中心不动，

周围的一切均围其运转，

这里是运行的起始之点 [5]；　　　　　108

此外再无空间，只有神心，

神心中燃爱火，令其旋转，

并且把旋转力传向下面 [6]。　　　　　111

---

[1] 即便把人体自然之美和画家的艺术展现合在一起，创造出最完美的人体形象，与贝特丽奇身体之美的诱惑力相比，也仍然相差甚远。

[2] 据希腊神话讲，勒达（Leda）是诸神之王宙斯的情妇，与宙斯生下了卡斯托尔（Castor）和波吕丢克斯（Polydeuces）一对孪生兄弟，后来宙斯使他们升为双子星座。诗句的意思为：贝特丽奇的艳丽目光赐予但丁能力，使但丁走出双子星座，离开恒星天，并把他推进了转速最快的第九重天。

[3] 第九重天是水晶天，或称原动天。那里光彩夺目，一切都是透明的，各部位完全一样，但丁不知道贝特丽奇会选择什么地方作为他们的落脚点。

[4] 贝特丽奇欢笑时，就好像上帝的欢喜展现在她的脸上。

[5] 按照亚里士多德和托勒密的地心学说和原动学说，宇宙的自然本性是：作为宇宙中心的地球是永恒不动的，周围的一切都围绕着它不停地旋转，旋转的起始点在原动天，动力也源自那里。

[6] 在原动天之外不再有物质空间，只有神心，神心点燃大爱火焰，大爱推动原动天运转，旋转的原动天产生推动下面诸天运转的能力，并将其传递下去。

这一重 [1] 把其他诸天围绕，

光与爱则把它环抱怀间 [2]，

环抱者何模样，只有自辨 [3]。 114

它 [4] 运转并非由其他天定，

其他天则由它测定、决断，

似十由五或二测定那般 [5]； 117

就好像时间的根扎此盆，

枝叶却在其他盆中伸展，

此道理你现在应该明辨 [6]。 120

贝特丽奇谴责人类的堕落

噢，贪婪啊，你使人深陷水底，

从无人能够把他们双眼，

拉出那滚滚的波涛水面 [7]！ 123

即便是善欲望还会开花，

但是那连连的阴雨之天，

必会使好李子满是虫眼 [8]。 126

信任和天真情虽仍存在，

---

[1] 指原动天。

[2] 原动天包围着其他诸天，而神心放射出来的光和爱则包裹着原动天。

[3] "环抱者"指环抱原动天的净火天（Empireo），它是神心，也是上帝的所在。净火天的模样只有上帝自己知道。

[4] 指原动天。

[5] 下面的其他诸天无法测量和决定原动天的运转，原动天却能测量和决定下面诸天的运转，这就像二和五能测量十中包括多少二或五一样。

[6] 如果没有运动的概念，就不会有时间的概念；因而可以说，时间的根是扎在原动天中的，因为一切运动都始于那里；然而，时间运行则是由星辰的运转所体现的，即所谓的（时间的）枝叶伸展到其他星天之中。这就好像一株花，它的根扎在一个花盆中，而它的枝叶却伸展到其他花盆之中一样。

[7] 贪婪使人沉入水底，却从来没有见到过沉入水底的贪婪者再浮出水面。

[8] 即便我们还会看到善良的欲望开花结果，但是在这堕落的社会环境中，结出的也一定是有病的果实；就像在阴雨连绵的天气下，好的李子果实也会到处是虫蛀的眼儿一样。

但它们只陪伴少儿身边，

均逃于两腮长胡须之前。 129

在口齿不清时，人仍守斋，

随后便甩腮帮狼吞虎咽，

全不顾何食物、何月何天 [1]； 132

在口齿不清时 [2]，爱母，听话，

当能说会道时，心生邪念：

期盼着见母亲葬于土间。 135

本来是美女儿，皮肤白皙，

见弃夜携昼来那位之面 [3]，

就变得黑黝黝，难入人眼 [4]。 138

若想想世间已无人统治 [5]，

人类已踏上了歧途路面，

你便觉没必要对此惊叹。 141

贝特丽奇的预言

尘世人忽略了百分之一，

在元月完全出冬季之前，

上天光便会把下界照耀， 144

---

[1] 不管什么食物，也不管是否斋日。

[2] 在幼儿期。

[3] 指太阳。

[4] 本来是皮肤白皙的美丽少女，一见到太阳，就被晒得黑黝黝的，变得非常难看。引申的意思是：人生来皮肤是白皙的，容貌是美丽的，但是一见世面（一见太阳）就被腐蚀了（变得又黑又丑）。

[5] 中世纪的欧洲人认为，教宗和皇帝是人间的两个终极统治者。但丁认为，人类这两个终极统治者都缺位，没有尽职责，致使人类走上了歧途。

使久待之时运重现眼前 [1]；
那时运将把船头尾对调，
令船队沿正直航程向前，
花开后完美果便会出现。"

---

[1] 在古罗马帝国时期，人们开始使用以儒略·恺撒（Giulio Cesare，另译：尤利乌斯·恺撒）的名字命名的儒略历，按照该年历，每年有 365 日零 6 小时，每四年有一个闰日。但是，按照这种算法，实际上每年还长出约 12 分钟，但丁称这段长出来的时间为每日的百分之一，因而，此处说"尘世人忽略了百分之一"。经过 1000 多年的时间，但丁认为，不久后，多年积蓄的时间会使 1 月份完全脱离冬季，到那时，上天的光辉又会普照大地，人们长久期盼的时运又会出现。

第28章

　　这一章和第29章讲述了有关原动天的内容，可以把它们看作是展示净火天的"序曲"。但丁见贝特丽奇眼中反射出炯光，便转身仰望，看见一个极小却光芒万丈的亮点，那便是上帝神光之源，即上帝本身。围绕着光源点，有九个耀眼的火环不停地旋转，最接近光源点的火环直径最小，但转速最快；其他火环的转速也取决于它们与光源点的距离，越靠近光源点的火环转速越快，距其较远的火环则转速较慢。贝特丽奇向但丁讲解了火环与物质宇宙九重天的旋转原理，告诉他，火环的旋转速度以其光辉程度作为测量尺度，因而最靠近光源点的最小环转速最快；而物质宇宙九重天的旋转速度则以与地球（宇宙的中心）的距离作为衡量尺度，越靠近地球的天旋转得越慢，越远离地球的天旋转得越快。随后贝特丽奇又向但丁介绍了组成九个火环的天使的品级。

一光点与九火环

引我求天国福那位女子[1]，
揭示了尘世的真实容颜，
把悲惨凡人的生活批判。　　　　3
似人见或想见实物之前，
先看到身后烛投影镜面，
双烛台之火焰闪闪放光，　　　　6
便转身看是否镜吐真言；
他看见影与那真实相符，
就好像词与谱吻合一般；　　　　9
还记得那时候也是如此，
我双眸紧紧地盯其[2]丽眼，

---

[1] 激励我一心追求天国幸福的那位女子，即贝特丽奇。
[2] 指贝特丽奇。

于是便被爱神俘获、捆栓 [1]。　　　　12

转身时，旋动的高高之天 [2]，

将其景映入了我的眼帘；

我举头向上方仰望之时，　　　　　15

看见了灿烂的一个圆点，

其光线极强烈，炫耀吾目，

致使我不得不闭上双眼 [3]；　　　　18

比尘世所见星都要藐小，

若把它置任何微星身边，

它似星，星就如月亮一般 [4]。　　　21

在光线 [5] 被浓雾包裹之时，

便可见其周围有一晕圈；

我眼前之光点亦是如此，　　　　　24

有一道绕它的明亮火环 [6]；

火环的转速竟如此之快，

似胜过环地球最快之天 [7]；　　　　27

此环被另一环团团围住，

随后有三环与四环、五环，

五环又被六环围于其间。　　　　　30

---

[1] 一个人还未见到或想见到身后的蜡烛之前，先见到面前蜡烛投射在镜子中的影子，于是便转过身来确认蜡烛是否真的存在；他看到影子和事实相符，就像词和谐相符而组成的完美的歌曲一样。但丁说，当时他也处于这种状态：他紧盯贝特丽奇的双眸，想证实面前的景况是否真实；当他望着贝特丽奇时，心中产生了仁爱之情，于是，他便成为这种大爱的俘虏。

[2] 指第九重天。

[3] 第九重天是水晶体的，透过它可以见到更高处有一个光芒万丈的圆点，那就是上帝，他是所有光的源泉。但丁仰望那里，强烈的光线炫耀他的眼睛，使其无法睁开。

[4] 那个圆点比我们在尘世仰望星空时所见到的任何一颗星都要小，如果把它放在某颗小星的旁边，它就像那颗小星，而那颗小星则像月亮一样。

[5] 指太阳或月亮的光线。

[6] 当太阳或者月亮被浓雾包裹起来时，其周围就会形成晕圈；但丁眼前也是这种情况，围绕耀眼光点的火环就像是晕圈。

[7] 那个火环旋转得非常快，其速度好像超过了围绕地球的九重天的最外面那一重——原动天。

接下来第七环映入眼帘，

其范围已经是十分扩展，

朱诺使之彩虹容纳也难 [1]。　　　　　　33

再往外便是那八环、九环；

一环比另一环旋转缓慢，

快与慢取决距一环多远 [2]；　　　　　　36

距纯火最近的那个光环，

喷出了最明亮熊熊烈焰，

我深信，它最把真理体现 [3]。　　　　　39

贝特丽奇的讲解

圣洁女见我心满是狐疑，

便说道："苍天与整个自然，

全部都依赖那发光之点 [4]。　　　　　　42

你快看靠近它喷火圆环，

似火爱令该环飞速旋转，

因为主是那个发光圆点 [5]。"　　　　　45

---

[1] 朱诺（即希腊神话中的赫拉）是希腊－罗马神话中的天后，"朱诺使"指朱诺的使者，即彩虹女神伊里丝（Iride）。诗句的意思为，第七个火环的范围已经很大，就连朱诺的使者伊里丝的彩虹也无法将其罩在里面。

[2] 净火天并不是物质宇宙的一重天，它是超物质的，已超出空间和时间的范畴；它是上帝的神心，属于精神范畴，因而不能以物理学的理论为基础理解它。在净火天中，有九个火环围绕光源点旋转，它们对应着物质宇宙的九重天。然而，这两个体系却截然相反：在围绕地球的九重天中，最靠近地球的那一重（月亮天），直径最小，旋转得最慢，离地球最远的那一重（原动天）直径最大，旋转得最快，从而整个宇宙的旋转是同步的、和谐的；而在物质宇宙之外的净火天，围绕上帝（光源点）的诸火环则不同，最靠近上帝的火环，直径最小，旋转得却最快，光芒也最耀眼，而外面的火环旋转得相对较慢，光芒也相对较弱。

[3] "纯火"指"光源点"，即上帝。最靠近光源点的火环喷出最明亮的火焰，但丁深信，这是因为它最能体现真理。

[4] 苍天和自然万物都依赖"光源点"（上帝）而生存。

[5] 你快看啊，似火一样热烈的大爱令最靠近"光源点"的火环飞速旋转，这是因为天主就是那个发光的圆点。

天国的第九重天，水晶天

我说道：“若如我亲眼所见，

宇宙的秩序似这些圆环，

此解释便令我意足心满； 48

在感知世界中却可看到，

旋转环离中心 [1] 越是遥远，

其神性越富足，越少缺陷 [2]。 51

这一座奇妙的天使圣殿 [3]，

只有光和大爱将其圈限 [4]；

若在此使我愿得以满足， 54

还必须再听你讲解一番 [5]：

原本与抄写件为何不同；

因为我独沉思徒劳枉然 [6]。” 57

“若你指不足以打开此结，

勿奇怪，无人曾试解此难，

因而它已变得既硬又坚 [7]！” 60

我圣女如此说，随后又道：

“要满足求知欲，谨记我言；

并对其细细地思索一番 [8]。 63

物质的九重天大小不一，

德能的多与寡是其根源，

---

[1] 指当时人们所认识的宇宙中心地球。

[2] 假如宇宙运转的秩序也像我眼前看到的火环一样，我就会满足于你向我所做的解释；然而，在感知世界中，我们看到的却是另一种情况：离地球最远的那一重旋转之天最具神性，也相对最完美无缺。

[3] 指可以仰望由不同品级天使所组成的九个火环的原动天。

[4] 原动天是物质宇宙最外面的一重天，包裹在它外面的只有超物质的上帝神光和大爱。

[5] 若我想满足在这一重天的求知愿望，就必须再请你做一番讲解。

[6] 你还须向我讲解一下，物质宇宙这个抄写本和位于净火天的九火环的原本有什么不同；因为我自己无能力理解这个问题，独自冥思苦想也是徒劳枉然的。

[7] 如果你无能力解答这个疑难问题，这并不奇怪，因为从来就没有人试图解开这个结，日久天长，这个死结就变得十分坚硬，更难以解开了。

[8] 你要满足自己的求知欲望，就应该记住我的话，并对这些话仔细思索一下。

那德能降诸天所有空间 [1]。 66

善越大天之恩就越厚重，

天体若分布匀，结构完善，

大空间载大恩理所当然 [2]。 69

因此这携宇宙运转之天 [3]，

对应着靠中心那个小环，

该火环爱最多，智光最灿 [4]。 72

如若你以德能进行衡量，

而不是仅仅看在你面前，

所呈现圆形的实际大小， 75

神奇的现象便映入眼帘：

大德能对应着物质大天，

小德能对应着物质小天 [5]。" 78

但丁恍然大悟

北风神从右腮吹出柔风 [6]，

晴朗的天空便展示眼前，

那时候空气中充满阳光， 81

因已除低迷的雾霾昏暗，

致使天对我们显露微笑，

---

[1] 物质宇宙的九重天，有的大，有的小，决定其大小的是各天所具有的德能多还是少；德能或多或少都会降临每一重天。

[2] 仁善程度越高就会获得越厚重的天恩，如果天体结构是完善的，是分布均匀的，大的空间自然会承载更多的天恩。因而，在物质宇宙中，越远离宇宙中心（地球）、空间越大的星天，体现的仁善程度就越高，承载的天恩也就越厚重。

[3] "携宇宙运转之天"指"原动天"（Primo Mobile），它是宇宙运转的起始点。

[4] 物质宇宙中最大的天是"原动天"，它对应的却是净火天九个天使火环中最里面、最小的一环；这一环距上帝（光源点）最近，放射出的智慧之光最灿烂。

[5] 如果你以德能作为衡量的尺度，而不是看你面前这些火环的实际大小，你就会见到一种神奇的现象：物质宇宙星天的大小与围绕上帝的天使环的德能是相对应的，大德能对应较大的物质星天，小德能则对应较小的物质星天。

[6] 北的右侧是西。"北风神从右腮吹出柔风"的意思为：吹来了温柔的西北风。

表现其各处的美妙容颜；　　　　　　84

圣洁女清晰地回答我后，

我也是如此地阴转晴天，

见真理如天星那般明艳 [1]。　　　　87

天使的等级

当她的话语声落下之时，

诸火环迸发出火星点点，

就好似锤击打炽铁一般 [2]。　　　　90

火星均跟随着光环旋转，

一颗颗，实在多，数量难辨，

超过那棋盘格千倍翻番 [3]。　　　　93

我闻听"和散那"合唱响起，

一环环均传向固定之点，

定点令唱者位永远不变 [4]。　　　　96

圣女见我心中存有疑虑，

于是便开言道："最先两环 [5]，

'撒拉弗 [6]' '基路伯 [7]' 呈你眼前；　　99

爱纽带拉他们快速旋转，

因极想与核心之点一般，

---

[1] 听完贝特丽奇的一席话，但丁恍然大悟，他的心情由阴转晴，就像北风吹散雾霾，天空显露笑颜一样。

[2] 火环喷发出许多火星，就像铁匠锤打炽铁时火星四溅一样。

[3] 数不清的火星也随着火环旋转。

[4] "固定之点"（定点）指光源点，即上帝。"唱者"指形成九个火环的各品级天使。此时，但丁听到组成九个火环的天使合唱"和散那"赞歌，歌声一环一环地传向了上帝；上帝使不同品级的天使永远固定于他们应在的品级火环之中。

[5] 指靠近光源点的最里面的两个火环。

[6] 撒拉弗（Serafini）又称炽天使，是最高等级（第一品第一级）的天使。

[7] 基路伯（Cherubino）是第一品第二级的天使。

至高处瞻仰主，望可实现 [1]。　　　　　102

围最内两环转那些爱灵，

被称为'座天使'，体现神断，

他们是第一品天使终点 [2]。　　　　　105

你应知，此三级快乐程度，

与其识真理的深度有关；

识真理，人心智便获宁安 [3]。　　　　　108

因此说，至福的基础是'见' [4]，

并非是爱之情生于心间，

情后生，瞻仰主却在之前 [5]；　　　　　111

功德是瞻仰主衡量尺度，

它生于天恩赐、人的善愿，

并如此一级级向前递传 [6]。　　　　　114

在这里始终是春意盎然，

夜白羊亦难以剥其美艳 [7]；

---

[1] 对天主大爱的纽带拉动着撒拉弗和基路伯两个等级的天使以极快的速度旋转，因为他们都极想与光源点一样放射出万丈光芒。他们在至高处最靠近上帝的地方瞻仰上帝，自然可以实现清晰看见上帝圣颜的愿望。

[2] 围绕最里面两环旋转、组成第三火环的天使（爱灵）被称作"座天使"（Troni），他们象征上天的宝座，上帝坐在那里发号施令，做出决断。他们是首品三级天使中的最后一级，因而此处诗人说"他们是第一品天使终点"。

[3] 你应该知道，这三个等级天使的快乐程度与他们认知真理（此处指上帝）的深度紧密相关，认知得越深，快乐程度就越高；当人的灵魂（心智）认知了真理的时候，就会得到满足，从而获得安宁。

[4] 此处"见"指认识上帝。

[5] 认识和信仰上帝是获得天国至福的基础，有了真正的信仰才会产生大爱；因此说，大爱之情是后产生的，而信仰（瞻仰）上帝则产生于大爱之前。

[6] 人所创建的功德是衡量瞻仰天主幸福程度的尺子，上天的恩赐和人的善愿是人创建功德的推动力。也就是说，人能够在何等程度上获得瞻仰上帝的幸福，取决于他所创建的功德，人的功德取决于上天的恩赐和人是否接受这种恩赐并令其开花结果，上天的恩赐和人的欣然接受激发人产生善愿，善愿令人创建功德；这就是它们一步步相互传递影响的过程。

[7] 进入春季，太阳与白羊宫，与白羊星座同起同落，即白羊座白昼出现，但由于日光强烈，我们看不见；相反，进入秋季后，太阳与和白羊座相对的星座同起同落，即白羊星座出现在夜里，因而"夜白羊"指入秋之后的季节。诗句的意思为：这里总春意盎然，即便人间进入了秋季，也不会出现驱赶走美艳春色的寒冷。

第二品三级也在此开花，　　　　　　　117

‘和散那’之歌声永远不断，

三旋律唱出了三等欢乐，

合成的一声音优美、婉转 [1]。　　　　120

这一品共包括三级天使：

‘德能’在第二位，首为‘德权’；

第三级位子上‘德威’可见 [2]。　　　　123

随后在第三品前面两级，

‘统权’与‘大天使’不停旋转；

‘乐天使’则占据最后一环 [3]。　　　　126

各级的天使都观照上方，

亦影响诸下方举头仰面，

被吸引亦吸引望主之眼 [4]。　　　　129

丢尼修以极大虔诚之心，

对这些品与级细细静观，

分种类并命名，似我这般 [5]。　　　　132

但格里高利却与其不同，

因而他升天后一睁双眼，

便对己之错误自嘲一番 [6]。　　　　135

---

[1] 第二品三个等级的天使也在这里放射出炫丽的光彩，不断地高声唱“和散那”赞美歌；他们以三个不同的旋律歌唱，体现了三个不同等级的欢乐，但合弦之声却十分优美、婉转。

[2] 第二品中包括三个等级的天使，第一级是“德权天使”（Dominazioni），第二级是“德能天使”（Virtudi），第三级是“德威天使”（Podestadi）。

[3] 最后是第三品三个等级的天使，第一级是“统权天使”（Principati），第二级是“大天使”（Arcangeli），第三级是“乐天使”（Angelici ludi）。

[4] 各个品级的天使都仰望上方光源点处，他们受上帝的吸引，同时，他们的表现也吸引下一级的天使将目光望向上帝。

[5] 丢尼修（Dionigi）是使徒圣保罗的徒弟，《新约》中的人物，曾撰写《论天国等级》一书，为天使细分了品级，并为其命名。但丁说，他所介绍的各品级天使的情况和名称与丢尼修的论述是一致的。

[6] 格里高利指教宗格里高利一世（Gregorio I，590—604 年在位）。但丁认为，格里高利一世对天使品级的划分有别于丢尼修，是错误的。因而，当格里高利进入天国看到真实情况后，就认识到了自己的错误，并自己嘲笑了自己。

一凡人 [1] 言此种神秘真理，

我希望你不要发出惊叹，

因天上目睹者 [2] 向他揭示，　　　　　　　138

这里的诸火环真实之面 [3]。"

---

[1] 指丢尼修。

[2] 指圣保罗。

[3] 丢尼修还是一位尘世凡人时，就道出了神秘天国的真实情况，我希望你不要为此而感到惊讶，因为曾经有一位亲眼看见天国情况的人向他讲述了诸天使火环的景况。据说，当时活在尘世的圣保罗曾经进入天国，返回尘世时，他向丢尼修讲述了那里的情况；在圣保罗的启示下，丢尼修才划分了天使的品级并为天使命名。见《地狱篇》第 2 章第 28 行。

第29章

这一章与上一章紧密相连，两章都讲解了有关最高级造物——天使（或称神智）的理论。贝特丽奇凝视光源点（上帝）片刻之后，便开始回答但丁心中的疑问。她先讲解了上帝为何及怎样创造了天使，路西法为何率部分天使反叛，未随路西法反叛的天使处于何种境况，随后又介绍了天使的智慧，并澄清了凡人对天使的误解，斥责了欺骗教众的伪神学家和传教士，最后感叹上帝智慧的广博和伟大。

天使的创造

见白羊与天秤两个星座，
遮住了勒托的双子之面，
苍穹似一杆秤将其挑起，　　　　　　　3
地平线二儿女平垂两端[1]；
随后见他们俩弃那腰带，
令南北两半球相互交换[2]；　　　　　　6
圣女也在如此长短时间，
默无言，面带笑，瞩目凝看，
那曾经炫耀我双眸光点[3]。　　　　　　9
她说道："我不问便能说出，
你希望何等音入你耳间，

---

[1] 据希腊-罗马神话讲，勒托是太阳神阿波罗和月亮女神狄安娜的母亲，因而，此处，"勒托的双子"指的是太阳和月亮。"白羊"指白羊星座，即白羊宫；"天秤"指天秤星座，即天秤宫。太阳藏身于白羊宫时，月亮便藏身于与其相对的天秤宫；当它们分别处于地平线的两端时，南北两个半球的昼夜即将相互交替，先前处于白昼的半球很快便会进入夜晚，处于夜晚的半球也很快会进入白昼。

[2] 随后，见隐身于白羊宫和天秤宫中的太阳与月亮离开了地平线（此处把地平线比作一头拴着太阳、另一头拴着月亮的腰带），南北两半球的昼夜交换。

[3] 南北两半球的昼夜交换在很短时间内就完成了，贝特丽奇在这段时间里沉默无语，面带微笑地凝望着上帝（"炫耀我双眸光点"）。

因时空聚会处我见你愿[1]。　　　　　　12

永恒爱结出了许多新爱，

不为把不可能良善增添，

而是为闪光体折射其光，　　　　　　　15

能吐出'我存在'这种语言[2]；

它[3]可以随意地超越时间，

亦可跨越万物空间界限[4]。　　　　　　18

创世前主没有无为而卧，

因上帝奔走于水的上面[5]，

那时候无法分时间后前[6]。　　　　　　21

'纯模子''纯物料'或'二合一'，

均出自上帝心，并无缺陷，

就如同三弦弓齐发三箭[7]。　　　　　　24

如光射玻璃或琥珀、水晶，

到达与入其体同时实现，

---

[1] "时空聚会处"指上帝。上帝被看作所有时间和空间的聚会之处。贝特丽奇说，不用问但丁，她便能说出但丁想听到什么声音，因为她在上帝（光源点）那里已经看到了但丁心中的意愿。

[2] "永恒爱"指上帝。上帝创造了千千万万个天使，并把爱的光辉投射在他们身上，使他的大爱得到扩展，从而产生了许多充满爱的造物（新爱）；他这么做，并不是为了增添自己的善——因为上帝是至善，不可能再增添善——而是为了使充满爱的天使折射出他的光辉，从而能够有"我存在"的良好感觉。

[3] 指前面所说的"永恒爱"，即上帝之爱。

[4] 上帝是不受时间和空间限制的，他可以随意超越时空。

[5] "上帝奔走于水的上面"指上帝初创天地的状态，因为上帝是在水的基础上创造天地的。据《旧约·创世记》第 1 章讲，"天主在水面上运行"，"天主造了苍穹，分开了苍穹以下的水和苍穹以上的水"。

[6] 可以说，创世之前，上帝并没有卧在那里默默无为；因为创世时，时间和空间都不存在，无法分清前与后。

[7] 按照经院哲学的观点，"纯模子"（另译：形式）是已经完成的、完美无缺的、没有再造潜能的存在，因而它被认为是"实体"，此处指神智，或称天使。"纯物料"指尚未成形的原始材料，它具有被再造的潜能。"纯模子"对"纯物料"具有影响力，这种影响力被称为"能动力"；在"纯模子"的影响下，"纯物料"形成上帝间接创造的具体物质。但丁认为，"纯模子"与"纯物料"相结合，便构成了物质宇宙的诸星天；"纯模子""纯物料"和它们的组合形式，三者都出自上帝的神心，即都是上帝直接创造的，因而没有缺陷，它们就像一把三弦弓同时射出的三支箭。

天使的创造

两动作并没有任何间隔，　　　　　　　27

三形态创造也如此这般，

均同时辐射出它们光线，

并不分始、中、末，后来、先前 [1]。　　30

实体的构成与秩序同生 [2]，

诸实体又位于宇宙顶端 [3]，

它们的纯能动推天运转 [4]；　　　　　33

纯粹的原物料地位最低 [5]，

物料与能动合，位于中间 [6]，

此二者不可分，直至永远 [7]。　　　　36

哲罗姆为你们曾经写过，

感知界诞生的数百年前，

被造的诸天使已经出现 [8]；　　　　39

许多位受圣灵启示笔者，

曾记录真理于著作里边 [9]，

仔细读其道理定然能见；　　　　　42

人理性也多少认识此论：

---

[1] 这就像光投射在玻璃、琥珀、水晶三种透明体一样，光线一到达便穿入透明体之中，"到达"和"穿入"两个动作是同时发生的，并没有间隔。上面所提到的"纯模子""纯物料"和"二合一"三个形态也是如此，它们都同时反射出各自的光，并没有先后之分。

[2] "实体"（即"纯模子"）的形成与宇宙秩序的建立是同时发生的。

[3] 宇宙的顶端指原动天，在宇宙顶端的实体指的是推动宇宙运行的智慧造物，即天使。

[4] 天使是推动诸天运转的能动力。

[5] "纯粹的原物料"指上面所说的"纯物料"，它的地位最低，只能留在地球。

[6] "物料"指上面所说的"纯物料"。"物料与能动合，位于中间"意思为：纯物料与天使的推动力相组合形成了原动天之下的诸星天。

[7] "纯物料"与天使"能动"的结合是永久性的。

[8] 哲罗姆（Jerome，约340—420）是早期基督教教父，古代西方教会著名的《圣经》学者，曾把《圣经》从希伯来文翻译成拉丁文。他认为，上帝在创造物质世界数百年前就创造了天使。

[9] 关于上帝是否先于物质世界创造了天使，圣托马斯等神学家的观点与哲罗姆不同。但丁认为圣托马斯等人受圣灵的启示，其观点是正确的。

数百年天使未推天运转,

它着实难接受这种观点 [1]。　　　　　　　45

你已知主怎样、何地、何时,

造这些爱之灵 [2],把艺施展,

欲望的三把火理应止燃 [3]。　　　　　　48

坠入地狱和留在天上的天使

但数数还未到二十之前,

一部分天使便跌向下面,

搅动得四元素不得宁安 [4]。　　　　　　51

留下的诸天使开始工作,

高兴地努力干,如你所见,

不停地推动着宇宙旋转 [5]。　　　　　　54

你曾经见到过那个魔王,

宇宙的重量都压他上面,

天使的坠落因是其傲慢 [6]。　　　　　　57

你此处见的是谦卑天使,

都承认他们均源自至善,

是至善赐他们智慧无限;　　　　　　　60

因天主启迪与自己功德,

---

[1] 其实,人的理性早已或多或少地认识到了圣托马斯等神学家的观点是正确的。按照哲罗姆的观点,天使诞生数百年后,上帝才创造出天地等物质世界;也就是说,在这数百年间,天使并没有推动天体运转;这种观点难以令人的理性接受。

[2] 指天使。

[3] 我已经向你讲解了上帝怎样、何时、何地创造了天使这种爱之灵,你的欲望已经得到了满足,那么欲望之火就理所当然地应该熄灭了。

[4] 古代的欧洲人认为宇宙是由气、水、土、火四种基本元素构成的,此处,"四元素"比喻宇宙。在人们数数还没数到二十的极短时间里,一部分天使便跟随路西法反叛上帝,因而被上帝打入地狱;他们从天上跌下去的时候,把宇宙搅得不得安宁。

[5] 正像你所看到的那样,留在天上的天使都高高兴兴地努力工作,推动着诸天运转。

[6] 你在地狱时已经看见,宇宙的所有重量都压在路西法的头上;因为他太傲慢,才和追随他的天使一同坠入地狱。

他们的洞察力提升不断，

所以有满怀志、坚定意愿 [1]；　　　　　　　63

我希望你能够坚信不疑，

受恩泽也是种功德表现，

功大小取决于受恩意愿 [2]。　　　　　　　66

天使的智能

如若你能领悟我这番话，

便无需他人助，独自观瞻，

这一个庄严的天使集团 [3]。　　　　　　　69

在你们尘世的学校之中，

说天使之本性如人一般：

能理解，可记忆，还有意愿 [4]；　　　　　72

为使你能见到纯正真理，

我要说，下界理混淆、难辨，

模棱的解释总一语双关 [5]。　　　　　　　75

天主的慧眼可洞察一切，

诸天使欢乐地观照主颜，

---

[1] 留在天上的均是谦卑的天使。他们认为自己的一切都来自上帝（至善），他们的巨大智慧是上帝所赐；上帝的启迪和自己努力创建的功德，使得他们的洞察力不断提升，因而他们满怀坚定的意志。

[2] 我希望你能够坚定不移相信，承受上帝的恩泽也能体现创建功德，因为功德的大小取决于接受上帝恩泽的意愿大小；也就是说，越愿意接受上帝的恩泽，就越能创建大的功德。

[3] 如果你能理解我的这番话，就可以自己去观察天使，不再需要别人的帮助。

[4] 在尘世的神学院，你们教授这样一种观点：天使和人一样，有理解和记忆能力，而且有意愿。

[5] 为了使你能够认识真理，我要告诉你，尘世的道理是混淆不清的，人们总是一语双关，说模棱两可的话，不把问题讲清楚。这里，但丁指出，一些神学家看到人具有意愿和理解与记忆能力，便以为天使也如此，也具有这些能力，这种观点是荒谬的；其实天使的意愿与人的意愿截然不同，它直接来自于至善；关于理解和记忆，天使与人也截然不同，天使可以直视上帝，从上帝那里见到过去、现今和未来及一切奥秘，并不需要人所具有的理解与记忆力。

从没有把双眼离开其面，　　　　　　　78

可以说无新物阻其视线，

不需要把以往回忆一番，

因他们之思路从未中断 [1]；　　　　　81

下界人白天里睁眼做梦，

相信或不相信己说之言，

后者的罪更重，更失颜面 [2]。　　　　84

讲哲学却不走一条道路，

只热爱和关注事物表面，

你们已被引上错误路线 [3]！　　　　　87

与忽略或歪曲《圣经》相比，

此行为较轻地触怒上天，

而前者令我主更加愤然 [4]。　　　　　90

人们也不想想，为传《圣经》，

多少血洒于世、染红地面，

谦卑循教义者令主喜欢 [5]。　　　　　93

每人都炫耀己自造奇说，

布道者又将其广传世间，

这样便使'福音'沉默寡言 [6]。　　　　96

有人说，当基督受难之时，

---

[1] 天使可以在天主的脸上看到过去、现在和未来的一切，在他们眼前没有任何新鲜之物，他们不需要记忆，因为他们从来没有中断过思路。

[2] 尘世的人白天说梦话，有些人相信自己说的是真话，有些人并不相信自己说的是真话，后者是在有意欺骗，因而罪过更重，更丢人。

[3] 尘世的人啊，你们讲究哲学，但按照哲学的道理，真理的道路应该只有一条，你们走的却是许多条道路（即有许多哲学派别）；其实你们喜欢和关注的只是事物的表面，而非实质；你们已被引上错误道路。在《神曲》中，但丁不止一次地表示了他对哲学局限性的认识。

[4] 与忽略和歪曲《圣经》的异端行为相比，哲学家只关注事物表面现象的行为触犯上帝较轻，而异端则更令上帝愤怒。

[5] 天主最喜欢谦卑地遵循教义的信徒。

[6] 忽略和歪曲《圣经》的所谓神学家制造出种种异端学说，布道者又到处传扬，致使真正的基督"福音"无人宣讲，因而它只好沉默不语。

月倒行，夹太阳、地球中间，

以至于大地上日光不见；   99

他说谎，是太阳自行隐避，

西班牙和印度也能看见，

犹太人所见的日食奇观 [1]。   102

佛城有许多的拉波、宾多，

其数量也难比每年传言，

布道台到处都胡乱叫喊 [2]；   105

无知羊 [3] 便如此离开牧场，

返回时腹只把风儿装满，

不识害，求宽恕依然很难 [4]。   108

基督对最初的使徒未说，

'你们去向世人乱语胡言'；

而令把其真理基础铺垫 [5]；   111

使徒口回响着他的真理，

他们以'福音'为盾、甲、枪、剑，

为点燃信仰火努力奋战 [6]。   114

如今人靠插科打诨布道，

---

[1] 据《新约·马太福音》第 27 章讲，基督受难时，"从正午开始，一直到下午三点钟，一片黑暗笼罩着大地"。一些神学家解释说，那是因为月亮倒行，插入了太阳和地球中间，挡住了太阳光线。但丁指责这种说法是胡说，他认为，耶稣受难使太阳自行回避，造成了全世界一片黑暗，因为不仅犹太人看到了当时的日全食奇观，从西方（西班牙）到东方（印度）的天下所有人都看到了。

[2] 拉波（Lapo）和宾多（Bindo）是但丁时代佛罗伦萨最常用的人名。虽然佛罗伦萨叫拉波和宾多的人极多，却无法与每年出现的传言的数量相比；各处的布道台上，教士们都在胡说八道。

[3] 指无知的信徒。

[4] 当受教士欺骗的无知信徒们离开做弥撒的教堂（牧场）回家时，腹中灌满了教士吹的风，却以为获得了精神食粮；这些愚民虽因无知而受害，但也不会得到天主的宽恕。

[5] 基督令使徒去传教时，并没有让他们胡说八道，而是让其在民众中打下基督教真理的基础。

[6] 使徒们则忠实地遵照基督的指示，口中传播着基督的真理，他们以基督的"福音"为武器，为在民众的心里点燃基督教信仰的火焰而努力奋战。

只要是听众能大笑哄然，

无所求，风帽鼓，人便飘然 [1]。　　　　117

若民众见鸟栖风帽之顶，

他们就一定会心中明辨，

骗人的赎罪券价值几钱 [2]；　　　　120

为了它世人的愚蠢激增，

不需要何证据摆在眼前，

就急忙迎向那所许诺言 [3]。　　　　123

安东尼那头猪 [4] 因此肥壮，

其他人胜猪脏何止一点，

他们付假货币，却当真钱 [5]。　　　　126

天使的数目

因我们离正题已经太远，

请你眼转向那笔直路线，

以便能按时间缩短交谈 [6]。　　　　129

天使数庞大且级级攀升，

尘世的凡人脑承载极难，

---

[1] 现在的传教士，为了吸引听众，竟然用插科打诨的方法传教；只要听众能哄然大笑，他们便觉得飘飘然，十分满足，甚至膨胀得连僧袍的风帽都鼓起来了，他们对信徒不再有其他索求。

[2] 这里，"鸟"隐喻魔鬼。信徒们一看到魔鬼栖息在教士风帽上面，就会明白他们曾相信的赎罪券价值几何。此处，我们似乎看到了二百多年后引起马丁·路德宗教改革的原因。

[3] 为了获得赎罪券，世人变得更加愚蠢，他们不需要任何证据，便轻信教士们所许下的诺言。

[4] 传说，圣安东尼（Sant'Antonio）隐修时，身边常携带一头猪；因而，圣安东尼被视为动物的保护者，在形象艺术中，他的脚下常卧着一头猪。此处，"安东尼那头猪"隐喻安东尼修会的修士。在中世纪，该修会的修士以贪婪的募捐者之名而臭名远扬。

[5] 安东尼修会的修士们靠募捐和出售赎罪券养肥了自己，其他的教士比他们更肮脏，更贪得无厌，他们募捐时付出的是欺骗人的赎罪券和其他谎言（假货币）。

[6] 以便能缩短我们的交谈，按照预定的时间完成游历天国的任务。

更没有表述其合适语言 [1]；　　　　　　　132

若你见但以理启示异象，

便可知他所说千千万万，

确定的数目却隐匿不见 [2]。　　　　　　　135

上帝与天使

本原光 [3] 普照着天使集团，

被接受方式却异颜多面，

其数量如面前折光物般 [4]。　　　　　　　138

因情感随识主程度而生，

天使爱之温度高低有变，

有的温，也有的炽热不凡 [5]。　　　　　　141

你看到，永恒主多么广博，

它把己分成了许多镜面，

并把影投射在每块镜上，　　　　　　　144

然而他仍为一，如同从前 [6]。"

---

[1] 天使的数目非常多，而且级别越高数量越多；人类脑子装不下这么大的数目，人类的语言更无法将其表达清楚。

[2] 但以理是《圣经》中的人物。据《旧约·但以理书》第 7 章讲，但以理说，他见到侍奉上帝的天使有千千万万。但以理只用"千千万万"比喻很多，却没有说明准确的数目。

[3] 指上帝之光。

[4] "面前折光物"指折射上帝光辉的天使。上帝的光辉普照在诸天使身上，但是，天使们接受上帝光辉的方式却不同；但丁面前有多少天使，就会有多少接受上帝光辉的方式。

[5] 因为对上帝认识的程度不同，天使对上帝爱的程度也自然不同，有的爱温和，有的爱却十分热烈。

[6] 你看啊，永恒的上帝是多么广博呀！他创造了千千万万个天使，这些天使都成为折射其光辉的镜面；他把自己的光辉分别投射在每张镜面之上，然而其光辉并未减少，他仍然是他自己，和以往并无变化。

第30章

  如黎明前天上的星星一颗颗地熄灭，曙光女神出现时，最明亮、最美丽的星也不见了踪影；但丁面前的天使火环亦如此渐渐地消逝。但丁转身望向贝特丽奇，看到她更加光辉灿烂，自知他的语言难以描绘其美艳。贝特丽奇告诉但丁，他们已经离开物质宇宙的最后一重天，进入了纯精神的净火天；净火天充满了纯光，纯光是真善之爱的体现，真善之爱给人以不可思议的愉悦感。由于纯光突然出现，但丁被炫得眼前一片白，转瞬之间又感觉到视力大大增强。他看见一条闪亮的光河，河岸边鲜花盛开，姹紫嫣红，河中飞溅出金色的火星；遵照贝特丽奇的嘱咐，他俯下身，用光河之水清洗双目；此时，光河变成了圆形，呈现出一个巨大无比的玫瑰形状，一层层的台阶好似玫瑰的花瓣儿；台阶圣位上是天国永福者的灵魂，圣位的数量与最终升天的灵魂数量相同。净火天不再受自然法则的限制，没有时间和空间的概念，所以，事物不管远近，都十分清晰地呈现在那里。贝特丽奇携但丁进入黄色的玫瑰花心，并告诉他，天国的圣位已经所剩无几，不会再有很多灵魂从尘世来到这里享受永福。但丁面前出现了一张放着王冠的大椅子，贝特丽奇告诉他，那是日耳曼神圣罗马帝国皇帝亨利七世的圣位，他将先于但丁的灵魂进入天国，不久之后就会坐上那把椅子。利用介绍亨利七世座椅的机会，贝特丽奇谴责了教宗克雷芒五世反对亨利七世的卑劣行为，并告诉但丁，克雷芒五世将跌入地狱第八层第三个恶囊，顶替教宗卜尼法斯八世的位置，卜尼法斯则会坠入该恶囊火坑的更深处。

天使火环消失

大约在六千哩以外之处，
六时的大太阳如火而燃，

这边的世界却影卧床面 [1]；　　　　3

此时刻我们见高高苍穹，

也开始一点点发生改变，

天幕上有些星渐渐暗淡 [2]；　　　　6

太阳的亮侍女显露美面，

空中星一颗颗身影不见，

一直到最美星消逝天边 [3]。　　　　9

凯旋的火光阵 [4] 亦是如此，

它本绕炫我目那个光点，

却似让被绕物围在中间，　　　　12

于是便熄灭于我的眼前 [5]。

因不见，也因有爱的情感，

我转身望向那圣女容颜 [6]。　　　　15

贝特丽奇的美貌

若把曾夸此女所有话语，

汇一句对她的赞美之言，

也难以展现出她的美艳。　　　　18

我所见她之美何止超越，

尘世的人所定审美界限，

---

[1] "哩"指英里，约 1.6 公里。按照中世纪的天文学理论和计时法，太阳围绕地球运行一周为 24 小时，即一昼夜；黎明为第 1 时。但丁说，在大约 6000 英里之外的东方，已经是临近正午的 6 时，太阳像燃烧的烈火；而在意大利所处的西方世界，太阳尚未升起，它的光刚刚把世界的影子投射在地平线上。

[2] 此时我们可以看到，黎明前的天空开始变化，有些星已经慢慢地熄灭了光辉。

[3] 当太阳最明亮的侍女（指曙光女神）出现时，天上的星便一颗接一颗地熄灭，最后，连最明亮、最美丽的星也不见了。

[4] 指前面所展示的九个天使火环。

[5] 九个天使火环本来围绕着光源点（上帝），然而此时它们却被光源点放射出的强光包容其中，致使但丁无法看见它们。

[6] 因为天使火环消失了，也因为但丁此时心中已经充满了大爱，他转身望向贝特丽奇。

我确信唯天主能够品鉴 [1]。　　　　　21

我承认，此关前我被击溃，

悲、喜剧之作家遇难万千，

颓败状均难以与我比肩 [2]。　　　　　24

太阳光可令人双眸抖颤，

一想她微笑的温情容颜，

我心智也自会万物不见 [3]。　　　　　27

自尘世我初见她的时候，

一直到此次望她面之前，

我赞语从来就未被阻断；　　　　　30

但此时我必须选择放弃，

写诗句歌颂她非凡美艳：

因艺人都会有他的极限 [4]。　　　　　33

有号角会比我更加嘹亮，

让该号颂其美，名传更远，

因为我艰难曲将至终点 [5]。　　　　　36

---

[1] 贝特丽奇之美何止超越了人间的审美界限，恐怕也超越了天使的审美界限，但丁确信，只有上帝有品鉴其美的能力。

[2] 展示贝特丽奇之美对但丁来说是一道难关，他承认，在这道难关面前他被击败了，即他无能力用语言展现贝特丽奇的神奇之美；以往的喜剧和悲剧作家在写作时，曾经遇到过千千万万种语言表述的困难，但是都难与他所遇到的困难相比。

[3] 强烈的阳光能炫耀得人眼发抖，使其看不见东西，我一想起贝特丽奇微笑的温情容貌，心智之眼也会被炫得无法分辨任何事物。

[4] 从在尘世第一次见到贝特丽奇时开始，到此次观望她之前，我一直没有中断过对她的赞美；但此时，我必须放弃写诗句赞颂她的美艳，因为我实在没有这个能力；所有的艺术家都会有艺术创作的极限，我已经到达了我的极限。

[5] 以后会有人比我能力更强，他的号角比我的更加响亮；那么，就让他来继续歌颂贝特丽奇吧，以便使贝特丽奇的美名传颂得更远；因为我这部艰难的作品已经接近尾声。

净 火 天

向导以快卸任语气说道[1]:

"我们出宇宙的最大圆环[2],

现在已进入了纯光之天;   39

这里是充满爱神智之光[3],

真善爱满载着喜悦情感;

此喜悦远超过其他之欢[4]。   42

在这里你将见天国两军[5],

一军所展现的那副容颜[6],

最后的审判日重入你眼[7]。"   45

就如同突然降一道闪电,

把视觉之神经彻底击瘫,

令眼目看不清明亮之物,   48

我周围耀眼光亦如这般;

那光辉似纱幕将我裹缠,

致使我任何物都难看见。   51

"让此天宁静的那份大爱,

为使烛能适应燃烧火焰,

迎来者总如此热情满面[8]。"   54

此简短之话语刚生吾心,

[1] 但丁从贝特丽奇说话的方式上感觉到她已经放松,其语调体现出她即将完成引导但丁游历天国的任务。

[2] 指原动天。

[3] 这里的光是神智之光,它充满了天主的大爱。

[4] 我们已经走出宇宙最外面的原动天,现在进入了纯光的神心之天;纯光中充满了真善之爱,真善之爱满载喜悦,这种喜悦远远超过其他的欢乐。此时,贝特丽奇和但丁已经进入净火天,此天不再是物质宇宙,而是神心。"纯光"指上帝的精神之光。

[5] 指天使和永福者灵魂两个集团。

[6] 指永福者灵魂所展现的容颜。

[7] 最后审判时,你将重新见到你在这里所见到的永福者的容颜。关于最后审判,请参见《地狱篇》第 6 章第 98 行。

[8] 这是一句但丁心中自语的话,意思是:让净火天保持宁静的天主大爱总是用这种强烈的光热情地迎接新来者,为的是让他们能够适应这种强光("为使烛能适应燃烧火焰")。

天国的第十重天，净火天

立刻令它 [1] 变得敏锐不凡，

觉得我已跃到德能之上， 57

视力增，不再惧任何光线，

强烈光已无法炫迷吾眸，

致使我不能够自护双眼 [2]。 60

光之河

我见到一束光如同河流，

两岸似超凡的春天画面，

流动的河中水金光闪闪。 63

从河中飞溅出灿烂火星，

飘落在两岸的花儿中间，

就好像黄金嵌红宝石般； 66

随后似被花儿香气熏醉，

火星又重跳入涡流里面，

此星入，彼星出，接连不断。 69

我眼中那太阳 [3] 开口说道：

"有崇高之欲望将你点燃，

促使你急于解眼前景况， 72

你越想解其情，我越喜欢 [4]；

但首先你应该饮下此水，

严重的焦渴状才能舒缓 [5]。" 75

她随后补充道："花草欢笑，

黄玉星入与出闪光河面，

---

[1] 指但丁的心。

[2] 我觉得超越了自己的德能，眼睛已经具有了新的、极强的视觉能力，以后不会再有
什么强光炫耀我的眼睛，使我无法保护它。

[3] 指贝特丽奇。

[4] 你心中点燃了崇高的求知欲望之火，它促使你急于了解眼前的景况；这是好事，你
的求知欲越强烈，我就越高兴。

[5] 你首先需要饮这条河中的水，即用河水清洗眼睛，从而使你更加心明眼亮。

预示着有真相隐于其间 [1]。 78

并非是这些物自身不足，

而恰恰你这边还有缺陷：

你视力还没有如此不凡 [2]。" 81

天国的玫瑰

若婴儿比往常醒得更迟，

必定会急扑向母亲怀间，

因饥饿，迫切想吸吮乳汁， 84

此刻我比婴儿还怕迟缓 [3]；

为了使双眸成更佳明鉴，

躬身向完善人金水河面 [4]， 87

令眼睑之屋檐畅饮其水，

那河流此时在我的眼前，

从长形变成了一个大圆 [5]。 90

就如同面具后隐藏之人，

摘下了遮其容那张假面，

其形象完全与之前不同， 93

我眼前也如此发生剧变 [6]：

花儿与火星也呈现盛况，

---

[1] 河岸草地上的艳丽花朵，以及从河中飞溅出来的如同黄玉一般的"水珠"，都预示着
其中隐藏着某种真相。

[2] 并不是因为这些事物自身还没有成熟，因而你看不清他们的全貌，而是因为你自己
的视力不足，还没有到达洞察一切的超凡境界。

[3] 当一个婴儿比平时从睡梦中醒来更晚时，一定会立刻扑到母亲的怀中，因为他急于
吸吮母亲的乳汁；我此刻比急于吸吮母乳的婴儿更着急，更想立刻清洗我的眼睛。

[4] 将身体弯向能够使人完善的金色的河水，以便清洗眼目。

[5] "眼睑之屋檐"指眼睫毛。为了使眼睛更加明亮，但丁弯腰伏向上边提到的飞溅金色
水花的河，把眼睛贴近水面；此时，他似乎看见原本长形的光河变成了一个巨大的
圆形。

[6] 但丁眼前的景象发生了剧变，就像摘下面具的人与戴着面具时截然不同。

我见到天庭臣排列两班 [1]。　　　　　　　96

啊，主之光，借助你我已看见，

真王国崇高的奏凯而旋，

赐能力，使我可讲清所见 [2]！　　　　　　99

灿烂的神之光照耀苍穹，

使造物 [3] 能得见天主之面，

唯见他尊容时方可宁安 [4]。　　　　　　102

那光华形成了一个圆环，

其周长不断地向外扩展，

似太阳之腰带，范围极宽 [5]。　　　　　　105

大圆环全部的灿烂光芒，

投射于原动天顶盖上面，

于是它 [6] 获得了生命、能源 [7]。　　　　108

似山坡花与草姹紫嫣红，

将其影投射于山脚水面，

它似乎要观赏身上丽妆，　　　　　　111

此时我眼前也现此景观 [8]；

见上方反射出无数环阶，

---

[1] 此时，河岸上的花儿和河中飞溅出来的闪亮的火星都发生了变化，呈现出一种盛大的状况：但丁看见天国的灵魂与天使排列成两个集团。

[2] 噢，天主之光啊，借助你，我终于看清了天国崇高的凯旋大军；现在请你赐我力量，让我能够清楚地展现出我所见到的盛况吧！

[3] 此处指高级造物，即天使和永福者的灵魂。

[4] 天上充满了灿烂的神光，使诸天使和永福者的灵魂能够清晰地瞻仰上帝的尊容；只有见到上帝的尊容时，他们才能真正获得安宁。

[5] 但丁眼前的圆形光环不断地向外扩展，就像缠绕在太阳腰间的一条带子，其范围极其广阔。

[6] 指原动天。

[7] 净火天是围绕在宇宙第九重天（原动天）外面的神光，该光投射在第九重天的顶盖之上，使第九重天具有了生命力和推动整个宇宙运转的能量。

[8] 山坡的草地上到处是姹紫嫣红的鲜花，它把自己的影子投射在山脚的湖面上，就好像要欣赏自己身上的丽妆一样；此时，但丁眼前的景观便如此美丽。

返天魂全都在诸阶上面 [1]。 114

若最低一级能容此大光，

可想象此玫瑰外环花瓣，

其范围有多么广阔无边 [2]！ 117

此时刻我眼睛不再迷失，

它可以尽收景，无论高宽，

使所有欢与乐映入眼帘 [3]。 120

远与近对视线已没影响，

因上帝弃中介直统此间，

自然法丝毫无作用可言 [4]。 123

亨利七世的位置

太阳使永恒春玫瑰鲜艳，

玫瑰把赞美香向其奉献，

香气从层层的花瓣散出， 126

我此时话欲出却又止言；

携我至黄花心圣女说道 [5]：

"你快看，白衣团 [6] 多么壮观！ 129

看这座天之城如何运转，

看我们之席位已经很满，

---

[1] 此时，但丁见到光在上方反射出许许多多的、一圈套一圈的环形阶梯，其形状就像现代的体育场；从人间返回天国的圣洁灵魂都在一层层的台阶之上。

[2] 如果说环形阶梯距上帝较远的最底层一圈足以容纳此处的大光，那么距我们更遥远、更上面的外圈又会怎样呢？

[3] 此时，但丁的眼睛不再有看不清的东西了，无论视觉区域有多么宽广、有多么高，他都能把天国的欢乐尽收眼底。

[4] 此处，上帝直接统御一切，不再借助任何中介力量，自然界的法则已经不起作用，因而远或近对视力不再有影响。

[5] 此处，"太阳"指上帝。"玫瑰"指永福者灵魂所在的一层层的环形阶梯。上帝的光辉使绽放不谢的玫瑰（永恒春玫瑰）十分鲜艳，玫瑰则把芳香奉献给上帝；那芳香来自于一层层的花瓣。此时，但丁被贝特丽奇引至玫瑰的黄色花心处，但丁十分好奇，想提问，却欲言又止；贝特丽奇看出了但丁的心愿，便主动对他说话。

[6] 指身穿圣洁白袍的永福者灵魂所组成的白色玫瑰。

虚位待之人已十分罕见 [1]。　　　　132

你的眼望向了那把大椅，

椅子上置放着一顶王冠，

在你赴此处的盛宴之前，　　　　135

尘世帝亨利魂便坐上面 [2]；

为整顿意大利他去那里，

意大利却尚无变革意愿 [3]。　　　　138

盲贪婪令你们病入膏肓，

尔等如固执的幼儿一般，

宁饿死也要把乳娘驱赶 [4]。　　　　141

那执掌圣廷的最高长官，

明与暗都与其争斗不断，

他二人并不走同一路线 [5]。　　　　144

但上帝难忍他久占圣位，

投其入那西门术士深渊，

该术士受惩罚罪有应得；　　　　147

阿纳尼那个人更加深陷 [6]。"

---

[1] 善者的灵魂进入天国是为了补充因反叛上帝被打入地狱的天使的位置。现在这些空位已经所剩无几，即此后来天国的圣洁灵魂不会太多。

[2] 你现在看到的上面有一顶王冠的大椅子是日耳曼神圣罗马帝国皇帝亨利七世坐的位置；在你的灵魂来这里赴天国盛宴之前（指离世之前），他的魂灵便会先坐在上面（即他会先于你离世）。

[3] 他为了整顿意大利的乱象率军南下，然而意大利自己却没有变革的愿望。历史事实是，亨利七世的军队在意大利不但没有受到欢迎，反而受到佛罗伦萨等城邦的顽强抵抗。

[4] 盲目的贪婪使你们意大利人病入膏肓，无药可治；你们就像固执的幼童，宁可被饿死也要赶走乳娘。

[5] "那执掌圣廷的最高长官"指教宗。此处具体影射的是克雷芒五世，他极力阻拦亨利七世南下意大利。

[6] "阿纳尼"是教宗卜尼法斯八世一座宫殿的所在地，"阿纳尼那个人"指教宗卜尼法斯八世。但丁说，上帝无法忍受克雷芒五世长时间占据教宗的宝座，于是很快让其死去，死后把他打入西门术士所在的地狱第八层第三个"恶囊"中（见《地狱篇》第 19 章）。克雷芒五世被倒栽在火坑之中，只露出两只脚；他来到之后，原本倒栽在他的位置上的卜尼法斯八世，为了给他腾位置，便坠入火坑的更深处。

第 31 章

在净火天中，许许多多的圣洁灵魂展现在但丁的眼前，他们都穿着洁白的衣衫，围成一个阶梯式的圆形，就好像一朵巨大的"洁白玫瑰"。"玫瑰"上方，飞舞着无数个天使，他们忽而落在"玫瑰"的花瓣儿之中，忽而飞向光之源（上帝）。见到此景，但丁惊愕不已，就像北方蛮族人在罗马见到许多极其辉煌的宫殿时一样；他急忙转身寻找贝特丽奇，试图请她解开疑团，然而，他见到站在身旁的并不是圣女，而是老叟圣伯纳德。在圣伯纳德的指引下，但丁举目望去，见到贝特丽奇已经坐在"洁白玫瑰"从上数第三环的台阶上，距离虽然十分遥远，形象却极其清晰地映入他的眼帘。但丁向贝特丽奇致谢，贝特丽奇则微笑着望向但丁，接着又将目光转向上帝。圣伯纳德告诉但丁，他受贝特丽奇之托来此与其会面，并帮助他圆满地完成天国之旅。随后，圣伯纳德请但丁望向"洁白玫瑰"最高处的最明亮的区域，但丁遵命；他看见光芒万丈的圣母玛利亚坐在那里，观望着诸位永福者的灵魂和不停飞舞、歌唱的天使。当圣伯纳德也举目望向圣母时，但丁瞻仰圣母的欲望变得更加强烈。

洁白的玫瑰

以白色纯洁的玫瑰之形，
那圣军 [1] 呈现在我的面前，
基督血入其体，结成姻缘 [2]。
另军 [3] 则飞舞着观照、歌唱，
天使的爱慕者辉煌不凡，

3

---

[1] 指永福者的灵魂组成的神圣大军。
[2] 永福者都是最虔诚的基督信徒，他们组成了基督教会；教会被视为基督的妻子，与基督血液相合，永不分离。永福者的灵魂身披洁白的衣衫，聚拢在一起，围坐在环形圣位的台阶上，好似一朵巨大的"洁白玫瑰"。
[3] 指天使组成的神圣大军。

和令其光荣的天主至善[1]。　　　　　　6

勤劳的采蜜蜂结群飞舞，

时而入花之中，时而回返，

重回那使辛苦香甜之处，　　　　　　　9

诸天使也好似蜜蜂一般，

降落在巨花中，随后飞起，

将大爱永留于花瓣之间[2]。　　　　　12

他们脸都好像灿烂火焰，

身洁白，羽翼似黄金一般，

任何雪都难与其身比肩[3]。　　　　　15

当落向巨花时抖动翅膀，

把安宁与炽爱撒向花瓣，

遍播于那里的福魂之间[4]。　　　　　18

空中飞之天使如此众多，

穿梭于上帝与巨花之间，

然而却隔不断光与视线：　　　　　　21

因神光可穿透宇宙万物，

向值得照耀处投射光线，

任何物都无法将其阻拦[5]。　　　　　24

---

[1] "天使的爱慕者"指上帝。天使的大军则飞舞着观望上帝，并歌唱上帝的辉煌和令天使大军光荣的上帝的至善。

[2] "重回那使辛苦香甜之处"指重回到蜂窝，因为在那里，蜜蜂使它们通过辛苦劳动采来的花粉变成香甜的蜂蜜。这几行诗的意思是：天使们像采花粉的蜜蜂一样，在巨大的"洁白玫瑰"与上帝之间飞来飞去，把上帝的大爱永远留在"玫瑰"花瓣中的永福者灵魂之间。

[3] 天使的脸似火焰一样闪闪发光，羽翼好像是黄金的，身体比雪还白。

[4] 当天使落在"洁白玫瑰"的花瓣儿中时，他们抖动翅膀，把上帝所赐的安宁和炽爱遍播于那里的永福者灵魂之间。

[5] 穿梭于上帝与"洁白玫瑰"之间的天使非常多，但他们并不能阻挡上帝的光辉照耀永福者的灵魂，也不能阻挡永福者灵魂的视线，使他们看不见上帝。因为，上帝之光可穿透万物，照耀到值得它照耀的所有地方。

但丁的惊愕

在这个太平且欢乐王国，

《旧约》与《新约》的人物聚满，

他们把爱视线投向一点 [1]。　　　　　　27

噢，三道光聚集在一颗星中，

闪烁着，令福魂意足心满 [2]！

但请你看下界我们灾难 [3]！　　　　　　30

艾丽斯与心爱儿子 [4] 转动，

其光线每日照北方地面，

从那里涌来了野蛮之人，　　　　　　33

见罗马一座座雄伟宫殿，

个个都惊愕得目瞪口呆，

那时候拉特兰凌驾人间 [5]；　　　　　　36

我是从人住处来到神界，

进永恒，离开了尘世短暂，

弃佛城，入正义圣者人群，　　　　　　39

---

[1] 他们把爱的视线都投向上帝。

[2] "三道光聚集在一颗星中"指三位一体之光，即上帝是一颗明星，却放射出三道各自不同的光线。诗意为：三位一体之光照射在永福者身上，使他们感觉到心满意足。

[3] 诗人祈求三位一体的上帝关注尘世人类的苦难。

[4] "艾丽斯与心爱儿子"指大小熊星座。据希腊－罗马神话讲，主神宙斯爱上了女神艾丽斯（Elice），并与她生下了一个儿子，取名阿尔卡斯；天后赫拉知道此事后十分嫉妒，勃然大怒，她将艾丽斯变成一只母熊，赶入森林。自幼失母的阿尔卡斯长大后成为猎人，但他并不知母亲的遭遇。一天，阿尔卡斯与母熊妈妈在森林里相遇，母亲看见思念多年的儿子，兴奋得忘记自己已经变成熊，便扑向阿尔卡斯；阿尔卡斯以为熊想伤害他，立即举箭要射杀它。正当弑母大错即将酿成时，愧疚的宙斯急忙把阿尔卡斯也变成一只小熊，并将它们安置于天上，使他们成为大小熊星座。赫拉仍不罢休，她把大小熊星座赶至北极附近，强迫它们不分昼夜地围绕北极旋转，无片刻安宁。

[5] 拉特兰（Laterano）是罗马一个十分著名的地方，曾经是古罗马皇宫所在地，在所谓的"君士坦丁赠礼"之后，即罗马帝国后期，成为罗马教廷所在地。这几行诗的意思是：在罗马帝国还统治世界的时候，北方蛮族人便侵入意大利，当他们涌入罗马见到许多辉煌的宫殿时，惊愕得目瞪口呆。

此时刻应发出何等惊叹 [1]！

惊与喜交集情确实令我，

巴不得耳不听、口不吐言 [2]。 42

朝圣者进入了许愿圣殿，

坐下来，休息且仔细观看，

望返乡能说出圣殿景况， 45

我同样借神光转动视线，

一双眼把花瓣（儿）层层审视，

忽而上，忽而下，忽而四面 [3]。 48

我见到劝善的爱之面孔，

闪耀着主之光及其笑颜，

其举止满载着正直尊严 [4]。 51

圣伯纳德出现

整体的天国貌展示面前，

它已经全映入我的眼帘，

然而我对局部尚未细看 [5]； 54

我心燃求知欲，转过身去，

希望那圣洁女回答我言，

解开我心中的种种疑团 [6]。 57

---

[1] 如果说蛮族人见到辉煌的罗马惊愕得目瞪口呆，那么，我这个暂时离尘世来到神界、从佛罗伦萨来到圣人中间的俗人又会发出怎样的惊叹呢？

[2] 此时，但丁巴不得专心致志地静观美景，他不想说话，也不想听任何人说话。

[3] 一个到达圣地的朝圣者，进入曾经许愿朝拜的圣殿后，便坐在那里，一边休息，一边仔细观察，希望记住圣殿的情况，以便返乡后向人讲述；我此时也是如此，借助上帝的神光，仔细观察"洁白玫瑰"的每一层花瓣，视线忽而向上，忽而向下，忽而转向周围。

[4] 但丁见到诸位圣洁的灵魂呈现出一副劝人为善的样子，脸上闪耀着上帝的微笑和光辉，举止体现出正直人的尊严。

[5] 此时但丁已经看到了天国的整体面貌，但是还没有对每一个细节瞩目观察。

[6] 但丁心中又燃起求知的强烈欲望，于是便急忙转身望向一路为他解答难题的贝特丽奇，希望圣女能再次为其解开疑团。

但期盼这个人，竟来那人：

心想见圣女却一叟 [1] 出现，

他穿戴与光荣诸圣一般 [2]；　　　　　　60

眼与面均现出祥和之色，

其亲切显露于举止之间，

似慈父站立在我的面前。　　　　　　　63

于是我立刻问："她在哪里 [3]？"

他答道："为满足你的欲念，

圣女请我离位、来你眼前 [4]；　　　　　66

若你望从上数第三圆环，

便见她坐在那宝座上面，

其功德令她获如此恩典 [5]。"　　　　　69

不说话，我举目望向上方，

见她头戴一顶灿烂之冕，

反射着永恒的天主光灿 [6]。　　　　　　72

任何人若坠入海底深渊，

其凡人双眸距雷鸣甚远，

然而却远不及贝特丽奇，　　　　　　　75

距离我此时刻望她之眼 [7]；

其形象入我眼，却不模糊，

---

[1] 此老叟是圣伯纳德的灵魂。圣伯纳德（San Bernardo，1090—1153）是中世纪著名的天主教隐修士，曾担任多位教宗和君主的高级顾问；他极力主张崇奉圣母玛利亚，因而被称作"圣母最亲密的学生"。

[2] 但丁希望见到圣女贝特丽奇，可是他眼前站着的却是老叟圣伯纳德，此人与"洁白玫瑰"中的其他福魂一样，也穿着洁白的衣衫。

[3] 但丁急切地询问贝特丽奇在哪里。

[4] 为了满足你求知的欲望，贝特丽奇请我离开我的圣位来到你的面前。

[5] 如果你望向从上面数第三环，就会看见贝特丽奇坐在那里；她的功德使她获得了上帝的这一恩赐。

[6] 于是，我未说话，举目望向上方，看见贝特丽奇头上顶着一圈光环，那光环反射着天主的光辉。

[7] 但丁说：海底深渊是宇宙的最低处，雷声炸响于天空，两处相距甚远；但是，它们的距离远不及当时他与贝特丽奇之间的距离。

因无物阻隔在我们之间 [1]。 78

对贝特丽奇的感谢

"噢，我希望依赖的圣洁女子，

为救我你宁愿忍受苦难，

在地狱留下了你的足迹， 81

我承认靠你的力量、慈善，

才获得那一份恩泽、德能，

一路上亲眼见景况万千 [2]。 84

在权限允许的范围之内，

你利用诸方法、可行路线，

引我出奴界见自由之面 [3]。 87

但愿你看护好赐我慷慨，

致使我得救魂纯洁、康健，

以令你欣慰状离体升天 [4]。"

90

我如此向圣女真诚祷告，

在远方她对我微笑，凝看；

随后又转向那永恒之泉 [5]。 93

---

[1] 尽管但丁距离贝特丽奇十分遥远，但是贝特丽奇的形象却非常清晰地映入但丁的眼中。在净火天，已经没有距离的概念，因而但丁和贝特丽奇之间没有任何东西能够阻挡和减弱视线，她犹如就在但丁的眼前。

[2] 此处，但丁表示了他对贝特丽奇的感激之情。他说，为了救他，贝特丽奇宁愿忍受下到地狱的痛苦；他认为，是在贝特丽奇的帮助和引导下他才获得了上天的恩泽，才能游历地狱、炼狱和天国，看到许许多多离奇的景况。

[3] 在你的权限之内，你利用各种方法，通过各种可行的路线，把我从受罪恶奴役的地狱引导至自由、幸福的天国。

[4] 是你赐予我一个慷慨的自由灵魂，但愿你能继续看护好它，令我的灵魂永远纯洁、健康，从而使其以令你欣慰的方式离弃尘世升入天国。

[5] "永恒之泉"指永恒的光源，即上帝。

圣母的荣耀

圣叟[1]道："为了使你的旅程，

能确实结束得十分圆满，

她祈求和圣爱引我至此[2]，　　　　　　　96

邀请你浏览这美丽花园[3]；

因看它可以使你的眼睛，

更适应穿神光望向上面[4]。　　　　　　　99

我胸中燃烧着熊熊爱焰，

女王[5]将赐予我所有恩典，

因对她我虔诚、忠诚无限[6]。"　　　　　102

似一人来自于克罗地亚，

意欲把我们的遮面布看，

这是他未偿的久远夙愿[7]；　　　　　　105

见布时他心想："基督真神，

难道说我见到你的容颜？"

圣像展全过程他均这般；　　　　　　　108

我也是如此观圣叟真爱，

他已在尘世的默思期间，

[1] 指前面已经提到的圣伯纳德。

[2] 是她的祈求和她所体现的圣爱引导我来到了这里。

[3] 指"洁白玫瑰"及其周围的美丽景况。

[4] 我请你浏览这片美丽的花园，这样可以使你的眼睛更适应这里的光线，从而透过神光望向更高处。

[5] 指圣母玛利亚，她被视为天国的女王。

[6] 圣伯纳德说，因为他非常热爱圣母，对圣母无限忠诚，因而圣母对他有求必应，赐予他所需要的一切恩典。

[7] 据传说，遮盖耶稣尸体面部的布曾收藏在罗马的圣彼得大教堂中。这几行诗的意思是：就像一个从克罗地亚来罗马朝圣的人，希望见到耶稣尸体的遮面布，这是他还没有满足的夙愿。

圣母的荣耀

品尝到永福者那份宁安 [1]。　　　　　　　　111

他说道："蒙恩的可爱孩子 [2]，

如若你眼只看此处下面，

便难见这里的至福景观 [3]；　　　　　　　　114

因而你应望向更远诸环，

可见到天女王端坐那边，

此王国臣服她，既忠又虔 [4]。"　　　　　　117

我举目，好像见地平线上，

清晨时，太阳的光芒四溅，

东面辉远胜过日落西边 [5]；　　　　　　　　120

我目光从低谷爬向山巅，

至高处见一域十分灿烂，

比其他各层都炫耀吾眼 [6]。　　　　　　　　123

法厄同驾日车出行之时，

尘世见车处亮、别处渐暗，

我眼前之景况亦似这般 [7]：　　　　　　　　126

和平火燃烧于顶端之心，

---

[1] 当耶稣的圣像展现在克罗地亚朝圣者面前时，在整个瞻仰圣像的过程中，他心中都不断地想：基督啊，我的真神，难道说我真的见到了你的容颜？此时，但丁也是以同样的心情面对圣伯纳德所表现出来的真爱；他认为，这位圣人在尘世隐修时（默思时）已经有过天国永福者才能享受的安宁体验。

[2] 指但丁。但丁蒙受天恩，从而，生前便有游历地狱、炼狱和天国的机会。

[3] 此时，但丁位于"洁白玫瑰"的最下方。这几句诗的意思是：如果你只注视我和"洁白玫瑰"的最下面一层，就难以看到天国中最快乐的景况。

[4] 因而，你的目光应该望向"洁白玫瑰"最远、最上面的几层花瓣，你会看见天国女王圣母玛利亚坐在那里，天国诸魂都臣服于她，既忠于她，又虔诚地信奉她。

[5] 清晨，地平线处，太阳光芒四射，日出的东边远比日落的西边更亮；我举目仰望时也是如此，上面的光线更明亮，向下射来时则逐步减弱。

[6] 我的目光从低谷（"洁白玫瑰"的花心处，即最低处）慢慢转向山顶（"洁白玫瑰"的最高处），在那里见到一个十分明亮的区域，那个区域比"玫瑰"花瓣的各层都更加耀眼。

[7] 太阳神的儿子法厄同驾太阳车出行时，在尘世看到的情况是：太阳车处十分明亮，而向外放射的光线则逐渐减弱，离太阳车越远的地方光线就越弱。我眼前的景况也是如此。

把强光向四面平均分散，

远离开火焰处光灿减缓 [1]；　　　　　　129

见千万欢庆的天使展翅，

歌舞着把那火 [2] 围在中间，

职不同，光互异，各有特点 [3]。　　　　132

我看到一美人 [4] 面带笑容，

飞舞的众天使将其围圈，

她之喜入所有圣人眼帘；　　　　　　　135

即便我有极强表达能力，

它足可与我的想象比肩，

也丝毫不敢把其美展现 [5]。　　　　　　138

伯纳德见我的两眼凝视，

他热烈爱慕的女子容颜，

也深情把双眸转向圣母，　　　　　　　141

使我目更燃烧炽热火焰 [6]。

---

[1] "和平火"指圣母玛利亚的光辉。火焰是法兰西国王红色战旗上的标识，此处把"和平火"作为圣母玛利亚的标识，与战争的标识形成鲜明的对比。这几句诗的意思为：圣母玛利亚坐在"洁白玫瑰"最高一环的中心位置，把耀眼的光辉平均撒向四面八方，那光辉向外逐渐减弱，离其越近的地方光越强，离其越远的地方光越弱。

[2] 指圣母玛利亚。

[3] 那些天使职能不同，光亮程度各异，各有各的特点。

[4] 指圣母玛利亚。

[5] 即便我的表达能力极强，可以与我的想象力媲美，我也不敢斗胆描写她的美艳，因为她的美无言可表。

[6] 当圣伯纳德也把视线转向圣母时，我瞻仰圣母的欲望就更加强烈了。

第 32 章

　　圣伯纳德全神贯注地静观圣母的美貌之后，向但丁解释了"洁白玫瑰"的结构和布局。圣母玛利亚端坐在"玫瑰"最上层的中间位置，坐在她宝座下面各层的分别是夏娃、拉结、撒拉、利百加、犹滴和路得等《旧约》中的重要女性人物，她们像一面墙，自上而下把"玫瑰"分成两半，一半由耶稣之前相信救世主即将到来的人物组成，另一半则由耶稣降世之后信仰基督的人物组成。面对圣母玛利亚坐在"玫瑰"最上层的是洗礼约翰，他的圣座下面各层分别坐着圣方济、圣本笃、圣奥古斯丁等基督教圣人的福魂，他们形成了"洁白玫瑰"另一端自上而下的分割线，这样，阶梯形"玫瑰"便被竖着分为两个半圆形。此外，还有一道横向分割线，把"玫瑰"分为上下两个部分；在下部分各层中，坐着生前尚未来得及主动选择善恶便离弃尘世的幼儿的灵魂，他们来到天国享受永福，完全是由天命所定。圣伯纳德请但丁凝视圣母，但丁举目望向玛利亚，看到了最近似上帝面孔的容颜，同时听到了大天使加百列赞美圣母的颂歌和"洁白玫瑰"上诸福魂回应的合唱之声。介绍完"洁白玫瑰"，圣伯纳德请但丁以最虔诚的心随他向圣母玛利亚祈祷，以便获得上天的恩赐，有能力直视上帝的万丈光芒。

玫瑰中诸福魂的秩序

对那位热爱者全神贯注，
他自觉把导师责任承担，
开口吐下面的圣洁之言[1]：　　　　　　　　　　3
"那位坐玛利亚脚下美女，
曾刺伤人类且令其受难，

---

[1] "对那位热爱者"指对圣母玛利亚。前面曾提到过，圣伯纳德被称作"圣母最亲密的学生"，人们认为他是最热爱圣母玛利亚的人。这几行诗的意思是：圣伯纳德全神贯注地观照圣母玛利亚，他自己觉得已经承担起但丁导师的责任，于是便说出下面的话。

是圣母治创伤，使人康健[1]。　　　　　　6

她下面，拉结挨贝特丽奇，

安坐在第三排圣位中间[2]，

就如同你双眼所见那般。　　　　　　　9

撒拉[3]与利百加[4]还有犹滴[5]，

一级级坐下面各排中间，

悔罪唱‘怜悯我’那位歌手[6]，　　　　12

曾祖母也在那（儿）与众做伴[7]；

我如此循花瓣秩序点名，

她们便一个个呈你眼前。　　　　　　15

从七排向下数也是如此，

希伯来诸女子一一可见，

这些女竖分开玫瑰花瓣[8]；　　　　　18

因按照对基督信仰划分，

希伯来便形成高墙一面，

---

[1] "那位坐玛利亚脚下美女"指夏娃。这几行诗的意思为：夏娃坐在圣母玛利亚的下面，她曾经引诱人类犯下原罪，使其坠入苦难之中；是圣母玛利亚生养了救世主耶稣，治愈了人类的创伤，使人类重新获得健康的灵魂。

[2] 拉结（Rachele）是《旧约·创世记》中的人物，雅各的第二位妻子；在基督教中象征默祷生活。见《地狱篇》第2章第102行、第4章第60行；《炼狱篇》第27章第104行。诗句的意思是：拉结坐在夏娃下面一层（第三层）的中间位置，贝特丽奇坐在第三层拉结身边的位置。

[3] 撒拉（Sara）是《旧约》中的人物，希伯来人祖先亚伯拉罕的妻子。见《旧约·创世记》第17章。

[4] 利百加（Rebecca）是《旧约》中的人物，以撒的妻子。见《旧约·创世记》第24章。

[5] 犹滴（Yudit）是《旧约》中的女英雄。见《炼狱篇》第12章第58行注。

[6] "悔罪唱‘怜悯我’那位歌手"指《旧约》中的人物大卫。大卫曾与拔示巴通奸，并将其夫乌利亚杀死；他受到一位先知指责，于是便写作了一篇忏悔诗，即《旧约·圣咏集》第51篇。

[7] "曾祖母"指大卫的曾祖母路得（Ruth）。诗句的意思是：路得也在那里陪伴其他各位圣洁的女性先祖。

[8] 圣母玛利亚安坐在"洁白玫瑰"最高一层正中间的位置上，她下面各层的中间位置上分别坐着夏娃、拉结、撒拉、利百加、犹滴、路得等希伯来女子，她们把耶稣降世以前的福魂和耶稣降世以后的福魂一分两边。

这面墙把圣梯一截两半 [1]。　　　　21

这一边，全都是成熟花瓣，
安坐者把未来热切期盼，
均相信圣基督将会出现 [2]；　　　　24

另一边，福魂均把眼转向，
已到来基督的神圣容颜 [3]；
两半圆被一些空位截断 [4]。　　　　27

这一边，天主母光荣圣位，
与下面其他位竖画一线，
形成了重要的分类界限；　　　　30

那一边，大约翰亦是如此，
此圣曾受荒原、殉道苦难，
随后又入地狱受苦两年 [5]；　　　　33

圣方济、本笃和奥古斯丁，
均坐在他所在圣座下边，
其他魂一层层，直至此间 [6]。　　　　36

你此时应赞赏高深天命，

---

[1] 此处，"希伯来"指上面所说的诸位希伯来女子，"圣梯"比喻自上而下形成许多阶梯的"洁白玫瑰"。诗句的意思是：坐在各层中间的希伯来女子像一面高墙，按照基督教信仰的两种不同情况，把通往上帝的圣梯——"洁白玫瑰"竖着分成两半；一半由耶稣降世之前的人物组成，一半则由耶稣降世之后的人物组成。

[2] 这一边坐的全是耶稣降世之前活于尘世者的灵魂，此处，称他们所在的位子是"成熟的花瓣"；他们坐在那里，是因为虽然耶稣尚未降世，但他们在尘世时就已经热切地期盼将要到来的救世主。

[3] 另一边坐的全是耶稣降世之后活于尘世者的灵魂，这些人的灵魂都全神贯注地观照已经到来的救世主。

[4] 基督降世之前和之后的两种福魂形成了两个半圆形，两个半圆之间有一些空位，清晰地把二者分开。

[5] "大约翰"指洗礼约翰（Giovanni Battista）。洗礼约翰是耶稣传播天国福音的先驱者，曾为耶稣洗礼；为了传播道义，他在荒原吃昆虫生存，因责备希律王被无情杀害；离世两年后，基督耶稣下地狱汩救其灵魂升入天国。这几行诗的意思是：洗礼约翰位于圣母玛利亚的对面，也和她一样，坐在两个半圆另一端分界线的最高一层。

[6] 洗礼约翰的下面坐的是圣方济、圣本笃和圣奥古斯丁（San Agostino），再往下的每一层都坐着圣洁的灵魂，一直到圣伯纳德和但丁所在的"洁白玫瑰"的下面。

圣伯纳德和但丁

因信仰两形态同样坐满，

这一座美丽的天国花园 [1]。　　　　　　39

你应知，那条线拦腰截断，

这两条分福魂种类之线，

下坐魂自己均未建寸功，　　　　　　42

有条件，靠他人，得以升天 [2]：

在他们做真正选择之前，

就已经被解脱，来到此间 [3]。　　　　45

如若你仔细地观察他们，

并且把他们的童音识辨，

就能够清楚地明察这点 [4]。　　　　　48

天真无邪的幼儿灵魂

现在你心困惑，因而不语，

但马上我就会为你解难，

断缚你思想的那根锁链 [5]。　　　　　51

在这个王国的广阔疆域，

看不见悲伤与饥渴半点，

自然也不存在任何偶然 [6]：　　　　　54

你所见全都由永恒法定，

就如同指环配手指一般，

---

[1] 你应该赞赏高深莫测的天命做出如此美妙的安排，基督教两种不同形态（基督之前
　　和基督之后）的信徒，竟然以同样的数量坐满了天国这座美丽的花园。

[2] 你还应该知道，把"洁白玫瑰"竖着分成两个半圆的这两条线，又被你眼前那条横
　　线拦腰截断，坐在横线下面的福魂，在尘世时，自己并没有创建任何功德，他们是
　　在某种条件之下依靠别人才得以升天的。

[3] 因为在他们还没有能力做出善恶选择之前，即在幼年时，就摆脱了尘世的烦恼来到
　　天国。

[4] 如果你仔细地观察他们，并能识辨他们说话时发出的是童音，就明白了。

[5] 现在你因困惑不解而沉默不语，我马上便会为你解开疑惑，使你的思想获得解放。

[6] 天国中不存在饥饿，也没有悲伤，自然也不会有偶然的事情发生，因为一切都是天
　　定的。

它二者互适应理所当然 [1]；　　　　　　　57

因此说，急奔向真生之人 [2]，

在此处所享福高低有变，

这并非不存在任何因缘 [3]。　　　　　　　60

天之王使其国沐浴大爱，

并充满如此多极喜至欢，

所有魂不再有更多期盼 [4]；　　　　　　　63

主怀着欢喜情创造诸魂，

按己愿赐他们不同恩典；

此事实很明确，不需论辩 [5]。　　　　　　66

《圣经》中早已经清晰记录，

曾经有两兄弟同降世间，

他们在母腹便争斗不断 [6]。　　　　　　　69

因此那至高的灿烂光辉，

须恰当为选定灵魂加冕，

按发色赐他们不同恩典 [7]。　　　　　　　72

他们被安置在不同阶梯，

并不因他们有差异表现，

---

[1] 就像指环必须与手指的粗细相符，你在此处所见到的一切都理所当然地与永恒的上帝法则相符，因为它们都是上帝的法则所规定的。

[2] "真生"指天国的永生。"急奔向真生之人"指过早地离弃人世进入天国者，即幼年离世者。

[3] 幼年离弃人世进入天国者在天国中享受永福的程度亦有不同，这全由天命所定。

[4] 天主使天国到处是大爱和欢乐，灵魂们虽然享受永福的程度不同，但是他们都十分满足，不会有更多的期盼。

[5] 天主创造诸灵魂时，按照自己的意愿分别赐予他们不同的恩泽；这是一个十分明确的事实，不需要再对其有任何辩论。

[6] 据《圣经》讲，以扫和雅各是以撒和利百加的孪生儿子，兄弟俩在母腹中就开始相互争斗，因为他们的命运不同，上帝只喜欢雅各，不喜欢以扫。见《旧约·创世记》第 25 章。

[7] 据说，以扫的头发是红色的，雅各的头发是黑色的，上帝更喜欢雅各的黑色头发。因此说，上帝要按不同的发色选定自己喜爱的人，赐予他恩泽，并用其光辉（"至高的灿烂光辉"）为他加冕。

只因为生来具不同敏感[1]。　　　　　　　75

在创世之初期，仅靠无辜、

父母信救世主会降人间，

灵魂便可获得上天救援[2]；　　　　　　　78

初期过，男孩（儿）须接受割礼，

方可使他们的灵魂康健，

无辜翼才能够有力伸展[3]；　　　　　　　81

蒙神恩之时代到来以后，

无基督完美的洗礼在先，

魂无辜也必须留在下面[4]。　　　　　　　84

对圣母的赞颂

请你看最近似基督面孔[5]，

因唯有借助于它的光灿，

你才能去见那上帝之面[6]。"　　　　　　87

高飞的诸造物——神圣之灵[7]，

带来的欢乐情如雨一般，

洒落在贞洁的圣母慈面[8]；　　　　　　　90

---

[1] 这些没有善恶之分的灵魂被安置在不同的台阶上，享受不同程度的天福，不是因为他们的表现相互间有差异，而是因为他们生来便对上帝的敏感程度不同。

[2] "创世之初期"指从亚当至亚伯拉罕时期（见《旧约·创世记》）。但丁认为，在那个时期，仅仅依靠父母相信救世主会降临人间，无辜的幼儿灵魂就能获救，升入天国。

[3] 创世初期结束后，即从亚伯拉罕开始，一直到耶稣诞生，希伯来的男人从小就要受割礼，这样他们无辜幼儿的灵魂才能获得神的帮助，从而健康地展开双翼飞向天国。

[4] "蒙神恩之时代"指基督耶稣降世之后的时代，在这个时代，如果没有接受基督教形式完美的洗礼，从而正式成为基督徒，灵魂即便无辜，也必须坠入地狱。

[5] 指圣母玛利亚的面孔。

[6] 只有通过观照圣母玛利亚灿烂的面孔，你的眼睛才能得到足够的训练，从而适应上帝的万丈光芒，见到主的真颜。

[7] 指天使。天使也是上帝的造物，然而，他不是普通造物，而是一种神圣之灵。

[8] 通过天使，上帝的喜悦之光像雨露一样洒落在贞洁的圣母脸上。

任何物难让人如此惊艳，

这奇景我以前从未曾见，

她竟然那么像上帝容颜[1]！　　　　　　　93

最先降爱之灵[2]口中唱道：

"福哉啊，玛利亚，神恩满满。"

在她的面前把羽翼伸展[3]。　　　　　　　96

永福者光之魂回应圣歌，

那声音来自于八方四面，

于是见诸魂脸神光灿烂[4]。　　　　　　　99

"噢，神父啊[5]，为了我你竟屈尊，

离开那天命定温情地点[6]，

降落到低矮处[7]我的身边。　　　　　　　102

那天使凝望着我们女王，

表现出这般的欢喜、怡然，

他是谁，心中竟燃此爱焰？"　　　　　　　105

我开口求教于面前圣叟[8]，

此叟曾令圣母十分灿烂，

似日赐启明星光辉那般[9]。　　　　　　　108

"天使与福魂的自信、至欢，"

圣叟道，"大天使样样齐全，

---

[1] 这奇景太令人惊叹了，我以前从来没见过：圣母的容颜竟然与上帝之面如此相似。

[2] "爱之灵"指天使。此处指大天使加百列。

[3] "福哉啊，玛利亚"是大天使加百列向圣母玛利亚宣告耶稣即将诞生喜讯时所说的祝福语。此时，那位大天使首先来到圣母玛利亚面前，展开翅膀，向她唱出曾说过的祝福语，随后又唱着说：圣母满载着上帝的恩泽。

[4] "洁白玫瑰"之上的福魂高声合唱，回应大天使加百列的圣歌；歌声从四面八方传入但丁的耳中，但丁看到福魂个个脸上都折射出灿烂的神光。

[5] 指圣伯纳德。

[6] 指伯纳德应该在的圣位。

[7] 指"洁白玫瑰"的下面。

[8] 指圣伯纳德。

[9] 圣伯纳德曾经极力赞美圣母玛利亚，从而使其形象十分灿烂，就像太阳使启明星折射出耀眼的光辉一样。

我们也都希望如此这般 [1]；　　　　　　111

因圣子要化为肉体之时，

此天使将喜讯带到人间，

向圣母把棕榈枝叶奉献 [2]。　　　　　114

最重要的圣者

请你目跟随我话语前行，

把这个正义且慈悲帝苑 [3]，

诸伟大之长老仔细观看 [4]。　　　　　117

顶层的最靠近女皇两位，

他们比其他魂更有福感，

似乎是此玫瑰两条根源 [5]；　　　　　120

紧挨着坐在她左边之人，

是斗胆尝禁果人类祖先 [6]，

因其过人忍受无尽苦难 [7]；　　　　　123

右边见圣教会年迈之父，

基督把双钥匙交其掌间，

托付他把这朵美花看管 [8]。　　　　　126

基督忍钉、枪伤，娶得爱妻，

---

[1] 圣伯纳德说，大天使加百列具有天使和福魂应该具有的自信和至欢，这是上天安排的；我们的愿望与天命是一致的，因而我们也都希望加百列能够如此。

[2] 当圣子耶稣要降生于尘世时，这位大天使把喜讯带到了人间，并向圣母奉献了象征胜利的棕榈枝叶。

[3] 指"洁白玫瑰"。

[4] 请你的眼睛随着我的讲解仔细观看坐在"洁白玫瑰"上的诸位最重要的福魂。

[5] 紧挨着圣母玛利亚坐在最上面一层的两位福魂享受着最大的天福，他们似乎代表了"洁白玫瑰"上诸位福魂的两个不同的来源。

[6] 指人类祖先亚当。

[7] "是斗胆尝禁果人类祖先"意思为：是食用禁果的胆大妄为的人类祖先亚当。因人类祖先亚当盗食禁果之过，人类必须忍受无穷无尽的痛苦。

[8] "圣教会年迈之父"指圣彼得，"这朵美花"隐喻教会；耶稣嘱托圣彼得看管好教会这朵美丽的花。天主教视圣彼得为第一任罗马教宗，认为耶稣离世时把金银两把钥匙交给了他。参见《天国篇》第 23 章第 137 行注释。

教会父右边坐那人预言，

主美妻将遭受数代苦难[1]；　　　　　　　129

亚当的左面坐一位统领，

那一群乌合众负义、易变，

跟随他却食用吗哪美餐[2]。　　　　　　　132

你可见安娜坐彼得对面，

她注视女儿时心中喜欢，

连高唱'和散那'都不转眼[3]；　　　　　　135

露琪亚则面对始祖而坐，

你当初失望后败退黑暗，

是她催你圣女下行求援[4]。　　　　　　　138

虔诚地向圣母祈祷

你神游天国的时间飞逝，

我们须在此把句号画完，

如裁缝按布料将衣裁剪[5]；　　　　　　　141

把眼睛直望向本原之爱，

---

[1] 基督耶稣被钉在十字架上的时候，曾忍受钉穿四肢、长枪刺腹的巨大痛苦。经受如此大难之后，基督才"娶得这位美妻"（指创建教会）；然而，坐在圣彼得右边的那个福魂（使徒圣约翰）却预言教会将遭受数百年的迫害（见《新约·启示录》）。

[2] 亚当左面坐的是古代希伯来人的领袖摩西。"吗哪"是希伯来人随摩西逃离埃及时在旷野中有幸获得的天降美食（见《旧约·出埃及记》）。这几行诗的意思是：那些随摩西逃埃及的希伯来人是一群乌合之众，他们忘恩负义，立场易变，然而天命却令他们获得了吗哪美食。

[3] 此处的安娜指圣母玛利亚的母亲。安娜坐在圣彼得的对面，即坐在洗礼约翰的右边（见本章第31-33行），她高兴地看着对面的玛利亚，连高声唱"和散那"赞美词时都不眨眼睛。

[4] 圣露琪亚则坐在人类始祖亚当的对面，在你面对三只猛兽丧失希望又败退到幽暗森林中的时候（见《地狱篇》第1章），敦促你心中的圣女贝特丽奇下至地狱灵泊层请维吉尔对你实施救援的就是她。

[5] 时间飞逝，我们必须按照剩下的时间来安排你的活动，因此你对天国的游历应该在此处画上一个完美的句号；这就像裁缝要按照布料的大小来裁剪衣服一样。

以便能看他时视线深探，

尽可能插入到其光里面 [1]。 144

你展翅飞向主，自觉前行，

但实际可能会退向后边，

因而须先祈祷赐你恩典 [2]； 147

那恩典来自能助你圣女，

你应以爱之心追随我言，

心不应距离我话语太远 [3]。" 150

随后他开始吐圣祷之言。

---

[1] "本原之爱"指上帝。现在请你不要再看别处了，直接把眼睛望向上帝，以便能够将你的目光深深探入上帝的神光之中。

[2] 上帝的神光十分强烈，当你的目光飞向它的时候，你自觉在靠近它，但实际上可能会远离它；因而，需要先祈求恩典，使你的目光有能力靠近神光。

[3] "能助你圣女"指圣母玛利亚。这种恩典来自圣母玛利亚，在我为你祈求恩典时，你的心应该十分虔诚地跟着我一起祈祷。

第 33 章

《天国篇》第 33 章由一段对圣母玛利亚的长篇祈祷词开始。在这段祈祷词中，圣伯纳德恳求圣母赐予但丁直接凝望上帝的能力，从而使其获得灵魂的至乐。此时，但丁的视力已经十分强健，能够直接深探神光；他不待圣伯纳德的邀请，先行举目仰望上帝。在上帝的真光中，但丁看见了千变万化的宇宙万物被大爱集结成一部大书；随后，又看到三个大小相同却颜色各异的圆环，它们象征圣父、圣子、圣灵三位一体；第二个圆环中，有人的形象，它象征基督耶稣道成人身降临尘世救赎人类。但丁试图透彻理解其意，但徒劳枉然；此时，一道闪光震撼了但丁的灵魂，使他在不解神意中感觉到了心满意足。

圣伯纳德的祷告

"贞洁的母亲啊，儿子之女 [1]，
你卑微且崇高，无人比肩 [2]，
是永恒天命的锁定目标，　　　　　　　　　　3
你使人竟如此高贵不凡，
以致于造物者不惜下界，
投胎于人类的肉体腹间 [3]。　　　　　　　　　6
你腹中重燃起爱的火焰，
在永恒宁静中爱的温暖，

---

[1] "贞洁的母亲"指圣母玛利亚。此处说玛利亚是"儿子之女"，因为她既是上帝的女儿，又是上帝的母亲：所有人都是上帝所造，都可以被认为是上帝的儿女，但同时，圣子耶稣又经圣母之腹降临人间，是圣母的儿子。

[2] 圣母比其他一切造物都高贵，但又显得十分卑微。谦卑是基督教教义所认为的一个极其重要的美德。

[3] 圣母啊，天命锁定了你这个目标，要通过你拯救人类；通过你，人类变得如此高贵不凡，以至于造物主不惜走下天国，来到尘世，投胎于人的腹中。

令此花绽放得这般美艳 [1]。　　　　　　9

你在这是正午爱的阳光，

然而在尘世的凡人中间，

你却是希望的生命之泉 [2]。　　　　12

圣母啊，你伟大，力量无限，

谁若是不靠你欲获恩典，

就如同无翼飞，徒劳枉然 [3]。　　　15

你慈悲，不仅是有求必应，

且常是人祈求尚隐心间，

你已经早早地回应在先 [4]。　　　　18

你心中充满了怜悯、同情，

你慷慨，随时都愿意奉献，

你具有造物的所有仁善 [5]。　　　　21

这个人从宇宙最低深坑 [6]，

攀升至我们的此处空间，

诸魂的状况他尽收眼帘；　　　　24

他祈求你赐予足够能力，

使其能高高地抬起双眼，

望向那救赎的终极光源 [7]。　　　　27

见主欲我从未如此强烈，

---

[1] 人与上帝之间的大爱之火因亚当盗食禁果的行为而熄灭，现在它又在你的心中重新燃起；大爱之火给人以温暖，使这里的"洁白玫瑰"在永恒的宁静中绽放得如此美艳。

[2] 在这里，你像正午的太阳那样给诸福魂以大爱的温暖；而在尘世，你却是希望的生命源泉。

[3] 谁若是不依靠你就想获得上帝的恩典，他便是没有翅膀却意欲飞翔的妄想者，其愿望是无法实现的。

[4] 圣母洞察一切，经常在人们还没有向她提出援助的请求之前，她就已经开始实施援助了。

[5] 你不仅具备人的仁善，而且也具备天使的仁善；因为天使也是上帝的造物，而且是比人类更高级的造物。

[6] 指地狱。

[7] 指神光之源，即上帝。

把祷告现在都奉你面前，

我祈求它们均不会落空， 　　　　　　　　　　30

你也会为此人祈祷一番，

驱散这可灭物眼前乌云，

使至福在他的面前呈现[1]。 　　　　　　　　33

女王啊，你总是心想事成，

应佑他不再有尘世罪念，

见主后永保持纯洁情感[2]。 　　　　　　　　36

你快看诸魂与贝特丽奇，

他们也合双掌求你爱怜[3]！

你护佑可胜人冲动情感[4]。"

　　　　　　　　　　　　　　　　　39

主敬爱之双眸紧盯言者，

把圣母快乐情显露外面，

对虔诚之祈祷她极喜欢[5]； 　　　　　　　　42

随后目转向那永恒之光，

应相信，任何的造物之眼，

难如此清晰地深探其间[6]。 　　　　　　　　45

凝望上帝

我靠近所有的希望之最[7]，

---

[1] 我从来没有如此迫切地希望见到上帝，请求你也为这个人（指但丁）祈祷，驱散他这个凡人（可灭物）眼前的迷雾，使至福（指上帝）呈现在他的眼前。

[2] 圣母啊，你总是心想事成，那就请你护佑这个人，使他见到上帝后永远保持纯洁的情感，返回人间时不再有尘世的罪恶之念。

[3] 你快看，不仅我希望你帮助此人，贝特丽奇和其他福魂也都合双掌请你接受我的祈求，赐予他爱怜。

[4] 你的护佑可以使人控制冲动，从而避免犯罪。

[5] "主敬爱之双眸"指圣母玛利亚的双眸，圣母玛利亚是耶稣的母亲，因而是天主基督耶稣最敬爱的人。"言者"指刚才说话的人圣伯纳德。这几行诗的意思是：圣母玛利亚紧盯着圣伯纳德，双眼中流露出快乐之情，她非常喜欢圣伯纳德虔诚的祈祷。

[6] 随后，圣母望向上帝（永恒之光），应该相信，任何造物都不可能像圣母那样，这么深地探入到永恒之光中，并且看得如此清楚。

[7] "所有的希望之最"指上帝，他是人们所追求的终极目标。

渴望的热烈度已至极点，

心怀有如此情理所当然 [1]。 48

伯纳德微笑着向我示意，

他让我抬起头向上观看，

其实我早已经如他所愿； 51

此时我眼睛已十分清亮，

深探入崇高的光辉里面 [2]，

它本身是真光，无比灿烂 [3]。 54

从此后我视力极其强健，

但语言难表达亲眼所见，

记忆也距离它十分遥远 [4]。 57

就好像梦中人醒来之后，

只留下激动情将心摇撼，

记忆把梦中景抛弃一边； 60

我如此，眼前景全都消逝，

但甜蜜却滴滴落我心田，

它来自我刚才所见光灿 [5]。 63

就如同日照下白雪消融，

又好似西比拉神谕叶片，

---

[1] 我已经靠近了上帝，此时，见到上帝的渴望之情已经到达了极点；我心中怀有如此
迫切的希望也是情理之中的事。

[2] "崇高的光辉"指前面提到的永恒之光，即上帝。

[3] 上帝本身是无比灿烂的光源，他的光不是折射光，而是真光；其他光则是上帝真光
的折射。

[4] 见上帝真光之后，我的视力变得无比强健，看到了许多神奇的景况；然而，我的语
言难以表达亲眼所见，我也无法记住那些奇观。

[5] 一个人从梦中醒来，经常是心仍然激动不已，却怎么也想不起梦中情景；我此时的
感受亦是如此。眼前的奇观虽然全都消逝，甜蜜感却仍然留在心中，这种感觉来自
于我刚才所见到的灿烂的上帝。

风一吹，即刻便飘然不见 [1]。　　　　　　66

噢，至高光 [2]，你远超凡人思想，

现请你把形象重呈眼前，

哪怕在我脑中略留痕迹，　　　　　　　　69

还须使我具有强大语言，

可以把你一粒光辉火种，

传播到后人的脑海、心田 [3]；　　　　　　72

如若那星星火重返记忆，

并且在诗句中有所体现，

尘世对你胜利更加明辨 [4]。　　　　　　　75

那强烈真光辉令我难忍，

我相信，若吾目躲避其灿，

必定会迷失于茫茫黑暗 [5]。　　　　　　　78

还记得为此我十分勇敢，

努力地承受那强烈光焰，

使我的双眸光融于至善 [6]。　　　　　　　81

噢，浩瀚的天恩啊，因为信赖，

我才对永恒光瞩目凝看，

---

[1] 西比拉（Sibilla）是古罗马文化中著名的女预言家，在许多文学、艺术作品中都有她的形象。这位女预言家常把探知的神谕写在叶片上，被风一吹神谕就会飘然而去。这几行诗的意思是：上帝的形象十分神秘，它如同太阳光照耀下的白雪和被风吹走的西比拉写在叶片上的神谕，转瞬间就在但丁的眼前消逝了。

[2] 指上帝。

[3] 此处，诗人呼吁上帝再一次展现其形象，哪怕是仅仅在诗人的头脑中留下一点点的痕迹也好；同时，他还请上帝使他有更强的语言表达能力，从而能够记录上帝光辉形象的一星半点，并将其传给世间后人。

[4] 如果我能回忆起你一点点光辉形象，并且有能力将其写入我的诗中，尘世的人便会更理解你的胜利。

[5] 我很难承受上帝发出的强烈真光，但是我不能逃避它；我相信，假如当时我的眼睛躲避那道强光，眼前必定会一片黑暗，再也看不到任何东西。

[6] 我记得，为了使我的眼睛不迷失于茫茫黑暗，我当时表现得非常勇敢，努力地、目不转睛地承受真光的强烈光焰，从而使我的目光与真光（至善）融为一体。

以至于我视力竭尽其间 [1]！ 　　　　84

在神光之深处我已看见，

分散在宇宙的事物万千，

均被爱装订成一部书卷 [2]： 　　　　87

各实体和偶然，及其关系，

以神奇之方式相互串联，

此时却仅仅是一道光线 [3]。 　　　　90

我确信见到了宇宙要结 [4]，

因为我只要是把它论谈，

心中就更觉得欢喜无限。 　　　　93

尼普顿惊奇见阿尔戈影，

已过去两千又五百余年，

但此刻我似睡更长时间 [5]。 　　　　96

我的心已完全悬浮起来，

心不动，眼睛也凝视不转，

越观看越燃起欲望火焰 [6]。 　　　　99

面对着此光芒人会改变，

---

[1] 因为我信赖浩瀚的天恩，所以才目不转睛地凝视上帝的永恒之光，使我的视觉能力发挥到极点，即以最大限度承受永恒之光。

[2] 在上帝那里，但丁看见了宇宙万物，它们就像一页页被大爱装订在一起的书卷；永恒之光（上帝）把它们投射出去，万物便以各种姿态散布于宇宙各处。

[3] "实体"指上帝直接创造的、完美无缺的、没有再造潜能的造物，"偶然"指依赖实体方能形成的上帝间接创造的造物，"关系"指实体与偶然之间的各种关系。这几行诗的含义是：宇宙万物以各种神奇的方式相互联系，而到了上帝那里，一切都变得十分简单，它们都反映于上帝的永恒之光中。

[4] 意思为：见到了宇宙最关键的结点，即见到了天主的真谛。

[5] 尼普顿（Nettuno）是希腊-罗马神话中的海神之王，阿尔戈（Argo）是希腊-罗马神话中一条著名的英雄船，曾载伊阿宋等50名英雄历经千难万险取回金羊毛。这几行诗的意思是：但丁被永恒之光炫目后，瞬间昏睡过去，但是，在这一瞬间，但丁跨越了无限的时间和空间，探测到了三位一体神光的最深之处；尼普顿见阿尔戈号在海上航行之事已经过去2500余年，然而那瞬间的昏睡似乎远远比2500年还要漫长。

[6] 当时，但丁的心已经被神光牢牢地吸引住，完全悬浮起来，一动不动，他目不转睛地凝视着神光；越凝望神光，心中就越燃烧起凝望神光的欲望之火。

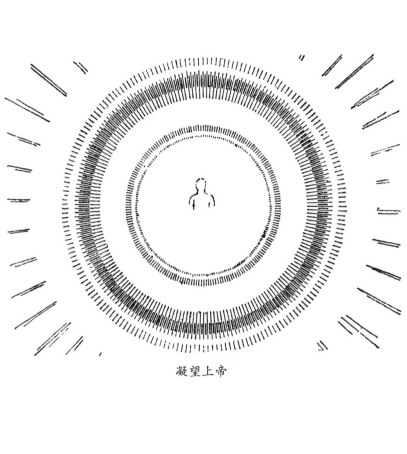

凝望上帝

从该光已无法转移视线，

再不能把其他事物观看 [1]；

因为善是愿望追求目标，

它全都聚集在此光里面，

内完美，外面则充满缺陷 [2]。

从此我表达力似乎变差，

还不及吮母乳婴儿语言，

难以把记忆事陈述一番 [3]。

102

105

108

三位一体和道成人身

并非说我所见那道真光，

不仅有一面貌，而是多变，

它始终如那时在我眼前；

而是说，凝望时视力加强，

由于我自身在不断转变，

面前的同景便变化万千 [4]。

深奥且明亮的崇高光中，

有三环出现在我的眼前，

三颜色，然而却大小一般；

它们似相互间反射光线，

第三环就如同燃烧火焰，

111

114

117

---

[1] 一看到神光，人就会发生变化，变得无法从神光处转移视线，变得无法再观看其他事物。

[2] 善全都聚集在神光中，神光里面的事物尽善尽美，而外面的事物却充满缺陷。

[3] 从此以后，我的表达能力似乎变得很差，还不如一个吸吮母乳的婴儿，不仅无法表达我在天国所见所闻，甚至也无法表达记忆中还保留的那一点点东西。

[4] 我描述不清在那里所见到的事物，并不是因为我所见到的上帝真光呈现出千姿百态（神光没有变化），而是因为凝望真光时我的视力大大地增强，我自身不断地发生变化，从而感觉到同一种景况在我眼前千变万化。

它之火同来自前面两环 [1]。　　　　　120

噢，我语言远不及脑中记忆，

记忆又距所见相差甚远，

表达的能力弱，难寻语言 [2]。　　　　123

噢，永恒光寓于你 [3] 自身之中，

唯自解，自被解，他人难言，

自解者爱自己，微笑灿然 [4]!　　　　126

第二环源自于你的本身，

它好似折射你形成光圈 [5]；

我双眼略长久观望之后，　　　　　129

似乎见一人像绘于其间：

那人像与光环同等颜色，

我视线全聚于人像上面 [6]。　　　　132

大结局

几何家绞脑汁反复计算，

思考着如何能划分一圆，

---

[1] 但丁眼前出现了三个大小相同、颜色各异的光环，它们似乎相互反射光线；第三个光环就像燃烧着火焰，它的光焰源自前面两个光环。这三个光环象征三位一体：第一个光环象征圣父，第二个光环象征圣子，第三个光环象征圣灵；圣灵的光焰既来自于圣父，也来自于圣子。

[2] 诗人感叹无能力表达在那里的所见：他的记忆无法保留所看到的一切，只能留住其中极其微小的一部分，即便如此，贫乏的语言也难以如实地记录记忆中微不足道的那一点点东西。

[3] 指上帝。

[4] 噢，上帝呀，永恒之光只能寓于你自身之中，你如此之神秘，只能自己理解自己，自己被自己所理解，其他人都无能力对你的存在说三道四。这里讲的仍然是三位一体的神学理论：自己理解自己的理解者指圣父，自己被自己所理解的被理解者指圣子，自解者爱自己及其发出的灿然微笑指圣灵。

[5] 三个光环中的第二个，即居中的那个，是圣子基督耶稣，他源自圣父自身，好像是折射圣父（第一个光环）之光而形成的光环，与圣父的形象完全吻合。

[6] 当但丁较长时间凝望第二个光环时，似乎见到光环中有一个人的图像，于是便把注意力完全集中在那个人像上。那是基督耶稣的图像，它象征上帝道成人身，降临尘世，救赎人类。

欲找到他所需恰当方法，　　　　　　　　135

我这时也如此对那奇观：

想弄懂那人像如何进入，

又怎么吻合于圆圆光环 [1]；　　　　　　138

我羽翼却难以如此高飞，

但这时一闪光撼我心田，

闪光中我获得意足心满 [2]；　　　　　　141

那崇高想象力至此停站 [3]。

似车轮均匀地绕轴滚动，

大爱已转动我志向、意愿 [4]，　　　　　144

亦推行太阳与群星之天 [5]。

---

[1] 此时但丁想弄懂人像是怎样进入光环的，它为何与光环如此吻合；于是他绞尽脑汁地思考，其表现就如同几何学家费尽心思希望寻找到合理分割圆形的方法那样。

[2] 然而，但丁的智慧羽翼却无法展翅高飞，即他的智慧不足以破解眼前的奥秘；此时，一道闪光震撼了但丁的心，在闪光中他已经心满意足，即但丁已经在无法理解上天神秘的过程中获得了精神上的满足。

[3] 至此，我对崇高且神秘的上帝的想象力已至极点，没有可能再向更深处继续发展。

[4] 我的意愿和志向开始随着天主的大爱转动，就像车轮围绕着车轴均匀地旋转一样。

[5] 大爱也推动着太阳和群星在天空中运行。

《天国篇》索引

词条后加黑的数字表示章次，普通数字表示行数。

图书在版编目（CIP）数据

神曲：地狱篇·炼狱篇·天国篇/（意）但丁·阿利吉耶里著；王军译. —杭州：浙江大学出版社，2022.4

ISBN 978–7–308–21138–3

Ⅰ.① 神… Ⅱ.① 但… ② 王… Ⅲ.① 诗歌—意大利—中世纪 Ⅳ.① I546.23

中国版本图书馆CIP数据核字（2022）第035511号

神曲：地狱篇·炼狱篇·天国篇

［意］但丁·阿利吉耶里 著 王 军 译

责任编辑	王志毅
责任校对	黄国弓
装帧设计	毛 淳
出版发行	浙江大学出版社
	（杭州天目山路148号 邮政编码310007）
	（网址：http:// www.zjupress.com）
排 版	北京楠竹文化发展有限公司
印 刷	河北华商印刷有限公司
开 本	635mm × 965mm 1/16
印 张	70.5
字 数	1,012千
版 印 次	2022年4月第 1 版 2022年4月第1次印刷
书 号	ISBN 978–7–308–21138–3
定 价	248.00元